W0223599

Laurann Dohner a grandi avec Fifi Brindacier et *Alice détective*, Stephen King et Agatha Christie. Passionnée de romance, elle se lance dans l'écriture après la lecture d'un roman médiocre, persuadée de pouvoir faire mieux. Après une première série de romance dans un univers de science-fiction, elle s'aventure dans le monde de la bit-lit. Elle vit en Californie avec son mari et ses quatre enfants.

Du même auteur, chez Milady :

Hybrides :
1. *Rage*
2. *Slade*
3. *Vaillant*
4. *Justice*

Ce livre est également disponible
au format numérique

www.milady.fr

Laurann Dohner

Justice

Hybrides – 4

Traduit de l'anglais (États-Unis) par Tristan Lathière

Milady

Milady est un label des éditions Bragelonne

Titre original : *Justice*
Copyright © September 2016

© Bragelonne 2018, pour la présente traduction

ISBN : 978-2-8112-2965-8

Bragelonne – Milady
60-62, rue d'Hauteville – 75010 Paris

E-mail : info@milady.fr
Site Internet : www.milady.fr

À mon merveilleux M. Laurann,
qui m'a appris que l'amour est possible
et qu'il dure à jamais.

Chapitre premier

Jessie, qui observait Justice North depuis le fond de la salle, se mordit la lèvre. Elle mourait d'envie de l'approcher mais n'osait pas. S'il apparaissait souvent aux infos, en chair et en os, il avait l'air encore plus grand et sexy.

Fort peu de gens intimidaient la jeune femme, mais celui qui avait été plébiscité à la tête de l'Organisation du peuple hybride était l'un des rares individus de cette trempe. La jeune femme respectait la force et le courage – deux qualités qui, de toute évidence, ne lui faisaient pas défaut.

Elle hésitait à l'aborder. C'était Justice qui chapeautait les supérieurs de Jessie et qui, de ce fait, avait le pouvoir de corriger le mode opératoire de l'équipe d'intervention dont elle faisait partie. L'occasion de discuter avec lui n'était pas près de se représenter : Jessie n'était pas invitée aux réunions entre son chef direct et l'immense dirigeant de l'OPH. Il n'avait certainement rien à faire de l'opinion de la jeune femme… mais ce qu'elle avait à dire était important.

Elle hésita encore et considéra les conséquences possibles. Tim Oberto allait lui botter le cul s'il apprenait qu'elle l'avait court-circuité. L'homme ne mâchait pas ses mots ; il la passerait à la moulinette.

Jessie embrassa du regard les Hybrides présents. De solides gaillards, tous autant qu'ils étaient. Ex-victimes d'une grosse boîte qui les avait baisés dans les grandes largeurs.

Un groupe pharmaceutique, Mercile Industries, avait créé des humains génétiquement modifiés grâce à de l'ADN animal. Des cobayes enfermés dans des labos clandestins, où les malheureux avaient subi plusieurs décennies de sévices. Tout ça pour faire du fric sur leur dos. Le pire étant que ces « travaux » avaient été financés par les deniers publics.

Par mes impôts, songea Jessie en serrant les dents tant cette pensée la mettait hors d'elle. Mercile avait fait miroiter des molécules miracles permettant d'aider les soldats américains blessés à guérir plus vite, à devenir plus forts et à acquérir des réflexes fulgurants. Les débiles de Washington avaient gobé ces sornettes et sorti le carnet de chèques… pour, ensuite, jouer les vierges effarouchées en apprenant l'existence de cobayes humains.

À leur décharge, les fédéraux avaient réagi immédiatement quand les rumeurs de pratiques illégales avaient fait surface. Sitôt les premières preuves mises en évidence, militaires et policiers avaient travaillé ensemble à secourir les victimes de Mercile Industries. L'OPH avait vu le jour grâce à l'octroi de fonds publics et tous les Hybrides, nés sur le sol américain, avaient acquis la nationalité de plein droit.

L'assaut sur le premier labo clandestin avait permis de secourir les survivants. De les libérer. Puis l'interrogatoire des employés avait permis de découvrir trois autres sites. Les équipes avaient opéré vite et fort, secourant d'autres victimes, mettant un terme à l'enfer. Il s'était ensuite agi de loger plusieurs centaines de rescapés. Ils avaient été casés ici et là, puis la bataille juridique avait commencé. Le gouvernement fédéral avait attribué aux Hybrides une base militaire flambant neuve dont ils avaient fait Homeland, la « terre d'asile », une communauté autogérée conçue pour les protéger du monde extérieur. Sous la pression des autorités, Mercile avait vu les plaintes s'accumuler. L'argent récolté avait permis à l'OPH d'acquérir une autre propriété, la Réserve.

Une grande carcasse percuta Jessie, l'arrachant à ses sombres pensées. Elle sourit au colosse. Les Hybrides se reconnaissaient sans peine à leur physionomie pas tout à fait humaine. Le terme « Hybride » était bien choisi puisqu'ils avaient tous subi une hybridation avec tel ou tel cocktail de gènes animaux. Certains possédaient de l'ADN de grands fauves, d'autres étaient des Hybrides canins, d'autres encore, moins nombreux, étaient croisés avec des primates.

— Désolé, grommela-t-il en la toisant avec ses beaux yeux de chat.

— Pas de souci, répondit-elle en l'identifiant comme un Hybride félin.

Il lui tourna le dos ; elle soupira de dépit. Peu d'entre eux étaient disposés à discuter avec les humains. C'était compréhensible après ce que ces derniers leur avaient fait subir : Mercile les avait affublés d'un matricule et les considérait comme des sujets d'expérience. Le personnel avait traité les enfants comme des sous-hommes, des rats de laboratoire, des animaux sans âme. Les cobayes avaient mené une existence indigne, ne quittant leur cage que pour s'entraîner ou subir un mauvais traitement.

Seul hic : la « sous-race » créée par Mercile n'était pas aussi docile qu'escompté. En grandissant, certains Hybrides s'étaient rebellés contre leurs bourreaux et tourmenteurs, n'hésitant pas à tuer à la première occasion. Au lieu de rats de laboratoire, la société s'était retrouvée à gérer plusieurs centaines de prisonniers aigris, amers et surpuissants. Jessie sourit à cette idée. *Bien fait pour ces fumiers. J'espère bien que les Hybrides en ont tué un maximum.*

Mercile avait décidé de voir s'il était possible d'obtenir une progéniture des sujets mâles et femelles. La voie naturelle était plus commode et surtout moins coûteuse : il aurait en effet fallu dépenser des millions pour créer une nouvelle génération. Le labo avait souhaité se débarrasser de la première mouture et recommencer à zéro, en mettant à profit les erreurs commises. Pas de chance : les victimes étaient obstinément stériles.

Le labo avait alors décidé de vendre ses autres « créations ». Jessie sentit la rage monter en elle à la pensée des sujets femelles Cadeaux que la firme avait utilisés pour attirer de nouveaux investisseurs. Des Hybrides de petite taille, conçues avec de l'ADN d'espèces dénuées d'agressivité, dont on avait en outre contrôlé la croissance afin qu'elles ne dépassent pas un mètre soixante. Les dirigeants de Mercile Industries et les principaux contributeurs aux projets secrets avaient tous reçu un tel Cadeau quand assez d'argent avait changé de mains. Jessie se demandait si c'était cela qui avait conduit les scientifiques à l'origine du projet à quitter la firme : la propre créatrice des Hybrides s'était volatilisée après avoir anéanti ses archives, emportant de ce fait son savoir avec elle. Concevoir des cobayes était déjà moche en soi ; les refiler à des pervers était cent fois plus abject.

Les femelles Cadeaux étaient des esclaves sexuelles. Bouclées à double tour, coupées du monde et violées par leur « propriétaire ». C'étaient elles que Jessie aidait à libérer… et qui l'empêchaient de dormir.

S'arrachant à ses pensées, la jeune femme épia de nouveau Justice North qui se tenait à l'autre bout de la salle et décida que son travail serait mieux fait s'il prêtait l'oreille à ses doléances. *Tant pis si Tim est en pétard, l'essentiel, c'est de soulager au maximum ces malheureuses.*

C'était la première fois qu'elle voyait Justice en jean et débardeur. Lors des conférences de presse, il apparaissait toujours tiré à quatre épingles. L'absence de manches révélait des biceps proéminents et une peau aux reflets dorés ; l'air moins guindé qu'en costume, il paraissait en outre plus accessible. Jessie gonfla ses poumons et expira à fond avant de se diriger vers lui.

Des détails plus subtils lui apparurent à mesure qu'elle approchait du chef élancé de l'OPH. Ses cheveux auburn étaient striés de mèches blondes alors qu'à la télé ou en photo, ils étaient d'un blond terne et passe-partout. Ses yeux de chat étaient exotiques en diable et presque noirs. Il avait les pommettes saillantes et le nez aplati caractéristiques des Hybrides – des traits plus animaux qu'humains. Fascinée par l'absence systématique de pilosité faciale, la jeune femme s'interrogea : les Hybrides se rasaient-ils afin de mieux s'intégrer ?

Jessie retint son souffle en l'entendant éclater de rire. Un son rauque… et sexy. Il possédait en outre des lèvres charnues, de celles que la jeune femme adorerait mordiller. Elle s'immobilisa. *Pas de ça, ma vieille. C'est ton boss, et les patrons, on n'y touche pas. Jamais. Il faut vraiment que je me trouve un mec, j'en suis arrivée au point de fantasmer sur mes collègues. N'importe quoi.*

Remarquant au passage qu'il avait de belles dents à la blancheur impeccable, elle ne vit pas de crocs. Justice faisait-il partie de cette minorité qui en était dépourvue ? Non, se corrigea-t-elle : il prenait soin de sourire la bouche presque fermée. Peut-être s'y était-il habitué afin de dissimuler ses canines au grand public ? C'était ce que faisaient plusieurs Hybrides mâles, en tout cas. Elle avait entendu Tim, qui les côtoyait au quotidien, dire cela.

Justice était en pleine conversation avec l'un de ses semblables à peine plus petit que lui. Une discussion animée qui monopolisait toute son attention. Combien mesurait-il, au juste ? Un mètre quatre-vingt-quinze ? Un peu moins ?

Un géant, quoi. Elle était presque arrivée à sa hauteur quand une main ferme la coupa dans son élan.

Jessie ne laissa rien voir de son inquiétude en louchant sur l'immense battoir qui l'étreignait douloureusement par l'avant-bras, puis leva la tête. S'agissait-il d'un membre de la garde rapprochée de Justice ? Elle avait appris à masquer sa peur quand elle avait affaire à l'un de ces colosses. Tous étaient immenses, musculeux… et effrayants. Celui-ci ne faisait pas exception.

La peur qu'ils suscitaient était due à leur faciès vaguement animal… mais aussi à leurs crocs effilés et aux grognements bien flippants qui sortaient parfois de leur gorge. L'Hybride gronda en braquant sur elle deux yeux verts emplis de rage. Des cheveux d'un noir de jais lui cascadaient sur les épaules ; ses fringues étaient si neuves qu'elles n'étaient pas encore passées en machine.

Et merde. Aucun doute n'était permis, celui-ci la haïssait. Un cinquième labo clandestin avait été investi pas plus tard que la nuit précédente. Quelque quatre-vingt-dix prisonniers avaient été tirés d'une vie de cauchemar, et Jessie fut certaine qu'elle avait affaire à l'un d'eux. Encore brut de décoffrage, il n'avait pas eu le temps de décolérer et exécrait tous les humains qu'il croisait – mauvaise pioche pour la jeune femme.

Un examen rapide de la situation lui permit de conclure qu'elle était hautement explosive. Le type était bâti en force ; il était visiblement très, très remonté ; la pression qu'il exerçait sur son poignet était tolérable mais l'envie de meurtre se lisait dans ses yeux. Il semblait se réjouir à l'avance de passer ses nerfs sur une humaine honnie. *Pas bon du tout, ça*.

— Merci de me lâcher, ordonna-t-elle à voix basse.

— Sale humaine, grogna-t-il.

Jessie voulut se dégager d'un geste sec. Il réagit en serrant davantage, si fort que la fracture n'était pas loin. Luttant pour ne pas hurler de douleur, la jeune femme écouta ce que lui dictait son entraînement : crier, c'était augmenter le risque de se faire casser le bras. Rien de plus facile, il lui suffisait d'accentuer la pression. Le « nouveau » n'était pas perméable à la raison ; Jessie, quant à elle, rechignait à devoir porter un plâtre pendant des semaines.

Aussi engagea-t-elle son corps vers l'avant, presque à le toucher, avant d'imprimer un coup sec vers le bas. Il la lâcha ; c'était ça ou subir une douloureuse torsion du poignet. Jessie recula aussitôt, mit suffisamment d'espace entre eux et se tendit, prête à réagir s'il lui prenait envie d'insister.

La petite taille a ses avantages. Avec son mètre soixante-deux, Jessie n'eut aucune difficulté à se baisser en voyant son agresseur lui sauter dessus en grondant. Pris au dépourvu, le colosse referma les bras sur du vide. Après un bond de côté, elle se redressa et lui flanqua un coup de botte.

Cueilli en déséquilibre, l'Hybride chuta lourdement sur le flanc. Jessie en profita pour prendre un peu de champ. Le costaud tourna la tête vers elle, parut un court instant abasourdi… puis prit appui sur ses mains pour se relever. Il ouvrit la bouche et poussa un cri qui n'avait rien d'humain, révélant au passage des crocs d'aspect inquiétant. Puis il s'élança de nouveau, cette fois à toute vitesse.

Un seul mot traversa l'esprit de Jessie avant qu'elle plonge pour échapper aux griffes de son assaillant : *bordel !* Comme on le lui avait appris, elle se mit en boule, effectua un roulé-boulé et en ressortit debout. L'urgence commandait de rester hors de portée : s'il l'attrapait, c'en serait fini. Leurs gabarits étaient trop différents pour qu'elle espère s'en sortir au corps-à-corps. Il était de taille à la pulvériser.

Elle vit du coin de l'œil qu'il revenait à la charge. Les mains plaquées au sol, les pieds projetés en avant, Jessie mit tout son corps en opposition. Son pied botté le heurta de plein fouet, la douleur fusa dans sa jambe – mais ce n'était rien par rapport à ce que son adversaire devait endurer.

En le voyant reculer et hoqueter bruyamment, la jeune femme comprit qu'elle avait frappé l'entrejambe. Un tour sur elle-même plus tard, Jessie le vit porter les mains à la braguette de son jean, le corps plié en deux. Elle grimaça malgré elle.

Le coup bas, à défaut d'être intentionnel, était efficace. Elle avait visé l'estomac mais son adversaire était trop grand et les jambes de Jessie trop courtes. Il releva brusquement la tête. C'était certain, à présent : il voulait la tuer. Une rage intense lui déformait les traits.

— Du calme, lança Jessie d'une voix posée malgré son effroi. Je n'aurais pas fait ça si tu étais resté maître de toi-même. Je ne te ferai aucun mal si tu promets de garder tes nerfs.

La jeune femme prit peu à peu conscience du chaos ambiant. Elle n'osait quitter des yeux le type immense qui la fusillait du regard : toujours plié en deux, il continuait à se tenir les couilles. Elle perçut par chance un autre grognement et tourna la tête vers cette nouvelle menace.

Un deuxième colosse en habits neufs jouait des coudes au milieu de congénères sous le choc. Enfin dégagé de la foule, il se rua vers elle. Jessie n'avait qu'une poignée de secondes pour réagir. Quelques Hybrides sortirent de leur stupeur et tentèrent vainement de couper le nouvel adversaire dans son élan : il les rabroua d'un revers de main. Plus personne n'était en mesure de l'arrêter.

— Misère, hoqueta Jessie en voyant le poing du fâcheux jaillir vers son visage.

L'instinct seul lui fit lever le bras afin de dévier un direct en voie de lui briser le nez. Ses jointures lui glissèrent le long de l'oreille ; la douleur éclata au niveau de la tempe. La main gauche de l'Hybride se referma sur l'étoffe de son chemisier. Ce mouvement-là prit Jessie par surprise, elle n'avait eu d'yeux que pour le poing droit massif. La terreur l'assaillit quand ses pieds quittèrent le sol : il la soulevait comme si elle ne pesait rien. Cette brute allait certainement la projeter contre un obstacle quelconque… ou lui broyer les os en la jetant par terre. En résumé, elle allait souffrir.

Deux mains, comme surgies de nulle part, se refermèrent sur ses hanches. *Et merde. Je suis cuite.* Deux adversaires la tenaient. Il ne restait plus qu'à prier pour qu'une bonne âme vole à son secours avant que ces deux affreux la changent en charpie. Tous les Hybrides alentour n'allaient quand même pas regarder mourir une humaine sans tenter quelque chose ! Quant à savoir dans quel état ses agresseurs auraient le temps de la mettre, c'était une autre affaire…

L'inconnu qui lui serrait les hanches tira fort. L'autre la tenait toujours par le devant. Un craquement d'étoffe retentit. Elle vit l'affreux armer son poing pour tenter un nouveau direct, mais l'autre fut plus prompt.

Son dos heurta la carcasse rigide d'un grand mâle présumé qui la plaça hors d'atteinte. Faisant rempart de son corps, il encaissa le coup à la place de Jessie. La jeune femme ressentit la violence de l'impact qui fit chanceler l'inconnu et son « paquet ». Jessie vit qu'elle allait s'écraser contre le mur – et finir aplatie entre la paroi et l'individu qui la tenait toujours.

Il se déhancha à la dernière seconde. Son épaule et sa hanche absorbèrent le choc. Puis, vif comme l'éclair, il fit en sorte qu'elle retrouve ses appuis sans trop de mal. Jessie se retrouva à loucher sur le dos massif de l'Hybride venu à sa rescousse. Ramassé sur lui-même, il laissa échapper un grondement sourd.

Il me protège. Jessie se détendit aussitôt. Ce type immense faisait barrage de son corps. *Qui a dit que l'esprit chevaleresque était mort ?*

— Recule, rugit son protecteur d'une voix gutturale.

La jeune femme le détailla… et vit qu'il portait un jean et un débardeur noir. Les bras massifs écartés, les poings serrés, il était prêt à se battre. Le regard de Jessie remonta jusqu'à la nuque et jusqu'aux cheveux auburn striés de blond. Son sauveur n'était autre que Justice North !

— C'est une humaine, éructa une voix mâle.

— Ça ne donne à personne le droit de l'attaquer. Cette humaine est notre invitée, gronda Justice, visiblement furieux. Les humains sont nos alliés, on ne les agresse pas. Surtout, hurla-t-il, quand il s'agit d'une femelle !

— Désolé, Justice, haleta un nouvel Hybride. On aurait dû prévoir plus d'agents sur place.

— Que tous les nouveaux soient rassemblés et conduits à la cafétéria, ordonna le chef de l'OPH avec autorité. Je veux que cette histoire soit réglée sur-le-champ. C'est la deuxième fois qu'une humaine est agressée depuis ce matin. Il n'y aura pas de troisième incident, conclut-il en grondant.

— Les femelles aussi ? voulut savoir l'Hybride hors d'haleine.

— Non. Uniquement les mâles. Nos femelles ont plus de jugeote. Tous les nouveaux à la cafète dans dix minutes.

— On s'en occupe, annonça un autre mâle d'une voix ferme.

Jessie resta parfaitement immobile jusqu'à ce que la tension soit retombée. Justice, qui paraissait toujours prêt à en découdre, continuait à faire écran. Elle entendit du mouvement dans la salle, des ordres prononcés à voix basse, quelques grognements ; puis le silence se fit. Justice baissa les bras, décrispa les poings et se retourna lentement.

Jessie étudia son beau visage. *« À couper le souffle » lui va bien*, songea-t-elle en prenant conscience qu'elle retenait sa respiration. Ses poumons remplis, elle plongea le regard dans ses beaux yeux de chat bordés de longs cils noirs. Le contraste était saisissant avec sa... crinière... auburn et blond. À la télé et en photo, ses cheveux apparaissaient d'un blond uni et ses yeux faisaient nettement moins d'effet. Exotiques en diable, ils étaient la plus belle chose que Jessie ait jamais vue.

— Qui êtes-vous ? gronda-t-il à voix basse. Comment avez-vous réussi à franchir la sécurité ?

Jessie fronça les sourcils. Il était censé savoir qui elle était et quelle était sa fonction. Elle prit une profonde inspiration.

— Je suis Jessie Dupree et j'appartiens à l'équipe chargée d'épauler les actions de terrain de l'OPH. J'ai été nommée ambassadrice auprès des femelles Cadeaux libérées. J'étais avec le commando qui a opéré au Colorado, la nuit dernière ; j'ai accompagné les filles délivrées.

Sa tirade achevée, elle se replongea dans les yeux intenses de Justice. Quel choc d'assister à leur métamorphose ! La couleur changea ; toute trace de courroux disparut. Du bleu était apparu dans ces deux puits de noirceur. Un instant fascinée, Jessie oublia qu'elle venait de parler.

— C'est Tigre qui m'a autorisée à venir, reprit-elle. J'ai fait le voyage dans l'hélico des prisonnières libérées, puis on m'a attribué une chambre au dernier étage de l'hôtel. Tammy m'a invitée à son mariage... et me voilà. Vous ne m'avez pas remarquée, pendant la cérémonie ?

— Non. J'étais accaparé par un long message vocal du président. Il a fallu que je l'écoute à l'oreillette, puis que je rédige une réponse par SMS.

Il inspira à fond et proposa sa main tendue. Une main immense aux doigts longs et musclés, avec des cals sur toute la face interne.

— Justice North. Ravi de faire votre connaissance, mademoiselle Dupree.

Elle plaça sa petite menotte dans l'épais battoir – et tressaillit tant cette main tendue était chaude. Il imprima une légère pression et resta ainsi, sans bouger. Les yeux de l'Hybride se posèrent sur leurs mains jointes. Jessie, quant à elle, resta comme hypnotisée par son visage léonin. Il consentit enfin à la relâcher et croisa le regard de la jeune femme.

— Toutes mes excuses pour cette agression. Ils sont nouveaux et ont beaucoup à apprendre. Je m'en vais leur inculquer les bonnes manières dans un instant, croyez-moi. Ce type de comportement est intolérable.

Elle haussa les épaules.

— Leur haine vis-à-vis des humains est compréhensible. Ils ont des raisons de nous en vouloir. Merci d'avoir volé à mon secours, au fait. Je sais me défendre contre un type, mais quand ils s'y mettent à plusieurs, j'ai toutes les chances d'y laisser de sérieuses plumes.

Il la détailla de pied en cap. Ses yeux s'arrondirent, sa respiration s'accéléra. Les narines dilatées, il laissa échapper un son de gorge qui fit sourire Jessie.

— Vous venez de ronronner, là ?

Justice releva les yeux.

— Je ne ronronne pas.

Là-dessus, il empoigna son débardeur par la taille et s'en dévêtit, dévoilant un torse de lutteur impressionnant, et le lui tendit.

— Passez ça.

Jessie baissa les yeux et constata que son chemisier n'avait pas résisté à la bagarre. Rapide coup d'œil : ouf, elle portait un soutien-gorge en dentelle noire, pas l'affreux machin de sport blanc de la veille. Le *push-up* avait en outre l'avantage de mettre en valeur son 90 D. Elle fit cependant la grimace : le noir soulignait sa pâleur de rouquine. Pourvu qu'il ne soit pas aveuglé par cette blancheur… Jessie, qui brûlait sans jamais bronzer, évitait de s'exposer.

— Merci, mais je m'en sortirai en tenant les pans de mon chemisier jusqu'à ma piaule. L'une des vôtres, Brise, m'a passé quelques affaires : l'équipée au Colorado m'a prise de court.

Jessie évita son regard en continuant à contempler son chemisier, et regretta qu'il ait vu autant de sa poitrine. Quelques boutons avaient sauté ; la déchirure commençait à une boutonnière et finissait sous les seins, exposant son décolleté de haut en bas. Elle empoigna les pans d'étoffe et se couvrit comme elle put. *Trop fort, comme première impression. Tim va m'en vouloir à mort de m'être bagarrée avec un Hybride. Non, deux.*

Levant les yeux sur le torse nu de Justice, la jeune femme s'attarda sur deux ou trois détails de son anatomie. Elle réprima une furieuse envie de baver : c'eût été à la fois grossier et peu professionnel. Il avait la peau cuivrée, pas une once de graisse et des muscles saillants. Même les mamelons, sensiblement plus foncés, étaient tendus à l'extrême. Elle eut soudain très envie d'en lécher un pour voir si le goût était à la hauteur de l'apparence. *VILAINE JESSIE !* hurla sa petite voix intérieure. S'obligeant à lever les yeux un peu plus, elle découvrit qu'il la dévisageait.

— Vous devriez vous rhabiller, monsieur North. Vous avez froid.

Il cilla.

— Pas du tout.

L'attention de Jessie retourna aux tétons tout durs.

— Votre torse dit le contraire… et j'ai du mal à détourner le regard. Vous devez en pousser, de la fonte, pour être aussi bien foutu.

Je l'ai dit tout haut ? Misère ! Ça m'a échappé.

Il laissa fuser un nouveau son de gorge qui fit sourire Jessie l'espace d'un court instant. *Je n'ai pas la berlue, ce mec ronronne. Quel morceau… Grand et beau, apte à se battre, défenseur des faibles femmes et sexy en diable quand il grogne. Tout doux, ma vieille, n'oublie pas qu'il n'est pas pour toi !*

Justice rajusta sa posture et se racla la gorge.

— Je n'ai pas froid, je vous assure.

Elle choisit de ne rien répondre et pinça les lèvres, consciente d'en avoir déjà assez dit pour se faire engueuler par son chef d'équipe. Justice repassa son débardeur. En son for intérieur, Jessie estima que c'était un crime d'occulter pareil phénomène de masculinité.

Comme il n'y avait plus rien d'autre à admirer, la jeune femme se reconcentra sur le visage de Justice… et le vit inhaler à fond, les narines dilatées. Pas de doute : il respirait son odeur. Elle se félicita d'avoir pris une douche récemment et utilisé du déodorant. Souriant toujours, elle le vit ranger le bas de son débardeur sous la ceinture du jean. Un mètre à peine les séparait. Il inhala de nouveau et fronça les narines. C'était mimi au possible, mais la jeune femme s'inquiéta : charriait-elle une odeur désagréable ?

— J'espère que je ne sens pas mauvais. J'ai utilisé les produits de la piaule pour la douche rapide que j'ai prise avant le mariage. Le shampoing de l'hôtel est correct, mais assez basique. C'est supportable ?

Il la regarda dans les yeux.

— Désolé. Vous sentez très bon. C'est l'instinct qui nous pousse à faire ça.

— Aucun problème.

Jessie se pencha légèrement et inspira à son tour sans le quitter des yeux.

— Vous aussi, vous sentez bon. J'aime bien cette eau de toilette. Boisée, très masculine.

Il ronronna doucement et se racla la gorge de plus belle.

— Merci.

— Tout va bien ? Le nouveau vous a frappé à la gorge ?

Elle commençait à s'inquiéter de l'origine possible des bruits gutturaux.

Justice North piqua un fard. Abasourdie, Jessie le trouva de plus en plus craquant.

— Je n'ai rien, merci. (Court silence.) J'ai pris plaisir à vous rencontrer, mademoiselle Dupree, et croyez bien que je suis désolé pour l'agression. Mais il faut que j'aille à la cafétéria : j'ai donné rendez-vous à tous les nouveaux. Je m'en vais pousser une gueulante et proférer quelques menaces pour faire bonne mesure, afin d'être certain qu'ils assimilent les bonnes manières.

Il tourna les talons et fit quelques pas avant que le cerveau de Jessie se remette à fonctionner correctement. En le voyant s'éloigner, la jeune femme ne supporta pas l'idée de ne plus jamais le revoir.

— Un instant !

Chapitre 2

Justice fit halte et se retourna.

— Oui, mademoiselle Dupree ?

— Je me demandais… auriez-vous un moment à m'accorder ? C'est au sujet des femmes hybrides. Il y a certains points à améliorer dont j'aimerais discuter avec vous. J'ai évoqué la question avec Tim Oberto, mais il ne se soucie guère de tout ce qui touche aux besoins de vos… femelles, comme vous dites. Est-il envisageable que je vous expose mes doléances ? Je les crois fondées, vous savez.

Il parut réfléchir à la question.

— Combien de temps comptez-vous séjourner à la Réserve ?

— Quelques jours, si c'est possible. Je me suis dit que je pouvais être utile pour aider les nouvelles à s'adapter à leur cadre de vie jusqu'à la prochaine mission. J'ai pas mal de temps libre, les intervalles sont longs, parfois.

Le chef de l'OPH se mordit la lèvre.

— Si vous commenciez par m'accompagner à la cafétéria ? Je préférerais m'assurer que les nouveaux vous ont bien identifiée ; ça coupera court à tout nouvel incident. Puis nous pourrions dîner, qu'en dites-vous ? C'est mon seul créneau disponible. Nous discuterons tout en mangeant. Après le repas, il faut que je me penche sur la conférence de presse prévue ce soir même, à vingt-deux heures, à l'extérieur du domaine, à propos de la mission d'hier.

— Super, répondit Jessie avant de se rappeler le triste état de son chemisier. J'ai le temps de me changer avant ? (Elle sourit.) Cela dit, en me présentant débraillée, je suis prête à parier qu'ils se souviendront tous de moi. Pas forcément au niveau du visage, notez, mais si vos gars me voient en soutif, ça pourrait aider au dégel des relations humains-Hybrides…

L'éclat de rire de Justice secoua sa grande carcasse. *Vraiment torride*, décréta la jeune femme. Ses yeux pétillaient, ses lèvres charnues s'écartèrent assez pour révéler une denture éclatante. Des pointes proéminentes apparurent un court instant. *Il a bel et bien des crocs d'Hybride*, songea Jessie, qui sentit son corps réagir. Que ressentirait-elle s'il la mordillait avec des quenottes pareilles ? Elle se reprit : au train où allaient les choses, il allait falloir changer de culotte en plus du chemisier.

— Tout doux, ma vieille, marmonna-t-elle.

Justice cessa aussitôt de rire.

— Pardon ?

Il avait entendu, bien sûr… Elle avait oublié à quel point les Hybrides avaient les sens aiguisés.

— Rien d'important, rétorqua-t-elle, un sourire aux lèvres. Alors, je me change ou j'y vais telle que je suis ?

— Prenez le temps de vous changer pendant que j'entame mon speech, je vous présenterai à eux quand vous arriverez. Vous savez où se trouve la cafétéria ?

— J'y ai pris le petit déjeuner ce matin même avec Brise.

— Très bien. À tout à l'heure.

Jessie le regarda s'éloigner. Il portait mieux le jean que tous les mecs qu'elle avait pu voir dans sa vie. Ses jambes longues et musclées tendaient l'étoffe au niveau des cuisses… et c'était pareil au niveau des fesses rebondies à souhait. Il était chaussé de baskets hautes à fermeture Velcro. *Il tient visiblement à pouvoir se foutre à poil en un clin d'œil…*

Souriant du caractère débridé de sa libido, Jessie se hâta de rejoindre l'ascenseur. Elle aimait assez l'idée qu'un homme porte des choses faciles à ôter. La cabine démarra ; elle secoua la tête à l'adresse de son reflet. *C'est Justice North, un Hybride, et pas n'importe lequel, en plus ; s'il se passe quoi que ce soit, ça va me coûter mon job. Tim ne se contenterait pas de me passer un savon, il me virerait de l'équipe.*

Jessie s'examina de plus près dans la glace de l'ascenseur et grimaça. Un peu de maquillage ne serait pas du luxe, même si elle en mettait rarement. Elle s'était pomponnée pour plaire à son premier mari… en pure perte. L'envie de plaire était morte en même temps que son mariage. L'enfoiré s'était tapé une femme soldat pendant les manœuvres ! Prenant un peu de recul, elle se passa la main dans les cheveux. Sa tignasse d'un roux flamboyant était en piteux état. À quoi bon en pincer pour le bel Hybride chaud bouillant ? Avec cette tête-là, elle ne risquait pas de lui taper dans l'œil.

Les portes coulissèrent. Elle s'engouffra dans le couloir, courant presque. Ces quelques instants passés avec Justice l'avaient mise dans tous ses états. À quand remontait la dernière fois qu'un homme lui avait fait un tel effet ? Son cœur battait plus vite en présence de l'immense Hybride, il lui venait des idées… un brin dérangeantes. Deux ans s'étaient écoulés depuis cet affreux divorce. Deux ans sans qu'elle prête intérêt aux mecs.

Enfin, se corrigea-t-elle, *il y a eu ce type… Ça compte, un coup d'un soir après avoir trop bu ?* Elle décida de ne pas trop s'appesantir sur la question. Cette soirée-là avait été rude, elle avait eu besoin d'un peu d'intimité. C'était ce fameux soir : la première fois qu'en allant délivrer une femme hybride, ils l'avaient trouvée morte.

Le salopard qui l'avait tuée avait enterré le petit corps meurtri dans le sous-sol de sa maison. Sous le plancher de la cellule dans laquelle la malheureuse avait croupi plusieurs années. Après cette macabre découverte, Jessie était allée au bar et avait trouvé refuge dans les bras du premier joli-cœur venu. Afin d'oublier un instant ce qu'avait enduré la pauvre victime – et le fait qu'ils étaient arrivés trop tard. Mauvaise pioche : après une entame de match prometteuse, le type du bar s'était montré fainéant sitôt son premier coup tiré.

Elle entra dans sa chambre et ramassa la première fringue qui lui tomba sous la main, un débardeur bleu. Trop grand pour elle. Rien d'étonnant à cela : toutes les femmes hybrides qui vivaient à la Réserve étaient du type « cobaye expérimental shooté aux hormones de synthèse ». La plus petite qu'elle ait croisée accusait un mètre quatre-vingts sous la toise, et la plus grande, un mètre quatre-vingt-dix. Des filles bâties à chaux et à sable, capables de soulever un humain lambda à bout de bras. La boutique de la Réserve, qui proposait des vêtements de rechange pour les résidentes, n'avait en stock que du L ou du XL.

Jessie se hâta de ressortir et glissa sa clé de chambre dans la poche arrière de son jean. Brise lui avait prêté un pantalon de jogging ; très peu pour elle. Il ne lui restait plus qu'à continuer avec le jean noir qu'elle portait à son arrivée. N'étant pas femme à trimbaler un sac à main, Jessie avait pour règle de vie de se passer de tout ce qui ne rentrait pas dans une poche. De retour dans la cabine de l'ascenseur, elle s'inspecta de nouveau. Ses mèches folles lui arrivaient en bas des fesses. Le roux intense, aux reflets cuivrés, était obtenu par le recours régulier à deux flacons de teinture.

Le courage de briser les codes, elle l'avait puisé en travaillant pour l'OPH. Les Hybrides étaient différents, spéciaux, et luttaient pour se faire une place. Jessie avait opté pour cette couleur éclatante en manière de défi aux convenances. Elle devait briller dans la nuit tellement sa tignasse était lumineuse… et ça lui plaisait. Le contraste mettait en valeur le bleu nuit de ses pupilles et l'éclat laiteux de sa peau. Elle portait sa pâleur avec fierté.

Les portes chuintèrent ; elle s'élança vers la cafétéria. L'entrée à double battant, grande ouverte, était gardée par deux agents de l'OPH en uniforme noir. Elle ralentit le pas et hésita : Justice les avait-il informés qu'elle était conviée à la réunion ?

Ils s'effacèrent. Jessie leur adressa un grand sourire, franchit le seuil puis s'immobilisa dans la salle immense après quelques enjambées. Elle repéra immédiatement Justice. Juché sur une table comme il l'était, près du buffet, il dépassait la foule de toute sa haute stature. Déjà assez voyant par nature, le chef des Hybrides lui apparut encore plus imposant.

— Les humains ne sont pas nos ennemis. Sauf quelques-uns, martela Justice, le visage assombri par l'agacement. Il y a des braves gens et une poignée de salopards, comme ceux qui s'occupaient de nous chez Mercile. Les salauds sont l'exception, c'est clair pour tout le monde ? Ce sont les braves gens qui nous ont libérés et qui nous ont accordé des droits civiques. Nous sommes les égaux des humains grâce à eux. Ils n'ont rien à voir avec ceux qui nous réduisaient en esclavage et nous torturaient. Ils ignoraient ce qu'on nous faisait subir, et quand ils s'en sont aperçus, ils ont tout mis en œuvre pour qu'on en arrive où nous sommes aujourd'hui. Chacun de vous doit sa présence ici à ces humains de bonne volonté.

Un mâle se leva.

— On est censés leur faire confiance, à présent ? C'est pas facile, ça, Justice…

Le chef de l'OPH se détendit ; ses traits s'adoucirent.

— C'est compréhensible, l'ami, le temps vous y aidera. Hier encore, vous étiez tous enfermés, et aujourd'hui, vous êtes libres. Hier encore, les seuls humains que vous connaissiez étaient des monstres sans cœur, et aujourd'hui, vous avez affaire à des gens normaux qui seraient horrifiés s'ils savaient ce que certains des leurs ont fait subir à notre peuple. Ils tiennent autant que nous à ce que les coupables soient punis.

Quelques Hybrides des derniers rangs se retournèrent d'un bloc pour dévisager Jessie. Souriant toujours, la jeune femme comprit qu'ils avaient dû la renifler. Quinze secondes avaient suffi à l'assistance pour prendre conscience qu'une humaine était entrée dans la salle. Jessie resta près de la porte, étudia les visages tournés vers elle et vit de la colère sur plusieurs faciès.

— Je vous présente Jessie Dupree, annonça Justice à pleine voix. Une humaine qui a du cœur. Plus personne ne doit s'en prendre à elle. Son job consiste à retrouver les Hybrides encore emprisonnés. Elle accompagne une équipe de mâles humains bien entraînés qui combattent au nom de notre liberté, et qui sont prêts à mourir pour nous sauver. Elle était sur place quand vous avez été délivrés, la nuit dernière, et elle n'a pas hésité à risquer sa peau pour conduire nos sœurs à l'abri. Jessie consacre sa vie entière à notre cause… et quelques-uns d'entre vous l'ont attaquée tout à l'heure.

Justice ménagea un silence et fit courir son regard dur d'un visage à l'autre avant de reprendre.

— C'est inacceptable. Nous n'attaquons pas les humains, sauf pour nous défendre.

— C'est *elle* qui m'a attaqué, gronda un mâle.

Un sourcil arqué et les bras croisés sur son torse massif, Justice, de nouveau en rogne, finit par repérer le teigneux.

— Ah bon ? On peut savoir comment elle s'y est prise ?

Jessie se mordit la lèvre pour ne pas répondre à la place du fâcheux et attendit sagement.

— Elle m'a insulté, et après, elle a essayé de me casser le bras.

Justice fit un pas en avant, l'air menaçant, jusqu'au bord de la table.

— Tu l'avais touchée avant, non ?

— À l'avant-bras.

— Dis plutôt que tu l'avais agrippée. J'ai vu des marques sur son poignet, c'est ton œuvre. C'est *toi* l'agresseur. L'humaine n'a fait que se défendre et tenter de se dégager. (Court silence.) Avec brio, d'ailleurs.

Jessie entendit le mâle grogner et parcourut la salle du regard jusqu'à tomber dessus. C'était bien celui qui avait pris un bon coup de pied dans les couilles. Elle réprima un sourire en coin. Il ne l'avait pas volé, celui-ci, même si elle avait visé l'estomac. À qui la faute ? Jessie était petite, le type immense, pas de quoi en faire un drame.

— Tous les humains présents sur le territoire de la Réserve sont nos invités. Et donc sous notre protection. Interdiction formelle de les attaquer. Et d'être grossier. Quant à s'en prendre à une femme, c'est exclu, quelles que soient les circonstances. Les humaines sont moins résistantes que nos femelles et n'ont pas subi la même éducation. Elles n'ont ni notre entraînement ni notre force physique. Celui qui lève la main sur une humaine sera châtié avec la plus grande sévérité, j'en fais le serment. Certaines sont avec l'un ou l'autre de nos mâles. Ils sont tout l'un pour l'autre, imprégnés pour la vie. Celui qui touche à un cheveu d'une humaine en couple se fera tuer par son mâle, et c'est son droit le plus strict.

Justice ménagea une nouvelle pause et prit une profonde inspiration avant de reprendre.

— Telles sont nos lois. Pas question non plus de s'en prendre à nos agents en uniforme noir. Vous leur devez respect et obéissance. Leur parole est autant la loi que la mienne. Quant à nos femmes, bas les pattes tant qu'elles n'ont pas donné leur consentement. Je ne devrais même pas avoir à le préciser, mais comme vous le savez, je ne sors pas du même labo que vous. Là d'où je viens, nous traitions les femelles avec respect et ne couchions avec l'une d'elles que si elle était d'accord. Vous serez sanctionnés si vous ne vous pliez pas à ces règles. Il m'en coûte de le dire, mais enfreindre la loi, c'est courir le risque de finir au trou. Ceux qui n'arrivent pas à s'y plier resteront enfermés jusqu'à ce qu'ils aient compris qu'être libre, c'est respecter la liberté des autres. Me suis-je bien fait comprendre ?

Personne ne pipa mot. Justice prit le temps de croiser tous les regards avant de hocher la tête avec lenteur.

— Le dîner est servi. Le sujet est clos.

Le chef de l'OPH sauta à terre avec grâce et se dirigea aussitôt vers Jessie. Il avait le visage fermé quand il arriva devant elle.

— Allons-y.

La jeune femme ne sut que dire pour le mettre de meilleure humeur. Il lui offrit son bras. Elle dut lever la main pour étreindre le colosse par le poignet. Le contact avec cet épiderme surchauffé la surprit une nouvelle fois. Il était brûlant, comme s'il avait la fièvre.

— On ne dîne pas ici ?

— Non. Ne m'en voulez pas, mais j'aime autant qu'on dîne dans le salon de ma suite. Vous teniez vraiment à ce qu'on bavarde devant tous ces gars ? Pas moi. Ils doivent m'en vouloir de leur avoir exposé le règlement, mais c'était nécessaire.

— Je ne dois pas non plus être dans leurs petits papiers. Ça me va.

Jessie sentit son rythme cardiaque s'accélérer à l'idée de dîner en tête-à-tête avec Justice. Dans sa suite, carrément…

Pas très formel ! D'un autre côté, s'il disposait d'un bureau à la Réserve, cela revenait aussi à se voir en tête-à-tête, et le salon de ses appartements était sûrement plus spacieux. Justice la conduisit jusqu'à l'ascenseur.

Il refusa de la regarder sitôt la cabine fermée, posant ses yeux partout, sauf sur elle. Jessie resta pendue à son bras en dépit d'une furieuse envie de le lâcher. Pourquoi l'ignorait-il ? Justice respira à fond.

— Je nous ai commandé à dîner. Comme j'ignore vos goûts en la matière… (Courte hésitation.) J'ai pris la liberté de faire monter plusieurs plats. Il eût été plus poli de vous laisser choisir, mais le temps m'est compté, hélas. J'ai un discours à écrire dans la soirée, voyez-vous…

— Nickel, répondit Jessie, un large sourire aux lèvres. Je ne suis pas très difficile, question nourriture.

Il se décida enfin à la regarder en coin.

— Ni très gloutonne, j'imagine, menue comme vous l'êtes…

Elle s'esclaffa.

— C'est l'exercice qui veut ça. Mon père et mon frère ont été *Marines* et j'ai épousé un *Navy Seal*. (Elle haussa les épaules.) Comme j'ai perdu ma mère à cinq ans, j'ai passé toute ma vie environnée de garçons sportifs. Ça m'a permis d'apprendre à me battre, notez bien. Tous tenaient à ce que je sois de taille à me défendre en toute circonstance. Gamine, j'étais déjà grande gueule, tout le contraire d'une timide. Mon père a estimé qu'avec un tempérament pareil et un génie pour me fourrer dans les ennuis, j'avais intérêt à savoir me défendre. Il avait vu juste.

Justice s'était raidi. Sa voix, déjà grave naturellement, passa en mode caverneux.

— Votre mari doit détester ce boulot qui vous tient éloignée de lui.

— Ex-mari. On a divorcé il y a deux ans.

L'Hybride recommença à éviter son regard. Jessie le sentit se détendre un peu quand les portes s'ouvrirent au deuxième.

— On loge au même étage.

Justice ne pipa mot et s'engagea dans le couloir opposé à celui qui menait à la chambre de Jessie. Arrivé devant la porte du bout, il sortit une clé de la poche de son jean et actionna la serrure. Jessie dut lui lâcher le bras quand il s'effaça pour la laisser entrer.

La suite était agréable ; le salon, aussi spacieux qu'escompté. Un coin-cuisine avait été aménagé derrière un plan de travail faisant office de bar. Le couloir menant à la chambre était du côté opposé. Justice désigna le canapé.

— Installez-vous. Ça vous ennuie, si je retire mes chaussures ? Que j'en porte dix minutes ou dix heures, il me tarde toujours de me retrouver pieds nus.

— Vous êtes chez vous. Mettez-vous à l'aise.

Elle prit place sur le sofa. L'équipe l'avait déjà mise au courant de ce détail : de très nombreux Hybrides détestaient les chaussures et préféraient marcher pieds nus, comme ils l'avaient fait pendant leurs années de claustration. Elle avait en outre pu constater que les femelles n'étaient pas fans des sous-vêtements… et ne put réprimer un sourire en se demandant si c'était aussi le cas des mâles. *Justice est-il à poil dans son jean ? Dis quelque chose, merde !* se fustigea-t-elle pour chasser cette image.

— Je n'aime pas davantage les chaussures. À la maison, je m'en débarrasse sitôt le seuil franchi et ne les remets qu'au moment de sortir.

Justice s'assit à un mètre d'elle et se déchaussa en tirant un coup sec sur les attaches Velcro. Jessie sourit derechef en découvrant ses immenses pieds nus. Il devait aussi détester les chaussettes, car il n'en portait pas. Les chances augmentaient selon elle qu'il soit nu dans son jean. Elle était prête à miser son débardeur là-dessus.

Les yeux rivés sur l'entrejambe du colosse quand il se releva, elle fut incapable de trancher. Levant ensuite la tête, elle se sentit rougir : il la dévisageait, les yeux mi-clos, n'ayant d'évidence rien raté de son petit manège.

— Que regardiez-vous avec tant d'insistance... aurais-je oublié de fermer ma braguette ? dit-il en passant machinalement la main à l'endroit concerné.

Elle secoua la tête, mortifiée.

— Non, ce n'est pas ça.

Il cilla.

— Qu'y a-t-il ? Je me suis taché ? Au déjeuner, peut-être...

Penché en avant, il examina son pantalon puis se redressa.

— Je ne vois rien...

Jessie hésita. Les Hybrides aimaient la franchise, c'était certain. Le franc-parler.

— Vous n'aimez pas les chaussures et ne portez pas de chaussettes. Sachant combien vos femmes détestent les sous-vêtements, je me demandais – assez mal à propos, je l'avoue – si c'était la même chose pour les garçons. Du coup, j'ai essayé de voir si vous portiez ou non quelque chose sous votre jean. Sans succès. Je suis désolée, vraiment, c'est... très mal élevé de ma part.

Jessie s'attendait à le voir s'offusquer, voire se mettre en rogne. Au lieu de quoi il plissa les yeux et laissa éclater un gros rire. Quelle heureuse surprise, et quel soulagement !

— Je vois. Eh bien, j'en porte. Le jean est un peu rêche à mon goût, j'ai la peau sensible et les plis peuvent pincer méchamment. J'adore les sous-vêtements en coton épais et moelleux, pour tout vous dire.

La jeune femme s'interrogea sur cette affaire de « peau sensible » et de « coton épais et moelleux ». *Que porte-t-il au juste, slip, caleçon ? Machin près du corps, façon moule-bite ?* La troisième hypothèse l'effraya. C'était ce qu'aimait porter son ex, et elle n'avait aucune envie de découvrir un quelconque point commun entre Justice et cet abruti de Conner.

Le carillon tira la jeune femme de ses pensées. Justice, porté par ses grandes jambes, se hâta d'aller ouvrir.

— Sûrement notre repas. Je n'ai pas de vraie table, ça ne vous fait rien de manger sur la table basse ?

Une image se forma dans la tête de Jessie : lui, allongé sur le dos et nu de préférence, elle, mangeant à même sur sa grande carcasse musclée. Elle s'empressa de la chasser. *Ça va pas, non ? C'est le chef de mon chef, des pensées pareilles vont me conduire à ma perte ! Arrête de fantasmer sur Justice, ma vieille. Concentre-toi sur autre chose et réponds-lui.*

Il était si prévenant, si bien élevé. C'était d'autant plus surprenant qu'il avait passé le plus clair de son temps dans la peau d'un cobaye de laboratoire.

— C'est parfait. Je ne dîne jamais à table. (Elle gloussa.) J'appartiens à cette drôle d'espèce qui regarde la télé en mangeant sur une table basse. C'est une mauvaise habitude, j'en suis consciente, mais je vis seule. Mater la télé, c'est toujours mieux que loucher sur le plafond.

Jessie ne vit pas à qui Justice s'adressait à voix basse, mais l'échange fut bref. Son hôte tira à lui un chariot rutilant et referma la porte. Elle compta quatre assiettes sous cloche sur le plateau supérieur et, à l'étage en dessous, un assortiment de sodas et quatre assiettes plus petites. Justice fit rouler le chariot sur le tapis jusqu'au bord de la table basse.

— Choisissez la première. J'ai commandé des plats qui me plaisent tous, ce qui reste m'ira tout autant.

L'Hybride souleva les cloches qu'il balança une à une sur un fauteuil rembourré. Il visait bien : les couvercles s'empilèrent sans accroc.

Jessie jeta un coup d'œil aux plats. Pâtes en sauce blanche avec crevettes et pain à l'ail. *Miam*. L'assiette voisine contenait une côte de bœuf XXL avec pommes de terre en robe des champs et légumes variés. Le troisième plat la fit blêmir : un poisson entier cuit au four, de type truite ou assimilé, qui lui rappela de fort mauvais souvenirs. Son ex-mari en mangeait si souvent qu'elle en était venue à en détester l'odeur. Du poulet en sauce constituait la dernière option.

— Tout me tente à part le poisson. (Elle sourit.) À vous de choisir.

Il hésita avant de jeter son dévolu sur le poulet.

— C'est mon péché mignon ; avant d'être libéré, je n'y avais jamais goûté.

— Ils ne vous donnaient jamais de poulet ? J'ignorais ce détail.

Jessie choisit la côte de bœuf et manœuvra l'assiette avec soin. Justice alla se placer en vis-à-vis afin qu'ils puissent tous les deux étendre leurs jambes sans se gêner. La jeune femme s'assit par terre, elle aussi. Le dos calé contre le canapé, elle était tout à fait à son aise.

L'Hybride était plus près du chariot.

— Quel type de soda voulez-vous ? Ça vous convient, au fait ?

— Celui à la cerise, s'il vous plaît. J'adore ça.

— Nous autres aussi, répondit-il, tout sourires.

— Vous n'aviez pas droit aux boissons caféinées. Ça, j'en suis sûre.

— Rien que de l'eau. Parfois du jus de fruits.

Il attrapa le soda à la cerise et le lui tendit. Leurs doigts s'effleurèrent.

— Merci.

Chacun ouvrit sa canette et disposa ses couverts. Justice attaqua son plat sous le regard étonné de Jessie, qui sourit en constatant à quel point il se tenait bien à table. Elle allait de surprise en surprise : les femmes hybrides, avec lesquelles elle avait partagé de nombreux repas, mangeaient presque toutes avec les doigts et se jetaient sur la nourriture, comme redoutant de la voir disparaître.

Justice, lui, coupait sa viande et mâchait lentement. Coup d'œil à son assiette : il mangeait son poulet bien cuit, nouvelle source d'étonnement. Les habitudes des hommes et des femmes hybrides différaient-elles à ce point ? Il se pouvait aussi qu'il ait appris les bonnes manières depuis le temps qu'il était sorti des griffes de Mercile. De l'avis de Jessie, la plupart des viandes gagnaient nettement à être cuites convenablement.

Le portable de Justice sonna. Il soupira. La jeune femme se rendit compte qu'il avait l'air extrêmement las. Il se déhancha pour extraire l'appareil de la poche arrière de son pantalon, consulta l'écran puis croisa le regard étonné de Jessie.

— Désolé. Il faut que je réponde.

— Je vous en prie, répondit-elle, redoutant qu'il soit appelé au loin avant qu'ils aient pu discuter.

Il déplia son portable sans cesser de manger.

— Qu'y a-t-il ?

Jessie entama son plat à son tour tandis que Justice écoutait son interlocuteur, lançait des réponses laconiques et continuait à manger. Le téléphone ne l'encombrait pas, il se comportait en individu habitué à jongler avec les couverts et un portable sans s'emmêler les pinceaux. Mâchant entre deux phrases. Sa communication enfin terminée, il replia l'appareil d'un mouvement combiné de la tête et de l'épaule. Ce talent-là fit sourire Jessie.

Justice leva les yeux vers elle pendant que son portable glissait sagement le long de son torse et finissait sa course à l'endroit voulu, entre ses cuisses.

— Qu'est-ce qui vous amuse à ce point ?

— Vous. C'est bien la première fois que je vois ça ! Fermer un téléphone sans les mains, puis réussir à le faire descendre pile où il faut. Vous faites ça souvent, j'imagine ?

Il sourit.

— C'est un talent que j'ai peaufiné.

— Il y a belle lurette que je n'avais pas vu un vieux modèle à clapet…

Le sourire de l'Hybride s'élargit.

— Ces vieux machins sont plus difficiles à localiser. J'utilise divers modèles.

Le téléphone sonna de nouveau ; il soupira. Ferma les yeux un court instant avant de lâcher sa fourchette pour récupérer l'appareil. Puis il regarda qui appelait, posa le portable à côté de son assiette et leva les yeux vers Jessie.

— Celui-ci attendra. Une chaîne d'infos qui essaie de me soutirer un commentaire.

— Il vous arrive d'avoir un jour de repos ?

— Jamais. (Il haussa une épaule.) Je savais que j'allais crouler sous les responsabilités quand on m'a demandé de prendre le commandement.

— Le commandement ?

— Ce sont les miens qui ont insisté pour que je sois leur chef. Il se trouve que je suis plus calme que la plupart, et raisonnable. J'étais aussi le meilleur combattant, et le plus rapide à trouver mes repères quand les humains nous ont délivrés. Je me suis efforcé de ne tuer personne quand certains de vos semblables se sont mis à critiquer tout ce que nous faisions. J'ai toujours servi d'amortisseur entre nos deux peuples. En cas de désaccord, c'était moi qui menais les négociations. Quand il nous a été demandé d'élire un représentant, le peuple hybride m'a plébiscité. Et j'ai accepté.

Jessie but une gorgée de soda.

— Vous faites un boulot remarquable. J'ai souvent entendu mon père, le sénateur Jacob Hills, répéter que c'est en grande partie grâce à vous que l'OPH est arrivée où elle est. Que vous êtes une force de la nature, et qu'il faudrait être le dernier des abrutis pour vous mettre des bâtons dans les roues.

Justice gloussa.

— J'aime bien Hills. J'ignorais que vous étiez sa fille. (Son regard se fit plus incisif.) Vous ne lui ressemblez pas du tout…

— Je tiens surtout de ma mère que j'ai à peine connue. Elle est morte quand j'avais cinq ans ; un conducteur ivrogne a percuté sa voiture alors qu'elle rentrait du club de sport. J'ai une tonne de photos d'elles, et c'est vrai que je lui ressemble beaucoup.

— Toutes mes condoléances. Votre père est un homme très apprécié.

— Il vous apprécie en retour. Rares sont les gens à m'identifier comme sa fille, et il s'efforce que cela reste ainsi. Je suis un peu… rebelle. (Elle se toucha les cheveux.) Il déteste ma coiffure.

L'Hybride s'y intéressa de près.

— Cette couleur vive n'est pas de naissance, j'imagine ? Elle me plaît, mais j'avoue que c'est la première fois que je vois un roux aussi éclatant, alors que j'ai croisé beaucoup de monde depuis ma libération.

— Je me teins les cheveux. Ce n'est pas la couleur qui déplaît à mon père, même s'il aimerait la voir moins prononcée. C'est la longueur qui l'irrite vraiment. J'ai refusé de me faire couper les cheveux après un passage catastrophique chez le coiffeur. Pile deux jours avant mon seizième anniversaire, un âge qui compte, et j'avais l'air d'un garçon manqué avec les cheveux courts. J'ai cessé de les couper depuis ce fiasco. Puis ça a été mon ex-mari qui tenait à ce que je les coupe, il disait qu'ils étaient trop longs, qu'il trouvait ça embarassant au possible… Mon père et lui se sont ligués pour que je les coupe à hauteur d'épaule. « Les individus responsables n'ont pas les cheveux qui leur descendent jusqu'aux fesses. » Cette rengaine-là, je l'ai entendue cent fois, s'esclaffa Jessie. Je persiste à vouloir les porter longs, et mon père me ressort sa litanie chaque fois qu'on se voit.

Elle haussa les épaules. Les beaux yeux de Justice s'adoucirent.

— Vos cheveux sont superbes tels qu'ils sont. C'est idiot, de demander à ce que vous les coupiez. Et je vois mal en quoi ça pourrait être… embarrassant, comme vous dites. J'ai moi-même les cheveux longs. Pas autant que vous, certes, mais ce n'est visiblement pas à la mode chez les garçons, si j'en crois vos gourous des médias. J'ai moi aussi refusé de céder, acceptant tout au plus qu'on les ramène à leur longueur actuelle. Je suis pourtant un individu responsable, et j'espère que c'est l'image que les humains ont de moi. Laissez-les donc flotter !

Il aime mes cheveux longs. Jessie sentit son cœur bondir dans sa poitrine. Chaud comme la braise, joli cul, un corps qui n'en finit pas et amateur de cheveux longs par-dessus le marché. Presque parfait. Son portable sonna ; il décrocha. *Et merde. Le mec parfait, c'est un mec qui n'a pas un téléphone sonnant tout le temps. Et qui n'est pas esclave de son travail.* Justice North ne vivait que pour son boulot.

— Désolé, mais il faut encore que je réponde. (Il ouvrit le clapet.) Justice à l'appareil.

Jessie termina de dîner. Justice avait fini, lui aussi. Au milieu de la conversation, il lui lança un regard d'excuses et se leva. Puis il se dirigea vers l'attaché-case qui trônait sur un bureau, près de l'entrée, l'ouvrit et compulsa des dossiers tout en parlant à voix basse. Et resta au téléphone.

Chapitre 3

Jessie débarrassa la table et rangea les assiettes sur le rayon inférieur du chariot. Elle souleva les couvercles des quatre assiettes à dessert afin d'en inventorier la nature puis les posa sur le plateau supérieur. Beaucoup d'Hybrides n'étant pas fans du chocolat, elle fit l'impasse sur le gâteau et reporta son intérêt sur les trois autres desserts. Le premier était une salade de fruits recouvrant ce qui paraissait être une tranche de gâteau des anges. Les deux autres étaient des parts de tarte : la première aux pommes, la seconde à la citrouille. Elle épia Justice du coin de l'œil en essayant de deviner lequel aurait sa préférence. S'étant décidée pour la salade de fruits et la tarte aux pommes, elle s'empara d'une cuillère et le rejoignit.

L'ayant sentie approcher, il se retourna et plaqua la main sur le bas du téléphone.

— Désolé.

— Lequel ? demanda-t-elle en tendant les deux assiettes.

Il sourit et accepta la salade de fruits. Elle avait vu juste. Jessie lui tendit la cuillère, mais entre l'assiette et le téléphone, il n'avait pas de main libre. Un sourire aux lèvres, la jeune femme remplit l'ustensile et approcha celui-ci des lèvres de l'Hybride. L'air ravi, il ouvrit la bouche.

Elle remarqua ses canines proéminentes et introduisit prudemment la cuillère en prenant soin d'éviter les crocs. En le voyant refermer la bouche, Jessie éprouva une pointe de jalousie envers l'objet qui avait la chance d'être au contact de ses lèvres charnues, puis récupéra la cuillère avec précaution.

Justice ferma les yeux pour mieux savourer cette première bouchée. Les traits radoucis par une expression de plaisir intense, il grogna doucement. Jessie posa l'autre assiette sur la table, loin des piles de documents, avant de reprendre la salade de fruits. Il rouvrit les yeux, surpris ; elle continua à sourire en dépit de l'attirance qu'elle sentait monter en elle. Et remplit la cuillère afin de lui proposer une nouvelle bouchée.

— Vous avez besoin de vos deux mains, exposa-t-elle à mi-voix.

— Merci, murmura-t-il.

Il accepta la becquée, toujours aussi séduisant, en dévisageant cette fois sa bienfaitrice. Le bleu de ses yeux s'était accentué ; Jessie trouva fascinant que la couleur change au gré de ses émotions. L'ovale de ses pupilles s'était un peu réduit et le bleu dominait à présent dans ses iris à la forme exotique. Justice se détourna brusquement afin de mettre la main sur quelque chose : un papier qu'il se mit à lire. Ayant perdu son attention, Jessie sentit la déception l'envahir pour une raison qui lui échappait. Elle prit conscience qu'elle avait adoré ces quelques secondes pendant lesquelles il l'avait dévorée des yeux.

— Je vois ça. J'ai les chiffres sous le nez. Dites-leur que le devis convient mais qu'ils doivent faire un effort sur le prix. On a gagné un procès, d'accord, mais ce n'est pas une raison pour nous laisser plumer. (Il se racla la gorge.) Faites-leur comprendre que vous avez sollicité d'autres sous-traitants, ça devrait les inciter à faire un effort. Proposez-leur l'enveloppe budgétaire dont on avait parlé ensemble. S'ils refusent, faites un nouveau tour de table. Notre budget ne doit pas exploser.

Jessie lui proposa une nouvelle bouchée alors que l'interlocuteur répondait. Nourrir un homme à la cuillère était une expérience inédite – qui lui plaisait beaucoup. Il se fendit d'un nouveau regard chargé de gratitude et lui sourit. Toute la salade de fruits y passa, puis le gâteau, jusqu'à ce que l'assiette soit vide. Elle rapporta cette dernière au chariot où elle piocha quelques sodas. Justice lui signifia d'un geste de poser une canette à sa portée, sourit derechef puis fourragea dans son attaché-case. Jessie ôta l'opercule à sa place et posa la canette à l'endroit indiqué. Elle retourna au canapé et fit un sort à la tarte aux pommes.

— Encore désolé, déclara Justice en venant s'asseoir à côté d'elle, quelques minutes plus tard, sa conversation enfin terminée.

Moins d'un mètre les séparait.

— Et merci pour la salade de fruits. C'était délicieux.

Elle se tourna vers lui.

— Pas de souci, je comprends.

Son téléphone sonna une nouvelle fois. Le sourire de l'Hybride se mua en grimace.

— Je refuse de regarder qui appelle. Une pièce et je balance cette saleté contre le mur.

— Je n'ai pas de monnaie sur moi, désolée, dit-elle en palpant les poches de son jean.

Il rit.

— Dommage.

— C'est non-stop, ces appels ?

— Uniquement quand mon téléphone est allumé. Et il l'est tout le temps.

— Vous devriez trouver un adjoint. Un homme seul ne peut pas tout faire.

Il haussa les épaules.

— Je ne connais personne qui soit apte à faire tout ce que je fais…

— Si j'étais vous, je formerais une dizaine de remplaçants et je prendrais un mois de vacances. Je parie que vous rêvez de vous évader loin des portables et des responsabilités.

— Ne me tentez pas… (Il prit un air songeur.) Vous croyez qu'on voudrait de moi, dans un cirque ?

Jessie éclata de rire.

— Aucun doute là-dessus ! Cela étant, je doute que vous trouviez une amélioration : ça irait mieux sur le plan des coups de fil, mais en ce qui concerne le regard des autres, ça serait certainement bien pire.

Justice ajusta la position de sa grande carcasse et posa ses pieds nus sur la table basse.

— De quoi vouliez-vous me parler ? Votre avis m'intéresse. Sincèrement.

La jeune femme hésita.

— Ça vous arrive tout le temps, pas vrai ? D'être sollicité par des gens qui ont un point de vue à faire valoir ? (Elle compatissait.) Je vous propose un truc : j'écris un mémo, je l'expédie à votre bureau et vous y jetez un coup d'œil la prochaine fois que vous avez un peu de temps libre. Le boulot, vous devez en avoir par-dessus la tête. Ce qu'il vous faut, là tout de suite, c'est un peu de détente.

— Vous voulez partir ? (Il se raidit.) Je comprends. Encore désolé pour ce dîner haché. C'était grossier de ma part, je sais, mais il fallait absolument que je réponde à ces appels. Je vous promets de lire votre courrier avec la plus grande attention. N'oubliez pas d'écrire votre nom en gros au dos de l'enveloppe, je dirai à mon assistante de m'apporter votre mémo sur-le-champ. Et je l'étudierai sans attendre.

Jessie se leva.

— Je n'ai pas l'intention de partir. Vous êtes à cran, ça se voit, dit-elle en le regardant dans les yeux. Vous êtes le plus gros bosseur que j'aie jamais rencontré. Mon père est accro au boulot, mais à côté de vous, c'est un touriste. Ne vous en faites pas pour le dîner ou les appels. Vous savez ce qui vous ferait du bien ?

Il secoua la tête, une étincelle de curiosité dans ses jolis yeux. Jessie se reprit à hésiter. *Pas très pro, mon affaire, mais ça dérange qui ? Il est super stressé, je veux l'aider et je sais justement comment m'y prendre. C'est une très, très mauvaise idée, d'accord... mais on s'en fout.*

— Ce qu'il vous faut, c'est un massage.

Il haussa les sourcils.

— Un quoi ?

Gloussant tant il avait l'air adorable avec sa mine éberluée, Jessie répéta.

— Un massage. Si vous avez ce qu'il faut, laissez-moi vous masser les épaules. Je l'ai souvent fait à mon père quand je le voyais à cran. Ça soulage, et en plus, c'est agréable.

Justice déglutit bruyamment.

— Vous trouverez ce qu'il faut à la salle de bains. De la lotion est fournie dans toutes les chambres.

— C'est par là ? dit-elle en désignant l'entrée.

— Oui.

— J'y vais. Détendez-vous, posez les pieds bien à plat par terre... et ne touchez surtout pas à ce maudit téléphone. Laissez-le sonner.

Jessie se dit qu'elle perdait la boule. Justice pouvait ordonner à son boss de la virer, et Tim se ferait un plaisir de s'exécuter. L'Hybride était à la tête de l'OPH et elle se proposait de le détendre en massant ses épaules de lutteur ? *Et puis merde*, songea-t-elle en se dirigeant vers la salle de bains. Justice était soumis à un stress immense ;

si quelqu'un en avait besoin, c'était bien lui. Un massage allait lui faire le plus grand bien. Elle trouva la lotion et revint au salon.

— Je vais grimper sur le dossier du canapé et m'asseoir derrière vous. Veuillez ôter votre débardeur.

Après une courte hésitation, il empoigna le bas de son vêtement, se pencha en avant et exposa une nouvelle fois son ventre plat aux muscles incroyablement saillants. Jessie monta sur le canapé, prit position derrière lui et planta fermement ses talons près des hanches du colosse. Elle déboucha le flacon de lotion, contempla les épaules massives… et prit conscience des énormes responsabilités qui pesaient sur elles. Avec une carrure pareille, aucun doute, Justice North était apte à porter le destin de l'OPH face au monde entier.

Constatant que la crinière de Justice allait la gêner, Jessie posa le flacon et défit l'élastique qui retenait sa queue-de-cheval. Elle l'agita sous le nez de l'Hybride.

— Vous pouvez ramener vos cheveux sur le sommet du crâne, s'il vous plaît ?

Il hésita une seconde avant d'accepter l'élastique puis obtempéra. La jeune femme songea qu'elle éclaterait probablement de rire si elle le voyait de face à cet instant. Elle préféra se concentrer sur ce dos attirant qu'il lui tardait d'effleurer et versa de la lotion dans sa paume tendue. Puis elle laissa ses mains glisser sur l'épiderme surchauffé jusqu'à ce que la zone qu'elle comptait masser soit entièrement couverte.

— Ça va aller ? s'enquit-elle.

— Je vais faire mon possible, répondit-il d'une voix caverneuse.

— Parfait. Fermez les yeux et détendez-vous.

Jessie entreprit de pétrir les muscles tendus à l'extrême. Elle se servit des paumes pour masser en profondeur, consciente qu'elle n'avait pas assez de force dans les mains pour lui faire mal. Ravie de ce contact, les yeux rivés sur cette peau cuivrée, elle espéra que ses efforts allaient produire un effet positif. Justice avait grand besoin d'un peu de détente. Il travaillait trop. Beaucoup trop.

En l'entendant grogner, Jessie sourit, heureuse de ne pas avoir perdu la main. Elle remonta jusqu'à la base du cou où, là aussi, les muscles étaient noués, puis redescendit avec lenteur jusqu'aux trapèzes et aux dorsaux. Le colosse poussait des grognements étouffés à intervalles réguliers.

Le portable retentit à plusieurs reprises, mais il l'ignora. Il ne se raidissait pas à chaque sonnerie et restait immobile. La jeune femme, qui commençait à souffrir à force d'appuyer, s'arrêta.

— Ça va mieux ?

Nouveau grognement.

— Oui.

— La tension est dissipée ?

— Oui.

— Mission relaxation accomplie, alors.

Elle rompit à regret le contact avec ses larges épaules, ayant beaucoup apprécié ce bref instant d'intimité avec l'immense dirigeant de l'OPH. Mieux valait penser à autre chose, songea-t-elle, l'attirance qu'elle ressentait envers lui était une très mauvaise chose. Elle lui libéra les cheveux puis empocha l'élastique. *Arrête de rêver toute éveillée, ma vieille. Ce type est inaccessible, et s'il apprenait que je suis ici, Tim me virerait illico.*

Jessie descendit du canapé puis étudia les traits agréables de l'Hybride. Elle croisa son regard sombre et sexy en diable… et déglutit avec peine quand elle vit avec quelle intensité il la dévisageait en retour. Pour quelle raison avait-il l'air si sérieux ? Il avait vraiment le chic pour la mettre mal à l'aise…

— Il y a un problème ? Vous me regardez comme si vous vouliez dire quelque chose…

Justice se leva avec lenteur. Il était si grand qu'elle dut lever la tête pour continuer à le regarder dans les yeux. Elle ne bougea pas un muscle. Il faisait une bonne tête de plus qu'elle, et sa carrure était vraiment impressionnante. *Trop grand pour moi*. Elle chassa aussitôt cette pensée : quelle importance, puisque la proximité du colosse la rassurait plus qu'elle ne l'effrayait ? Les yeux toujours rivés sur elle, il finit par s'exprimer.

— Merci, dit-il de sa voix caverneuse.

— Je vous en prie.

Il cilla.

— Vous devriez partir avant que je fasse quelque chose de regrettable. Merci encore d'avoir dîné en ma compagnie et… de m'avoir fait manger mon dessert. Et surtout, un grand merci pour le massage. C'était merveilleux et ça m'a fait un bien fou.

Jessie, piquée au vif, sentit son rythme cardiaque s'accélérer.

— Qu'entendez-vous au juste, par « quelque chose de regrettable » ?

Sans quitter des yeux ceux de la petite humaine, Justice resta bouche cousue un long moment, comme s'il rechignait à répondre.

— Vous toucher.

Cette fois, le cœur de Jessie fit un bond dans sa poitrine. La lueur qui couvait dans ses yeux de chat n'avait plus rien de mystérieux. C'était… du désir. Justice la désirait. Les narines frémissantes, il émit ce bruit de gorge qui l'excitait tant.

— Avouez que vous ronronnez, murmura-t-elle.

Craignant que Jessie interprète cela comme une menace, Justice ordonna à ses mains de ne pas se crisper. L'envie de la toucher était presque irrépressible. Sentir ses petites menottes sur sa peau, son odeur enivrante tandis qu'elle lui massait les épaules, avait failli avoir raison de sa santé mentale.

Elle était humaine, elle travaillait pour l'équipe de choc placée sous son autorité… et Justice n'ignorait rien des us et coutumes qui régissaient les rapports professionnels entre humains. *Harcèlement sexuel*. Ces deux mots tournaient en boucle dans sa tête. Jessie n'était pas une Hybride. Elle était gouvernée par des règles totalement différentes de celles qui régissaient son monde à lui, il n'était pas question de lui demander benoîtement si elle voulait coucher avec lui. Ce qu'il aurait fait s'il s'était agi d'une femelle de son espèce : celles-là savaient qu'il leur suffisait de dire non pour que la question soit tranchée. Avec une humaine, c'était une autre affaire. Elle risquait d'avoir peur ou de se sentir insultée.

Il tenta de raisonner sa libido en surchauffe. Pas question de coucher avec Jessie Dupree. Jamais elle ne voudrait de lui. Elle venait d'agir par bonté d'âme, pas pour l'inciter à poser les mains sur elle en retour. Il était à deux doigts de lui arracher ses fringues, d'explorer sa peau laiteuse et de la manipuler sous toutes les coutures. Sa queue réagissait au quart de tour, le sang affluait, il allait falloir changer de posture sous peine de voir exploser sa braguette.

Respire, s'exhorta-t-il. *Résiste. Tu n'as pas le droit de lui faire des avances. C'est une humaine et ton envie n'y fait rien, elle est intouchable*. Ces pensées l'aidèrent à regagner un semblant de contrôle sur ses pulsions. Il grognerait après Jessie si elle était hybride ; cela suffirait à affirmer son statut de mâle dominant et à s'offrir à elle. Puis, si elle acceptait, il la dévêtirait en moins d'une minute et ferait de son mieux pour la satisfaire.

L'incertitude prit le dessus *in extremis*. Justice réprima son grondement puisqu'il n'avait pas affaire à une Hybride. Ce qu'il avait appris des humains s'appliquait-il à Jessie ? Pas la moindre idée. Il ravala sa salive, garda le silence et pria pour ne pas avoir l'air menaçant : la jeune femme était beaucoup plus petite et menue qu'une Hybride. Cette donnée-là l'aida à se dominer, Jessie était si frêle, il redoutait de lui faire mal s'il lui prenait l'idée d'obéir à l'instinct qui lui dictait de la fourrer dans son lit.

Jessie plongea dans les beaux yeux de Justice qui s'obstinait à garder le silence. *Je le veux*, s'avoua-t-elle mentalement. *Tim va vouloir ma peau, c'est sûr, mais merde, le jeu en vaut la chandelle. Il dit qu'il veut me toucher, et moi, j'en crève d'envie. Et puis pour me le faire payer, il faudrait que Tim l'apprenne… Qui peut me balancer ?* Rapide coup d'œil alentour. Personne en vue. *Pas de témoin, personne n'est là pour nous juger et ça se passe entre adultes consentants.* Jessie leva les yeux vers lui, retrouva son regard de braise toujours braqué sur elle… comme à l'affût d'un signe d'assentiment.

S'ils commençaient à s'effleurer, le risque qu'ils couchent ensemble était bien réel. Or Justice était immense, très fort physiquement… et hybride. Quelles étaient les chances que cela colle entre eux, au lit ? Elle savait que plusieurs femmes étaient en couple avec un Hybride. Tammy avec Vaillant, déjà : elle avait assisté à la cérémonie de mariage. Une Tammy radieuse malgré la différence de gabarit flagrante.

— Avez-vous… as-tu déjà couché avec une humaine ?

C'était plus fort qu'elle, les mots – et le tutoiement – étaient sortis tous seuls.

— Non.

Il continuait à la dévorer des yeux. Jessie se sentit autorisée à insister.

— C'est bien la première fois que je me sens attirée par un Hybride, mais là, c'est indéniable, j'ai très, très envie de toi. C'est trop cash de dire ça ? Je me suis laissé dire que vous autres appréciiez la franchise. Si je fais fausse route, tu n'as qu'à me dire de la boucler.

— Vous… toi aussi, tu en as envie ?

Sa voix s'était muée en grondement sourd. *Flippant mais très sexy*, décida-t-elle, sentant son pouls s'accélérer. Justice s'approcha avec lenteur, leva la main et colla sa paume immense à la joue de la jeune femme. L'enlaçant avec l'autre bras, il avait toujours les yeux rivés sur elle. *Réponds-lui.*

— Oui, murmura-t-elle.

— Tu es si petite… j'ai très peur de te blesser.

Elle sourit, rassurée par la nervosité du colosse. Découvrant qu'elle n'était pas la seule à flipper, Jessie sentit tous ses doutes s'envoler.

— Je suis plus solide qu'il n'y paraît et prête à courir le risque.

— Ta force ne m'a pas échappé lors de l'attaque, dans le grand salon. (Il resserra son étreinte jusqu'à ce que leurs deux corps se touchent.) Petite mais féroce. J'ai trouvé ça très excitant. Tu t'es défendue avec brio.

— Ah bon, tu trouves ?

— Hmm-hmm, ronronna-t-il en se penchant sur elle. Tu peux pousser tes cheveux ? Laisse-moi accéder à ton cou…

Elle empoigna ses longues mèches sans hésitation et les rabattit derrière son épaule. Puis elle inclina la tête de côté pour mieux lui présenter sa gorge et son épaule. Il se pencha davantage et Jessie frémit quand son souffle chaud lui titilla l'épiderme juste sous l'oreille. Justice inhala lentement et fit courir son nez, aussi doux que la caresse du vent, jusqu'à la bretelle du soutien-gorge dans l'échancrure de son top.

— N'aie pas peur, je ne te toucherai pas avec mes crocs. Je sais à quel point nos canines effraient les humains.

— Ça ne me fait pas peur, tu peux me toucher autant que tu veux avec tes… crocs. (L'idée l'excitait, mais à une condition.) Essaie quand même de ne pas me trouer la peau ; les morsures douloureuses, c'est pas trop mon truc.

Il émit un nouveau son de gorge sexy au possible. La main plaquée contre le torse du colosse, elle se colla à lui ; sa poitrine s'écrasa contre l'immense carcasse. Les vibrations étaient nettement perceptibles quand il ronronnait ainsi. Jessie hoqueta sous l'effet de la surprise quand la langue de l'Hybride traça un sillon sur sa peau. La jeune femme tourna la tête, se retrouva nez à téton et ouvrit la bouche. Elle lui mordilla le mamelon qu'elle excitait en même temps à petits coups de langue. Justice réagit en se raidissant et gronda de plus belle, provoquant de nouvelles vibrations.

Ils furent coupés dans leur élan par la sonnerie agaçante du téléphone. Justice cessa de lui embrasser l'épaule et poussa un juron. Elle lâcha son téton, leva la tête et croisa son regard de braise.

— Ne décroche pas. Laisse sonner.

Jessie retint son souffle, priant pour qu'il la choisisse au lieu de la personne qui appelait.

— Réfugions-nous loin du téléphone. Dans ma chambre.

La jeune femme reprit son souffle, se détendit et sourit : il avait trouvé l'argument massue pour l'attirer dans sa piaule. C'était superflu, elle était prête à le suivre jusqu'en enfer.

Il ménagea un peu d'espace entre eux. Elle vit alors que ses yeux étaient nettement plus sombres. D'ordinaire peu encline à aller si vite en besogne, Jessie s'avoua qu'elle en avait bigrement envie, que c'était réciproque… et que le sujet était clos. Quand il lui tendit la main, elle l'accepta volontiers. Justice tourna les talons sans cesser de la dévorer des yeux et la conduisit dans le couloir.

L'Hybride lâcha la main de Jessie dès qu'ils furent dans sa chambre, tendit le bras et ferma la porte. Un son métallique reconnaissable entre tous retentit : celui d'un verrou qui se ferme.

— Ce n'est pas pour t'enfermer, mais pour empêcher qu'on vienne nous déranger. Il arrive que les gars affectés à ma protection débarquent dans la suite. La porte fermée à clé les empêchera d'ouvrir la chambre par mégarde.

— OK.

Jessie défit le premier bouton du jean de Justice, puis abaissa la braguette tout en guettant un éventuel signe de protestation chez l'Hybride. Comme la passion couvait toujours dans ses yeux de chat, elle reporta son attention sur sa taille étroite et écarta les pans du pantalon. Il portait un boxer en flanelle rouge.

Le sous-vêtement avait l'air luxueux et, quand elle l'effleura, il s'avéra d'une douceur extrême. Justice ne plaisantait pas en affirmant qu'il aimait porter quelque chose de confortable entre sa peau et le jean. Elle fit coulisser le pantalon sur ses jambes musclées et s'apprêtait à faire subir le même sort au sous-vêtement quand il l'agrippa par les poignets. Jessie leva les yeux.

— Je vais trop vite en besogne ? Tu veux que je ralentisse ?

Elle réprima un sourire en songeant qu'il rechignait à se mettre à poil le plus vite possible dans pareille situation. *Justice n'est vraiment pas comme les autres*, se rappela-t-elle.

— Il y a deux ou trois choses que tu dois savoir d'abord.

Oh, oh…

— Tu es fait pareil, non ? Avec… des attributs masculins ?

Il afficha un grand sourire.

— Oui.

— Où est le problème, alors ?

Il parut chercher ses mots.

— On nous a dit… que nous étions mieux pourvus que la moyenne.

Mieux pourvus. Elle déglutit.

— Faut voir… Par mieux pourvu, tu entends « un peu plus » ou « tellement mahousse que ça ne peut pas loger dans une humaine » ?

L'Hybride s'esclaffa.

— Plusieurs mâles de mon espèce ont couché avec une humaine et ça n'a pas paru poser de problème.

— C'est bon à savoir.

— Il y a autre chose.

Jessie se mordit la lèvre, pas certaine d'avoir envie d'en savoir plus. Certaines choses gagnaient à être passées sous silence ; elle apprécia cependant de le voir jouer cartes sur table.

— Autre chose que la taille ?

— Je tiens simplement à ne rien te cacher. Certains d'entre nous ont le sexe qui enfle à la fin de l'acte. Ce n'est pas mon cas.

La jeune femme encaissa ce détail anatomique un rien choquant. Justice reprit son exposé clinique.

— Tammy a confié à Vaillant que son sperme est très chaud. Pas au point de la brûler, mais la sensation est perceptible quand il jouit en elle. Je n'ai pas de capotes, et si on fait l'amour, je ne pourrai pas me retenir. Tu ressentiras la même chose si j'éjacule en toi. (Il prit une profonde inspiration.) Ça n'a rien d'obligé. Si tu préfères, je me retirerai avant.

— Ça ne lui fait pas mal ?

Il secoua la tête.

— Au contraire, il semble qu'elle apprécie beaucoup. Je tenais simplement à te prévenir.

— Eh bien, c'est fait. Je crois que je n'en mourrai pas.

Jessie fut heureuse qu'il n'y ait rien de pire. La perspective d'un sperme plus chaud qu'à l'ordinaire n'était pas de nature à la… refroidir.

Il hésita de nouveau.

— Tu risques de tomber enceinte ? Tu prends quelque chose, pour l'éviter ?

— Oui, la pilule, mais je sais qu'il n'y a rien à craindre de ce côté-là, puisque vous autres ne pouvez pas avoir d'enfants. Je me trompe ?

Nouveau moment de flottement. Puis :

— On ne sait jamais. Chacun de nous est différent ; de ce fait, tout reste possible. Mieux vaut ne courir aucun risque.

— Je suis suivie par un toubib, je prends un contraceptif et je n'ai rien absorbé qui soit susceptible d'interférer donc, de ce côté-là, tout roule. Et je ne suis pas non plus porteuse de maladies. On me fait subir des analyses à intervalles réguliers, et comme ça doit faire un an que je n'ai pas eu la moindre relation sexuelle, il n'y a rien à craindre.

Justice, surpris, écarquilla les yeux.

— Un an ?

Elle haussa les épaules.

— Et toi ?

— Quelques mois. C'était une Hybride, et nous ne sommes porteurs d'aucune MST. Je n'ai jamais couché avec une humaine, comme dit tout à l'heure.

— Parfait, alors. Cet échange entre adultes responsables nous a permis d'apprendre qu'il n'y avait pas de risque de grossesse ou maladie.

Là-dessus, elle sourit et empoigna le boxer qu'elle fit glisser sur les cuisses musclées du colosse. Une curiosité bien compréhensible l'incita à loucher sur l'anatomie qu'elle était en train de dénuder et, sitôt le sexe de Justice à l'air, elle se figea, les mains crispées sur la flanelle.

— Jessie ?

La jeune femme s'obligea à cesser de fixer l'entrejambe et à lever les yeux vers Justice. Il avait l'air inquiet.

— Tu ne plaisantais pas, quand tu parlais d'être bien pourvu…

— Tu veux qu'on en reste là ? dit-il, les sourcils froncés, les traits tendus.

Elle détailla le pénis de l'Hybride. Sans être monstrueux, l'engin – à l'image de son propriétaire – était d'un gabarit supérieur à tout ce qu'elle avait connu jusqu'ici.

— Je n'ai pas changé d'avis. Il va simplement falloir que tu y ailles en douceur, sans quoi ça risque de me faire mal.

Elle lâcha le boxer qui tomba à ses pieds. Et regarda Justice dans les yeux.

— Je te veux toujours.

— Te pénétrer n'est pas obligé. On pourrait faire autrement. Je refuse de te faire mal.

Jessie recula tandis que Justice achevait de se dévêtir. Elle attrapa son débardeur par le bas, l'ôta par la tête et le laissa choir. L'Hybride l'observa sans mot dire s'extraire de son jean noir.

— Je suis certaine d'être semblable à une Hybride. Pas de surprise à attendre de ce côté-là.

Il ronronna de plus belle.

— Tu as la peau si pâle… c'est magnifique.

Elle jeta un coup d'œil à sa poitrine.

— Heureuse que ça te plaise. Vos femmes sont sensiblement plus mates.

— Ton grain de peau me rappelle le lait. J'adore ça. La texture et le goût du lait chaud sont ce que je préfère au monde.

Beau parleur, avec ça. Jessie sourit, flattée par le compliment. D'autant plus qu'il devait être sincère, son propos n'avait rien du blabla habituel que les mecs sortaient pour amadouer une partenaire potentielle. Justice n'avait pas grandi dans un milieu où il est de bon ton d'apprendre à baratiner les femmes. S'il disait que sa peau lui rappelait le lait qu'il aimait tant, c'était vrai. Elle retira sa culotte et le soutien-gorge assorti, ravie de porter un modèle aguichant.

— Tu es superbe, gronda Justice, les yeux rivés sur ses seins. Ils sont plus… impressionnants que ceux de nos femmes.

Jessie gloussa.

— J'ai au moins ça pour moi. Parce que les femmes hybrides sont impressionnantes tout court.

Il s'avança jusqu'à la frôler. Ses mains chaudes se posèrent sur les hanches de la jeune femme. Puis il s'agenouilla devant elle, le visage à hauteur des seins de Jessie. Le souffle tiède de l'Hybride lui fit dresser les tétons. Elle voulut le regarder dans les yeux et, pour une fois, dut baisser la tête.

— La dernière chose qu'il faut que je t'avoue, c'est que nous sommes d'un naturel dominant et agressif. Jamais je ne te violenterai pendant l'amour, mais je risque d'émettre des sons qui te paraîtront étranges. N'aie pas peur. Ce ne sera pas pour te menacer.

— J'adore t'entendre ronronner. Tu vibres… et ça m'excite.

— Si c'est vrai, je n'ai pas fini de te mettre en transe. Tu n'imagines pas à quel point tu me fais de l'effet, Jessie. Je lutte contre mes instincts pour ne pas te sauter dessus.

La jeune femme se demanda quels pouvaient être lesdits instincts.

— Je ne suis ni fragile ni facile à effrayer, Justice.

Elle lui prit le visage à deux mains, plongea dans ce regard exotique et eut terriblement envie de l'embrasser. À cet instant, elle sut ce qu'il sous-entendait par lutter pour garder la tête froide.

— Ne retiens rien. Sois toi-même. J'ai envie de te découvrir.

Il gronda doucement, un son caverneux plus excitant que tout ce qu'elle avait entendu de sa vie. Le bleu de ses yeux, très soutenu, ne laissait pas de doute quant à la teinte d'ordinaire enfouie dans ses iris sombres. Elle vit son expression changer.

— Tu vas être servie.

Chapitre 4

Justice ouvrit la bouche et lui lécha la base d'un sein. Jessie l'agrippa par les épaules qu'elle griffa sans trop appuyer. L'enlaçant toujours, l'Hybride l'allongea en travers du matelas ; penché sur elle, il la fit glisser jusqu'à ce que ses fesses reposent au bord du lit puis plaqua ses lèvres sur le sein droit. Et entreprit de lui titiller le téton du bout de la langue.

Sa texture étrange lui fit chaud partout. Sur ce plan-là aussi, les Hybrides étaient différents : la langue de Justice était chaude, humide et délicieusement râpeuse. Le frôlement de ses canines aiguisées lui envoya des décharges dans tout le corps.

— Quel talent, gémit-elle.

Il gloussa et cessa de la stimuler.

— Et ce n'est qu'un début.

Sa main passa de la hanche de Jessie à l'intérieur des cuisses. Après les avoir écartées, le colosse la colla tout contre lui. Il se glissa le plus étroitement possible. Quand sa queue chaude et raide lui appuya sur le sexe et lui frôla le clitoris, elle gémit de plus belle. Déjà trempée et prête à l'accueillir, elle se cambra afin de se frotter contre sa verge et accentuer son plaisir. Il réagit en ronronnant.

— Tout doux, murmura-t-il.

« Tout doux » ? songea-t-elle. Facile à dire vu la façon dont il lui mettait les sens en émoi… Il s'attaqua à son sein gauche jusqu'à ce qu'elle soit prête à le supplier de la baiser, mais

rien à faire, il paraissait décidé à la soumettre à la torture. Sa bouche fureteuse descendit le long des côtes, du ventre puis dans le creux des hanches tandis qu'il prenait un peu de champ. Sa queue n'appuyait plus contre le sexe de Jessie. Elle planta ses ongles dans les épaules du colosse et tenta de le recoller à elle, mais il s'y refusa.

La jeune femme comprit où il voulait en venir en sentant ses lèvres descendre encore et ses mains lui écarter les cuisses afin de ménager un espace suffisant. Sa respiration s'accéléra. Cela faisait une éternité qu'un homme ne lui avait plus brouté le minou. La dernière fois n'avait pas été terrible, mais avec Justice, il y avait de l'espoir. Elle lâcha prise et le laissa s'installer, trop loin, désormais, pour qu'elle le touche.

Les petits coups de crocs sur la face intérieure de ses cuisses lui firent pousser des gémissements. La sensation n'avait rien de pénible, bien au contraire. Pourvu qu'il continue ! Elle immobilisa son bassin pour l'encourager à insister, mais il retira sa bouche… et ne revint pas à la charge. Elle ouvrit les yeux – se rendant compte à cet instant qu'elle les avait fermés – et chercha son regard.

Un souffle chaud lui titillait la vulve. Il était tout près, à quelques centimètres seulement de la zone qui avait le plus besoin de ses faveurs. Grondant doucement, les yeux mi-clos, il soutint le regard de Jessie. Jamais elle n'avait rien vu d'aussi électrisant.

— C'est ta couleur naturelle ? demanda-t-il, tout sourires, son regard allant des cheveux de Jessie à sa toison pubienne.

Elle s'éclaircit la gorge.

— Me teindre le pubis ne m'est pas apparu comme une bonne idée… et je n'aime pas me raser le sexe complètement.

Il gloussa.

— La forme en cœur est très sexy, et ce roux plus clair est vraiment magnifique. Comment fais-tu pour que le tracé soit si régulier ? C'est charmant, en tout cas. Je te montre la suite de mes talents ?

— Et comment, répondit-elle en hochant la tête avec ferveur.

— Ferme les yeux et détends-toi, Jessie.

Elle laissa retomber sa tête sur le lit et ferma les yeux, un sourire aux lèvres.

— Tu retournes mes paroles contre moi. J'adore.

Quant à se détendre… c'était une autre paire de manches. Tout son corps se raidit dans l'attente de ce qu'il allait faire. Jessie planta ses ongles dans la couette quand il lui lécha le clitoris. Il ronronna plus fort à mesure que sa langue accentuait la pression sur le petit bouton. Le grondement excitant et les vibrations associées firent pousser des cris à Jessie. Maîtrisant sans peine ses ruades involontaires, l'Hybride la cala fermement contre le matelas et colla sa bouche à la fente offerte. Le plaisir afflua sous les coups de langue rapides de haut en bas. L'organe merveilleusement râpeux glissait inlassablement sur la partie la plus sensible de son anatomie.

Elle eut beau se débattre, griffer la literie, haleter, Justice, sans pitié, continuait à lui procurer un plaisir presque intolérable. Les muscles tétanisés, elle sentit plus qu'elle entendit Justice gronder de plus en plus fort.

Terrassée par un orgasme surpuissant, Jessie crut voir l'intérieur de ses orbites tant ses yeux se révulsèrent. Incapable de penser comme de respirer, elle ne s'entendit pas davantage crier comme une possédée. La folie ne cessa que lorsque Justice consentit à éloigner sa bouche. Jessie resta figée quelques secondes, le temps de réapprendre à respirer, puis fut enfin en mesure de rouvrir les yeux et d'observer son bel amant.

Ses yeux étaient d'un bleu à couper le souffle. Ses lèvres pleines, gonflées, plus désirables que jamais, laissèrent échapper un dernier grondement, puis il se redressa. La jeune femme ne se sentit nullement menacée malgré son air farouche. Il vint poser sa grande carcasse sur elle en prenant appui sur les avant-bras pour ne pas l'écraser. Ses lèvres étaient désormais si proches qu'elle respira son souffle chaud.

Jessie se cambra jusqu'à ce que ses seins appuient sur la poitrine du colosse, se pendit à son cou et entreprit de lui griffer le dos. Elle traça un sillon jusqu'aux épaules. Justice se cambra à son tour, la plaquant sur le matelas.

Sa carrure et sa force l'excitaient à mort. Justice ne se contentait pas d'une bouche experte : son corps tout entier était parfait, et se replonger dans son regard exotique ralluma l'envie de sexe chez Jessie. C'était ahurissant vu qu'il venait tout juste de la faire jouir, et pourtant, le fait était là. Son clitoris enflé en redemandait… mais ça ne suffirait pas. Il fallait qu'il la baise à fond.

Jessie tourna légèrement la tête et approcha la bouche de son cou de taureau. Les lèvres entrouvertes, elle goûta à cette peau offerte après avoir écarté les mèches qui lui barraient la nuque. C'était la première fois qu'elle couchait avec un homme aux cheveux longs, et elle découvrit qu'elle aimait y plonger ses doigts. Il avait les cheveux souples et soyeux. Elle l'embrassa sur toute la saillie de l'épaule jusqu'à la base du cou puis lui glissa :

— Prends-moi.

Justice se souleva un peu et glissa un bras sous elle. Sa main immense et puissante se referma sur les fesses de la jeune femme. Jessie enroula ses jambes autour de la taille du colosse et se colla à lui.

La pointe de sa verge épaisse posée à l'orée de sa chatte humide, il s'immobilisa. Sans la pénétrer. Toute sa grande carcasse était tendue comme un arc ; le temps sembla s'arrêter. Jessie, perplexe, cessa de l'embrasser, laissa sa tête retomber sur le matelas et le regarda dans les yeux.

— Je ne veux pas te faire mal, déclara-t-il d'une voix rauque. Et j'ai peur que ça arrive.

— Je suis solide. Tu peux y aller.

Il desserra son emprise sur les fesses de la jeune femme et prit un peu de recul. Le bout de ses doigts effleura la fente humide. Il écarta les grandes lèvres et la pénétra avec l'index. Un grondement enfla dans son vaste poitrail à mesure que le doigt s'enfonçait. Jessie gémit, cambrée à l'extrême, toute à l'extase que lui procurait cette caresse.

— Tu es si chaude et si étroite, gronda-t-il.

Sa voix avait des accents effrayants, mais Jessie refusa de céder à la peur. Son index allait et venait en elle. L'agonie était proche.

— Tu es trop petite.

— Mets-toi sur le dos, que je me place au-dessus.

La tête penchée de côté, elle lui mordilla l'épaule.

L'index de Justice cessa de tourmenter les parois vaginales de Jessie qui sentit que l'atmosphère avait changé. Elle se laissa retomber sur le dos et découvrit – avec stupeur – qu'il avait l'air fâché.

— Qu'y a-t-il ? Je t'ai mordu trop fort ?

— Tu me demandes de me soumettre ?

— Mais non ! Je te demande juste de t'allonger sur le dos si tu as peur de me faire mal. En te chevauchant, je pourrai contrôler ta pénétration et tu n'auras pas à te soucier d'y aller trop fort.

Alarmée de le voir en colère et les traits tirés, Jessie sentit son corps se crisper et le feu s'éteindre en elle.

— Quel est le problème ?

Il se souleva, mit une certaine distance entre leurs deux corps et recula le bassin.

— On ne fait jamais ça. C'est de la soumission.

— Te chevaucher, ce serait te soumettre à moi ? Tu n'as jamais fait l'amour à une femme dans cette position ?

Il secoua la tête.

— Les mâles humains l'acceptent ? Ils se laissent dominer, ils se soumettent ?

Jessie, abasourdie, se rendit compte qu'il ne plaisantait pas du tout. Jamais il n'avait laissé une femme « prendre le dessus ». C'était synonyme de domination chez les Hybrides, et d'évidence, il s'était offusqué qu'elle lui demande de changer de position. Les Hybrides étaient connus pour leur caractère dominateur, certes, mais elle n'avait jamais considéré la question sous l'angle des rapports sexuels. Le constat était sans appel : elle l'avait insulté.

— Rhabillons-nous, proposa Justice, le visage fermé, en prenant appui sur les avant-bras pour se relever.

— Justice ? Une seconde, implora Jessie en l'agrippant par les épaules. Je n'ai pas voulu te blesser. J'ignorais que c'était tabou.

Il temporisa ; son regard se fit moins dur.

— Nos cultures diffèrent, mais j'ignorais à quel point jusqu'à cet instant. Je ne me sens pas blessé. Ça m'a heurté tout à l'heure, mais c'est fini. Le fait que la femme domine l'homme, c'est courant, chez les humains ?

— Oh oui. Tu n'essaierais pas, rien qu'un peu ? Libre à toi d'inverser les rôles en me retournant si tu es trop mal à l'aise. S'il te plaît ! J'ai vraiment envie de toi, Justice.

Son regard s'adoucit encore.

— Moi aussi, j'ai envie de toi.

Il hésita, manifestement indécis, puis poussa un gros soupir.

— Tentons le coup…

— Cool. Tu vas adorer, j'en suis sûre.

— Tu ne vas pas… m'attacher, quand même ?

Elle secoua la tête.

— Jamais de la vie. Je sais d'où vous venez, tu n'as pas oublié ? Jamais je ne te demanderai une chose pareille. Alors, on essaie ?

Il se mordit la lèvre ; l'indécision le rendait touchant au possible.

— Entendu.

Jessie le relâcha et glissa vers la tête du lit jusqu'à émerger totalement de son immense carcasse. Puis, assise au bord du matelas, elle se fendit d'un grand sourire.

— Allonge-toi sur le dos, d'accord ?

Voyant qu'il restait à quatre pattes, Jessie en profita pour se rincer l'œil. Justice était une œuvre d'art vivante : son corps était sculpté à la perfection, ses muscles jouèrent sans effort apparent quand il bascula et s'étendit sur le matelas. Le doute qui subsistait sur son visage le rendait réellement adorable. La jeune femme se concentra sur sa verge épaisse et tendue. Là non plus, il n'y avait rien à jeter.

Jessie avança à genoux vers son ventre et le regarda dans les yeux.

— Détends-toi, mon grand. Tu vas adorer, c'est promis.

Il se mordit la lèvre de plus belle, toujours aussi incertain.

— Je dois fermer les yeux ?

— Non. Tu aimeras sûrement voir ce que j'ai l'intention de te faire.

Elle fit basculer son ample chevelure rousse sur une épaule et se pencha sur son torse, tout en soutenant son regard afin de s'assurer qu'il ne paniquait pas. Il était tendu mais pas en colère. Elle s'arrêta à la verticale d'un téton puis rompit le contact visuel. Ses aréoles étaient sombres et les mamelons dressés : effet du froid, de l'excitation ? La tentation fut trop forte. Elle scella ses lèvres sur le premier téton venu, le suçota et le titilla du bout de la langue. Il gronda. Elle ressentit les vibrations dans sa bouche mais ne se laissa pas distraire pour autant.

Il lui caressa la cuisse tandis qu'elle lui picorait tout le corps, les mains bien à plat sur le torse et le ventre, émerveillée par cette peau lisse et ferme. Sa paume descendit jusqu'à la queue tendue ; ses doigts se refermèrent sur la base du sexe en érection. *La vache ! Quel morceau…*

Faisant fi de ce détail, elle mordilla une dernière fois le premier téton et s'attaqua au second. Dans sa main, le sexe tressaillit et parut grossir encore davantage. Elle sut qu'il appréciait. Désormais sûre de son fait, elle renonça au mamelon et donna des coups de langue le long des côtes, puis sur la paroi abdominale tendue.

Les muscles formaient des vagues qu'elle prit le temps de mordiller. Sa peau, légèrement salée, avait un goût délicieux. Elle gémit en réponse à son grondement : il prenait un plaisir évident à son manège, sa queue enflait encore. Elle déplaça sa bouche très lentement, distribuant de petits baisers toujours plus bas.

Jessie s'arrêta pour observer le sexe gonflé. Elle ne s'étonna pas qu'il soit circoncis, les scientifiques qui avaient créé les Hybrides l'avaient fait pour tous, mais fut surprise par la forme très évasée du gland. Ses parois vaginales se contractèrent. *Hmm, ça doit être génial, de s'empaler là-dessus… Calme-toi, ma vieille*, se morigéna-t-elle. La vue de cette queue offerte augmentait dangereusement son niveau d'excitation. *Il faut qu'il en profite un max, c'est son tour, après ce qu'il vient de me faire. Chaque chose en son temps !*

Ses ardeurs tempérées, Jessie se retint de grimper sur lui, se passa la langue sur les lèvres et tourna la tête vers le beau visage de l'Hybride. L'éclat lubrique qui se lisait dans ses yeux de chat la rassura : dans cet état, il était prêt à tout. S'il continuait à lui effleurer l'intérieur des cuisses, en revanche, elle n'était pas sûre d'arriver à se retenir longtemps.

— Tu ne vas pas râler si je te suce, j'espère ? dit-elle en exerçant une pression sur sa verge qu'elle se mit à masser avec le pouce de l'autre main.

La peau satinée se tendit à l'extrême ; sa queue avait la consistance de l'acier. Il poussa un ronronnement sonore, ferma presque les yeux et entrouvrit assez la bouche pour que l'on aperçoive ses crocs. Les mâchoires serrées, ses canines saillaient sur la lèvre inférieure. Il fit « non » de la tête avec vigueur.

Jessie se décala afin de soutenir son regard sans se tordre le cou, ouvrit la bouche et, sans détourner les yeux, effleura le pourtour du gland du bout de la langue. Il ferma les yeux, rejeta la tête en arrière et émit des bruits de gorge sexy en diable. Aucun doute, Justice ronronnait. Ravie de lui faire un effet pareil, la jeune femme le prit dans sa bouche et s'activa.

— Jessie, gronda-t-il.

Elle descendit plus bas malgré le diamètre de l'engin. Ses dents heurtèrent légèrement la verge, mais c'était inévitable. Une fois certaine de ne pas pouvoir aller plus loin, elle remonta très doucement en le titillant avec la langue, mais sans faire cesser l'effet ventouse. Il poussa des cris de bête qui la flattèrent. Jamais aucun homme n'avait réagi avec autant de vigueur. Quel bonheur de voir à quel point il prenait plaisir à ce petit jeu !

Le colosse cessa de lui caresser la cuisse… et Jessie entendit un bruit d'étoffe déchirée. Levant les yeux vers lui, elle vit qu'il avait toujours la tête rejetée en arrière, que ses crocs appuyaient plus fort sur sa lèvre inférieure et qu'il avait les mains crispées sur la literie. La couette commençait à perdre son rembourrage : il déchirait tout avec ses… griffes.

Jessie ralentit la cadence puis, peu à peu, libéra sa queue. Justice grogna, rouvrit les yeux et la dévisagea avec une telle intensité que la jeune femme se figea. En le voyant haleter, elle comprit qu'il était simplement excité à mort. Levant une jambe, elle se mit en position pour l'enfourcher. Puis elle passa sa main dans le dos et lui empoigna le sexe. Une main à plat sur son ventre pour garder l'équilibre, elle guida la queue dressée jusqu'à sa cible.

— Tu peux rester immobile le temps que je m'adapte ? Ta queue est vraiment énorme…

Justice hocha brièvement la tête et lui caressa les hanches. Une fine pellicule de sueur faisait luire son épiderme cuivré et mettait en valeur ses muscles saillants. C'était excitant au possible, comme si tout son corps avait été huilé. Jessie, résolument prête, avait hâte de le sentir en elle.

La jeune femme grogna en sentant son corps résister à la pénétration et poussa davantage. Son membre épais finit par s'insinuer. Jessie, subjuguée, rejeta la tête en arrière et s'empala peu à peu. Son vagin s'étira jusqu'à la limite de la souffrance en lui procurant un plaisir intense. Se laissant choir, elle sentit la queue de Justice qui n'en finissait pas de s'enfoncer en elle. L'Hybride leva une main au-dessus de la tête et referma le poing sur un oreiller.

Jessie releva le bassin puis replongea aussitôt, un peu plus loin encore. C'était le pied total. Elle espérait qu'il en était de même pour lui. Quand ses fesses effleurèrent les cuisses du colosse, elle sut qu'il la pénétrait presque à fond. Son sexe s'était ajusté plus vite qu'escompté. Les grondements sourds de l'Hybride l'incitèrent à le chevaucher plus rapidement. Qui était le plus à la torture suite à ces lents va-et-vient ? Mystère. Elle se baissa jusqu'à ce que son cul repose sur les cuisses de l'Hybride. Cette sensation de fusion totale était si merveilleuse qu'elle s'immobilisa pour jouir de l'instant.

Justice grogna ; du bois craqua. Elle leva la tête pour constater les dégâts : il tenait à la main un barreau brisé. Il avait dû s'agripper à la tête de lit et la pauvre chose n'était pas assez solide pour sa poigne de colosse.

Il rouvrit les yeux et croisa le regard de Jessie. La jeune femme accéléra la cadence, le chevauchant avec fougue. Puis, incapable de soutenir son regard, elle rejeta la tête en arrière. L'orgasme était imminent alors qu'aucun homme n'avait jamais réussi à la faire jouir rien qu'en la pénétrant… mais c'était Justice. Elle allait et venait à une cadence infernale, brûlant de connaître l'extase, se cognant contre lui à chaque plongeon. Ses muscles vaginaux se contractèrent ; le plaisir déferla ; elle hurla son nom.

Justice la fit basculer sur le dos et la pilonna sans retenue. Sentant l'orgasme redoubler d'intensité, Jessie fut certaine que son cœur allait éclater. L'Hybride poussa un ultime grondement de bête à l'agonie et lâcha son sperme chaud à longs traits.

Jessie, hors d'haleine, s'accrocha à lui et savoura la sensation de chaleur intime. La vague douleur ressentie pendant la pénétration s'estompa. Elle rouvrit les yeux et croisa ceux de Justice. Calé sur les coudes, il faisait son possible pour ne pas l'écraser sous le poids de son torse massif. Pendue à son cou, elle se rendit compte avec stupeur qu'elle avait les ongles plantés dans ses omoplates.

— Je t'ai fait mal ? s'enquit l'Hybride, une lueur inquiète allumée dans ses beaux yeux de chat.

— C'était génial.

Il sourit.

— Bien d'accord avec toi.

Jessie l'attira à elle et l'embrassa à pleine bouche. Il grogna et força l'entrée avec sa langue. La jeune femme abdiqua la première ; ils restèrent les yeux dans les yeux.

— La chaleur de mon sperme t'a incommodée ?

— J'ai adoré, au contraire. Un petit peu douloureux au début, mais plus maintenant. Tu pourrais le mettre en bouteille comme antidouleur féminin post-coïtal.

Elle s'esclaffa. Il sourit jusqu'aux oreilles.

— J'ai adoré me soumettre à toi.

— Tu as fracassé la tête de lit, dit-elle en avisant l'endroit où il manquait un barreau.

Il suivit son regard et afficha une expression comique. Jessie ne put se retenir d'éclater de rire. Justice la dévisagea.

— Je ne me souviens pas d'avoir fait ça.

— Ah bon ? Et pour la couette non plus ?

Il fronça les sourcils. Jessie se pencha de côté pour ramasser une poignée de rembourrage et le lui montra.

— Tu devrais te couper les ongles, mon grand. Tu as littéralement labouré le plumard ! Enfin, merci de m'avoir lâché la cuisse et de t'en être pris à la couette. Ma jambe intacte t'en sait gré.

Justice, abasourdi, loucha sur le rembourrage.

— Ça non plus, je ne m'en souviens pas…

— Tu devais faire une fixette sur moi.

— Sans aucun doute. Tu es superbe, Jessie, je te l'ai dit ? (Il la dévora du regard.) Être en toi est la plus merveilleuse expérience de ma vie, et pendant l'acte, tu resplendis comme une étoile.

— Voilà bien la plus belle chose qu'on m'ait dite.

Jessie tourna la tête et jeta un coup d'œil à la pendule de la table de nuit.

— Et merde, s'exclama-t-elle, les yeux rivés sur Justice. Déjà neuf heures et demie.

— Et alors ?

— Ta conférence de presse !

Justice blêmit et poussa un juron étouffé.

— J'ai oublié…

Jessie afficha un sourire radieux.

— Je retire ce que je viens de dire. *Voilà* la plus belle chose que j'aie jamais entendue. J'ai réussi à faire oublier une échéance boulot au roi des bourreaux de travail !

Il éclata de rire.

— Reste ici. Je prends une douche en vitesse, je file aux portes parler aux journalistes et je reviens.

Le bonheur afflua dans le cœur de Jessie en l'entendant dire qu'il souhaitait passer la nuit avec elle.

— Avec joie. Tu as autre chose de prévu ce soir, au rayon travail ?

Il glissa sur elle et retira son sexe rigide avec, sur le visage, une ombre de regret. Puis il se redressa et obliqua vers le pied du lit.

— Ma seule mission après avoir parlé à la presse, ce sera de faire encore mieux que ce qu'on vient de faire. C'est dans mes cordes. Enfin, j'espère… (Il la dévora des yeux.) Je n'ai qu'une envie : expédier ce point presse au plus vite. Ça ne va pas traîner, fais-moi confiance.

Jessie se redressa à son tour et ramena les genoux sur sa poitrine.

— Tu n'as rien rédigé…

Il haussa les épaules et fit volte-face. Jessie admira son cul pendant qu'il se dirigeait vers la salle de bains attenante : c'était le plus beau qu'elle ait vu, avec ou sans jean autour.

— J'improviserai, dit-il une fois arrivé devant la porte de la salle d'eau. Tu veux m'accompagner ? Si c'est le cas, il faut que tu prennes une douche, toi aussi. Mon odeur est partout sur toi. Tous les Hybrides qui s'approcheront sauront ce qu'on a fait. (Il gloussa.) Je n'ai rien contre le fait que tu gardes mon odeur, mais j'ai cru comprendre que les humaines rechignaient parfois à étaler les détails de leur vie privée.

— J'aime autant rester ici au calme, si ça ne te fait rien. Le battage médiatique, les caméras, très peu pour moi.

Il s'esclaffa.

— À qui le dis-tu !

Là-dessus, il s'engouffra dans la salle de bains.

Jessie se leva et dressa un état des lieux. La couette était en lambeaux ; elle la roula en boule dans un coin de la pièce. Puis elle rit en constatant que les draps, eux aussi, étaient fichus. Ses ongles avaient déchiré les draps *à travers* le dessus-de-lit. Rebelote une couche en dessous : même le matelas était entamé ! C'en était trop, cette fois, elle rit aux larmes.

— Qu'est-ce qui se passe, ici ?

Jessie reprit son souffle et se retourna. Justice s'était déjà douché à la vitesse de l'éclair.

— Tu connais du monde, dans cet hôtel ?

— Il est à nous.

— Appelle, alors. Les draps et le dessus-de-lit ont besoin d'être changés… voire le matelas.

Justice contempla son œuvre. Il sourit en découvrant l'état du matelas.

— Hum.

— Je savais que la couette était foutue, et là-dessus, je me rends compte que les draps aussi ont morflé. (Elle rit.) Et même le matelas ! On doit pouvoir le retourner…

— Je m'en occuperai à mon retour.

Ses yeux pétillèrent.

— Je n'en ai pas pour longtemps.

— Il me tarde !

Il ronronna doucement tout en détaillant le corps dénudé de la jeune femme.

— Et moi donc.

— Retiens tes ardeurs pour tout à l'heure.

— Il faut vraiment que j'y aille, mais je ne serai pas long.

— File ! Tu seras plus vite revenu. J'en profite pour prendre une douche.

— Tu es chez toi.

Elle le regarda actionner la serrure, franchir la porte de la chambre et refermer derrière lui. Un nouveau coup d'œil au lit provoqua une autre crise d'hilarité. Elle avait entendu parler de parties de jambes en l'air mouvementées, mais jamais à ce point. Un vrai champ de bataille !

Une douche rapide plus tard, Jessie prit Justice au mot, piocha un débardeur XXL dans la garde-robe de l'Hybride, s'en vêtit et constata qu'elle était affamée. Elle se dirigeait vers le couloir, en quête des reliefs du dîner, quand une sonnerie familière retentit derrière elle. Le bruit émanait de son jean, posé en boule à même le sol de la chambre.

Elle se rua sur son portable. Le récupéra à la quatrième sonnerie et vit que l'appel émanait de Tim Oberto. Elle décrocha avec appréhension : quelqu'un aurait-il prévenu Tim qu'elle passait du bon temps avec le grand chef, Justice North en personne ? Si tel était le cas, il devait l'appeler pour la virer séance tenante…

— Salut Tim, quoi de neuf ?

— On a eu un tuyau sur une Hybride Cadeau potentielle. Les autorisations officielles viennent de tomber. Ramène-toi illico.

L'adrénaline afflua.

— Quand passe-t-on à l'action ?

— Dès que tu arrives.

— Euh…

— On m'a dit que tu étais à la Réserve, un hélico passe te chercher. Il devrait arriver dans dix minutes. Grouille-toi de rallier l'héliport.

Il raccrocha.

Et merde. Jessie coupa à son tour et eut un regard pour le matelas. Elle adorait son boulot, certes, mais pour une fois, elle aurait aimé pouvoir se faire porter pâle. Justice allait trouver la chambre vide à son retour, et ils ne passeraient pas la nuit ensemble. Il comprendrait, bien sûr : la vie d'une Hybride était en jeu, Jessie était tenue de faire son devoir.

Quand bien même, quel coup du sort ! *Si ça se trouve, je ne le reverrai jamais alors que j'aurais tant aimé dormir dans ses bras…* Ses épaules s'affaissèrent. Elle chassa ses sombres pensées. Il fallait y aller, les dix minutes étaient déjà entamées.

Chapitre 5

Justice lut le petit mot que Jessie avait laissé sur le lit. Accroché par les journalistes, il s'était dépêché de regagner ses appartements sitôt la conférence terminée dans sa hâte de la rejoindre. Une nouvelle lecture lui fit comprendre qu'elle avait reçu un coup de fil de son chef d'équipe : une captive hybride potentielle avait été repérée, il fallait agir de toute urgence. Tim Oberto avait envoyé quelqu'un la chercher. Il grogna et froissa le billet dans son poing serré.

Puis il se figea, son portable à la main. Que faire ? Râler après le responsable de l'équipe qui l'envoyait en mission alors que lui-même s'était fait une joie… de la sauter ? Il poussa un juron et renonça à appeler. Jessie lui en voudrait à mort s'il faisait une chose pareille. Les humaines étaient farouchement indépendantes et n'aimaient pas qu'on étale leur vie sexuelle au grand jour. Jessie n'avait certainement pas envie que toute l'équipe apprenne avec qui elle couchait. Et l'empêcher de travailler risquait aussi de la mettre en rogne.

Ce qui faisait le plus enrager Justice, c'était la tournure du message. Elle s'était « bien éclatée » et le remerciait. Pire encore : elle l'exhortait à se détendre plus souvent et à essayer de lever le pied. Un nouveau grognement de frustration enfla en lui ; son instinct et sa faculté d'analyse étaient en conflit larvé. Elle aurait dû lui promettre de revenir au plus vite, lui laisser son numéro… *Mais elle ne l'a pas fait. Elle me remercie pour ce bon moment ensemble.* Il serra les dents.

Elle dit s'être éclatée. ÉCLATÉE! La fureur lui fit pousser un nouveau grondement. *C'était mieux et plus que ça, merde!*

Les yeux rivés sur le lit, Justice sentit qu'il craquait. Jessie aurait dû être ici à l'attendre, elle aurait dormi dans ses bras… Elle le faisait rire, l'acte sexuel avait été inoubliable et, pour une fois, il s'était senti heureux. La rage et le dépit prirent le dessus. L'instinct prit le relais. Il se déchaîna.

La première victime fut le matelas. Il y planta ses griffes sans retenue, l'enveloppe céda, le rembourrage vola en tous sens. Nullement soulagé, il brandit bien haut ce qui restait de matelas et en fit de la charpie. Puis ce fut le tour du sommier à ressorts et du cadre en bois qu'il rompit à grands coups de pied. La tête de lit fut la dernière à subir ses assauts dévastateurs. Le souffle court, Justice contempla le champ de ruines qui l'entourait.

Il prit la mesure des dégâts et jura entre ses dents, à moitié honteux de s'être laissé aller de la sorte. C'était la première fois qu'il s'emportait ainsi depuis sa libération; les occasions de péter les plombs n'avaient pourtant pas manqué. Quel carnage! Après un dernier coup d'œil à son œuvre destructrice, il quitta la chambre en trombe, le visage fermé. Se jeta dans le canapé et respira à fond. Funeste erreur: l'odeur de Jessie, qui flottait toujours dans le salon, le submergea. Il enfouit sa tête dans les coussins et inhala à pleins poumons. Cela l'aida à se remémorer les moindres détails de leurs ébats, son odorat était intimement lié à sa mémoire. Il grogna de plus belle. Il avait très envie de la toucher, pas seulement de renifler sa trace.

Qu'est-ce qui m'arrive? Il leva la tête, écœuré. Lui, réduit à renifler un canapé parce qu'il avait retenu l'odeur de Jessie Dupree? Il poussa un cri féroce puis se mit à faire les cent pas. Un semblant de calme revenu, il passa un coup de fil à la réception et exigea qu'on lui apporte un nouveau lit. Puis il raccrocha et ferma les yeux. Jessie Dupree l'avait rendu fou. Il était Justice North, bordel! Il n'avait pas le temps de perdre la tête ou de gamberger sur une femme, fût-elle aussi excitante que cette minuscule humaine qui l'avait rendu heureux… puis furieux en s'éclipsant.

Les deux Hybrides qui apportèrent le lit tiquèrent en découvrant dans quel état était la chambre de Justice. L'intéressé les fusilla du regard, les mettant au défi de commenter le parfum fleuri entêtant qui flottait dans ses appartements. Il était allé à la salle de bains où il avait déniché une bombe de désodorisant, mise à profit pour masquer l'odeur de Jessie avant leur arrivée. Personne ne saurait qu'elle était passée dans son lit; sa précieuse fierté féminine était ainsi préservée.

Les mâles repartis, Justice actionna son téléphone. Le surcroît de travail était – pour une fois – bienvenu. Il appela son équipe de nuit, sur le pied de guerre dans divers appartements de l'étage, et commanda du café qu'il aimait chaud et sucré. Il évita le canapé et préféra installer son ordinateur sur le bar. Une demi-heure plus tard, en liaison avec son équipe, Justice North était en plein travail malgré l'heure tardive. Il avait une tasse fumante devant lui; ses gars l'informaient des derniers développements des projets en cours.

Quand retentit la sonnerie de l'entrée, il se prit à espérer que ce soit Jessie, mais c'est Tigre qu'il découvrit en ouvrant la porte. Il s'effaça et l'invita à entrer sans mot dire.

— Tout baigne? s'inquiéta Tigre, les sourcils froncés. En tant que chef de la sécurité, je suis au courant de tout, et on m'a dit que tu avais bousillé ta chambre. Ça ne te ressemble pas, mec. Paraît qu'il a fallu tout remplacer: matelas, sommier, tête de lit…

Justice détailla son adjoint et ami. Tigre était digne de confiance, et il avait besoin de vider son sac.

— C'est à cause d'une femme.

— Ah, dit Tigre, un sourire aux lèvres. J'espère qu'elle s'en est mieux sortie que le mobilier de ta piaule ?

— Elle n'a rien, grinça Justice. Jamais je ne ferai de mal à une femelle.

— Je sais, mec, c'était histoire de dire une connerie. Tu veux qu'on en parle ? dit Tigre en posant une fesse sur un accoudoir du canapé.

— J'avais envie qu'elle passe la nuit avec moi, mais elle s'est tirée pendant la conférence de presse. Alors j'ai pété les plombs. Je n'en suis pas fier, mais je me faisais vraiment une joie à l'idée de passer plus de temps avec elle. Les journalistes ne m'ont pas lâché, ils voulaient tout savoir sur le dernier raid. Ils n'ont pas aimé quand j'ai répondu que certains éléments étaient confidentiels et refusé de donner des chiffres. C'est de victimes qu'il est question, après tout ! Ils se foutent pas mal de chambouler nos vies… Et le pire, c'est qu'ils n'ont pas l'air de comprendre que chaque fois qu'on libère un lot des nôtres, ça excite les humains qui nous haïssent. Ils m'ont foutu en rogne, et là-dessus, je découvre qu'elle est partie en rentrant.

— C'est pour ça que tu as massacré ta chambre ? Ça se comprend, mec. Vraiment. (Tigre avait l'air sincère.) Elle pourrait changer d'avis et frapper à ta porte plus tard…

— M'étonnerait.

Tigre approuva d'un signe de tête.

— Tu connais nos femelles, Justice. Après toutes ces années de captivité, elles rechignent à rester avec un mec plus de quelques heures et flippent dès qu'il est question d'autre chose que de cul. Et elles ne veulent pas se caser parce qu'elles refusent d'être menées à la baguette. On est tous dominants par nature, à toujours vouloir tout contrôler ; elles connaissant nos défauts aussi bien qu'on connaît les leurs, et c'est pour ça qu'elles préfèrent limiter nos rapports à quelques heures de bon temps.

Tigre, de toute évidence, présumait que son chef avait couché avec une Hybride, et Justice se garda de le contredire.

— Je ne lui ai pas demandé d'emménager pour de bon. Juste de passer la nuit.

Tigre sourit jusqu'aux oreilles.

— Trouves-en une autre. T'es Justice North, mec. Toutes nos femmes en pincent pour toi. Apparais dans une pièce, ouvre tes bras, et c'est couru d'avance qu'il s'en présentera une pour te sauter au cou. C'est toi le mâle alpha. Elles t'adorent. Pas seulement parce que tu es le plus fort physiquement : elles craquent aussi pour la volonté de fer que tu montres en tant que chef.

— J'appelle ça de mauvaises raisons. Elles s'imaginent toutes qu'elles me sont redevables. Je ne veux pas d'une femme par gratitude.

Le sourire de Tigre se figea.

— Tu en veux une qui vienne à toi pour qui tu es vraiment, quoi.

— Voilà.

— La solitude te pèse ?

— Il faut croire, soupira Justice. J'adorerais avoir quelqu'un avec qui je partagerais tout. Me coucher soir après soir auprès de la même femme.

— Je peux comprendre, mec. Il m'arrive aussi de me sentir seul. (Son large sourire réapparut.) Dans ces cas-là, je me dégote une louloute qui vient réchauffer mon lit une heure ou deux, et après, ça va beaucoup mieux.

Justice rit aux éclats tant la « solution miracle » de son ami avait quelque chose de réjouissant.

— On peut dire que tu ne te prends pas la tête !

— Tant que ça marche…

— Attends de tomber sur une femme avec laquelle tu as envie de passer plus qu'un court moment.

Tigre se rembrunit.

— C'est ton cas, mec ? Tu en as trouvé une avec laquelle ça gaze vraiment ?

— Oui. Pour mon malheur. J'aurais volontiers annulé la conférence de presse, fracassé tous mes téléphones et gardé cette femme dans mon lit aussi longtemps que possible.

— « Gardé » ? Tu as déjà couché avec ?

Justice soupira.

— Oui.

— Elle t'a tapé dans l'œil à ce point-là, mec ? Te bile pas, elle va sûrement revenir dans ton lit. Tout le monde t'apprécie et te respecte.

— Je ne suis pas certain de lui avoir fait un effet bœuf...

— Tu en fais à toutes nos femelles.

Justice, qui ne tenait toujours pas à avouer que la « femelle » en question n'était pas une Hybride, éluda la question en hochant la tête. La situation aurait été tellement plus simple si Jessie était des leurs ! Elle vivrait forcément à la Réserve ou à Homeland, ce qui lui aurait permis de retenter sa chance, mais ça n'était pas le cas puisqu'elle résidait chez les humains.

— Si tu restais un peu me tenir compagnie ?

S'il détestait demander quoi que ce soit à autrui, Justice haïssait encore plus l'idée de rester seul ce soir-là : la petite humaine sexy allait hanter ses pensées.

— On matera un ou deux films qu'Ellie m'a conseillés, et je vais faire monter à bouffer.

Tigre se leva et l'empoigna par l'épaule.

— Ça roule. Chuis pas sexy, compte pas sur moi pour coucher avec toi, mais passer quelques heures ensemble, ça me va.

— Puisque c'est comme ça, s'esclaffa Justice, c'est toi qui commandes à bouffer.

Jessie resserra les sangles de son holster, puis celles du gilet pare-balles, et jeta un coup d'œil aux hommes qui l'entouraient. Tous paraissaient tendus. Rien d'étonnant à cela : elle avait entendu comme eux le briefing concernant les mesures de sécurité qu'ils s'apprêtaient à affronter. Le vieil homme à qui appartenait le manoir était un parano de première, il avait engagé des mercenaires pour protéger sa propriété.

Tim Oberto, le visage grave, rejoignit Jessie.

— Tu restes en retrait, c'est bien compris ? Le fait que ton père t'ait obtenu un port d'arme ne fait pas de toi un membre de l'équipe à part entière. Ta mission se limite à tenir la victime par la main pour qu'elle ne flippe pas trop en découvrant les méchants messieurs venus la délivrer. Cette mission-là craint un max, Jessie. Si jamais tu nous refais un coup d'éclat comme à Mexico, il y a cinq mois, je te promets une bonne fessée devant toute l'équipe. Tu me rappelles ma fille et si elle déconnait comme tu l'as fait, elle y aurait droit.

Jessie fronça les sourcils.

— C'était pas ma faute, à Mexico.

— Mon cul, oui ! s'offusqua Oberto. La femme s'est mise à crier et toi, t'as pas attendu que les gars nettoient le périmètre. T'as foncé bille en tête et défoncé la porte à coup de latte ! Ce qui t'a sauvé, c'est ta petite taille. La balle est passée un poil trop haut parce que l'affreux s'attendait à voir débouler un grand gaillard. Reste en retrait jusqu'à ce que le périmètre et la victime soient sécurisés, pigé ? À ce moment-là, et pas avant, tu pourras venir lui tenir la main.

— Si la captive de Mexico a survécu, c'est justement parce que je me suis bougé le cul. L'affreux en question l'avait attachée sur le lit et s'apprêtait à foutre le feu pour détruire les preuves, à savoir la victime. Quelques minutes de plus et elle y passait.

— Ta survie passe avant tout.

Jessie secoua la tête.

— Vous risquez votre peau, vous et vos gars. Pourquoi je n'aurais pas le droit de faire pareil quand il s'agit de sauver une Hybride ?

— Parce que c'est moi qui commande, et que je dis non. (Il afficha un sourire mauvais.) Refais la maligne comme à Mexico, et je te jure que je te tanne le cul comme si tu étais ma propre fille. Et qu'ensuite, j'appelle ton père. Il te serrera tellement la vis que tu te retrouveras à lui préparer des cookies dans les cinq minutes qui suivent. Te voilà prévenue.

— Vous connaissez mal mon père, rétorqua-t-elle en le fusillant du regard. Il m'a élevée, figurez-vous, et je le connais mieux que personne. Non seulement il m'a appris à encaisser, mais en plus, il m'a enseigné que certaines choses valent qu'on se batte. Il me soutient à cent pour cent. Les Hybrides qu'on sauve valent qu'on risque notre peau ; je le sais, et il le sait. Si quelqu'un se fait serrer la vis, ce sera vous, et vous seul. Alors arrêtez de jouer les gros durs et de me dire où est ma place sous prétexte que, dans votre petite tête de macho, une femme n'est pas à sa place quand ça chauffe.

Il tourna les talons. Jessie le vit se diriger vers le véhicule d'assaut qui lui servait de poste de commandement roulant. Il marmonna « Quelle petite peste ! » assez fort pour qu'elle l'entende.

La jeune femme consulta sa montre et refusa de céder à cette provocation. Tim était un sale con, certes, mais il veillait sur son équipe – elle comprise. Il était deux heures trente du matin ; le raid allait bientôt partir. Elle songea à Justice et se dit qu'il devait dormir. Puis poussa un soupir, regrettant de ne pas être collée à sa grande carcasse. À quoi bon rêvasser ? Deux États les séparaient.

Jimmy Torres désigna sa montre puis tendit le pouce vers l'un des véhicules noirs après avoir levé l'index pour indiquer qu'il ne restait qu'une minute avant l'embarquement. Jessie regroupa ses longues mèches rousses à la base du cou et les noua en queue-de-cheval. Elle souhaitait être identifiée comme une femme et, dans cette optique, la crinière était un atout. Le battle-dress noir n'avait, quant à lui, rien de féminin, et le gilet pare-balles occultait sa poitrine.

Elle rejoignit son unité. Cinq hommes patientaient dans le 4x4 noir garé à un pâté de maisons du manoir visé. Elle prit place sur la banquette arrière. Refermer la portière ne fut pas une mince affaire tant l'espace manquait. Elle considéra ses deux compagnons de banquette ; l'équipe était entièrement composée de malabars de plus d'un mètre quatre-vingt-cinq. Ce n'était pas le fait du hasard ; dans certains cas, mieux valait qu'un Hybride mâle puisse se fondre au milieu du commando humain. Trop dépasser aurait fait du sujet une cible facile en cas de fusillade.

Jessie frissonna. La chance lui avait souri jusqu'ici. Hormis à Mexico, elle se s'était jamais trouvée en ligne de mire. Des coups de feu claquaient parfois, mais la jeune femme était toujours restée à couvert… sauf cette fameuse fois.

Alors que l'équipe était clouée sur place, elle s'était faufilée autour du bâtiment, était entrée par-derrière et avait cherché la malheureuse Hybride Cadeau. Cette nuit, il était prévu qu'ils entrent tous ensemble. La propriété était vaste et comportait trois édifices. La victime pouvait être dissimulée dans n'importe lequel. *À trois conditions : que ce salaud plein aux as la détienne toujours, qu'elle vive encore, et que la forte somme qu'il a versée à Mercile ait bien servi à acheter une petite Hybride. C'est très probable. Positive, ma vieille. Quand on fait appel à nous, c'est qu'il y a bon espoir de secourir une captive.*

— D'où vient l'info, cette fois ? demanda-t-elle à son voisin Jimmy.

— Un coup de fil anonyme. Le salaud du jour détiendrait une femme à la tête bizarre dans sa propriété. La police a mené l'enquête ; notre homme a des liens étroits avec Mercile. Du coup, nous voilà. Un dossier comme ça, c'est l'alerte maximale. Surtout que notre indic a été formel sur un point : le salaud compte déménager la victime illico. C'est cette nuit ou jamais. On espère qu'elle est encore sur place, l'auteur du coup de fil prétend que demain matin, ce sera trop tard.

Jessie se prit à espérer.

— Ça paraît solide, comme tuyau.

— C'est aussi ce que disent les grands chefs. (Jimmy sourit d'une oreille à l'autre.) Alors, quand est-ce qu'on s'enferme dans un motel, tous les deux, histoire que je fasse joujou avec ton joli petit cul ?

Jessie sourit ; ce sujet-là revenait toujours avant un raid. L'ancien *Marine* ne la draguait pas sérieusement, ses allusions salaces étaient destinées à détendre l'atmosphère. Et ça marchait chaque fois.

— Quand j'aurai quatre-vingt-douze ans. Tu voudras encore de moi ?

Il s'esclaffa.

— Pas de souci. On va bien s'éclater, dans mon fauteuil roulant. Deux-trois pilules bleues et hop, qu'est-ce que tu vas prendre !

Les rires fusèrent dans l'habitacle. Jessie sourit, un peu moins à cran. Les gars de l'unité étaient des types bien. Ils la taquinaient, certes, mais aucun n'avait jamais dépassé les bornes.

— Les pilules bleues… Monsieur connaît déjà, j'imagine, rétorqua Jessie avec un clin d'œil.

Nouveaux éclats de rire. Le chauffeur et chef de groupe, Trey, se racla la gorge sans préavis.

— En piste, m'sieur-dame. À vos écouteurs. On va leur gâcher la fête.

Jessie mit son écouteur en place et s'assura qu'il était bien fixé. Puis elle attendit. Six secondes plus tard, une voix métallique fit « Contrôle ». La jeune femme leva le pouce. Les gars de l'équipe firent de même. Trey hocha la tête et déclara :

— Tout le monde est OK, on vous entend fort et clair.

— OK les gars, lança Tim par le même canal. On procède comme annoncé. À mon signal, on défonce ce foutu mausolée et on réveille les morts.

Jessie inspira et expira à fond. Elle empoigna fermement la poignée de la portière, les semelles bien à plat contre le plancher de l'habitacle, et déglutit tout en rentrant légèrement la tête dans les épaules. Pour avoir participé à pas mal d'opérations de ce genre, elle savait à quoi s'attendre.

— Allez ! rugit Tim. On fonce !

Le véhicule s'élança et Jessie sentit son corps peser une tonne contre le dossier du siège, mais elle y était préparée. Elle n'avait pas bouclé sa ceinture de sécurité. Personne ne l'avait fait : il allait falloir s'extraire du 4x4 au plus vite sitôt celui-ci a l'arrêt. L'engin prit rapidement de la vitesse. Le mur d'enceinte, en bordure de route, était la seule chose visible dans l'obscurité jusqu'à ce que la voiture atteigne la zone bien éclairée du portail d'accès au domaine.

Trey donna un grand coup de volant pour quitter la route et s'engager dans l'allée. Une déflagration retentit devant le SUV ; une vive lueur aveugla Jessie ; la serrure du portail en fer forgé explosa. L'équipe avait déterminé que faire sauter ladite serrure était la méthode la plus rapide pour entrer. De ce fait, un tireur d'élite avait eu pour mission de viser la charge explosive préalablement posée. Les murs étaient dotés de détecteurs de mouvement : il était exclu de jouer les monte-en-l'air. Le riche propriétaire avait en outre truffé tout le parc d'alarmes diverses. La vitesse étant la clé du succès, le commando n'avait pas de temps à perdre à crocheter une serrure.

Jessie prit conscience qu'elle était à bord du véhicule de tête quand elle vit Trey lancer le pesant 4x4 contre le portail qui, bien qu'ayant souffert, tenait encore debout. Le choc fut brutal et provoqua des gerbes d'étincelles. Les portes s'ouvrirent dans un vacarme tonitruant. Des alarmes devaient retentir au manoir. Jessie tourna la tête et vit six paires de phares dans leur sillage, les véhicules sur leurs talons roulaient à deux de front.

Trey donna un nouveau coup de volant. Le SUV heurta violemment le trottoir de l'allée. Leur équipe avait été assignée à la dépendance. Un véhicule les suivait juste derrière. Ils coupaient au plus court, à savoir par le terrain de golf du maître de céans.

— Évite le bunker, cria Bob, l'homme assis à la place du mort. C'est un piège.

Jessie sourit. Elle adorait ces mecs et leur humour à deux balles qui aidait à évacuer la trouille. Le véhicule reprit de la vitesse.

— Accrochez-vous, les enfants, prévint Trey. On va s'envoler.

Jessie repéra la bosse au dernier moment et serra les dents. L'avant du 4x4 dépassa l'éminence… et ils s'envolèrent bel et bien. Le véhicule retomba brutalement. Trey réussit tant bien que mal à garder le cap. La violence du choc aurait dû la projeter en avant, elle qui ne pesait pas la moitié du poids des costauds à bord, mais Jimmy avait eu la présence d'esprit de la retenir en posant un bras en travers de son corps. Ainsi maintenue, elle ne bringuebala pas trop.

— Faites-moi penser à ramasser mon estomac au retour, il est passé par la portière, grommela Bob. Et à acheter des coussins gonflables pour la prochaine virée.

La jeune femme vit qu'ils approchaient à vive allure d'un bâtiment à un étage, bien éclairé. Elle déboucla son holster. Son cœur battait la chamade. Les minutes à venir pouvaient virer au cauchemar mais elle refusait de perdre espoir. L'appréhension promettait de la maintenir en état d'alerte maximale. En situation dangereuse, la peur était une alliée précieuse.

Sitôt devant la dépendance, Trey pila, fit une embardée et coupa les gaz. Jessie ouvrit la portière, bondit et fila vers la porte principale. Trey et Bob avaient pris les devants. Jimmy, Mike et Shane fermaient la marche.

Armé d'un bélier en métal de près d'un mètre de long, Trey heurta de plein fouet la jonction entre les deux portes. Le bois craqua ; les battants cédèrent. Le chef d'équipe lâcha le bélier et dégaina ses deux flingues. Trey et Bob se jetèrent les premiers dans l'embrasure. Jessie se colla dos au mur, sortit son pistolet et attendit.

— RAS, annonça Bob.

Jessie contourna l'huisserie fracassée. Elle découvrit l'entrée spacieuse avec son escalier à spirale, un plafond haut et un long couloir qui s'enfonçait dans la bâtisse. Trey et Bob y étaient déjà engagés, ils vérifiaient une pièce après l'autre tandis que la jeune femme avait son arme braquée sur le haut des marches afin de couvrir l'entrée de Jimmy et de Shane. Mike prit position du côté opposé à Jessie et surveilla leurs arrières. Tous ceux qui voudraient entrer ou sortir par cette porte auraient affaire à un type lourdement armé. Dès que les deux équipiers furent à l'étage, la jeune femme braqua son arme sur l'entrée en miettes.

Quelques secondes s'égrenèrent. Interminables. Des coups de feu claquèrent subitement à l'étage. *Bordel.* Coup d'œil à Mike : le visage grave, il devait comme elle espérer que c'étaient Jimmy et Shane qui venaient d'ouvrir le feu. Il désigna la porte d'un signe de tête. Jessie obéit à l'ordre silencieux et sortit. Le dos collé à la paroi extérieure, elle entendit d'autres détonations. Toujours à l'étage. Une fusillade en règle.

— Coups de feu dans la dépendance ! beugla Tim dans l'oreillette. Quatre hommes armés. À l'étage.

— On va se les faire, grogna Jimmy. Déjà un de moins. Trois à suivre.

Jessie scruta les abords en quête d'un mouvement éventuel. La voix de Tim continuait à la tenir informée de ce qui se passait. Pour l'équipe, mais aussi sur tout le domaine.

— Huit signatures thermiques dans deux bagnoles qui foncent depuis le sud vers la dépendance.

La jeune femme tourna la tête dans cette direction. Rien. Moins de dix secondes plus tard, elle distingua effectivement des phares. Ça arrivait vite. Elle regagna l'intérieur et adressa un signe de tête à Mike.

— Je te couvre, à toi les bagnoles qui arrivent. (Elle avisa son arsenal.) C'est toi qui as les plus beaux joujoux.

Il se fendit d'un rictus.

— Baisse la tête.

— Facile, ça. Je suis petite, t'as oublié ?

— Assez bavardé, l'équipe 5, ordonna Tim. Vos micros sont ouverts vu que vous êtes attaqués.

Génial. Jessie leva les yeux au ciel. Mike sourit et s'installa à côté de la jeune femme, tout près de l'embrasure. Et ouvrit le feu dès qu'il entendit des pneus crisser. Jessie se couvrit l'oreille du côté exposé aux tirs nourris et leva son arme vers l'escalier, afin d'éviter qu'on les prenne à revers. Trey et Bob, qui en avaient terminé avec le rez-de-chaussée, réapparurent au pas de course.

— Jessie, mets-toi à couvert, ordonna Trey. Bob, monte en soutien de Jimmy et Shane. Mike, j'approche pour t'aider à tenir l'entrée. Ne me flingue pas.

— Vais essayer, grommela l'intéressé.

Le vacarme était assourdissant. Jessie s'enfonça dans la maison. C'était bien beau de lui dire de se mettre à couvert, mais où se planquer alors que ça tirait à l'étage et depuis l'extérieur ? Les balles ennemies tapissaient la façade de la maison. Celles qui passaient dans l'embrasure foraient des trous dans la paroi, au pied des marches.

— Trois hostiles viennent de s'écarter des véhicules et contournent la baraque, grinça Mike. Planque-toi bien, Jessie. Ils vont nous tomber dessus à revers. C'est la merde !

— Bordel, gronda Trey. On est coincés ! Je répète, on est coincés !

Misère... Après un coude, le couloir débouchait sur une vaste salle à manger percée de plusieurs fenêtres. Si trois hommes armés passaient par l'une d'elles, elle ferait une cible facile où qu'elle se trouve. Ils n'auraient qu'à suivre le couloir pour tuer ses frères d'armes et toute personne planquée entre le grand salon et l'entrée. Après un coup d'œil à la ronde, elle se réfugia dans la buanderie : c'était la seule pièce aveugle. Du verre se brisa, pas très loin de sa position. Elle tendit l'oreille.

— Ils passent par la grande salle, annonça Jessie à mi-voix. Je vous couvre, les gars.

— Bon sang, Jessie, tempêta Trey. Reste planquée. Je m'occupe de couvrir nos arrières depuis ma position.

Il lui demandait de rester cachée. Si trois types débarquaient dans leur dos, Trey et Mike allaient se retrouver en plein découvert. Le bluff du chef d'équipe ferait long feu. Il savait aussi bien qu'elle qu'ils étaient cuits. Il l'avait d'ailleurs admis.

— Je vous couvre, répéta-t-elle plus fermement.

Quelqu'un marcha sur du verre cassé. Jessie respira à fond, sortit de son réduit à pas comptés et gagna l'angle du couloir. La main crispée sur la poignée de son arme, elle risqua un œil dans le grand salon. Un type était en train de franchir une fenêtre fracassée. Elle visa. Tira. L'homme hurla et s'effondra. La riposte de ses deux comparses laboura le mur derrière Jessie. La jeune femme se mit vivement à couvert. Les deux autres étaient déjà à l'intérieur !

— Un de moins, annonça-t-elle tout bas.

— Jessie, grinça Trey, planque-toi, j'ai dit.

Elle fit la sourde oreille. Reprit son souffle et, à genoux, jeta un coup d'œil dans l'angle du couloir. L'un des types s'était approché le long du mur du salon. Il écarquilla les yeux sous l'effet de la surprise en la découvrant si bas. Elle ouvrit le feu ; deux balles trouvèrent leur cible. La première dans le torse, la seconde en plein visage. Jessie recula vivement : le troisième homme surgissait de derrière un canapé et tirait à tout va.

— Et de deux, murmura-t-elle à son équipe. Plus qu'un.

Une idée lui vint.

— Je suis indemne mais je vais le feinter pour qu'il vienne à moi. Faites-vous les plus petits possible, les mecs. Collez-vous dans l'angle mort, derrière le placard de l'entrée. Il ne vous verra pas.

— Jessie ! pressa Trey. Ne fais pas ça !

— Tais-toi et colle-toi à la paroi, rétorqua-t-elle à mi-voix avant de pousser un hoquet sonore.

— Je suis touchée ! Merde, merde, il m'a eue. Je vais crever. Peux plus bouger. Au secours !

À croupetons, elle recula le plus silencieusement possible et se cala derrière le sèche-linge de la buanderie. L'espace suffisait à peine. Elle attendit. Le type se croyait manifestement meilleur tireur qu'il l'était. Il bondit dans l'encadrement de la porte et visa par terre, à l'endroit présumé où sa victime aurait dû se trouver. Jessie n'hésita pas et tira en même temps que son adversaire, dont les projectiles sifflèrent à moins d'un mètre d'elle. Trois coups en plein buffet. Les yeux ronds, la bouche grande ouverte, il tomba en arrière une seconde après avoir commencé à se vider de son sang.

— Et d-de trois, glapit Jessie d'une voix mal assurée. Je vais voir s'il vit encore.

— Jessie, ne bouge surtout pas ! vociféra Tim. Attends les renforts !

Me voilà dans de beaux draps… Mais comment faire autrement ? Trey et Mike avaient fort à faire avec les connards qui les canardaient depuis l'extérieur. Il fallait couvrir leurs arrières, à savoir l'accès depuis la salle à manger. Et donc quelqu'un pour veiller au grain. Seule Jessie était disponible pour assumer ce rôle, et elle l'avait fait.

Jimmy donna de la voix dans les oreillettes.

— Quatre hostiles abattus. Je répète, quatre hostiles abattus. L'étage est sécurisé. Pas de femme hybride en vue.

Trey et Mike continuèrent à faire feu depuis la porte d'entrée jusqu'à ce qu'une autre équipe vienne prendre les assaillants à revers. Deux des vigiles du domaine avaient succombé aux rafales du tandem ; les trois derniers affreux rendirent les armes. Jessie émergea de la buanderie dès qu'elle entendit les mots « Tout est OK ».

Trey fut le premier à la rejoindre. Il la détailla, le visage sévère, avant de se pencher pour l'embrasser sur la joue.

— Beau boulot.

— Les deux premiers sont au salon. Je ne suis pas allée voir s'ils vivaient encore. (Elle évita de poser les yeux sur le macchabée qui gisait à l'entrée de la buanderie.) Celui-ci est mort et bien mort. Je l'ai eu en pleine tronche.

Trey y jeta un coup d'œil.

— Je confirme qu'il a pris cher. Je vais voir pour les deux autres, dit-il en s'élançant vers le salon.

— J'en connais une qui va prendre cher aussi, se gaussa Mike en roulant des mécaniques, son fusil d'assaut au creux des coudes. On était mal barrés et t'as assuré comme un chef, gamine. Merci.

Jessie hocha la tête.

Trey revenait déjà du grand salon.

— Trois macchabées en tout. T'en as shooté un dans le cou, l'autre au visage et dans la poitrine. Bien vu, Jessie ! Toutes ces heures passées au stand de tir ont payé. La mauvaise nouvelle, c'est que la victime hybride n'est nulle part. Nos gars ont fini de passer le manoir au peigne fin. *Idem* pour le garage et les quartiers du personnel. Ils l'auront déménagée avant qu'on débarque.

Jessie fronça les sourcils.

— Bizarre qu'ils se soient entêtés à tenir notre bâtiment…

Elle tourna les talons et ratissa le rez-de-chaussée au pas de course. Alors qu'elle allait s'engager dans l'escalier, Trey la retint par l'avant-bras.

— L'étage aussi a été fouillé, Jessie. Je suis désolé. Si une femme était captive ici, elle n'y est plus. C'est dur à avaler, je sais, mais on l'a ratée.

— Les gars ont trouvé une piaule dans laquelle elle aurait pu être enfermée ?

— Non. Personne n'a rien dit à ce sujet.

— Ces mecs protégeaient quelque chose. C'est une dépendance pour héberger du monde, mais personne n'y vit. Tous les mecs qu'on a descendus sont des vigiles, ils portent un badge. Pourquoi cantonner quatre gars ici sans raison, et en envoyer huit de plus en renfort ? insista Jessie, qui refusait d'abandonner la partie.

Trey haussa les épaules.

— Les quatre gars logeaient peut-être ici…

Jessie se dégagea d'une ruade.

— Je monte jeter un œil. Tant pis s'il faut qu'on casse tout, ces types protégeaient un truc qu'on n'a pas encore trouvé.

Le chef de groupe hésita.

— Fais vite. Tim est en route, et il est très remonté contre toi.

Elle gravit les marches quatre à quatre. *Ces mecs protégeaient quelque chose.* Son instinct était formel, le proprio était cul et chemise avec Mercile Industries. Un vieux salopard, très certainement, sans quoi il n'aurait pas embauché des mercenaires pour surveiller son domaine.

La première pièce qu'elle fouilla était absolument vide. Même chose pour le cagibi attenant. Jessie se servit de sa lampe-torche pour chercher une fissure éventuelle, flanqua des coups de pied aux parois et au plancher. Tout sonnait plein, y compris dans le placard.

Une table de poker trônait dans la salle suivante ; deux macchabées baignaient dans leur sang. Pas d'autre mobilier hormis la table et quatre chaises. Elle décida de commencer par le placard, peu pressée de déplacer les corps pour sonder le plancher. L'inspection à la lampe-torche ne donna rien. Un coup à la paroi latérale : rien à signaler non plus. *Idem* dans le mur du fond… et là, un son bizarre. Jessie fronça les sourcils et récidiva. *Ça sonne creux.*

Jessie se mit à quatre pattes et inspecta le sol à l'aide de sa torche électrique. Là, à moins d'un mètre de la plinthe, des éraflures ! Elle passa les doigts dessus.

— Bon sang, Jessie, je t'avais prévenue ! beugla Tim dans son dos. La fessée que tu vas prendre…

— Pas maintenant. J'ai trouvé quelque chose.

Trop accaparée par le mur du fond, elle ne daigna même pas se retourner vers son chef. Le silence se fit derrière elle. Jessie se mordit la lèvre et poussa vainement sur le mur. Elle se leva, prit un peu de recul et observa la paroi sous un autre angle. Un coup d'œil par-dessus son épaule lui apprit que Tim se tenait près du seuil de la pièce et qu'il la fusillait du regard. Trey et plusieurs autres avaient suivi le mouvement.

Jessie flanqua un grand coup de pied au mur du placard. L'impact creusa un trou dans ce qui n'était en fait qu'une simple épaisseur de Placo. Au-delà, la jeune femme ne vit que des ténèbres : ni montants en bois ni couche d'isolant. Elle s'agenouilla et orienta le faisceau de sa lampe-torche dans la béance.

— Qu'est-ce que c'est ? demanda Trey, qui l'avait rejointe.

— Défonce-moi ça, répondit Jessie à voix basse tout en reculant pour lui laisser le champ libre. Ce mur est factice.

Trey lui prit la torche électrique et se baissa à son tour devant le petit trou.

— Elle dit vrai, déclara-t-il.

Il se leva, lui rendit la lampe-torche, prit un pas d'élan et envoya un coup de talon.

— Recule encore un peu.

Jessie obtempéra. Trey était un grand costaud et était chaussé de Rangers adaptées à ce type de délicatesse. Une petite minute lui suffit à pratiquer une brèche assez large pour laisser passer quelqu'un. Il empoigna sa propre lampe-torche fixée à sa ceinture, tomba à genoux et dégaina son pistolet.

— Une chambre secrète, confirma-t-il en avançant.

Le cœur battant, Jessie le vit s'accroupir et disparaître dans la brèche. Les secondes qui s'écoulèrent lui firent l'effet de minutes entières. Puis il s'exclama :

— Jessie, entre. Elle est vivante.

Chapitre 6

Justice bâilla et regarda sa montre.

— Il est trois heures passées.

— Je vais me pieuter, répondit Tigre en s'étirant. C'était un bon film d'action, en tout cas.

— Merci d'être resté.

— Aucun souci. Quand tu voudras, mec. (Tigre croisa son regard.) Les femmes, c'est une plaie. N'oublie jamais ça. On vit mieux sans.

— Je ne suis pas sûr d'être de cet avis.

— Tu préfères que je dorme dans ta chambre d'amis ?

— Tu te sens de rentrer en bagnole ?

— Pas trop, avoua Tigre, bâillant à son tour. Pas l'habitude de veiller si tard.

Justice éteignit le téléviseur et le lecteur DVD, se releva et posa les télécommandes sur la table basse.

— Fais comme chez toi. On profitera du petit déjeuner pour discuter des nouvelles caméras que tu veux faire installer à l'entrée principale.

Là-dessus, il sortit son téléphone portable et déplia le capot.

— Qui tu appelles, à une heure pareille ?

— Homeland. Le commando humain est parti en mission, j'aimerais savoir s'ils ont trouvé l'une de nos femelles.

— Ils auraient prévenu. (Les yeux de Tigre s'emplirent de tristesse.) Tu sais comment ça se passe, ils auraient appelé s'ils en avaient délivré une. Je sais qu'ils comptaient agir à deux heures. Le tuyau devait être bidon.

Jessie avait donc été dérangée pour rien. Justice s'était consolé comme il pouvait en se disant qu'elle était partie pour la bonne cause. Raté.

— Tu dois avoir raison.

— Ce sera pour la prochaine fois.

— Espérons-le. Bonne nuit, Tigre.

Justice tourna les talons, gagna sa chambre à grandes enjambées et referma avec précaution. Son regard s'attarda sur le lit tout neuf. La trace olfactive de Jessie avait disparu, et c'était sa faute, puisqu'il avait usé et abusé du désodorisant.

Seule bonne nouvelle : Jessie était saine et sauve. Il commença à se dévêtir, bâilla et espéra qu'où qu'elle soit, elle pensait à lui. Il aurait su comment la consoler de l'échec de la mission si elle avait été dans son lit. Plutôt deux fois qu'une.

Sentant sa queue s'agiter à mesure que les images de « consolation » défilaient, il poussa un juron. Vite, oublier la petite humaine aux longs cheveux roux ! Jessie Dupree n'était pas quelqu'un avec qui il pouvait s'autoriser à passer tout son temps ; leur relation n'avait aucun avenir.

Justice se figea devant le miroir de la penderie, détailla ses traits pas tout à fait humains... et regretta pour la première fois de sa vie d'être un Hybride. Il était le porte-parole de son peuple, sa vibrante image à la face du monde et, de ce fait, ne jouissait pas de la liberté qu'il s'acharnait à obtenir pour les siens.

Il sentit naître une pointe de jalousie envers Rage, Slade et Vaillant. Ces trois-là avaient craqué pour une humaine et vivaient en couple. Ils étaient aimés et dormaient avec leur compagne. Un anonymat relatif les y autorisait. Mais si Justice North prenait femme, la nouvelle ferait aussitôt le tour du monde – et il se devait de jeter son dévolu sur une Hybride. C'était à la fois ce que souhaitait son peuple et l'espèce humaine.

Ses épaules s'affaissèrent et il se détourna, incapable de continuer à contempler son propre reflet. Il s'était toujours tenu à distance des humaines. Elles étaient nombreuses à avoir tenté leur chance, mais aucune ne l'avait remué comme cette petite rouquine à la crinière de feu. Jessie avait le cran d'arborer une tignasse aussi voyante et de tenir tête à un mâle. Elle était féroce, superbe… et hors d'atteinte.

Penché en avant, il sortit son téléphone de la poche de son jean et le posa sur la table de nuit. Puis il s'assit au bord du matelas, toujours hanté par l'image de Jessie, et actionna l'interrupteur. *Oublie-la. Tu n'as pas le choix. Ce qui s'est passé n'aurait jamais dû arriver, et c'est aussi bien qu'elle ait été appelée au loin. Quelle cata ce serait si elle prenait trop de place dans ta vie ! Une source de tourments sans fin, oui : il est exclu qu'on soit ensemble sans que le monde entier l'apprenne.*

Il se glissa sous les couvertures et s'étendit sur le dos. Sa queue se gorgea de sang quand il se remémora la dernière fois qu'il était couché dans cette position, avec Jessie le chevauchant, cette bouche chaude et sexy courant sur son corps, ces longues mèches venant lui caresser les cuisses. Justice grogna et se retourna.

Oublie-la, bordel. Elle ne va pas s'en priver. C'était juste un coup en passant. Sans avenir.

Jessie s'agenouilla sans hésiter et rampa dans l'obscurité. Elle obliqua vers Trey qui se tenait à environ trois mètres d'elle, sur sa gauche. Il garda sa lampe braquée au sol jusqu'à ce qu'elle arrive près de lui.

— Je n'ai pas voulu l'effrayer, murmura-t-il. Elle est enfermée dans un angle de la piaule. Pas trouvé d'interrupteur.

— Sors de là, le pressa Jessie. Trouve une source de lumière quelconque.

Il recula ; la jeune femme alluma sa lampe-torche. Elle leva lentement le faisceau lumineux jusqu'à ce qu'elle distingue une cage à chien de grande taille dans laquelle était posé un fin matelas. Une femme menue se tenait rencognée dans un coin. Sa chemise de nuit était aussi crasseuse et déchirée que le drap sur lequel elle était assise. Rien, apparemment, n'avait été lavé depuis un bon moment. Jessie releva un peu sa lampe en prenant garde de ne pas aveugler la prisonnière.

— Je m'appelle Jessie, énonça-t-elle à voix basse. On va te sortir de là et te conduire en lieu sûr. Je vais m'approcher, mais tu n'as pas à avoir peur. Je ne te ferai aucun mal, tu entends ?

Elle s'éclaira le visage et s'aveugla momentanément pour laisser à la captive le temps de l'observer.

— Je suis une femme, moi aussi. Tu vois ? On n'est pas ici pour te faire du mal.

Jessie abaissa la lampe, attendit que ses yeux se réadaptent puis dirigea le faisceau jusqu'à la femme pelotonnée. Elle put la détailler en lui éclairant les jambes. Aucun doute, c'était une Hybride. Les cheveux noirs et la forme du visage attestaient qu'elle avait hérité d'ADN de primate. C'était flagrant aux traits délicats, au contour très arrondi des yeux foncés et au joli petit nez retroussé.

Jessie s'approcha en rampant.

— Tu sais qu'il existe d'autres personnes comme toi ? Je vais te conduire chez toi, dans ta famille. Ça fait rudement longtemps qu'ils t'attendent. Je peux savoir comment tu t'appelles ?

La captive, terrifiée, ramena les genoux contre sa poitrine. Jessie comprenait sa peur.

— Il ne t'arrivera rien, c'est promis. Je vais te faire sortir d'ici et t'emmener en sécurité. Dans ta famille. Des gens qui ont souffert, comme toi, et qui vivent dans un endroit où tu ne risqueras rien. Plus personne ne t'enfermera dans une cage. Moi c'est Jessie, répéta-t-elle. Et toi, c'est comment ?

La femme ouvrit la bouche et murmura un mot presque inintelligible.

— Gadoue.

Les salopards ! songea Jessie, prise d'un accès de rage en entendant le sobriquet atroce dont ses ravisseurs avaient affublé la malheureuse. Elle s'efforça de ne rien en laisser paraître.

— Ce n'est pas ton vrai nom, ça. Tu te rappelles le vrai ? Comment tu t'appelais, quand on t'a emmenée ici ?

La prisonnière hésita.

— Mon nom d'avant, c'était Macaque.

Jessie compta mentalement jusqu'à dix pour calmer sa colère. *Quels fils de putes… Ils n'en ont pas marre, d'être odieux envers ces pauvres victimes ?*

— Et si on t'appelait Beauté, plutôt ? L'idée te plaît ? Ce nom-là te va beaucoup mieux que les deux autres. Les gens qui sont avec moi sont venus te libérer de ceux qui te retenaient prisonnière. Je vais te conduire en lieu sûr. Aie confiance.

Jessie profita de ce que l'Hybride paraissait plus calme pour s'approcher encore. La peur s'estompait sur son joli minois. La jeune femme reporta son attention sur la cage, prit note de la serrure et de la chaîne qui reliait les fers enserrant les chevilles de Beauté à un anneau maçonné dans le sol de la cellule, à un mètre environ des barreaux. L'anneau sortait du plancher ; aucune fixation n'était visible. L'ensemble avait l'air très solide. Libérer l'Hybride promettait d'être coton. Les victimes étaient parfois extraites encore menottées quand il s'avérait impossible de les défaire de leurs entraves sur place, mais comment briser ce foutu anneau ?

— Je peux jeter un coup d'œil à tes chevilles, s'il te plaît ? J'aimerais voir s'il est possible de crocheter tes menottes, il faut que j'examine leur serrure.

— D'accord, convint la captive après une brève hésitation.

Jessie tendit la main à travers les barreaux et empoigna une menotte avec douceur. Elle repéra un trou de serrure dans chacune mais le métal était épais et robuste. Quant à crocheter… ça paraissait mal barré.

— Tâchez de voir s'il y a des clés quelque part, annonça-t-elle dans son micro. La chaîne est fixée à un anneau solide et je nous vois mal forcer les serrures des menottes. Pénétrer dans la cage, ça ira, mais ces satanés fers aux pieds, c'est une autre histoire.

— Je ne sais pas où elles sont, murmura Beauté.

Jessie posa la lampe afin qu'elle diffuse assez de clarté pour que chacune voie l'autre et lâcha la cheville de l'Hybride. Puis elle se redressa, tourna la tête et désigna son oreille.

— Cet appareil me permet de communiquer à distance avec les gens qui m'ont aidée à te délivrer. Ils m'entendent et j'entends ce qu'ils disent. Je leur ai demandé de chercher les clés de tes menottes. S'ils ne trouvent rien, on essaiera de couper la chaîne. Tu vas sortir d'ici, je te le promets. Ça va aller, Beauté ?

— Oui. C'est vrai, que je vais sortir ?

— Promis juré.

— On a trouvé un trousseau de clés sur un macchabée, annonça Tim. Ainsi qu'une rallonge et une lampe de chevet.

— Le mieux, c'est que ce soit Trey qui m'apporte les clés, elle l'a déjà vu. Qu'il arrive tout doucement. (Jessie sourit à Beauté.) L'homme qui était là il y a quelques minutes va m'apporter des clés qui, on l'espère, ouvrent tes menottes. N'aie pas peur de lui. C'est un ami à moi. Jamais il ne ferait de mal à une femme.

Beauté n'était pas rassurée, mais elle trouva le courage d'opiner. Trey arriva à quatre pattes et vint s'asseoir à côté de Jessie. Il tenait quatre lampes-torches d'une main qu'il alluma pour éclairer la pièce. Jessie lui adressa un sourire et attrapa le trousseau de clés. Il recula un peu.

— Je sors ou je reste ? demanda-t-il à mi-voix.

Jessie étudia l'Hybride qui avait les yeux rivés sur Trey : elle ne paraissait pas trop effrayée.

— Reste, décida-t-elle.

Trey ne bougea pas un muscle tandis que Jessie essayait les clés. La cage s'ouvrit ; elle fit jouer la porte sur ses gonds et hésita à toucher Beauté. Voyant celle-ci tendre les pieds vers elle, la jeune femme se fendit d'un sourire chaleureux auquel Beauté répondit par un sourire crispé.

— Bingo, ça marche ! lança Jessie, radieuse, en déverrouillant une première menotte. Tu vois ? On a trouvé les clés.

Elle passa à l'autre menotte. Beauté était libre.

— Dégagez la voie jusqu'au véhicule, ordonna-t-elle à voix basse. On va sortir.

— Bien reçu, soupira Tim. Beau boulot, Jessie. Si tu n'avais pas trouvé la chambre secrète, on repartait sans elle. Gare à tes fesses quand même dès qu'elle est en sécurité.

Jessie leva les yeux au ciel sans cesser de sourire à Beauté et recula de façon à permettre à l'ex-captive de sortir de sa cage.

— OK. Tu peux tenir debout ?

Après s'être redressée sans à-coups, elle tendit la main à l'Hybride.

— Tu peux te tenir à moi, si tu veux.

Beauté hésita un instant puis se pencha en avant, rampa sur quelques mètres, franchit le seuil de la cage et tendit une main pâle et tremblante à Jessie, qui l'accepta en refoulant un sanglot. Cette phase-là lui faisait toujours beaucoup d'effet. La peur dans leurs yeux, quand elles redoutaient d'espérer, de croire que la nouvelle venue n'était pas là pour abuser d'elles à répétition, lui brisait le cœur. Elle aida Beauté à se lever.

— On bouge, lança-t-elle à l'équipe. Tout est OK?

— Affirmatif, répondit Tim. Un véhicule attend juste devant l'entrée et les morts ont été planqués. Jimmy a même arraché les rideaux pour couvrir les flaques de sang. La victime devinera sûrement sa présence à l'odeur, mais au moins, sa vue ne la fera pas flipper.

— C'est une primate, rétorqua Jessie pour leur faire savoir que la captive était moins susceptible de repérer l'odeur du sang. (Les primates avaient l'odorat moins développé.) Contactez Homeland et dites-leur de faire en sorte que d'autres primates soient là à notre arrivée. Elle va avoir besoin de sa famille.

Jessie soutint l'Hybride apeurée. Beauté devait faire un mètre cinquante et son corps décharné attestait du fait qu'elle avait dû être sous-alimentée. Elle était si frêle que la jeune femme aurait pu la porter jusqu'à l'extérieur si nécessaire. Elle dut lutter contre un nouvel afflux de larmes tandis qu'elles traversaient la maison à pas lents. Battue récemment, la malheureuse n'avait *a priori* pas pris de bain depuis une petite semaine. Ses cheveux étaient en piteux état ; des moutons de poussière, récoltés dans la cache cradingue, lui collaient à la peau des bras et des jambes.

Trey fermait la marche sans mot dire, prêt à rattraper la petite victime si celle-ci faisait un malaise. Jessie conduisit Beauté jusqu'à l'entrée défoncée, la fraîcheur nocturne les assaillit, puis elles se dirigèrent vers la portière arrière du SUV. La rouquine sourit à la captive libérée.

— On va d'abord monter à bord de cet engin, puis on va faire un truc vraiment sensationnel : voler dans le ciel à bord d'un véhicule plus massif que celui-ci, pour te conduire auprès d'un médecin et des membres de ta famille. Ils sont rudement contents à l'idée de te voir, tu sais.

— Vous allez me quitter ? demanda Beauté, l'air terrifiée, en serrant très fort la main de Jessie.

— Non, Beauté, je reste auprès de toi. Et je te tiendrai la main tout le temps, assura-t-elle en lui serrant la main avec tendresse. Il ne t'arrivera rien, et on restera ensemble aussi longtemps que tu voudras.

Jessie la fit monter, l'installa au centre de la banquette et boucla la ceinture de sécurité. Souriant toujours, elle la rassura de son mieux.

— Je vais m'asseoir à côté de toi et c'est Trey qui va conduire. Un garçon tout ce qu'il y a de gentil.

Après avoir vérifié que la ceinture était bien bouclée, elle se pencha pour ranger les mèches folles de l'Hybride derrière son oreille et la regarda droit dans les yeux.

— Tout va bien se passer, Beauté. Je…

La douleur explosa dans le dos de Jessie. Projetée en avant, elle s'effondra sur Beauté, en travers de la banquette. L'Hybride se mit à hurler.

— Sniper ! beugla Trey.

Jessie voulut se redresser malgré la douleur qui lui coupait la respiration. Beauté, terrorisée, hurla de plus belle ; la vitre avant, côté passager, vola en éclats. Jessie trouva la force de redresser le buste, de coucher l'Hybride en travers du siège et de faire rempart.

— Je te couvre, haleta Jessie, alors que la captive hurlait toujours et qu'un nouveau coup de feu claquait.

Un sillon douloureux se creusa entre les omoplates de Jessie puis à l'arrière de son crâne. Cette fois, c'était trop. Elle voulut respirer une goulée d'air. En vain. Tout vira au noir, la douleur recula, les cris d'orfraie de Beauté furent la dernière chose qu'elle entendit.

Justice grogna, roula sur lui-même dans son lit et regarda le réveil. Quatre heures du matin. Il chercha son téléphone à tâtons dans l'obscurité, souleva le capot et le colla à son oreille.

— Ça a intérêt à être important, gronda-t-il.

— Justice ? Désolé pour l'heure, mec. Vraiment. On a une urgence, j'ai besoin de ton feu vert pour deux ou trois trucs.

— Il s'est passé quoi, Cuivre ? Mon feu vert pour quoi ?

— Faut qu'on envoie l'hélico de Homeland pour aller chercher en urgence une femelle Cadeau, libérée il y a moins d'une heure. Et que tu autorises à ce qu'on la dépose à la Réserve. L'équipe médicale est meilleure là-bas, et la pauvre petite en a bavé. Elle est traumatisée à mort. Il a fallu la mettre sous calmants sur place, tellement elle flippait. Je me suis dit que c'était mieux de la prendre en charge à la Réserve. Doc Trisha est sur place.

Justice prit une profonde inspiration.

— Bien. Envoie l'hélico récupérer la captive. OK aussi pour la prise en charge à la Réserve. Mais appelle le docteur Harris, pas Trisha. C'est lui qui est de service, elle est en vacances. Pas question de la déranger.

Il se garda de préciser qu'elle venait d'accoucher : la ligne n'était pas sûre.

— Tu le sais, merde.

— T'as raison. Désolé, mec. Suis claqué. Le détachement spécial voulait nous l'envoyer dans un jet privé, mais je leur ai dit que ça allait prendre trop longtemps. C'est là qu'ils ont demandé, pour l'hélico de Homeland. Celui de la Réserve est avec toi.

Justice fronça les sourcils.

— Pourquoi ils ne la convoient pas eux-mêmes ? Leur hélico est en réparation, ou quoi ? Je sais qu'ils en ont un. J'ai bataillé moi-même pour obtenir les fonds nécessaires.

— Il est pris. L'un des membres de l'équipe s'est fait tirer dessus pendant l'opération. Ils se sont servis de leur coucou pour le transport au service d'urgences le plus proche, à cent bornes du site d'extraction.

— L'un des leurs s'est fait descendre ? C'est grave ? Il va s'en sortir ?

— C'est pas « il », c'est « elle ». L'ambassadrice humaine de l'équipe. C'est pour ça que notre femelle a pété les plombs. L'humaine blessée, elle s'est retrouvée entourée d'hommes.

Le cœur de Justice rata un battement. Jessie était l'unique humaine travaillant au sein du commando.

— Qu'est-ce qui s'est passé ?

— D'après Tim Oberto, c'est notre femelle qui était visée. Le sniper a essayé de l'éliminer et c'est l'humaine qui a été touchée à sa place. Je ne sais pas à quel point c'est grave mais ça doit l'être, pour qu'ils aient décidé de l'évacuer d'urgence au lieu de nous amener la captive.

— Jessie Dupree est blessée ?

Cuivre hésita.

— Je ne connais pas son nom…

— Passe-moi le numéro de Tim Oberto, et vite, grinça Justice.

— OK, OK… t'as de quoi noter ?

Justice sauta du lit et sortit de la chambre en courant.

— Un instant.

Ayant trouvé un stylo, il prit le premier dossier posé sur son bureau.

— Vas-y. (Il nota le numéro.) Cuivre, fais au mieux, tu n'as pas besoin de me demander avant d'agir. Débrouille-toi pour que la femelle soit rapatriée quoi qu'il en coûte.

Là-dessus, il raccrocha et composa le numéro de Tim Oberto. Qui sonna quatre fois.

— Ici Tim Oberto, soupira une voix d'homme.

— Justice à l'appareil. Je viens d'apprendre la nouvelle. Jessie Dupree a été touchée ?

— Oui.

Un accès de rage pure lui donna envie de rugir.

— Elle est en vie ?

— Elle est prise en charge en salle d'opération, répondit Tim avant de pousser un gros soupir. J'ignore son état précis.

— On lui a tiré dessus ? demanda Justice, pris de frissons.

— Hélas oui. Elle a pris une balle à l'arrière du crâne. Très moche. (La voix du responsable se brisa.) Un sniper a voulu éliminer l'Hybride Cadeau, mais Jessie était dans la ligne de mire. Elle s'est jetée sur la captive et a subi trois impacts à sa place. Le gilet pare-balles en a encaissé deux. Pas trois.

— Où étaient vos hommes ? vociféra Justice. C'est une ambassadrice ! Elle n'est censée intervenir qu'une fois tout danger écarté !

— Inutile de me hurler dessus, s'emporta l'officier. On avait sécurisé les parages avant d'autoriser Jessie à extraire la captive. C'est un tireur embusqué qui a fait le coup.

Il nous a cloués au sol jusqu'à ce qu'on localise sa position. J'aime cette fille comme si c'était la mienne. C'est moi qui l'ai soulevée et tenue dans mes bras en attendant l'hélico. Son sang est partout sur moi, et c'est encore moi qui vais devoir prévenir son père quand on m'annoncera sa mort.

Justice s'effondra sur son bureau, resta assis, comme sonné, et ferma les yeux. Abasourdi d'apprendre que l'humaine si pleine de vie qui avait partagé sa couche était gravement blessée, il n'arrivait plus à respirer. Il eut toutes les peines du monde à reprendre ses esprits.

— Elle va mourir, selon vous ?

— À votre avis ? C'est d'une balle à l'arrière du crâne qu'il s'agit. Elle était dans les vapes et c'était moche à voir.

La douleur fusa dans la poitrine de Justice. Jessie était perdue à jamais. Il revit son visage, se souvint d'elle étendue sous sa grande carcasse, nue comme un ver et pendue à son cou, une étincelle de gaieté pure dans ses jolis yeux bleus. Sa tignasse d'un roux éclatant, étalée sur le lit. La douleur s'accentua.

— Où êtes-vous ? J'arrive.

Tim hésita quelques instants, puis laissa éclater sa colère.

— Ben voyons. Le fin politique a parlé, grinça-t-il. Belle occase de poser pour la photo, pas vrai ? Debout devant l'hôpital, à servir deux-trois platitudes aux journalistes sur la brave petite tombée au champ d'honneur pour sauver votre peuple. Une femme que vous n'avez jamais vue.

Le sang de Justice ne fit qu'un tour.

— Je connais Jessie. Vous osez m'accuser de vouloir profiter de la situation ? J'en ai rien à foutre, de me faire tirer le portrait ou de ce que les humains pourront penser ! Si je tiens à venir, c'est pour la voir, elle.

Tim poussa un gros soupir.

— Toutes mes excuses, Justice. C'est parti tout seul. Vous êtes un type bien, je le sais ; mes nerfs sont en train de me lâcher. Ça me bouffe, cette histoire, vous comprenez ? Jessie, c'est un peu comme ma propre fille. Je menace de lui botter le cul pour ce qu'elle vient de faire, et dix minutes après, je la tiens dans mes bras pendant qu'elle se vide de son sang. Jamais je ne me suis senti plus merdeux de toute ma vie. Du coup, je m'en prends au premier qui me tombe sous la main.

L'angoisse. C'était elle qui tenaillait Tim, Justice pouvait facilement le percevoir, lui qui ressentait cette même émotion jusqu'au plus profond de ses entrailles

— Pas de souci, Tim. Où est-elle ?

— À Portland, dans l'Oregon. C'était le service d'urgences le plus proche. L'opération s'est déroulée dans l'État de Washington, en rase campagne.

Il donna le nom de l'hôpital.

— J'arrive. Vous avez mon numéro de portable en mémoire ? Il figure de toute façon dans votre journal d'appels. Contactez-moi à la seconde où vous avez des nouvelles de Jessie.

— Entendu, Justice. Et encore toutes mes excuses. Je ne pensais pas un mot de ce que j'ai dit.

— N'y pensons plus.

Il raccrocha et composa le numéro du PC de la Réserve. Donna l'ordre que l'hélico soit ravitaillé en carburant, le pilote réveillé, et une escorte prête à l'accueillir dans cinq minutes. Se rappelant que Tigre dormait dans sa chambre d'amis, Justice le réveilla puis fila s'habiller.

L'Hybride se figea alors qu'il s'asseyait sur le lit pour enfiler ses chaussures. L'image de Jessie qui lui apparut l'obligea à ravaler un nouveau rugissement de bête blessée. Le sort ne l'avait même pas autorisé à l'embrasser une dernière fois ou à la voir sourire. En faisant vite, il aurait peut-être l'occasion de la contempler avant qu'elle rende l'âme, voire de tenir sa petite main livide.

La vie était injuste, il en était pleinement conscient pour avoir toute une existence atroce derrière lui. Pour autant… perdre Jessie promettait de laisser des traces indélébiles. Jamais il n'oublierait leur trop courte intimité. Ça faisait mal.

Chapitre 7

La mort dans l'âme, Justice rajusta sa cravate pour la millième fois, le regard posé sur ses agents. Les humaines les dévisageaient à l'accueil de l'hôpital. Rien d'étonnant à cela : l'apparition de six Hybrides imposants, tous en uniforme noir à l'exception d'un colosse léonin en costume impeccable, ne pouvait pas passer inaperçue. Justice lissa son veston anthracite d'un geste nerveux puis s'arrêta devant la réception. La préposée leva la tête. Sa bouche s'arrondit presque autant que ses yeux.

— Je suis ici pour voir Mlle Jessie Dupree, annonça-t-il le plus posément possible pour ne pas trop intimider son interlocutrice. Elle a été admise ici à la suite d'une blessure par balle.

La proposée ferma la bouche et déglutit.

— Vous êtes… hybride, pas vrai ?

Justice s'abstint de gronder et de montrer les crocs. Il n'était pas venu ici pour tailler une bavette avec une infirmière. À sa connaissance, Jessie vivait toujours et il tenait à la voir avant qu'il soit trop tard. Tigre, à ses côtés, prit la mouche et posa une main à plat sur le comptoir.

— C'est urgent, gronda-t-il. Merci de vous comporter en professionnelle et de répondre à M. North.

En temps normal, Justice aurait tiqué, mais à cet instant, il ne voyait aucun inconvénient à ce que l'un des siens brusque une humaine. L'essentiel était ailleurs.

— Oui, merci. Je répète : je suis ici pour voir Mlle Dupree.

L'infirmière loucha sur son écran d'ordinateur, saisit quelque chose au clavier puis leur indiqua la direction à suivre pour la salle d'attente. Ils n'avaient pas fait cinq pas que l'humaine, déjà au téléphone, glissait à quelqu'un qu'une bande d'Hybrides mal léchés venait de faire irruption.

— À ton avis, grogna Tigre, elle est en train d'appeler les chaînes d'infos locales ? Je hais ces fumiers-là.

— On tâchera de les éviter en ressortant, répondit Justice en haussant les épaules.

Les médias étaient le cadet de ses soucis. *Est-ce que Jessie vit toujours ? Pourrai-je la voir avant qu'elle meure ? Ma pauvre tête…* Il ne demandait qu'une chose : la voir. Respirer son odeur, éprouver une dernière fois le grain de sa peau. Son cœur saignait. L'espoir d'une nuit d'amour allait mourir avec elle.

Tigre entra le premier dans la salle d'attente, fit écran devant Justice et s'assura qu'aucune menace n'était présente. Justice repéra aussitôt le sénateur Jacob Hills : assis, le visage entre les mains, l'homme sanglotait. L'écho de ses pleurs fit se figer le chef des Hybrides.

Le cœur subitement fermé à toute forme d'émotion, la poitrine comme serrée dans un étau, il sut à cet instant que Jessie était morte. Les poings crispés par la rage, il fit vœu de la venger. Le sniper qui l'avait tuée – s'il vivait encore – mourrait de ses mains. Il allait le tailler en pièces pour avoir assassiné Jessie, le faire hurler et beaucoup souffrir. La fureur et la douleur étaient telles qu'il resta un moment incapable de parler.

Tim Oberto était présent, lui aussi, avec quatre hommes toujours sanglés dans leur tenue de combat. Justice dut prendre de profondes inspirations pour maintenir un semblant de self-control. Ses pulsions animales étaient puissantes, il brûlait d'envie de ravager la salle d'attente, la mort de Jessie menaçait dangereusement sa santé mentale.

Le sénateur Hills leva la tête ; ses mains retombèrent ; ses yeux baignés de larmes se posèrent sur Justice. Il parut stupéfait de le voir et se dressa sur des jambes chancelantes.

— Justice… qu'est-ce que vous faites ici ?

L'intéressé ravala sa salive.

— Quand j'ai appris ce qui était arrivé à Jessie, j'ai décidé de venir tout de suite.

Le sénateur refoula ses larmes et s'approcha. Il tendit la main après l'avoir essuyée sur son pantalon.

— Merci, merci. Je ne m'attendais pas à vous voir ici, mais ça me touche énormément.

Ils échangèrent une poignée de main.

— Le chirurgien vient de passer me voir, exposa le sénateur, un pâle sourire aux lèvres. Désolé de m'être donné en spectacle, mais j'ai bien cru que ma fille était mourante. (Il céda à un nouvel afflux de larmes.) Ma Jessie va s'en sortir.

Immensément soulagé, Justice eut brusquement très envie de la voir.

— Où est-elle ?

— Ils finissent de la nettoyer, répondit Hills qui éclata d'un rire nerveux. J'ai toujours dit qu'elle avait la tête dure. La balle lui a effleuré le crâne mais n'a pas pénétré.

Justice dut fermer les yeux pour dissimuler l'afflux d'émotions. Jessie allait vivre ! La blessure était superficielle, le cerveau intact. Il rouvrit les yeux et s'obligea à respirer lentement. Gare à ne pas perdre les pédales. À ne pas céder à l'envie de démolir l'hôpital jusqu'à ce qu'il ait retrouvé Jessie. De fourrer le nez dans son cou, de s'imprégner de son odeur. Il se garda d'esquisser le moindre geste de peur de craquer.

— Elle est furieuse pour ses cheveux, reprit Hills, entre rire et larmes. Vous imaginez le topo ? Ma fille a failli y passer, et tout ce qu'elle voit, c'est qu'ils ont été contraints de lui raser l'arrière du crâne !

— On lui a rasé la tête ? gronda Justice.

Il prit une nouvelle inspiration. Pas de panique, elle n'avait perdu que quelques mèches de cheveux, pas la vie. C'était voué à repousser. Le sénateur, intrigué, se raidit et le dévisagea.

— Se raser la tête, c'est comme qui dirait tabou chez nous, intervint Tigre après s'être avancé. (Il afficha un sourire forcé après un coup d'œil inquiet à Justice.) On est venus pour montrer notre soutien.

Le sénateur sourit à son tour.

— Je savais que vous étiez un type bien, Justice. Ma fille adorerait vous rencontrer. Ça ne vous dérange pas de patienter quelques instants ? C'est un long vol, que vous avez effectué pour venir, et après tout le bien que je lui ai dit de vous, Jessie serait ravie de vous voir.

— Nous nous connaissons, répondit Justice. J'aurais plaisir à la revoir.

Hills n'en revint pas.

— Vous… connaissez Jessie ?

— Mais oui. Votre fille a accompagné un groupe de nos femelles à la Réserve et n'en est repartie qu'hier au soir.

— Elle a de la suite dans les idées, ajouta Tigre en gloussant. J'ai bien cru qu'elle allait me descendre quand j'ai fait mine de l'empêcher d'escorter les rescapées et de les aider à s'installer à la Réserve, juste après le raid du Colorado.

— C'est elle tout craché ! s'esclaffa le sénateur. Je lui ai appris à ne jamais tolérer qu'on lui dise non. Une vraie tête de mule. Elle tient ça de sa mère et j'ai toujours eu peur pour elle : Jessie a une aussi grande gueule qu'elle est menue. À l'entendre, on croirait parfois qu'on a affaire à un *linebacker* de deux mètres dix. (La fierté paternelle lui fit bomber le torse.) Quelle plaie, cette gamine…

— Vous pouvez le dire, rebondit Tim, goguenard. Hier soir, j'étais à deux doigts de lui flanquer une fessée.

— Plaît-il ? glapit son sénateur de père.

Tim retrouva son sérieux.

— Elle me rappelle ma propre fille. On en a bavé, dans le bâtiment où la captive était enfermée. Deux de mes gars sur quatre étaient coincés, et voilà que trois assaillants rentrent par l'arrière de la maison. Jessie avait l'ordre de ne pas s'en mêler mais elle n'a rien voulu savoir. Elle a séché les trois salopards avant qu'ils tombent sur le dos de mes gars. Là-dessus, pas moyen de trouver la prisonnière, et là encore, elle insiste. Sans l'entêtement de Jessie, on n'aurait jamais trouvé l'Hybride Cadeau.

L'un des membres de l'équipe s'approcha à son tour.

— Trey Roberts, chef de groupe de Jessie. Elle nous a sauvé la mise, à Mike et à moi, dit-il en désignant un type en treillis proche de lui. On était coincés à l'entrée. Sous un feu nourri. Ces fumiers nous auraient mouchés comme à la foire. Les trois affreux ont eu affaire à Jessie.

— Elle en a feinté un, se gaussa Mike. En faisant semblant d'être touchée pour que ce salaud-là s'approche. Il n'a pas compris son malheur.

Le sénateur était bouche bée.

— Ma Jessie… a tué trois hommes ? Et je l'apprends seulement maintenant ?!

Tim blêmit.

— J'allais vous le dire quand M. Justice est arrivé. Je lui avais donné l'ordre de rester à l'abri, monsieur. Jusqu'à ce qu'on puisse l'extraire. Mais elle n'a rien voulu savoir. C'est pour ça que j'avais l'intention de… de lui donner une fessée.

— Elle n'est pas censée courir de risques ! s'emporta Hills. Et encore moins entrer tant que la voie vers l'Hybride n'est pas sécurisée.

— C'est à vous qu'elle doit d'avoir un port d'arme, maugréa Tim. Jessie estime qu'elle fait partie intégrante de l'équipe parce que c'est ce que vous lui répétez. Vous connaissez sa tête de mule. Je lui dis quoi faire, mais elle n'écoute pas. Elle aurait dû attendre à l'extérieur, mais non ! Pas votre fille. C'est elle qui a insisté pour entrer avec les gars, afin, dit-elle, d'être au plus vite au contact des rescapées. Et si je ne l'avais pas prise dans l'équipe, je vous fiche mon billet qu'elle aurait volé une voiture et défoncé la grille toute seule, comme une grande.

Le sénateur eut beau respirer à fond pour calmer ses nerfs, la colère se lisait toujours sur ses traits.

— Vous avez raison. Jessie est comme ça.

La bouche pincée, il ajouta :

— Elle est virée de l'équipe. J'étais très loin d'imaginer que ce job l'entraîne à devoir abattre trois personnes sous peine d'y passer elle-même. Elle n'y retournera pas. Quitte à ce qu'il faille lui trouver une remplaçante sur-le-champ, je refuse qu'elle continue à aller au casse-pipe.

À Justice :

— Si vous pouviez trouver l'un des vôtres qui assure l'intérim, le temps de désigner une personne de confiance… Peu importe que ce soit un homme ou une femme, l'équipe a besoin de quelqu'un qui n'effraie pas trop les captives. Un ou une Hybride m'apparaît tout désigné pour établir un premier contact, qu'en pensez-vous ?

Justice n'avait pas davantage envie que Jessie y retourne : les mâles de son équipe n'avaient pas pu empêcher qu'elle se fasse tirer dessus.

— Je fournirai quelqu'un.

Il étudia les équipiers de Jessie présents dans la salle d'attente, puis son regard se posa sur le chef de groupe, Trey Roberts.

— Qu'est-ce qui fonctionnerait le mieux, selon vous ? Un ou une Hybride ? (Il prit le temps de réfléchir à la question.) Gardez à l'esprit qu'en cas de harcèlement sexuel, je ne réponds pas de la survie de l'humain qui s'en prendrait à l'une des nôtres.

Trey cilla, incrédule.

— Va pour un grand gaillard. On taquine Jessie à tout bout de champ, mais elle sait que c'est pour détendre l'atmosphère. Si vos femmes partent au quart de tour, vu que mes gars sont du genre blagueur, ça va faire des étincelles. Mieux vaut éviter.

— Entendu. Je demanderai qui est volontaire. Vous aurez des nouvelles de l'heureux élu d'ici deux ou trois jours.

Justice reporta son attention sur le sénateur.

— Il va falloir décider où il vivra, et quelle est l'option la moins risquée. Le mâle qui sortira au grand jour risque de devenir la cible des suprémacistes. Une résidence ultra-sécurisée s'impose.

— Bien entendu.

La porte s'ouvrit. Une infirmière entra… et resta bouche bée devant les Hybrides. Les secondes de silence embarrassé finirent par former une minute. Hills s'avança pour sortir l'infirmière de sa transe.

— Oui ?

Elle s'obligea à reporter son attention sur le sénateur.

— C'est votre, euh, votre fille. Elle est prête à quitter l'établissement. Les résultats des tests sont bons et elle refuse de rester en observation. Ce sont bien des…

Elle loucha derechef sur Tigre.

— Des quoi ? aboya Hills.

L'infirmière se tourna d'un bloc vers lui.

— Votre fille a signé une décharge. Elle pourra sortir dès qu'elle est rhabillée.

Là-dessus, elle tourna les talons et s'enfuit presque.

— Je devrais peut-être trimbaler des photos de nous et les distribuer ? s'amusa Tigre. Comme ça, les humains pourraient nous mater tout leur soûl.

— M'étonnerait que ça marche. Ils seraient fichus de nous demander un autographe, déclara Justice en souriant pour adoucir son propos.

Tigre se rembrunit.

— Quand ça m'arrive, je dis que je ne sais pas écrire mon nom. Comme beaucoup d'humains nous croient illettrés, ça passe.

Trey s'esclaffa.

— Ça t'arrive souvent ?

Tigre hocha la tête.

— Affirmatif. Il y a deux semaines, quand on était invités à la maison du gouverneur, c'était farci d'humains. Ils nous ont demandé de signer des trucs, ont voulu nous toucher, qu'on fasse des selfies ensemble… Plusieurs femmes ont profité de ce qu'elles me serraient la main pour glisser leur numéro de portable.

Mike éclata de rire.

— Carrément ! Ça ne me déplairait pas, à moi, que les femmes me refilent leur numéro. Il y a des bons côtés !

— Vécu de l'intérieur, c'est autre chose, énonça tranquillement Justice. On est plus perçu comme une chose que comme un individu. Un objet. Pas comme un être doué de raison.

— Reste les femmes, glissa Mike avec un clin d'œil.

Tigre sourit d'une oreille à l'autre.

— Les humaines sont trop fragiles.

Mike observa Tigre des pieds à la tête sans s'en cacher puis estima leurs gabarits respectifs.

— On est pareils, *grosso modo.*

— Eh non. Je suis beaucoup plus fort, rigola Tigre en montrant les crocs. Et j'ai les canines en pointe. Les humaines sont trop fragiles, je te dis.

— Vos femmes aiment les dents pointues ? Ça alors ! Plutôt cool, quand même. Avec les nôtres, évidemment, c'est une autre affaire. M'est arrivé d'en mordre une à la fesse, une fois, et elle m'a largué en disant que j'étais taré. (Mike montra ses dents.) Pas faute d'avoir des quenottes bien lisses et régulières, note bien, et c'est encore heureux avec le pognon que ça m'a coûté chez le dentiste ! Quel cul elle avait, celle-là... Y avait vraiment de quoi croquer.

Justice poussa un soupir et lança un regard contrit à Hills qui lui sourit en retour. L'un comme l'autre comprenaient que leurs gars aient parfois besoin d'échanger ce type de considération navrante. Le chef des Hybrides fit la sourde oreille à ce que continuaient à raconter Tigre et le soldat humain. Il n'avait qu'une envie : les laisser en plan et trouver Jessie.

— Reste à bavarder avec ton nouveau pote, Tigre. Je sors dans le couloir.

Justice prit la direction de la sortie.

— M'abandonne pas ici, plaisanta l'intéressé.

Justice regarda à la ronde tandis qu'il sortait avec le reste de son escorte. Le sénateur leur avait emboîté le pas. Le chef de l'OPH, qui réfléchissait à toute allure, se dit que le moment était mal choisi pour retrouver Jessie. Les petits groupes d'humains alentour le dévisageaient sans vergogne. Certains sortaient même leur téléphone dans l'intention manifeste de faire une photo de « l'événement ».

La colère se saisit de lui quand il prit conscience du danger que cela représentait pour Jessie. Un cliché ou une vidéo témoignant de l'intérêt qu'il portait à la jeune femme finirait forcément aux infos locales. Dans les vingt-quatre heures suivantes, l'image ferait le tour du monde et les ragots iraient bon train : étaient-ils ensemble ? Jessie deviendrait la coqueluche des médias... et la cible de leurs ennemis.

Or ils n'étaient même pas « ensemble ». Il aurait pour cela fallu qu'elle souhaite le revoir, ce qui n'avait rien de certain. L'espérer de tout son cœur ne suffisait pas à en faire un fait établi. Justice se sentait capable de commettre une bourde énorme s'il établissait un contact physique avec la jeune femme. C'était exclu. Revoir Jessie, en revanche, était sa priorité absolue. Un tête-à-tête s'imposait… mais dans des conditions plus sûres. Pas question de mettre Jessie en danger. Il croisa le regard du sénateur alors qu'une solution se faisait jour dans sa tête.

— Jessie a besoin d'un travail sans risque, et il se trouve que j'en ai un sous le coude. C'est le moins que je puisse faire après qu'elle a été blessée en allant délivrer l'une des nôtres. Elle pourra continuer à œuvrer pour la cause hybride, mais dans des conditions plus sereines.

Hills sourit.

— Ce serait formidable, Justice. Pour être franc, je suis sûr qu'elle va m'en vouloir à mort quand elle apprendra que je l'ai éjectée de l'équipe. Vous me sauvez la vie. Ma fille a… du caractère. Quel genre de job ?

Justice, qui inventait au fur et à mesure, temporisa un peu.

— Elle vivra à Homeland… c'est le plus sûr pour elle. Nous y disposons d'un bâtiment où sont logées les femmes. Jessie pourrait les aider à s'intégrer, je suis sûr qu'elle s'en sortirait très bien.

— C'est aussi mon avis, opina le sénateur.

— Elle peut venir dès qu'elle se sent mieux, ajouta Justice, si fier de son idée qu'il eut grand-peine à réprimer un sourire.

Il aurait souvent l'occasion de croiser Jessie si elle venait vivre à Homeland. Ce serait bien le diable s'il échouait à la ramener dans son lit ! Cette pensée l'aida à accepter l'idée qu'il n'allait pas la voir tout de suite.

— Ce serait une chance pour nous de l'avoir.

Et surtout pour moi. Il se revit étendu sur elle – était-ce seulement la veille au soir ? –, et s'empressa de chasser cette image sous peine de se ruer dans les couloirs jusqu'à ce qu'il ait trouvé Jessie et l'ait jetée sur son épaule. *Ne fais pas ça ! Il y a trop d'humains, ici, les médias ont déjà dû arriver, tu n'as pas le droit de décevoir les tiens. Tu es le visage de l'OPH. Tu la reverras bientôt. Très bientôt.*

— Connaissant ma fille, ce sera certainement pour aujourd'hui.

Aujourd'hui. Cette fois, Justice ne put s'empêcher de sourire.

— Je m'occupe sur-le-champ des préparatifs. (Son téléphone sonna.) Veuillez m'excuser, il faut que je réponde.

— Pas de souci, répondit Hills.

Justice s'éloigna et accepta l'appel. C'était à propos de la femelle secourue par Jessie. Il écouta.

— Gardez-la endormie. Je veux qu'elle soit transférée à Homeland immédiatement.

Le chef de l'OPH retourna auprès du sénateur.

— Je dois y aller. C'est la captive que votre fille a aidé à libérer, elle est dans tous ses états. Le personnel n'arrive pas à la calmer, il a fallu la rendormir, elle essayait de s'échapper. Dès que Jessie est prête à se mettre au travail, elle commencera à s'occuper de cette malheureuse. Appelez-moi ; on organisera son transfert à Homeland.

— J'ai votre numéro. Laissez-moi m'occuper de son transport, un jet privé est à ma disposition.

Justice tendit la main à Hills.

— Heureux de savoir Jessie indemne.

— Merci à vous de vous être déplacé.

Quelques minutes plus tard, Justice et son escorte quittaient l'hôpital. Plusieurs fourgons de chaînes de télé étaient garés devant l'entrée ; Justice soupira en voyant accourir les envoyés spéciaux. Ces derniers avaient beau vociférer, il entendit Tigre maugréer dans sa barbe.

— Quelle vie de merde on a, je te jure…

Justice hocha la tête. Il avait bien fait de partir sans s'assurer *de visu* que Jessie allait bien malgré les remords qui lui nouaient l'estomac. L'envie de la serrer dans ses bras attendrait. Céder tout de suite, c'était l'assurance de lui pourrir l'existence.

Jessie lutta contre une furieuse envie de pleurer. Elle toucha le pansement à l'arrière de son crâne, fit la grimace… et maudit le personnel hospitalier qui lui avait rasé une partie de sa chevelure. L'infirmière présente lui adressa un regard compatissant.

— Personne ne s'en rendra compte si vous vous coiffez en queue-de-cheval ou avec les cheveux en arrière. Là où c'est placé, on ne le verra que si vous optez pour la raie au milieu ou des couettes. Ça va repousser, mais vu la longueur de ceux qui restent, je sais que c'est difficile à accepter. Cela étant, d'ici une semaine ou deux, le début de repousse rendra la tonsure presque invisible. Et surtout, gardez vos points de suture bien au sec.

— Je sais, merci.

Jessie laissa l'infirmière l'aider à sortir du lit d'hôpital. Elle fit une nouvelle grimace en jetant un coup d'œil au pantalon de jogging. C'était son père qui l'avait acheté à la boutique de l'hosto, et c'était toujours mieux que l'infâme pyjama de bloc. La jeune femme haïssait les pantalons de jogging en général… le fait que celui-ci soit orné du logo et du nom de l'hôpital ne faisait qu'aggraver les choses.

— Il y a des instructions complètes sur ce que je dois faire dans la paperasse qu'on m'a remise.

— Veuillez prendre place dans le fauteuil roulant. C'est la règle, je dois vous conduire jusqu'à la sortie.

— Génial, rouspéta Jessie.

Elle garda la suite de ses pensées pour elle : l'infirmière s'était montrée sympa. Après s'être assise dans le fauteuil roulant, elle se laissa sagement guider par sa nounou qui avait posé son sac d'affaires ensanglantées sur ses genoux.

Jessie repéra son père et Tim dès l'arrivée dans le couloir. Une partie de l'équipe était présente : Mike, Trey, Jimmy et Bob, adossés au mur, sourirent en la voyant. Seul Shane manquait à l'appel.

Son sénateur de père sourit à son tour, mit un terme abrupt à sa conversation avec Tim et se rua vers elle.

— Comment va mon bébé ?

— Ouais, renchérit Trey, tout sourires, comment ça va, bébé ?

Jessie résista à lever le majeur en guise de réponse et afficha un sourire forcé.

— En pleine forme. Prête à rentrer à la maison.

Elle croisa le regard de Tim qui, mauvaise nouvelle, avait le visage fermé. Ce qui signifiait qu'il lui en voulait encore d'avoir désobéi aux ordres.

— Et Beauté, comment elle va ? On m'a dit qu'elle n'avait pas été touchée. Elle est arrivée à bon port ?

Tim hésita.

— Il a fallu la mettre sous calmants, Jessie. Te voir en sang l'a rendue hystérique ; elle hurlait sans arrêt. On a contacté l'OPH tout de suite après ta prise en charge. C'est Shane qui est resté auprès d'elle, tu tenais à ce qu'un membre de l'équipe l'accompagne jusqu'au bout. L'OPH a envoyé un hélico, Shane l'a suivie jusqu'à la Réserve, mais maintenant, il a dû rentrer chez lui. On s'occupe bien d'elle, là-bas. Elle dormait comme un bébé lorsqu'il est parti.

— C'est Shane qui a rempli les papelards, ajouta Bob, hilare. Il a mis « Beauté ». On s'est dit que tu allais sérieusement râler s'il écrivait « Gadoue » ou « Macaque ».

Hills, médusé, fusilla Bob du regard.

— C'est votre idée, ces noms à la con ?

Le sourire de l'intéressé se figea.

— Pas du tout. C'est comme ça que ces salauds l'appelaient. Jessie l'a rebaptisée Beauté.

— Ah, fit le sénateur, rassuré. J'ai bien cru que je me retrouvais avec un cauchemar sur les bras. Les surnoms injurieux, c'est interdit, d'accord ? Celui qui n'a pas compris, je le vire aussi sec. Traitez les Hybrides avec respect. Comme s'ils étaient de la famille.

Jessie ricana.

— Comme quand je traite Jake de tête de nœud ou de gros con, tu veux dire ? C'est comme ça qu'on s'appelle, en famille. Trouve une autre référence. Pas la famille.

Son père sourit d'une oreille à l'autre.

— Ton frère déteste quand tu l'appelles comme ça, Jess. S'il était ici et pas en Afghanistan, il te le rappellerait lui-même.

— Jessie, corrigea-t-elle, souriante. Heureuse de te voir, papa. Il me tarde de rentrer me reposer et de reprendre le travail.

— À ce propos… (Hills plissa les paupières.) Tu es virée.

— Quoi ? glapit-elle.

— Du calme, Jessica Marlee Dupree, ordonna-t-il sur un ton sans appel.

Le ton qu'il employait chaque fois que Jessie était dans la merde jusqu'au cou.

— Hier soir, reprit son père, tu as désobéi aux ordres et tué trois hommes. C'était la chose à faire, tu as protégé tes compagnons d'armes et j'en ai pleinement conscience. Mais il a fallu que tu tues à trois reprises.

La voix de Hills se brisa ; ses yeux s'emplirent de larmes.

— Tu as beaucoup de chance d'avoir le cerveau intact. Tu imagines dans quel état j'étais, quand on m'a appelé pour m'annoncer que tu t'étais fait tirer dessus ? (Il reprit son souffle avec peine.) Tu es virée. Je t'aime et je refuse catégoriquement de continuer à te mettre dans ce genre de situation. Un nouveau job t'attend, alors écoute-moi avant de te mettre en rogne, d'accord ?

La jeune femme était sous le choc. Elle n'avait jamais vu son père dans cet état… sauf une fois. Il avait pleuré à la mort de sa femme, la mère de Jessie, et ne s'en était jamais vraiment remis. Cessant de se crisper dans le fauteuil roulant, elle se détendit et s'en voulut à mort. Il avait vécu l'enfer en apprenant qu'elle était blessée. C'était moche de perdre son boulot, certes, mais l'amour qu'elle éprouvait pour son père passait avant.

— Un nouveau job ?

Il n'en crut pas ses oreilles.

— Pas de hurlements, pas de « Tu n'as pas le droit de me virer » ?

Elle secoua la tête.

— Tu pleures et j'en suis désolée, papa. Tu as déjà perdu maman, la femme de ta vie. Et failli me perdre cette nuit. Je comprends. Ça me fait suer parce que j'aime ce boulot et les gars de l'équipe, mais tu as raison, c'est intenable pour toi. Dis-moi plutôt en quoi consiste le nouveau job. Mais gare à toi si c'est un emploi de bureau !

Hills se pencha sur Jessie et l'étreignit avec force. La jeune femme lui rendit son accolade. Incapable de respirer, elle gigota jusqu'à ce qu'il consente à la lâcher. Il se redressa et sourit à sa fille chérie à travers un torrent de larmes. Jessie songea que cet instant valait d'avoir perdu son travail… même s'il avait bien failli l'asphyxier.

— Je t'ai dégoté un job à Homeland, Jessie. Auprès de l'OPH. Pas mal comme lot de consolation après t'avoir fait virer du détachement spécial, non ? Tu vas continuer à travailler en lien direct avec l'Organisation du peuple hybride, mais sans courir de risques. (Il sourit.) Justice North est passé s'assurer de ton état de santé. C'est le grand chef lui-même qui a proposé ce poste !

Jessie n'en crut pas ses oreilles.

— Justice est ici ? dit-elle en le cherchant des yeux tous azimuts.

— Il vient de recevoir un coup de fil urgent concernant la rescapée que tu as délivrée cette nuit. Il a dû repartir, mais pas avant d'affirmer que tu pouvais commencer quand tu te sentais prête. Je me doute que tu vas vouloir démarrer tout de suite, ajouta-t-il en s'esclaffant. Connaissant ma fille et sachant que ce poste allait te plaire, j'ai pris la liberté d'envoyer quelqu'un chez toi. Tes affaires sont déjà en train d'être rangées ! Elles te seront expédiées, et ton mobilier mis au garde-meubles. Les gars à qui j'ai donné l'ordre de faire tes bagages te livreront le tout sur place. Ça prendra un jour ou deux, pas plus.

— Un grand merci. C'est rudement bien goupillé… (Elle afficha un sourire forcé pour masquer sa stupeur face à cette avalanche de bouleversements.) Tu as vu juste, j'accepte ce job.

Justice était venu et reparti… sans la voir. Elle dissimula ses émotions à son père qui risquait de se méprendre sur les raisons de sa tristesse : Justice était venu jusqu'ici et n'avait pas pris le temps de passer ? Elle lui en voulut un peu mais décida de laisser couler.

Il avait fait le déplacement depuis la Californie. *C'est quelque chose, non ? Il aurait quand même pu passer me faire coucou… S'assurer* de visu *que j'allais bien…* Elle soupira.

— Et la rescapée ? C'est quoi, cette histoire d'urgence ?

— Je n'en sais pas plus, mais dès que tu seras à Homeland, tu seras mise au courant, c'est sûr. Justice a donné l'ordre de la transférer là-bas et dit que ce serait ta première mission.

Jessie digéra cette information. Si Justice n'était pas passé la voir, c'était peut-être parce qu'il lui en voulait encore d'être partie. De s'être senti plaqué. Mais c'était le travail qui l'avait poussée à partir, il pouvait comprendre ça, non ? *Et puis lui aussi, il m'a laissée en plan pour aller bosser...*

— J'aimerais aller faire mes adieux à l'équipe.

— Mais bien sûr. Tu les trouveras dans la salle d'attente. Une voiture se tient prête à nous conduire à l'aéroport. On s'arrêtera en chemin pour t'acheter deux ou trois fringues, le temps que tes affaires arrivent. (Il jeta un coup d'œil au pantalon de jogging.) Je sais que tu détestes ces trucs, mais c'était ça ou une jupe d'été avec de grosses fleurs orange vif.

Elle fit la grimace ; son père éclata de rire.

— Je sais, je sais. Tu n'as plus mis de jupe depuis celle du bal de promo, à la fin du secondaire. Laisse-moi me souvenir... Tu portais un jean déchiré en dessous, et un débardeur en guise de haut.

Elle sourit jusqu'aux oreilles.

— Pire qu'un débardeur. Un soutif de sport.

Hills porta la main à la joue de Jessie.

— C'est ma Jessie tout craché ! Toujours à afficher ta différence.

Le beau visage de Justice s'afficha dans l'esprit de la jeune femme qui s'interrogea. Était-ce sa différence à lui, qui l'attirait tant ? Elle aimait ce qui sortait de l'ordinaire, c'était vrai... et il lui plaisait un max. Quel dommage qu'il ne soit pas passé la voir...

Chapitre 8

Jessie, sur les nerfs, émergea du taxi et mit son sac de sport à l'épaule. La vue des manifestants qui faisaient les cent pas près de l'entrée la mit immédiatement en rogne. *De quelle poubelle ils sortent? Ils n'ont rien de mieux à faire hormis pourrir la vie de gens qui ne leur ont jamais fait le moindre tort?* Elle s'arrêta à hauteur de la vitre du conducteur et lui tendit trois billets de vingt dollars.

— Gardez la monnaie.

— Merci, dit le chauffeur avant de faire reculer son véhicule.

Elle observa les hommes et les femmes tout en se dirigeant vers les portes. Homeland était le quartier général de l'OPH, qui disposait en outre d'une immense zone boisée que les Hybrides avaient baptisée la Réserve. Jessie était déjà venue mais n'avait jamais franchi l'enceinte par voie terrestre : arrivée en hélico, elle s'était chaque fois contentée d'y déposer les rescapées avant de redécoller presque aussitôt, sans quitter les abords immédiats de l'héliport. Elle s'apprêtait désormais à vivre et travailler à Homeland. Comme Justice était réputé y résider, ils seraient probablement amenés à se croiser de temps à autre.

— Qu'est-ce que vous faites ici ?

Le type qui venait de poser la question, dans la quarantaine, était sorti du rang et brandissait une pancarte proclamant « À bas les abominations, Loué soit le Seigneur ».

Jessie s'immobilisa, pencha la tête de côté et lui adressa un regard incrédule.

— Et vous ?

Il fronça les sourcils.

— J'exprime mon opinion, comme m'y autorise la constitution.

Elle haussa les épaules.

— Et moi, je vais où mon cul me dit d'aller.

Elle fit trois pas de plus avant que l'abruti lui barre la route. De nouveau à l'arrêt, Jessie se cabra et évalua le niveau de menace. Le type faisait une demi-tête de plus qu'elle mais n'était pas au sommet de sa forme, comme l'attestaient un ventre de buveur de bière et des bras flasques. Les paupières plissées, il loucha sur son sac.

— Vous habitez là ?

— Un vrai petit génie. En effet. D'où le sac, gros malin.

Il fronça les sourcils de plus belle.

— N'entrez pas, malheureuse ! C'est l'antre du mal !

Jessie afficha un grand sourire qui acheva de fâcher l'abruti de service.

— Vous mettez ma foi en doute ? Dieu est avec moi. C'est le Seigneur en personne qui m'a dit de venir ici et de leur annoncer qu'ils ne sont pas les bienvenus en Amérique. La parole divine est respectée, dans ce pays.

Jessie adorait ce genre de gugusse. Elle éclata de rire.

— Eh ben ! Dieu te parle, carrément ? C'est génial ! Tu peux lui demander la paix dans le monde et de faire revenir Elvis ? Je rêve souvent du King cartonnant au sein d'un groupe de *heavy metal*. Les tubes en or massif que ça ferait…

Le manifestant, d'abord stupéfait, finit par refermer la bouche. Ses yeux s'arrondirent. Il devint tout rouge.

— Vous vous moquez de moi ? Et de Dieu ?

— Me moquer de Dieu ? Jamais de la vie ! Ce qui me fait marrer, c'est qu'un idiot comme toi ne soit pas conscient de sa bêtise. Arrête de glander ici et ressaisis-toi, bordel ! Qu'est-ce qu'il pense, Dieu, du fait que tu juges les autres ? Ça ne t'évoque rien ? Parce qu'à moi si, un souvenir de catéchisme. J'en ai vu, des autocollants sur les pare-chocs disant que Dieu est amour. Le modèle avec « sauf pour les… » suivi d'une minorité au hasard, en revanche, je ne connais pas. Fais quelque chose de ta vie, mec. Si Dieu te parlait pour de vrai, il ne te dirait certainement pas d'aller faire chier les braves gens. La religion, c'est une affaire d'amour et de tolérance. Rien à voir avec la bêtise et la haine. (Elle loucha sur sa pancarte, puis sur le pauvre type.) Retourne à l'école, pendant que tu y es : tu mets des virgules à la place des points. Et n'oublie pas de potasser la compassion. C'est cool de prendre l'air dehors, mais fais-le dans un jardin public ou en forêt, et arrête d'emmerder ceux qui s'efforcent d'avoir une vie meilleure. Tu devrais essayer, tiens. Ça pourrait faire de toi un être humain acceptable. Parce que là tout de suite, t'es rien qu'un étron ambulant.

Elle contourna l'énergumène trop choqué pour faire autre chose que bafouiller et postillonner. Deux agents hybrides, hilares, étaient postés à la grande entrée. Ils n'avaient pas raté une miette de sa tirade. Jessie garda les mains bien en évidence et s'approcha en s'efforçant d'avoir l'air inoffensive. Ils restèrent de l'autre côté de la grille. Elle vit qu'ils étaient lourdement armés.

— Salut. Je m'appelle Jessie Dupree. Je peux mettre la main à ma poche de devant et en sortir mon permis de conduire ?

L'un d'eux l'y autorisa. Elle exhiba la carte qu'elle tendit à travers les barreaux.

— Justice North a parlé au sénateur Jacob Hills, ce matin même, et m'a proposé un job à Homeland. Me voilà. À l'improviste.

Son permis lui fut rendu. L'agent hésita avant d'aller récupérer un porte-bloc qu'il parcourut des yeux.

— C'est OK, dit-il à son collègue. Son nom figure sur la liste.

Le collègue déverrouilla la porte. Jessie entra, se retourna et vit le battant se refermer. Le premier agent lui adressa un sourire courtois puis lui fit signe de le suivre. La jeune femme fit un doigt d'honneur aux manifestants avant de s'éclipser. Le mur d'enceinte de Homeland faisait presque dix mètres de haut ; d'autres Hybrides en uniforme patrouillaient sur le chemin de ronde.

— Le règlement veut qu'on fouille votre sac. C'est valable pour tout le monde. Et aussi qu'on vous palpe. Je m'en excuse, mais ces mesures sont nécessaires vu toutes les menaces qui pèsent sur l'OPH. Si vous n'êtes pas à l'aise avec l'idée que je vous fouille, je peux faire venir une femme agent. Ça ne prendra pas plus de dix minutes. On peut vous proposer de l'eau en bouteille ou un soda pendant que vous patientez. Le sac, en revanche, il faut qu'on l'examine tout de suite. Pour nous assurer qu'il ne contient ni arme à feu ni bombe.

— Je comprends. Je porte une arme la plupart du temps, j'ai un permis pour ça, mais je ne l'ai pas prise. J'ai préféré la confier à un gars de mon équipe.

L'agent cilla.

— Votre… équipe ?

— Jusqu'à ce matin, j'appartenais au détachement spécial chargé de libérer les captives hybrides.

Il sourit.

— J'ignorais qu'il comprenait des femmes.

— J'étais la seule. (Elle se retourna, mit les mains à plat contre le mur et écarta les jambes.) C'est bon, vous pouvez me fouiller.

Très pro, l'agent ne donna pas de raison à Jessie de lui flanquer un coup de poing. Il lui effleura la poitrine sans appuyer outre mesure ni marquer de temps d'arrêt. Puis il se mit à genoux, lui palpa les chevilles et remonta jusqu'à la ceinture. Et se servit de la face externe des mains pour s'assurer qu'elle ne dissimulait rien dans sa culotte. Il se releva et prit du champ. La jeune femme se retourna et le regarda dans les yeux.

— Merci à vous. Le QG est averti de votre arrivée et envoie une Jeep vous chercher, mademoiselle Dupree.

— Jessie suffira. Merci.

Il sourit de nouveau.

— Moi c'est Flamme, et mon collègue qui surveille les manifestants, c'est Slash. Le petit numéro avec l'autre abruti nous a bien fait marrer. Il passe son temps à nous narguer, celui-là.

— Tout le plaisir était pour moi. La prochaine fois qu'il se lance, chantez-lui du Elvis, je suis prête à parier qu'il la bouclera. (Elle adressa un clin d'œil à Flamme.) C'est le mieux, avec ce genre de zigoto. Il va super mal le prendre, se doutera que c'est une façon de l'insulter mais sera le seul à comprendre.

L'agent de l'OPH éclata de rire.

— Excellent ! Je m'en souviendrai et je filerai le tuyau aux collègues.

— Ce pauvre type ne l'a pas volé. Et je me doute que ce n'est pas le pire du lot, loin de là. Je peux vous… te poser une question indiscrète ?

Il haussa les épaules.

— Bien sûr.

— Qu'est-ce qui t'a poussé à choisir Flamme, comme nom ? Ce serait évident si tu avais les cheveux carotte, mais les tiens sont d'un roux très léger…

Flamme sourit d'une oreille à l'autre.

— J'aime tellement les flammes que je passe beaucoup de soirées dehors, à regarder flamber un feu de camp. L'odeur aussi est agréable, et puis les flammes, je ne connais rien de plus vivant.

— La question me démange toujours. C'est une chance, de pouvoir choisir soi-même son nom. Sur mon certificat de naissance, on peut lire Jessica Marlee Dupree-Hills. (Elle secoua la tête.) Et mes parents qui disaient qu'ils trouvaient ça joli… M'est avis qu'ils fumaient des trucs, quand ils ont décidé de faire rimer mon deuxième prénom avec le nom de jeune fille de ma mère. J'en ai tellement eu marre que j'ai décidé de zapper le nom paternel.

Flamme s'esclaffa.

— C'est aussi pour ça que j'insiste pour qu'on m'appelle Jessie. Quand j'entends quelqu'un m'appeler par mon nom complet, ça me fait grincer les dents. On dirait celui d'une vieille chanteuse country ! Vos noms, au moins, ils veulent dire quelque chose.

— On ne s'ennuie pas, avec toi, dit-il, toujours souriant. Tes parents ont drôlement assuré.

— Merci pour eux.

— Tu vas vraiment travailler ici ?

— Absolument. Pour faire quoi, j'en sais trop rien, mais j'ai été débarquée de l'équipe pas plus tard que ce matin. Et envoyée ici.

Le sourire de Flamme s'évanouit.

— Virée, tu veux dire ? Pour quel motif ?

— Blessure par balle. Rien de méchant, comme tu peux le voir. J'ai aussi descendu trois salopards qui ne l'ont pas volé. Longue histoire. La fusillade a bien tourné mais mon père, le sénateur Jacob Hills, a pété les plombs. Il m'a virée pour que je ne me retrouve plus jamais en situation tellement merdique que j'en suis réduite à tirer ou mourir.

Jessie sourit pour adoucir son propos.

— Mon père s'est dit que je serais plus en sécurité ici. (Elle leva la tête vers le haut mur et les Hybrides armés jusqu'aux dents qui patrouillaient sur le chemin de ronde.) Il a vu juste, j'imagine : Homeland est rudement bien défendu.

Flamme sourit de plus belle.

— Où as-tu été touchée ?

Elle se retourna et écarta sa masse de cheveux roux de manière qu'il puisse voir la région rasée et couverte d'un pansement, d'environ cinq centimètres de haut et trois de large.

— Simple égratignure. La balle m'a arraché un peu de cuir chevelu, mais... (Elle lâcha ses mèches et lui fit face.) Ne travaille jamais sans gilet, conseilla-t-elle en désignant celui qu'il portait. Sans le mien, j'aurais écopé de deux autres pruneaux dans le dos. Un sniper. Ça marche bien, ces trucs. Je m'en tire avec des bleus.

— Dingue, ton histoire, apprécia Flamme. Tu connais du monde, à Homeland ? Ton boulot au détachement spécial a dû te faire rencontrer pas mal d'entre nous.

— Pas vraiment, non. J'ai croisé plusieurs personnes, mais je n'ai jamais eu le temps de faire vraiment connaissance.

Sauf avec Justice, songea-t-elle sans l'énoncer à haute voix.

— Eh bien, appelle-moi quand tu seras installée. Il y a un bar à Homeland. J'aurai plaisir à te payer une bière et à te présenter tout le monde. Rigolote comme tu es, tu n'auras pas de mal à te faire un tas d'amis.

— Avec plaisir ! Les amis, on n'en a jamais trop.

— Mon numéro figure dans l'annuaire de Homeland. Tu m'y trouveras à « Flamme ». Sans nom de famille : jusqu'ici, je n'ai pas eu besoin d'en choisir un.

Une Jeep conduite par une Hybride approcha de l'entrée principale. Le type amazone propre aux sujets cobayes, à la physionomie très différente des Hybrides Cadeaux petites et menues. Jessie avait peu d'expérience de ces grandes guerrières. La seule qu'elle connaissait – et appréciait beaucoup – était Brise, avec laquelle elle avait passé du temps à la Réserve.

— Voilà ton taxi. J'espère que tu vas apprécier de vivre et de travailler ici, Jessie. Très heureux d'avoir fait ta connaissance. Appelle-moi quand tu veux qu'on aille boire un verre, conclut Flamme en lui adressant un signe.

Elle saisit son sac de sport et lui répondit.

— Tout pareil et promis, je t'appelle, dit Jessie avant de se diriger vers la Jeep.

La conductrice hybride lui lança un regard noir.

— Monte à bord, l'humaine.

— Salut, moi c'est Jessie. C'est toi qui es chargée de me conduire ?

— Oui, rétorqua l'amazone, l'air revêche. Je suis Minuit. Allez, monte.

Jessie balança son sac sur la banquette arrière et prit place côté passager. Sans prendre la peine de boucler sa ceinture : c'était facultatif selon la loi hybride, le trafic routier était restreint sur les territoires concernés et les excès de vitesse rarissimes. Les véhicules garés le long des rues étaient presque tous des voiturettes de golf. Minuit fit faire demi-tour au SUV puis posa un nouveau regard peu amène sur Jessie. De toute évidence, elle prenait assez mal son rôle de taxi.

— Ce sont les humains en général qui te posent problème, ou moi en particulier ? demanda Jessie sans cesser de sourire.

— Je n'avais pas l'intention de me montrer mal élevée, rétorqua Minuit, un peu radoucie. C'est juste que j'ai peu l'habitude des rapports avec les humains… et qu'ils ont souvent été difficiles.

— Je vois. Faire la maligne est une sorte de seconde nature, chez moi, mais j'ai pour principe d'être sympa avec tout le monde. Sauf avec ceux qui me déclarent la guerre. Tu n'as pas été mal élevée. Donne-moi simplement une chance de me faire apprécier. Tu verras que je suis plutôt ouverte, comme personne.

Minuit sourit.

— Entendu.

Jessie avait une grande expérience dans l'art de briser la glace. Fille de notable, elle s'était frottée à tout un tas de gens dans des situations très variées. La franchise était de mise avec les Hybrides, et ce n'était pas pour lui déplaire. Contrairement aux humains, ils rechignaient à finasser et à mentir. Et vidaient leur sac sans arrière-pensée.

— C'est toi qui es chargée de m'apprendre où je travaille, en quoi ça consiste, où je loge et quand je commence ? Parce tout ce que je sais, jusqu'ici, c'est que je suis censée vivre et bosser à Homeland.

Minuit braqua son regard azur sur la jeune femme.

— Mon job se limite à te conduire à ton cottage. Je te montre où tu vas habiter, je patiente le temps que tu poses tes affaires, puis je t'emmène à l'infirmerie. Pour le reste, je ne suis pas au courant.

Du côté de l'accueil des nouveaux, c'est pas encore ça, déplora Jessie en son for intérieur.

— Entendu. Je loge en dortoir ou en piaule séparée ?

— Tu as droit à ton propre cottage. Il n'y a qu'au bâtiment-dortoir que les femmes vivent sous le même toit, et encore, chacune a son appartement. Cuisine et salon sont les seules pièces communes. C'est réservé aux Hybrides ; les humains en résidence logent chacun dans un cottage. Ces maisons-là sont dans des zones sécurisées, coupées de celle où vit la population.

Jessie ne pipa mot le temps d'assimiler cette information. Résider en « zone sécurisée coupée de celle où vit la population » : pas gai, comme perspective. Minuit n'était pas bavarde. Le silence qui s'éternisait n'avait pas l'air de la déranger. Jessie contempla les alentours et vit que de nombreux bâtiments ne portaient qu'une lettre en guise de signe distinctif. Ni nom véritable ni numérotation. Elle jugea ce détail peu significatif. Au bord de la route, les bâtiments firent place à la végétation d'un parc. Des arbres à perte de vue ; puis un lac artificiel.

— C'est très chouette.

Minuit se tourna vers le plan d'eau.

— Je préfère la Réserve. Il y a un lac immense, là-bas. Vraiment magnifique. J'y ai passé le mois dernier et il me tarde d'y retourner.

Jessie tenta un trait d'humour.

— Tu faisais quoi, là-bas ? Un job plus sympa que la visite guidée des petits nouveaux ?

— Slade, c'est le chef de la Réserve, a eu besoin que les filles donnent un coup de main pendant la phase d'aménagement. Pour assurer la sécurité. Vingt d'entre nous sont allées vivre sur place. Quand tout a été fini, on est revenues vivre à Homeland… mais à regret. C'est bien, ici, mais la Réserve, c'est vraiment le top. On y vit toutes un mois sur deux, désormais. C'est un bon système. Et qui permet de répartir la population féminine à parts égales sur les deux sites.

— En quoi c'est important ? Cette répartition ?

Minuit hésita à répondre.

— Nous sommes beaucoup moins nombreuses que les mâles qui sont très protecteurs de nature. S'il arrivait un grand malheur sur l'un des sites, ils tiennent à éviter que nous soyons toutes tuées. (Elle ménagea une pause.) Les menaces arrivent constamment, nos ennemis parlent de nous traquer comme du gibier. Ça inquiète nos hommes, qui jugent plus sûr de nous répartir dans les deux enclaves.

— Je comprends. L'espèce humaine a son lot de sales cons...

Minuit, stupéfaite, fit les yeux ronds.

— Je connais les travers de mon peuple, exposa Jessie en haussant les épaules. Certains sont formidables, mais certains autres méritent une balle dans la nuque.

La grande Hybride sourit mais s'efforça de n'en rien laisser voir en se tournant vers la vitre.

— Si la moitié d'entre nous vit ici, c'est aussi parce que Justice et le conseil ont décidé que nous devions toutes nous serrer les coudes. Certaines filles viennent seulement d'arriver et ont besoin du soutien des plus fortes.

Jessie ajusta sa position.

— Les Hybrides Cadeaux, tu veux dire ?

Minuit braqua un regard méfiant sur sa passagère.

— Que sais-tu d'elles ?

— Plein de choses, en fait. Jusqu'à ce matin, j'appartenais à l'équipe qui les délivre et les conduit jusqu'ici.

L'amazone freina si brutalement que Jessie faillit s'écraser contre le tableau de bord. Elle se tourna entièrement vers la jeune femme et contempla ses cheveux roux.

— La fameuse Jessie, c'est toi ? glapit Minuit, un sourire radieux aux lèvres. Puce et Demi-portion n'ont que ton nom à la bouche ! Comme toutes les autres, note bien, mais surtout ces deux-là.

Jessie, soulagée de ne pas avoir fini collée au pare-brise à la manière d'un insecte, se recala dans son siège.

— Puce et Demi-portion sont ici ? Vrai de vrai ? Que sont devenues les religieuses qui les avaient prises en charge ?

— Oh, on n'envoie plus personne là-bas. C'était devenu trop risqué, on n'a pas voulu qu'il leur arrive malheur. Ces humaines formidables recevaient des menaces de mort parce qu'elles hébergeaient des Hybrides.

Souriant toujours, elle ajouta :

— Je vois déjà la tête qu'elles vont faire, quand je vais leur annoncer que tu es ici. Elles t'adorent ! Chaque fois que l'une d'entre elles prend peur, elle pense à toi. Tu es aussi petite qu'elles, mais elles affirment que tu es féroce. (Son sourire disparut.) J'ai du mal à y croire, rikiki comme tu l'es…

Jessie éclata de rire.

— Je suis plus forte et robuste qu'il y paraît.

Minuit n'avait pas l'air convaincue.

— D'abord, je te conduis à ton cottage et à l'infirmerie, et ensuite, je file annoncer ton arrivée aux filles que tu as délivrées. Attends-toi à ce qu'elles te préparent un gâteau : elles sont hyper fières d'avoir appris à cuisiner. (La grande Hybride relâcha la pédale de frein et remit les gaz.) Tâche de ne pas les vexer, conclut-elle sur un ton de menace.

Jessie se renfonça dans son siège.

— Sois tranquille. J'adore les gâteaux faits maison, et surtout, je me fais une joie de les revoir.

Quelque vingt maisons ravissantes étaient nichées sur la rive opposée du lac. Toutes d'une couleur spécifique. Jessie se prit à rêver d'un cottage avec vue. Les bâtiments étaient plus grands que ce qu'elle s'était attendue à découvrir ; le mot « cottage » était mal choisi. Elle balaya ce nouveau détail, les maisons devaient faire pas loin de cent cinquante mètres carrés habitables. Minuit passa devant l'entrée du lotissement sans ralentir.

— Ce ne sont pas les fameux cottages ? s'enquit Jessie avec un regard en arrière.

— Si. Mais on m'a dit de te conduire aux autres.

— Il y en a d'autres ?

— Ceux qu'on vient de voir sont les cottages réservés aux humains qui séjournent à Homeland. Toi, tu vas résider dans le quartier des Hybrides.

Les sourcils froncés, Jessie se tourna vers l'amazone.

— Le quartier des Hybrides... ça veut dire un lotissement cent pour cent hybride ?

— Affirmatif. J'ignore qui a pris cette décision, et pourquoi. J'ai posé la question ; on m'a priée d'obéir aux ordres.

La Jeep arriva en vue d'un autre lotissement fermé. L'entrée était munie d'une guérite dans laquelle se tenait un agent de l'OPH en uniforme noir. Minuit freina.

— C'est l'humaine ? lança le factionnaire en dévisageant Jessie.

— Oui, répondit Minuit. C'est elle.

L'agent sourit.

— Soyez la bienvenue. Votre maison est prête et si vous avez besoin de quoi que ce soit, mademoiselle Dupree, vous n'avez qu'à demander. À moi ou à celui qui prendra ma relève. Le portail est gardé vingt-quatre heures sur vingt-quatre. Votre porte d'entrée est munie d'une touche d'appel spéciale, vous ne pouvez pas la rater. Ça permet de nous prévenir que vous avez besoin d'aide.

À Minuit :

— C'est le bâtiment rose, voisin du bleu foncé. Au sommet de la colline, dit-il en désignant la direction à prendre.

— Merci beaucoup, répondit Jessie, un sourire forcé aux lèvres.

Pourquoi diable on m'a mise ici ?

L'agent actionna l'ouverture automatique du portail. Minuit démarra. Jessie observa les « cottages » successifs : ils étaient très similaires à ceux du quartier réservé aux humains, mignons comme tout, de construction récente, et peut-être un poil plus spacieux que ceux au bord du lac. Ce quartier-ci était bâti à flanc de colline et dominait Homeland.

Minuit prit l'allée qui conduisait au sommet. Les deux femmes découvrirent un bâtiment bleu foncé, de dimensions imposantes, et, à côté, un édifice rose à peine plus petit. Les cottages jumeaux avaient été bâtis à l'écart. Chacun disposait d'un jardin immense qui l'isolait des voisins les plus proches.

— Nous y voilà, annonça Minuit. C'est grand, pour une personne seule.

— Carrément, acquiesça Jessie, médusée. Je m'attendais à quelque chose de beaucoup plus petit !

Minuit se gara dans l'allée et descendit de la Jeep. Jessie l'imita en prenant son temps. Elle récupéra son sac à l'arrière puis suivit l'Hybride jusqu'à l'entrée. Une clé était dans la serrure. L'amazone la prit et la tendit à Jessie.

— Bienvenue chez toi, dit Minuit en ouvrant la porte.

Jessie franchit le seuil. Le salon était spacieux, entièrement meublé et muni d'une cheminée en pierre grise. Très mignon ; elle adora. Elle lâcha son sac puis se tourna vers la grande Hybride.

— Allez zou, à l'infirmerie.

— Tu ne visites pas ?

— Ça peut attendre. Je meurs surtout d'envie de savoir ce que je vais avoir à faire.

Minuit cilla.

— Comme tu voudras.

Jessie verrouilla la porte, empocha la clé et suivit Minuit à bord de la Jeep. Le factionnaire les arrêta, l'air inquiet.

— Un problème ?

L'amazone haussa les épaules.

— Elle fera le tour du propriétaire plus tard. Il lui tarde de se mettre au boulot.

L'agent actionna l'ouverture du portail.

— Bonne journée.

Située près de l'entrée du complexe, l'infirmerie était un bâtiment de plain-pied à façade vitrée. Il parut désert à Jessie tandis que Minuit garait la Jeep le long du trottoir. Personne non plus dans la rue. Elle descendit.

— Je te laisse, annonça Minuit avec un hochement de tête. Amuse-toi bien à ton travail, quel qu'il puisse être.

— Merci. (Jessie hésita.) Comment je fais, pour rentrer chez moi ?

Minuit haussa de nouveau les épaules.

— Aucune idée. On ne m'a pas demandé de passer te chercher.

Là-dessus, elle lui fit un signe d'adieux et démarra.

Les pouces calés dans les poches arrière de son jean, Jessie vit la Jeep disparaître à un angle de rue. Elle soupira. Quelle journée étrange ! Puis elle s'intéressa à l'infirmerie et poussa la porte vitrée.

Des chaises alignées devant la baie vitrée, un long comptoir et, derrière, quelques tables d'examen. Exposées à la vue de tout un chacun. Jessie arqua les sourcils ; personne en vue. Elle aperçut plusieurs portes et un couloir de l'autre côté du comptoir.

— Il y a quelqu'un ? lança-t-elle, assez fort pour qu'on l'entende d'un peu loin.

— Un instant, répondit un homme depuis le couloir.

Il apparut bientôt et la détailla.

— Mademoiselle Dupree, je présume. Je suis Paul. L'infirmier de service. Le docteur Treadmont est à l'arrière du bâtiment, avec Beauté. Quel bonheur de vous savoir ici ! C'est navrant d'avoir dû la placer sous tranquillisants, mais la nuit dernière, la pauvre petite était dans tous ses états. On a préféré que ce soit vous qu'elle découvre à son réveil. Ça devrait la calmer. Quand elle a ouvert l'œil, ce matin, elle hurlait comme une possédée. Il a fallu la rendormir.

Jessie contourna le comptoir.

— Je vais faire mon possible.

— Un grand merci. On s'est sentis soulagés en apprenant que vous veniez. Trisha, euh, le docteur Norbit, est en congé et dans l'incapacité de venir nous aider. On se disait qu'une femme, ça serait bien. On a songé à faire intervenir une autre Hybride, mais ça risque de la faire flipper encore plus. Comme elles ont presque toutes été séparées très jeunes, ça leur fout un choc de découvrir une… congénère. On en a vu qui ignoraient qu'elles avaient des traits différents des nôtres. Elles n'ont vu que des humains, dans leur chienne de vie : voir une autre Hybride, ça leur flanque une trouille pas possible.

Jessie fit les yeux ronds.

— Je n'y avais pas pensé… C'est vrai que je n'ai jamais trouvé de miroir, dans ce qui leur tenait lieu de prison.

— Eh oui. Ça en fait, des choses à découvrir. Il me tarde que Trisha revienne. Ça fait plusieurs mois, maintenant, qu'elle a été appelée en renfort à la Réserve.

Paul la conduisit dans une salle commune. Le dernier lit, tout au fond, était celui de Beauté. Jessie détailla le vieil homme aux cheveux blancs qui était assis à côté de la patiente, avec un ordinateur portable sur les genoux. Il portait des lunettes et sourit à Jessie.

— Vous devez être mademoiselle Dupree. Merci mille fois de venir nous aider ! J'ai su ce qui s'était passé, la nuit dernière… (Son sourire se figea.) Souffrez-vous de vertiges ? De nausées ? De maux de tête ?

— Ça va, merci, répondit Jessie, concentrée sur Beauté.

Elle vit que la petite Hybride endormie avait été nettoyée. Beauté avait fière allure, avec sa longue chevelure d'un brun soyeux qui lui cascadait sur les épaules. Elle avait l'air apaisée. Les draps étaient propres ; elle portait une jolie chemise de nuit à fleurs. Jessie grimaça, l'imprimé était charmant dans le style « J'ai quatre-vingts ans et c'est trop cool de ressembler à une devanture de fleuriste », mais pour l'heure, être à la mode était le cadet des soucis de Beauté. Jessie s'approcha.

— Je craignais de la trouver couverte de bleus.

— C'était de la crasse, pour l'essentiel, répondit Paul en secouant la tête. J'ai cru comprendre qu'elle était en piteux état, à son arrivée.

Jessie lui adressa un regard acéré.

— Ce n'est pas vous qui l'avez nettoyée ?

Coup d'œil au docteur : il avait l'air trop faible pour ce type de corvée.

— Des pensionnaires du dortoir sont venues.

Paul hésita avant de poursuivre.

— Sauf urgence vitale, les hommes n'ont pas le droit de toucher une Hybride dénudée. Ils doivent avoir peur. (Il se racla la gorge.) Vous comprenez, dit-il en secouant de nouveau la tête. Vous voyez cette caméra ? Elle a été installée pour qu'ils puissent la surveiller.

— Ils redoutent que l'un d'entre vous la maltraite ?

Jessie se tourna et salua la caméra.

— Difficile de leur en vouloir, reprit-elle. Je suis sûre qu'ils ont confiance en vous, mais ces filles ont subi les pires outrages…

Paul acquiesça.

— Quoi qu'il en soit, c'était surtout de la crasse.

— Elle est en bonne santé en dépit du régime alimentaire déplorable et des mauvais traitements, soupira Treadmont. J'ai été autorisé à l'examiner en présence de quatre femmes hybrides. (Il regarda Jessie dans les yeux.) Elle a été violentée pendant des années. Et sévèrement sous-alimentée.

Jessie comprit ce qu'il s'était gardé de dire tout haut.

— Comme toutes celles que j'ai trouvées.

Elle se plaça au chevet de Beauté et lui prit la main. Une menotte délicate, minuscule.

— Vous savez ce qu'on attend de moi, au juste ? Ma fonction précise ? lança-t-elle au docteur.

Celui-ci haussa les épaules.

— Votre fonction ? Tout ce que je sais, c'est que vous veniez ici pour lui parler à son réveil. (Il consulta sa montre.) Très bientôt, *a priori*, ajouta-t-il en se levant. Je regagne mon bureau. L'un d'entre nous doit rester auprès d'elle à tout moment.

Paul croisa le regard de Jessie.

— Si vous avez besoin d'un coup de main, criez.

Il déplaça la chaise laissée vacante afin que Jessie puisse s'asseoir sans lâcher la main de Beauté.

— On m'a dit qu'il valait mieux vous laisser en tête-à-tête, sans homme dans les parages.

— Une seconde. Vous savez, vous, en quoi consite mon poste ?

Il parut hésiter.

— Veiller sur elle. Quand la petite sera remise de ses émotions, je sais que vous êtes autorisée à la présenter aux autres. Quelques-unes seulement, histoire qu'elle ne prenne pas peur. Elle sera transférée au dortoir quand son état sera jugé satisfaisant.

Génial.

— C'est vous qui appellerez, quand elle sera prête à rencontrer d'autres Hybrides ?

Il désigna la caméra.

— Le son passe, et quelqu'un surveille. Parlez à la caméra et faites-leur comprendre ce que vous souhaitez.

Là-dessus, il prit la tangente.

Jessie étudia Beauté avec soin. Elle paraissait très jeune, mais d'expérience, elles étaient plus âgées qu'elles en avaient l'air. La jeune femme estima son âge à un peu moins de trente ans. Jessie avait d'ordinaire accès au profil du monstre qui avait séquestré la victime ; pas cette fois. Comment était le bourreau de Beauté ? Pas moyen de le savoir, il allait falloir procéder à l'aveugle. L'enjeu essentiel : faire encaisser à la rescapée le changement radical de son mode de vie.

Beauté commença à s'agiter. Jessie se leva et lui serra la main un peu plus fort. Deux yeux marron s'ouvrirent ; la jeune femme sourit.

— Salut Beauté. C'est Jessie, tu te souviens ? Je vais bien. Et toi, comment ça va ?

La peur fut immédiate. L'Hybride se cabra et serra très fort la main de Jessie. Elle dévisagea celle-ci, les yeux écarquillés sous l'effet de l'adrénaline, puis sembla retrouver son calme.

— Je vous ai crue morte…

— Mais non, c'était une simple blessure à la tête. Je vais bien. Comment te sens-tu ?

— J'ai… j'ai peur.

Jessie lui prodigua des paroles apaisantes jusqu'à ce que sa protégée ait moins peur. Elle apprit que Beauté était restée longtemps aux mains de son ravisseur. L'Hybride ne gardait que de très vagues souvenirs du laboratoire et ignorait qui elle était réellement.

Il allait falloir le lui expliquer, mais par quoi commencer ? Jessie rechignait à se lancer dans l'exposé des atrocités commises par Mercile Industries. Cette histoire-là devrait attendre que la rescapée soit plus solide mentalement. Jessie entreprit de lui expliquer les subtiles différences qui existaient entre elles et lui fit comprendre que ses semblables voulaient faire sa connaissance.

— Tu te rappelles ce que je t'ai dit, la nuit dernière ? Que j'allais te conduire là où vit ta famille, que tu n'aurais plus rien à craindre ? Eh bien, c'est ici. (Elle se tourna vers la caméra.) Ce serait chouette, que tu en rencontres quelques-unes. Des jeunes femmes très sympas, comme toi. Elles vont bientôt venir te voir, conclut-elle avant de reporter toute son attention sur Beauté.

Elle avait de nouveau l'air effrayée, et Jessie tenta de la calmer.

— Elles ne te feront aucun mal. Tu as eu peur de moi, au début, mais plus maintenant, pas vrai ?

— Non. Vous êtes… tu es gentille.

Jessie sourit.

— Elles aussi. Elles ont hâte de te voir, tu sais.

Un bruit étouffé retentit dans le couloir ; elle tourna la tête et sourit de plus belle en découvrant Demi-portion, qui devait probablement patienter derrière la porte depuis un moment. Jessie lui fit signe d'entrer tout en guettant la réaction de Beauté.

— Je te présente Demi-portion. Elle a vécu les mêmes choses que toi, Beauté. L'enfermement et les mauvais traitements. (Sa voix se fit plus douce.) Elle est très gentille, et elle sait par cœur ce que tu ressens. Elle est passée par là avant toi.

Beauté, qui n'avait d'yeux que pour le petit bout de femme qui s'avançait d'un pas hésitant dans la chambre d'hôpital, hoqueta sans crier gare. Demi-portion voulut faire marche arrière ; Jessie lui fit signe de rester. Beauté lâcha sa main et porta les deux paumes à son visage. Jessie comprit.

— Elle est jolie, hein ? Tout comme toi, murmura la rouquine. Je te l'avais dit, que ta famille était ici.

Beauté dévisagea Jessie et assimila ce qu'elle venait d'entendre.

— Je lui ressemble… plus qu'à toi ?

— C'est ça. Tu es beaucoup plus jolie que moi. Je t'envie, tu sais. J'adorerais avoir tes pommettes et tes yeux.

Beauté sourit.

— C'est vrai ?

— Mais oui, pourquoi crois-tu que je t'ai appelée Beauté ? Parce que tu es superbe, pardi !

La rescapée osa un regard timide vers Demi-portion.

— On est pareilles ? Tu étais prisonnière chez des méchants, toi aussi ?

Demi-portion refoula ses larmes.

— Oui, toutes pareilles. C'est Jessie qui m'a délivrée, comme toi, et qui m'a ramenée à la maison. Ça fait un moment que je suis libre et c'est le paradis, ici. Je peux te toucher ? J'en ai très envie…

Beauté questionna Jessie du regard. Cette dernière hocha la tête puis laissa sa place à Demi-portion. Quelques instants plus tard, les deux Hybrides, blotties l'une contre l'autre, se mirent à échanger. Jessie finit par s'éclipser et découvrit Puce dans le couloir.

— Jessie !

La rouquine l'étreignit avec force. Puce, une autre Hybride Cadeau délivrée par Jessie et son équipe, semblait elle aussi en pleine forme et totalement épanouie.

Justice se détourna de l'écran de surveillance et vit que Tigre, à côté de lui, souriait d'une oreille à l'autre.

— Je l'aime bien, cette petite humaine. Elle sait s'y prendre avec les nôtres.

— Oui, acquiesça Justice à mi-voix. Jessie est douée.

Le sourire de Tigre s'estompa.

— Tu tiens vraiment à ce qu'elle vive dans notre quartier ? C'est une première…

— J'ai promis à son père d'assurer sa sécurité. Elle peut difficilement être plus à l'abri qu'au milieu de nous.

Tigre n'avait pas l'air emballé.

— Je suis content que ma maison soit assez éloignée. Et j'espère qu'elle n'est pas trop bizarre…

Justice observa son ami.

— Comment ça ?

— Va savoir… Cuisiner des trucs puants, ou pire, écouter des musiques atroces à plein tube…

Justice reporta son attention sur l'écran de contrôle. Jessie était sortie du champ en quittant la pièce où était hébergée Beauté. Il pesta intérieurement. Quel bonheur c'était de la voir, d'entendre le son de sa voix ! Vivement qu'il la recroise en chair et en os.

— Envoie quelqu'un la reconduire chez elle. Sa journée a été longue. Et fais-lui dire de se représenter demain matin à l'infirmerie. Elle pourra transférer Beauté dès demain au dortoir si Ted donne son accord. Fais-lui porter à dîner, aussi. Après douze heures de boulot, elle n'a sûrement pas envie de se préparer à manger. Elle aime la côte de bœuf.

— Comment tu le sais ? s'étonna Tigre, les sourcils arqués.

Justice s'en voulut intérieurement d'avoir trop parlé.

— Je le sais, c'est tout. Assure-toi qu'elle est bien traitée et nourrie. J'ai des coups de fil à passer. Le gouverneur veut qu'on assiste à une soirée de bienfaisance le mois prochain, et j'ai l'intention d'accepter. C'est à propos de la protection animale, ça ferait mauvais genre de refuser, alors prépare-toi à te faire chier grave.

— Et merde, grommela Tigre. T'as qu'à emmener Cuivre.

— Il vient, mais toi aussi. (Justice sourit en coin.) Si je souffre, tu souffres aussi. La femme du gouverneur t'a trouvé irrésistible.

— Elle m'a mis la main au cul !

— Tu vois ? Une vraie pro-Hybride.

Justice éclata de rire, quitta le bâtiment de la sécurité au petit trot et pria pour liquider au plus vite son emploi du temps surchargé. Jessie était à Homeland. Il avait très envie de la voir.

Chapitre 9

Jessie ferma la porte et soupesa le gros sac contenant son dîner à emporter de la cafétéria de l'OPH. Elle n'avait rien avalé de la journée ; l'odeur fit gronder son estomac. Après avoir allumé la lumière, elle jeta un coup d'œil au salon. Manger tout de suite ? Explorer ? Un nouveau gargouillis trancha la question.

Le canapé était moelleux à souhait, la jeune femme posa le sac sur la table basse et l'ouvrit. Le fumet qui se dégageait de la côte de bœuf la fit gémir. Ce devait être Justice qui avait choisi pour elle, puisqu'elle n'avait même pas eu à passer commande. Jessie espéra qu'il en était ainsi. Avait-il pensé à elle… ou s'agissait-il du plat du jour ?

Elle avait passé un peu de temps avec Puce et Demi-portion. Quel bonheur ! Convaincue depuis le début que son job au détachement spécial serait gratifiant, elle en avait eu confirmation en découvrant combien les deux Hybrides avaient changé. C'étaient deux femmes effrayées et meurtries, deux survivantes au regard vide, quand elle les avait recueillies. Désormais à l'abri, elles avaient trouvé le bonheur.

La cafétéria avait fourni tout le nécessaire : couverts, serviettes, deux sodas différents. Elle dégusta sa pitance jusqu'à la dernière bouchée sans un regard pour l'immense écran plasma qui trônait au-dessus de la cheminée puis, une fois repue, n'en revint pas en arpentant son « cabanon ». La maison était immense, flambant neuve et entièrement meublée.

Son attention finit par se reporter sur son sac de sport. L'heure de s'installer avait sonné. Ses fringues à elle lui manquaient, mais il allait falloir se contenter de celles que son père avait achetées en grande surface. Il avait vainement insisté pour faire des emplettes en boutique de luxe : elle avait refusé. En matière de lèche-vitrine, son sénateur de père était pire que les copines de Jessie. Incapable de rester dans un coin à attendre, il multipliait les commentaires… surtout pour critiquer ses choix.

Le sac tenu par la poignée, elle se leva et s'engagea dans le couloir. La première chambre était correcte sans plus. Elle passa à la suivante. Celle-ci était plus vaste, plus impressionnante. Elle sourit.

— Je pourrais m'y habituer, marmonna-t-elle.

La hauteur du lit *king size* lui fit arquer les sourcils.

— Il va me falloir un marchepied, pour grimper là-dessus !

Le mobilier comprenait une énorme commode à neuf tiroirs, sur laquelle était posé un téléviseur à écran plat. Quarante pouces de diagonale au bas mot. *Cool*. Nouveau sourire. Deux tables de nuit complétaient l'ameublement. Elle tourna les talons et aperçut deux ouvertures : l'une devait être l'entrée d'un cagibi sans porte, et l'autre d'une probable salle de bains attenante.

Immense aussi. Elle loucha sur la baignoire-jacuzzi qui occupait tout un angle de la pièce et lâcha son sac. C'était plus fort qu'elle, Jessie s'y installa et se mit à glousser comme une collégienne. Quatre personnes pouvaient tenir là-dedans ! Les jets multiples la décidèrent à prendre un bain plutôt qu'une douche.

— Il faut d'abord que je me déshabille.

Elle n'avait pas envie de bouger. La journée avait été longue et une légère palpitation, au niveau des tempes, lui annonça que le mal de tête menaçait de revenir.

Jessie leva la main, effleura l'arrière de son crâne, tâta son pansement et poussa un gros soupir. Cette blessure à la tête avait bouleversé sa vie. C'en était fini de son boulot au détachement spécial. Elle venait d'emménager dans sa nouvelle maison et ne savait pas du tout à quoi s'attendre. Ce qu'il lui fallait, c'était commencer par s'acclimater. Autant démarrer par les autres pièces.

La jeune femme s'obligea à se relever, décida qu'il était temps de visiter son cottage et sortit de la baignoire. Elle commença par la chouette cuisine avec salle à manger attenante, voisines du salon. Revue des tiroirs : rien ne manquait, des assiettes aux petites cuillères. Un hoquet lui échappa à l'ouverture du frigo. Il contenait de quoi nourrir huit personnes une bonne semaine. *Idem* pour le congélateur, bourré à craquer de pots de crème glacée et de viande congelée.

Jessie eut tôt fait de mettre de l'ordre au salon après son dîner puis prit un antidouleur prescrit par le médecin. Le jacuzzi l'appelait. Elle piocha un caleçon et un top avant de retourner à la salle de bains. La baignoire fut remplie en un clin d'œil, et sitôt dévêtue, elle se coula avec délices dans le bain bouillonnant. Les jets dans son dos produisaient un effet divin ; elle offrit ses plantes de pied aux buses de la paroi opposée. Sentant le mal de tête refluer peu à peu, elle se détendit totalement, faisant fi du stress accumulé.

— J'y suis, j'y reste, murmura-t-elle, les yeux clos. C'est la belle vie, ici.

Justice consulta sa montre, impatient de quitter son bureau, mais hélas, un problème de dernière minute nécessitait son attention. Il se frotta la nuque en songeant à Jessie. Quelqu'un l'avait déposée chez elle, elle avait eu le temps de se reposer. Il désirait la voir plus que tout au monde – gestion du problème en cours comprise.

On frappa à sa porte qui s'ouvrit aussitôt pour laisser entrer Rage et Tigre. Les deux mâles paraissaient sur les nerfs ; la violence avec laquelle la porte se referma confirma cette première impression. Ils se laissèrent choir dans les fauteuils des visiteurs.

— C'est quoi, le souci ?

— La routine, maugréa Tigre. Menaces de mort et convocation au tribunal.

Rage poussa un grognement mauvais. Une colère pure lui assombrissait les traits.

— Le père d'Ellie exige qu'un juge vérifie ses capacités mentales.

— Quoi ?! éructa Justice, incrédule.

— Elle a dû annuler sa visite. Il est furax et convaincu que je fais tout pour la couper de sa famille.

— « Vérification des capacités mentales » ? Ça veut bien dire qu'ils la croient cinglée, en clair ? (La moutarde monta au nez de Justice.) Son père l'accuse d'être folle parce qu'elle t'aime, c'est ça ?

— C'est ça.

Rage serrait tellement les accoudoirs que le bois protesta bruyamment.

— Ellie porte notre enfant. Avec ses nausées matinales, il s'en rendrait compte au bout d'un jour ou deux. Et certains osent dire que je la maltraite ! Dans son état, je ne devrais pas lui dire mais je ne m'en sens pas le droit. Cette nouvelle va la mettre en colère, et ça me met hors de moi.

Tigre haussa les sourcils.

— Toi, en rogne ? Pas possible…

Justice dut se mordre pour ne pas sourire. La boutade lui fit du bien.

— Ne la préviens pas, Rage. C'est inutile.

— Bien sûr que si. La convocation est à son nom et on ne se cache rien, Ellie et moi.

— C'est ta compagne, elle vit à Homeland. Ce qui fait d'elle une Hybride. (Justice, penché en avant, croisa les bras et posa les coudes sur son bureau.) Leurs lois ne s'appliquent pas à nous. Ils n'ont aucun moyen de la faire sortir.

Une lueur d'espoir naquit dans le regard inquiet de Rage.

— Tu en es certain ?

— Oui. Pas la peine de tourmenter Ellie pour si peu.

— C'est son père, quand même. Il va sûrement lui en parler la prochaine fois qu'elle l'aura au téléphone.

— Tu as raison. Mais insiste bien sur le fait que le monde extérieur ne peut rien contre elle. Les flics n'ont pas le droit d'entrer à Homeland, c'est une manœuvre destinée à la faire flipper. Qui durera le temps que son père se calme. Précise-lui tout ça avant d'annoncer à Ellie que son père fait des difficultés.

— J'aurais préféré que le monde extérieur ne sache pas, pour Ellie et moi… (Rage poussa un grondement étouffé.) C'est d'un pénible. Ils sont tous convaincus que je lui fais du mal, ou qu'elle n'a rien à faire avec moi. Pourquoi on ne nous fiche pas la paix ?

— Vous formez un couple, plaida Tigre en haussant les épaules. Votre histoire d'amour doit les rendre jaloux. Ça et le fait que les humains sont parfois très cons, dès qu'il est question de nous.

Justice acquiesça, la mine sombre.

— Ta femme et l'enfant à naître sont à l'abri, Rage. Personne ne viendra te les enlever et Homeland est sûr. Prends soin d'Ellie, aime-la, sois présent auprès d'elle.

— Toujours, répondit Rage en se levant. N'empêche, quelle plaie que le monde extérieur soit au courant… Je vois bien que toute cette merde lui fait du mal, parfois, et ça me déchire le cœur. Je veux la protéger, mais là, il s'agit de son géniteur. Je peux comprendre qu'il soit déçu. Mais de là à m'accuser de faire du tort à Ellie ou à insinuer qu'elle est folle, c'est un truc à devenir dingue. (Il posa un regard sévère sur ses deux amis.) Si l'un de vous s'accouple à une humaine, qu'il la protège mieux que je n'ai su protéger mon Ellie. Sur ce, je rentre. Je déteste la laisser seule plus de quelques heures.

Il sortit en trombe.

— Quelle merde, soupira Tigre en s'affalant dans son siège. Je n'aimerais pas être à sa place, ils vont avoir une conversation tendue. C'est pour ça que les femmes de l'extérieur, non merci. Très peu pour moi. Elles ont toutes une famille bien relou, le jeu n'en vaut pas la chandelle. Ça me fait dire qu'on a de la veine d'être orphelins.

Justice songea immédiatement à Jessie. Son père était le sénateur qui plaidait la cause de l'OPH lors des réunions publiques et à Washington. L'inquiétude s'empara de lui. Comment réagirait-il s'il apprenait que sa fille l'avait autorisé à coucher avec elle ? La cause aurait-elle à en pâtir ? Hills était un homme influent, bien plus que les minables qui brandissaient des pancartes dehors ou envoyaient des messages de haine. Il s'effondra dans son fauteuil.

— On a de la chance d'être célibataires.

Justice croisa le regard posé de son ami Tigre.

— Vraiment ? Rage ne serait pas de ton avis. Son Ellie vaut la peine, à ses yeux. Leur amour est solide.

— Tu n'as pas tort, mec, mais moi non plus, rétorqua Tigre, tout sourires. Faisons un pacte, toi et moi. On la boucle si jamais l'un de nous en pince pour une femme du dehors. Entre les humains qui nous prennent pour des pervers prêts à laver le cerveau de leurs femelles pour arriver à leurs fins et les nôtres qui observent constamment comment ça se passe, je te propose qu'on fasse ça en catimini.

— En quoi ?

— Je le tiens d'un humain. Ça veut dire en douce, en secret. Ce qui se passe entre deux adultes ne regarde qu'eux, pas la peine de le crier sur les toits… surtout si ça tourne court. Le gars en question m'a dit qu'il avait couché avec une femme dont il n'était pas très fier. Une moche, quoi. (Il se rembrunit.) Il m'a ri au nez quand je lui ai dit que si elle le rendait heureux, ça n'avait pas d'importance. J'ai pas su quoi lui répondre : à mon avis, ce mec-là attache trop d'importance au physique. Le terme est juste, en tout cas. Il veut dire « être ensemble sans que personne ne le sache ».

Justice se leva.

— Je n'aime pas le terme. Un type qui s'attache à ce point au physique est trop bête pour nous transmettre quoi que ce soit d'intéressant.

— Tu t'en vas déjà ? s'étonna Tigre après un coup d'œil à la pendule. Tu ne te sens pas bien ? Ça ne te ressemble pas, de partir si tôt…

— Je suis claqué. Trop de sommeil en retard.

C'était vrai, au moins en partie, mais c'était surtout l'envie de voir Jessie qui le poussait à décamper ainsi.

— Ne t'éternise pas trop.

— T'inquiète, dit Tigre en haussant les épaules. J'expédie la paperasse en retard et je me rentre.

Justice, la tête farcie d'images de Jessie, s'empressa de sortir. Il voulait la protéger et éviter les ennuis avec son père… mais cela signifiait ne pas la voir du tout. La colère lui fit serrer les dents. À quoi bon se ronger les sangs ? Surtout si elle ne souhaitait nullement remettre le couvert…

La sonnette fit sursauter Jessie, qui prit conscience qu'elle s'était assoupie. Elle se redressa, prit appui sur le bord de la baignoire pour s'extirper du bain et se saisit d'une serviette. Nouveau coup de sonnette. Jessie poussa un juron, s'essuya à la hâte puis enfila caleçon et petit haut. Elle courait vers l'entrée quand la sonnerie retentit une troisième fois.

— Une seconde ! cria-t-elle en espérant ne pas arriver trop tard.

Elle ouvrit la porte. C'était Justice, en costume bleu marine et cravate gris clair. Ses cheveux, ramenés en queue-de-cheval, ne cachaient rien de son beau visage. Les yeux sombres du colosse détaillèrent l'épiderme encore humide et la tenue légère. S'attardèrent au niveau des seins. Jessie, d'un coup d'œil, vit l'objet de son émoi manifeste : elle avait les tétons dressés. Et ses fringues lui collaient à la peau aux endroits mal essuyés. Elle croisa les bras sur la poitrine et s'efforça de ne pas rougir.

— Salut, Justice. Je sors du bain. Comment vas-tu ? Je n'attendais personne, sans quoi j'aurais passé autre chose. Tout s'est bien passé, de ton côté ?

C'est moi qui radote comme ça ? se désola-t-elle, à deux doigts de se gifler. Justice était sur son perron… et il était à croquer. Elle ferma la bouche, respira par le nez et afficha un sourire forcé.

— Tu entres une minute ?

Le regard de l'Hybride descendit un peu plus ; il sourit en coin.

— Un caleçon d'homme ?

Jessie jeta un nouveau coup d'œil.

— Je les pique à mon frère aîné chaque fois qu'on se retrouve tous les deux chez papa. (Elle s'esclaffa et le regarda dans les yeux.) Je couds la braguette. C'est agréable à porter, pour dormir. Mon père m'en a apporté quelques-uns, ainsi qu'une partie de mes affaires.

Justice entra et referma la porte avec précaution. Jessie, qui était pieds nus, remarqua sa taille gigantesque. Bottée, elle gagnait quelques précieux centimètres. Il lui apparut vraiment immense.

— Je passais te souhaiter la bienvenue à Homeland et voir comment tu vas. (Il observa sa chevelure.) Tu souffres ?

— Ça va mieux. Je viens de prendre un médoc.

Il hésita.

— Je peux voir ?

— Bien sûr. Sauf qu'il n'y a rien à voir, hormis le pansement.

Elle se tourna et voulut dégrafer ses cheveux. Puis s'immobilisa quand les doigts de Justice l'effleurèrent.

— Laisse-moi faire, murmura-t-il d'une voix rauque.

Jessie sentit son cœur bondir dans sa poitrine. Ce timbre viril était sexy au possible. Elle inspira… et faillit gémir. Il sentait si bon qu'elle n'avait qu'une envie : faire volte-face et plonger le nez dans sa chemise. Quel investissement judicieux, cette eau de toilette ! Cela lui rappela avec force la nuit précédente, quand ils étaient peau contre peau. Elle se revit s'empalant sur sa queue et sentit la chaleur s'éveiller dans son entrecuisse. C'était presque douloureux.

Arrête ça tout de suite ! C'est une simple visite de courtoisie. Si elle ne parvenait pas à se ressaisir, elle craignait de se jeter sur lui, de lui arracher ses fringues et de faire courir sa langue sur la première partie intéressante de son anatomie. Ce qui, chez Justice, revenait à n'importe quel centimètre carré du bonhomme.

L'Hybride ôta une à une les épingles à cheveux. Jessie sentit son corps réagir à ses gestes doux lorsqu'il eut fini de libérer ses mèches et les écarta. Les dents serrées, elle parvint à réprimer un gémissement.

— Ce n'est pas grand-chose, rien qu'une égratignure. On m'a fait quelques points. J'en ai pour deux jours de pansement, il faut que la plaie reste au sec.

— Il a fallu couper quelques mèches de tes beaux cheveux, gronda-t-il.

Jessie se tourna vers lui, étonnée de le sentir fâché. La lueur dans ses yeux de chat n'était pas celle qui brillait quand ils avaient fait l'amour. Elle prit une brusque inspiration en sentant qu'il l'empoignait par les hanches et l'attirait contre son immense carcasse.

— J'étais très inquiet, j'ai bien cru te perdre. (Il reprit son souffle.) Ne plus jamais pouvoir te toucher, reprit-il en respirant à fond alors qu'un ronronnement sourd faisait vibrer sa poitrine. J'ai failli devenir fou, Jessie. Laisse-moi rester avec toi. Tu me dois une nuit.

Comment lui dire non... surtout quand son corps tout entier ne demandait que ça ? Ronronnant de plus belle, Justice la fit pivoter vers lui. Ses bras puissants la soulevèrent, les pieds de la jeune femme quittèrent le sol, elle passa les jambes autour de la taille de l'Hybride. La soutenant d'une main sous les fesses, il colla sa bouche à celle de Jessie.

L'assaut de sa langue fit gémir la jeune femme qui se pendit à son cou. Elle trouva l'attache qui lui liait les cheveux et tâtonna jusqu'à ce que les mèches, enfin libérées, lui tombent en cascade sur les épaules. Elle se délectait autant de leur texture soyeuse que des baisers fougueux du bel étalon. Jouant des hanches, Jessie se cala tout contre la bosse qu'elle avait sentie à travers la fine étoffe du caleçon. Justice gronda, mit fin au baiser et recula la tête pour détailler les lieux.

Il traversa le salon en direction du couloir. Jessie sut où il l'emmenait et l'embrassa dans le cou, la bouche ouverte, effleurant cette peau si chaude. Elle rit, entreprit de le mordiller, et lui passa un coup de langue sur l'oreille quand il trébucha.

— Tu trouves ça drôle ? gloussa-t-il. Je perds mes repères, quand tu m'excites avec tes petites dents et ta langue…

Il entra dans la chambre et déposa Jessie sur le grand lit. Celle-ci rechigna à cette séparation physique tout en la sachant indispensable pour qu'il se déshabille. Elle dénoua bras et jambes à regret, c'était si délicieux de s'accrocher à lui ! Puis elle le vit reculer, porter la main à sa cravate et s'en défaire d'un geste brusque. Sa veste de costume fut la suivante à tomber sur la moquette. Jessie se redressa en prenant appui sur les coudes. Il déboutonna sa chemise en un temps record, se mit torse nu et la jeta au loin. Les chaussures volèrent à leur tour. Elle sourit en voyant qu'il était pieds nus.

— Qu'est-ce qui t'amuse ? s'enquit-il, les mains immobiles au niveau de la ceinture du pantalon.

— Tu ne portes jamais de chaussettes ?

— Jamais. Je n'en possède pas une paire. (Il déboutonna son pantalon.) Pourquoi je suis le seul à me déshabiller ?

— Parce que j'aime te regarder faire. Ton beau costume va finir tout froissé, tu veux un cintre ?

Justice fit descendre pantalon et caleçon le long de ses jambes. Il s'en écarta pour apparaître nu comme un ver, à côté du lit.

— Je me fous de ce costume. C'est toi que je veux, Jessie.

La jeune femme s'assit et enleva le top qu'elle balança avant de se remettre sur le dos. Puis elle empoigna l'élastique du caleçon, souleva les fesses et le fit coulisser jusqu'à pouvoir s'en débarrasser d'une ruade.

— Tu comptes déchiqueter mon dessus-de-lit ?

Jessie gloussa tout en dévorant des yeux la plastique impeccable de Justice et se plaça au centre du matelas sans le quitter du regard. Elle détailla les épaules de lutteur, les bras musclés, les tétons dressés. Et baissa les yeux pour se régaler de son érection de mule.

— C'est pour moi, tout ça ?

Pour toute réponse, Justice gronda et sauta sur le lit. Il avança vers elle à quatre pattes, l'air d'une bête affamée. S'immobilisa, l'attrapa par les chevilles et lui écarta les cuisses. Puis remonta jusqu'à ce qu'ils soient torse contre torse. Son grand corps empêchait la jeune femme de bouger. Les paupières mi-closes, il plongea ses yeux de chat dans ceux de Jessie.

— Ne meurs pas, Jessie. Jamais. (Il lui caressa la joue d'un geste tendre.) Je n'en peux plus. Il faut que je sois en toi.

Abasourdie par l'émoi qu'elle lisait dans ses yeux et percevait dans sa voix, elle acquiesça. Aucun homme ne l'avait jamais désirée ni aimée si fort. Justice se pencha, frotta sa bouche contre ses lèvres. Elle s'offrit tout entière. Il poussa un ronronnement sourd qui fit vibrer sa poitrine, et le baiser qui suivit était dénué de tendresse. C'était l'acte d'un affamé, résolu à la dévorer.

Jessie gémit et planta ses ongles dans ses épaules de lutteur. Électrisée par la brusquerie de Justice, elle se colla à lui et cambra le bassin contre le sexe dur et chaud piégé entre le matelas et ses cuisses. Justice se décala ; sa main s'insinua entre les deux épidermes. La jeune femme s'arracha à la bouche du colosse et poussa un cri quand, sans préavis, un doigt s'enfonça dans sa chatte.

C'était si fabuleux qu'elle en eut le souffle coupé. Il retira presque entièrement son index puis pénétra plus profondément ce sexe déjà prêt à l'accueillir. Il se mit à la masturber à vive allure tout en poussant des grognements rauques.

— Tu es si chaude, si humide… et foutrement étroite.

Il poussa un grognement flippant au possible et retira son doigt. Le corps tendu à l'extrême, il se redressa puis roula sur le flanc.

— Et merde! hurla-t-il en s'asseyant au bord du lit, dos à Jessie.

La jeune femme, hébétée, se demanda pourquoi il s'était arrêté et ce qui n'allait pas. Il lui fallut quelques secondes pour se redresser à son tour et l'observer. Elle vit alors qu'il saignait dans le dos – c'était son fait, elle avait planté ses ongles trop fort – et resta bouche bée.

— Désolée, je ne l'ai pas fait exprès…

Justice tourna brusquement la tête vers elle et la dévisagea. La colère qu'elle lut sur ses traits lui fit peur. Il avait l'air en rage; elle en oublia de reprendre son souffle. Se tournant complètement, il se remit à grogner, les poings serrés.

— Justice? murmura-t-elle, la voix brisée. Je suis désolée, vraiment. Je n'ai pas voulu te faire mal.

Il tressaillit et leva la tête vers le plafond, d'évidence incapable de soutenir le regard de la jeune femme. Sa respiration était heurtée.

— C'est moi qui suis désolé, Jessie. J'aurais pu te faire très mal. (Il poursuivit, son souffle repris.) J'ai bien failli perdre les pédales.

— Comment ça? glapit-elle, médusée. Justice?

L'Hybride s'interdisait de la regarder, redoutant de voir la peur ressurgir dans ses yeux expressifs. Comme quand il avait grogné après elle. Les paupières closes, il s'efforça d'apaiser son rythme cardiaque emballé et son feu intérieur. Son sexe lui faisait mal, les ongles lui meurtrissaient les paumes tant il serrait les poings.

Il avait perdu tout son sang-froid en la sentant se lover autour de lui alors qu'ils s'embrassaient. Jessie n'était pas une Hybride… mais il avait oublié cette différence énorme jusqu'au moment où la pression de ce vagin étroit d'humaine s'était exercée contre son index. Elle n'était pas assez solide pour supporter le rut sans retenue d'un grand mâle, et c'était précisément l'état dans lequel elle l'avait mis. Il n'avait eu qu'une seule idée : la retourner le cul en l'air puis la baiser avec fougue.

Prendre conscience de la souffrance qu'il avait été à deux doigts de lui infliger le fit trembler de peur. Jessie aurait écopé de bleus sur les hanches s'il l'avait tenue fermement en place. Il aurait même pu la faire saigner en la pénétrant à la hussarde, et une fois la mécanique lancée, il était exclu d'arrêter avant aboutissement. C'était trop bon d'être en elle, il s'en souvenait, se modérer était hors de question.

— Justice ?

Touché au cœur par ce timbre timide, hésitant, il rouvrit les yeux, contempla le plafond… et comprit qu'il ferait mieux de partir. Mais il lui devait une explication. Il baissa la tête et croisa son regard inquiet.

— Je suis désolée de t'avoir écorché. Tu saignes.

— Ce n'est rien.

Le ton était bourru, abrupt mais il n'y pouvait rien, les émotions étaient à fleur de peau. Cette autre facette de sa personnalité, qu'il s'efforçait de tenir en respect, se devait de rester cachée derrière la façade qu'il présentait au vaste monde, par-delà les murs de Homeland et de la Réserve. Il se sentait cent pour cent hybride à cet instant. En proie à une passion pour une femme qu'il n'avait pas le droit d'avoir. Ce qui le mettait en rage.

L'air minuscule ainsi recroquevillée au milieu du lit, pâle, ses cheveux éclatants et défaits lui tombant sur la poitrine, Jessie lui fit penser à une nymphe : l'innocence même, elle ne devait surtout pas se retrouver à sa merci.

— Qu'y a-t-il ? Pourquoi tu t'es arrêté ? Je prends la pilule et rien qui puisse interférer, ne t'en fais pas. J'ai posé la question à l'hôpital avant ma sortie.

Ainsi donc, elle se rappelait qu'il s'était inquiété d'une possible grossesse. Il se détesta un peu plus. Jessie, pleine d'attentions, prenait garde à tout ce qui pouvait le heurter. Justice, au contraire, sous l'emprise de l'afflux d'hormones, avait failli oublier qu'il fallait la ménager. Jamais elle n'aurait pu l'empêcher d'abuser d'elle, et la douleur venue, ses chances de lutter étaient nulles. Il s'en voulut à mort.

— La vérité, Jessie, c'est que j'étais à deux doigts de te blesser gravement. L'envie était trop forte, presque irrépressible. Heureusement que je me suis repris à temps.

Il la regarda en face, conscient d'être encore en pleine érection. Elle aussi s'en rendit compte : son regard s'attarda sur sa queue avant de croiser celui de Justice. L'effroi ne se lisait plus sur son visage, mais ça ne voulait pas dire grand-chose, Jessie Dupree était une femme courageuse. Entre son métier et la façon dont elle avait tenu tête à un Hybride furieux, il n'y avait aucun doute. Une autre qu'elle se serait peut-être enfuie à toutes jambes en hurlant. Pas Jessie. Elle restait de marbre.

— Le désir n'est pas une mauvaise chose, et moi aussi, j'en éprouve.

Cessant de se recroqueviller, elle se pencha en avant, les mains à plat sur le lit, lui révélant le merveilleux arrondi de ses seins.

— Comme tu n'aimes pas mâcher tes mots, je vais faire pareil. Respire à fond et tu sauras à quel point j'ai envie de toi, puisque le fait de trouver ma chatte toute mouillée n'a visiblement pas suffi. Sers-toi de ton odorat, j'espère qu'il fonctionne mieux que ton sens du toucher.

— Je suis venu à toi sans égard pour ta fragilité.

À la surprise de l'Hybride, elle sourit jusqu'aux oreilles et ses yeux bleus pétillèrent de malice.

— On m'a collé pas mal de qualificatifs, mais celui-ci ne revient pas souvent, je te l'assure. Jamais plus d'une fois à la suite, en tout cas : les mecs qui me sortent ce genre de connerie finissent au tapis. Je ferai une exception pour toi. Tu es à croquer et tu sors de l'ordinaire. En plus, fort et rapide comme tu l'es, je me vois mal te flanquer une volée. Mais au lit, me casser en deux ? N'y compte pas, joli-cœur.

— J'ai oublié que j'avais affaire à une humaine, avoua-t-il, penaud.

— Parce que ça change quelque chose ?

— Oui.

Il ferma la bouche, peu désireux d'en dire plus sur le sujet.

— Je suis plus petite qu'une Hybride, pas aussi forte et moins musclée. Mais ça ne veut pas dire moins résistante. Je peux te le promettre.

La queue de Justice ne demandait qu'à y croire… mais c'était sa tête qui commandait.

— J'aurais pu te blesser gravement. Tu dois prendre ça au sérieux.

— OK, je te crois. Mais tu as su te maîtriser.

La tête légèrement penchée en avant, elle ne le quitta pas des yeux tout en avançant vers lui. Justice réagit malgré lui tant Jessie était bandante, à quatre pattes comme elle l'était. Le cœur battant, le sexe agité de spasmes, il sentit enfler en lui l'envie de la baiser après l'avoir plaquée contre le matelas.

— On va faire ça en douceur, sans brusquerie, pour que tu évites de flipper. (Le sourire de Jessie s'épanouit.) On l'a déjà fait et j'ai très envie de remettre ça.

— Jessie, gronda-t-il en guise d'avertissement. Arrête. Dès que je te touche, j'ai le plus grand mal à garder la main sur mes pulsions.

— Tes pulsions, elles me faisaient un effet bœuf avant que tu arrêtes.

Elle s'arrêta devant lui, s'installa en tailleur et posa les mains à plat sur l'intérieur de ses cuisses.

Il se mit à haleter, baissa les yeux et ronronna puissamment. Le fait d'être incapable de s'en empêcher en présence de Jessie avait quelque chose d'effrayant et de gênant à la fois, mais comment résister ? L'odeur de sa vulve le rendait fou. Il avait très envie de la coucher sur le dos, de fourrer son nez entre ses cuisses et de la lécher.

— Tu me veux, murmura-t-elle. Je te veux aussi. Où est le problème ?

— Tu n'as pas idée.

Tremblant de plus belle, il songea à fuir. Son corps, cependant, refusa de se lever, et ses yeux de s'arracher à la contemplation de ce rectangle de poils d'un roux plus clair que les cheveux, qui cachait mal l'endroit où il rêvait de coller sa bouche.

— Je suis dangereux.

— Et moi une accro à l'adrénaline qui te trouve incroyablement sexy, Justice. Nous sommes deux adultes à poil dans ma chambre. Ça ne te suffit pas ?

Il faillit devenir dingue en voyant Jessie diriger sa main jusqu'à son intimité et se passer un doigt sur la fente. Elle brandit cet index luisant de sécrétions vaginales… et Justice perdit toute capacité à penser.

Chapitre 10

Jessie sut qu'elle jouait avec le feu en voyant Justice suivre le moindre de ses mouvements avec ses yeux de chat, comme si c'était le spectacle le plus fascinant au monde. Il respirait de façon heurtée. Et émettait des bruits de gorge bestiaux qui l'excitaient à mort.

Il avait beau se prétendre dangereux, elle ne croyait pas un instant qu'il puisse lui faire du mal. C'était peut-être un peu fou, mais Jessie s'était toujours fiée à son instinct et rien, dans le comportement du chef des Hybrides, n'avait tiré le signal d'alarme. L'attirance qu'elle éprouvait pour lui n'était pas un trait de génie, d'accord, mais comment passer outre ? Elle le désirait si fort qu'elle se sentait prête à lutter pour l'avoir. Par exemple, en le provoquant au lit… jusqu'à ce qu'il lâche prise.

Il lui attrapa la main sans crier gare. Jessie, abasourdie, vit son index disparaître dans la bouche de l'Hybride qui grogna en le léchant. Son geste était d'un érotisme troublant. Le désir se lisait sur ses traits tendus et dans ses yeux de chat. Il relâcha la pression sur son doigt, le ressortit lentement et baissa les yeux. Suivant son regard, elle constata qu'il bandait comme un cerf.

Toujours aussi vif, il bougea et l'empoigna par l'épaule, mais sans pression excessive… et la poussa. Jessie, mortifiée, retomba sur le dos. Il ne voulait toujours pas d'elle. Inutile qu'il gaspille sa salive, elle était consciente d'avoir perdu la partie. Se rasseyant sur le matelas, elle s'apprêta à ramener les genoux sur sa poitrine afin de couvrir cette nudité qu'il se refusait à contempler.

Justice lui lâcha l'épaule et l'agrippa par les mollets. Trop surprise pour résister, Jessie se laissa faire. Il lui écarta les jambes, l'attira vers lui sur trente bons centimètres puis poussa sur les genoux pour les ouvrir un peu plus.

Jessie hoqueta en le voyant plonger la tête entre ses cuisses. Il se colla à elle et ronronna avec force. Posa les mains à plat sur la face interne des cuisses, écarta au maximum et commença à lui lécher le clitoris. Sa langue puissante et râpeuse s'activa à vive allure sur le petit bouton ; elle poussa aussitôt un cri de plaisir.

Les ongles enfoncés dans le dessus-de-lit, au niveau des hanches, Jessie s'y raccrocha comme si sa vie en dépendait. L'envie de crisper les poings sur sa crinière était presque irrépressible, mais elle résista.

— Oh oui ! haleta-t-elle, consciente de vociférer mais s'en fichant totalement.

Les coups de langue de Justice étaient divins. Elle n'avait plus que cette sensation en tête.

— Oui !

Comme pris de frénésie, il exerçait son art à l'endroit exact qui poussait Jessie à geindre, hoqueter, accentuer la pression de sa chatte contre la bouche du colosse. Elle voulait jouir et savait la chose imminente. Tout son corps se tendit jusqu'au plus petit muscle. La cambrure extrême de son dos forma une voûte au-dessus du matelas, le plaisir confina à la douleur, le point de non-retour était franchi.

Elle grogna bruyamment quand il s'arrêta. L'orgasme était si proche ! Sa langue descendit et s'enfonça dans son sexe avant qu'elle ait eu le temps d'articuler une protestation. La sensation produite lui fit rejeter la tête en arrière : un plaisir de nature différente était en train d'exploser en elle. Aucun homme ne l'avait jamais baisée avec sa langue… et elle mesura à quel point elle était passée à côté d'un truc. Il alla un peu plus profondément puis se lança dans un va-et-vient rapide tandis que son nez lui appuyait sur le clitoris.

— Justice, gémit-elle. S'il te plaît !

Mendier lui était égal, elle voulait jouir, c'était vital.

— Allez, quoi !

Sa langue se retira, ses lèvres se refermèrent sur le petit bouton gonflé à l'extrême. Il y pressa la langue en ronronnant très fort. Les vibrations, couplées à l'excitation de son point le plus sensible qu'il s'était mis à téter, la rendirent folle. C'était dément, au-delà du supportable. Elle gémit. Sanglota. Haleta. Se voûta. Inhala à pleins poumons, terrassée par le plaisir.

— Justice ! hurla-t-elle, victime de tremblements incontrôlables.

Il cessa de la stimuler tandis qu'elle tremblait des pieds à la tête, en proie à l'orgasme le plus dévastateur qu'elle ait jamais connu. Au bord du KO, elle se rendit à peine compte qu'il lui lâchait les cuisses, passait une main sous ses fesses, en empoignait une dans sa paume puissante tandis que, de l'autre main, il la tenait par la hanche. Jessie n'eut pas la force d'exprimer sa surprise quand l'Hybride la retourna sur le ventre. Saisie par la taille, elle se sentit glisser sur le matelas. Il l'attirait à lui. Pour quelle raison ? Que comptait-il faire ? Peu lui importait. Tout son corps était encore sous le coup du plaisir intense qu'il lui avait prodigué avec sa langue. Le lit se souleva quand il en descendit.

Il la tira en arrière jusqu'à ce que ses jambes quittent le matelas, l'obligea à se lever puis la courba en deux. Se servant d'un pied, il lui écarta les cuisses… et sa queue appuya à l'entrée de sa chatte.

Le plaisir revint à mesure que son membre épais la pénétrait lentement en levrette. Jessie geignit ; ses parois vaginales s'étirèrent. Il accentua la poussée avec une telle lenteur que cela s'assimilait à de la torture. Les deux amants haletaient à l'unisson, elle serrait le drap dans ses poings pour se tenir à quelque chose. Il se retira à mi-course puis entreprit de la besogner tout en douceur. Et ronronna de plus en plus fort à mesure qu'il augmentait la cadence. Ce n'était pas assez. Jessie sentit qu'il se maîtrisait et s'y refusa.

— Plus vite, Justice, c'est si bon. Encore. Lâche-toi, bébé.

Le visage enfoui dans le cou de la jeune femme, l'Hybride étouffa un grondement et lâcha prise. Il la pénétra bien à fond, ses hanches venaient lui buter sur les fesses, le va-et-vient rapide de sa queue contre ses terminaisons nerveuses la faisait monter au septième ciel. Les sens court-circuités, elle se cambra une nouvelle fois et hurla, foudroyée par ce deuxième orgasme. Prise de soubresauts alors que ses muscles vaginaux se resserraient sur cette verge énorme, elle sentit des crocs pointus la mordre au sommet de l'épaule. Justice gronda et se cabra à son tour. Sa queue était enfoncée jusqu'à la garde. Son sperme chaud l'inonda.

Jessie était incapable de bouger. Repue comme elle l'était, elle se demanda si son corps était encore de chair et d'os ou réduit à l'état de bouillie. L'immense carcasse l'empêchait de s'effondrer, et c'était aussi bien ainsi, car ses jambes auraient refusé de la porter. Ils étaient à bout de souffle. La pression des canines cessa, son haleine brûlante lui caressa la peau. Sachant gré à Justice de ne pas l'écraser, la jeune femme sentit sa respiration s'apaiser.

Sitôt sortie de l'hébétude et ses fonctions vitales retrouvées, Jessie afficha un sourire épanoui et regretta de ne pas voir son visage. Elle dit la première chose qui lui vint à l'esprit.

— Sur une échelle de un à dix, ce coup-là vaut quinze.

— Je suis désolé, Jessie. J'ai pourtant tout fait pour ne pas perdre le contrôle. Tu es trop petite, mais je te désire tellement que je n'arrivais plus à penser. Tu me pardonnes ?

Elle éclata de rire.

— Tu me présentes tes excuses, là ? Sérieux ? Il n'y a rien à pardonner.

Souriant toujours, elle tourna la tête juste assez pour croiser son regard contrit.

— C'était parfait. Génial. Fabuleux.

Il se détourna, baissa la tête et lui déposa un petit baiser dans le cou.

— Tu n'as pas l'air de te rendre compte à quel point tu es fragile. J'aurais vraiment pu faire des ravages, tu sais…

— Je suis petite, on est d'accord, mais je t'assure que c'est vraiment dément, quand tu te lâches.

Elle sentit le souffle de Justice dans son cou, mais il restait dans l'angle mort.

— Tu dois me croire, quand je te dis que tu es fragile par rapport à moi. Tu as mal quelque part ? Ai-je été trop brusque ? (Sa voix se fit plus douce.) Tu veux que j'appelle un médecin ?

— C'est inutile. Tu t'inquiètes pour rien.

L'excès de sollicitude du colosse avait quelque chose de comique. Elle réprima toutefois un nouvel éclat de rire, craignant de le vexer. C'était surtout très touchant de le savoir si soucieux de son bien-être.

Un grognement sourd résonna dans la poitrine de l'Hybride.

— Je t'ai prise comme si tu étais l'une des nôtres – ce que tu n'es pas. Heureusement que je n'ai pas totalement perdu la tête.

Justice prit un peu de champ et cessa de peser sur sa partenaire.

— J'ignore ce qui cloche, mais dès qu'il est question de toi, je ne suis plus moi-même.

Jessie roula sur elle-même afin d'admirer ce bel athlète à la peau mate. Une chose était sûre : la vue de ce corps musclé n'était pas près de la laisser insensible.

— Il est peut-être là, le problème. Tu as pris la responsabilité énorme de devenir le porte-parole des Hybrides. (Elle s'assit, à l'aise avec sa nudité, et le dévisagea avec compassion.) Je sais ce que c'est d'assumer un rôle contre nature. Mon père est sénateur. J'ai grandi au milieu des politiciens et d'autres idiots du même acabit en étant obligée de jouer à la petite fille parfaite, comme mon père l'exigeait. La vérité, ajouta-t-elle en haussant les épaules, c'est que les bonnes manières et moi, ça fait deux. Je tiens plus du garçon manqué que de la jeune fille BCBG. J'avais très envie de casser la gueule à tous ces crétins auxquels je devais faire la conversation.

Justice prit place au bord du lit, se tourna vers elle et l'étudia, l'air un peu perdu.

— Je ne te suis pas…

— Tu poses devant les caméras, les reporters et le monde entier en faisant semblant d'être humain à part entière. Ce que tu n'es pas. Sois toi-même quand tu es avec moi, Justice. Je t'accepte tel que tu es. Le gars qui ronronne et qui gronde, qui pète un peu les plombs quand on s'embrasse. Il n'y a rien de mal à ça.

Les mains à plat sur le matelas, elle se redressa sur les genoux. Et soutint son regard en s'efforçant de lui montrer qu'elle pensait chaque mot.

— Il n'y a rien qui cloche chez toi, Justice North. Je te trouve merveilleux et je n'ai pas envie que tu te contiennes. C'est le vrai Justice qui m'intéresse, pas l'image que tu as façonnée pour faire ton boulot. Le travail attendra, c'est l'heure de s'amuser. Laisse-moi t'apprendre à lâcher du lest, à abattre la forteresse que tu as construite autour de toi. Tu n'as rien à craindre de moi.

Justice avait très envie d'enlacer Jessie et de ne plus la lâcher. Elle lui offrait tout : l'accepter tel qu'il était, le comprendre, lui donner l'occasion d'être le mâle qu'il était avant de représenter son peuple. La tentation était si forte que c'en était presque douloureux. Il sut à cet instant ce qui devait être fait. La mort dans l'âme, il se rappela les serments passés : trop de gens comptaient sur lui pour qu'il laisse son cœur prendre les décisions.

Cet éclair de lucidité lui faisait mal. Il était en train de tomber amoureux de Jessie Dupree, cela devait remonter au moment où il l'avait arrachée aux griffes d'un autre Hybride, où il avait fait rempart avec son corps… et l'avait vue sourire pour la première fois. Mais elle se trompait lourdement en s'imaginant qu'elle incarnait la sécurité. Cette rouquine adorable, toujours souriante, si généreuse et prompte à se laisser aimer était la beauté même, certes, mais aussi le plus grand péril qui se soit jamais présenté à Justice.

— Tu as faim ? Tu as mangé ? Je peux te préparer un truc…

Nouveau coup de poignard en plein cœur. Voilà qu'elle se proposait de le nourrir, s'inquiétait de le voir sauter un repas. Cela lui rappela au passage qu'elle n'était pas une Hybride : après l'amour, les femelles de son peuple préféraient que ce soit le mâle qui prenne tout en charge.

— Allô, Justice ? Tu me regardes sans répondre, dit-elle en s'approchant. Qu'y a-t-il, tu es fatigué ? Je préfère te prévenir que j'aime dormir peau contre peau. J'ai la ferme intention de me blottir contre toi.

De nouveau à deux doigts de craquer, il eut envie de cette bouche aguicheuse. D'étendre Jessie sur le dos et de la baiser jusqu'à plus soif. Il dut serrer les poings pour résister à ses pulsions impérieuses. Sa vie à lui n'était pas la seule en jeu : celle de Jessie l'était aussi. Il s'empressa de lâcher les phrases qui, c'était couru, allaient la faire reculer.

— Entre Hybrides, le mâle mord la femelle pendant l'acte, et comme tu es humaine, ça te ferait super mal. J'ai eu toutes les peines du monde à ne pas planter mes crocs dans ta chair, Jessie. Fort comme je le suis, tu ne pourrais rien faire si je perdais les pédales pour de bon. Je pourrais te briser les os par inadvertance. Je suis dangereux.

— Jamais tu ne me feras de mal.

La peur était absente des yeux bleus de la jeune femme, elle n'eut pas un geste de recul.

— Quant à la douleur… ça n'est pas trop mon truc, mais tes crocs ne me font pas peur. Je sais que tu ne me mordras pas assez fort pour me percer l'épiderme. Je refuse de te croire capable de telles choses. D'ici quelques nuits, tu n'auras plus à t'en faire.

S'enfuir, et vite, avant de céder à l'envie de se montrer égoïste ! Son peuple comptait sur lui, il n'avait pas le droit d'être faible… et il avait promis. Rien de bien ne sortirait de leur union. Ni pour lui ni pour Jessie. Les humains ne comprendraient pas, et pire, son père cesserait de soutenir la cause de l'OPH. Tout le monde serait perdant.

Elle m'en voudra de devoir vivre en recluse à Homeland dès que les suprémacistes l'auront dans le collimateur. Vaillant m'a confié que le meilleur ami de Tammy a coupé les ponts avec elle quand elle a refusé de le quitter. Et Jessie, qui va-t-elle perdre ? Combien de temps avant qu'elle en vienne à me haïr ? Mieux vaut renoncer à elle tout de suite. Plus j'attends, plus ce sera pénible.

— Il n'y aura pas d'autre nuit. C'est impossible. Je suis désolé.

Jessie grimaça sous le coup de l'émotion.

— Quoi ?

La stupeur vira rapidement à la colère : paupières plissées, narines frémissantes.

— N'importe quoi ! Je te plais et tu me plais. C'est de la parano.

— C'est mieux comme ça. Nous sommes attirés l'un par l'autre, c'est vrai, mais il faut qu'on arrête de se voir.

Elle finit par reculer et se laissa choir sur les fesses. Le menton dressé, elle le défia du regard.

— Tu voulais de moi pour deux nuits. Message reçu. Je me suis gourée en pressentant qu'il y avait quelque chose de fort entre nous. Merci de m'aider à y voir plus clair.

Il était conscient de l'avoir meurtrie. Elle eut beau tenter de ne rien montrer de sa douleur, ses yeux expressifs la trahissaient. Jessie venait d'interpréter ses propos comme s'il avait agi sous le coup d'une simple montée de sève. Un type futé se serait gardé de la détromper, mais le cœur de Justice lui dictait d'autres priorités. Il était résolu à se montrer sincère plutôt que la laisser se croire rejetée.

— Je n'ai pas confiance en moi en ce qui te concerne, Jessie, et ça me fait peur. Je contrôle toujours mes émotions… mais pas ce soir. Ma partie animale a voulu te posséder dans tous les sens du terme. Te sentir… te toucher. (Il prit une profonde inspiration.) Je ne sais pas comment me l'expliquer, mais merde, quoi, j'ai pété les plombs, et je préfère encore ne plus jamais te toucher à risquer de te faire mal.

Le regard de la jeune femme s'adoucit ; ses épaules se détendirent.

— Jamais tu ne me feras de mal.

— Je n'en suis pas si sûr et toi non plus, Jessie.

— Je fais le maximum pour me montrer patiente, mais tu commences à me rendre folle. Je suis une grande fille, une adulte, et s'il y a un risque, j'en assumerai les conséquences. J'ai confiance en toi. C'est tout ce qui compte.

— Tu es humaine, rétorqua-t-il, soulagé de sentir la colère prendre le pas sur le chagrin. C'est à cause de ce type de réflexion que je garde mes distances avec les non-Hybrides. (Il se passa la main dans les cheveux, serra les dents et s'efforça de rester concentré.) Mieux vaut qu'on en reste là.

— Tu as vraiment peur, dit-elle, souriante. De moi. C'est assez marrant.

Elle le détailla des pieds à la tête avant de recroiser son regard.

— On s'était juré de dormir ensemble, et tu vas t'y tenir. (Elle tapota le dessus-de-lit.) Quel côté tu préfères ?

Il mourait d'envie de rester, de la tenir dans ses bras, et de connaître pour la première fois de sa vie le bonheur de ne pas dormir seul. Ses partenaires hybrides ne s'étaient jamais attardées plus que le strict nécessaire. Il se sentit tiraillé entre le devoir qui lui dictait de partir et l'envie de passer quelques heures de plus auprès de Jessie. Le désir l'emporta. Ce n'était qu'une nuit, après tout, la première et la dernière ensemble, pourquoi se refuser ce bonheur fugace ?

— Je m'occupe de boucler la maison et d'éteindre les lumières. En vitesse.

Elle sourit d'une oreille à l'autre.

— Et moi, je défais le lit.

Il s'empressa d'agir de peur de changer d'avis. Vérifia les issues, éteignit partout et revint illico à la chambre de Jessie.

La jeune femme le regarda sortir. Son sourire s'évanouit à la seconde où il fut hors de vue. Justice était têtu comme une mule, parano et beau comme un dieu. Les motifs de rupture avancés étaient valables, certes, mais Jessie n'était pas femme à s'avouer vaincue à la première difficulté. Ils s'éclataient au lit, il lui avait manqué et s'était invité dans ses pensées dès les premiers mots échangés.

Elle descendit du lit, le défit et remonta sur le haut matelas. Comme il n'avait pas choisi de côté, elle se coucha au beau milieu et tendit l'oreille afin de l'entendre revenir. Vain effort : Justice se déplaçait comme un chat, il entra sans un bruit. Le sourire de Jessie menaça de refaire surface. Avait-il idée à quel point il était torride quand il se mouvait avec cette grâce et cette fluidité, nu comme un ver ? Probablement pas. Elle profita de la vue imprenable sur les muscles saillants avant que l'obscurité s'abatte sur la chambre.

Le matelas s'enfonça sous le poids du colosse qui s'installa à droite de Jessie. Elle se tourna, le chercha à tâtons et effleura son corps chaud. Se colla à lui sans hésiter, une jambe entortillée autour de la sienne. Il reposait sur le dos et elle, sur le flanc. Le torse de lutteur lui servit d'oreiller. Bercée par le rythme régulier des pulsations, elle sourit dans le noir.

— J'aimerais te tenir différemment… tu es d'accord ? demanda-t-il de cette voix rauque qu'elle aimait tant.

— Pas de souci. Comment veux-tu qu'on se place ?

— En cuillère. Retourne-toi.

Il lui en coûta de le lâcher, mais elle s'y plia. Il passa un bras sous sa tête pour qu'elle s'y appuie, l'autre autour de la taille, et l'attira tout contre lui.

— Ça me plaît, admit-elle.

— Tu as froid ? Je nous couvre ?

— Il ne fait pas frais et tu dégages une chaleur intense. Je suis bien. Et toi, ça va ?

— Très bien.

Elle sentit le souffle de l'Hybride dans son cou et le frottement de son nez contre l'épaule.

— Ça me plaît.

— À moi aussi. Je vote pour qu'on remette ça dans un avenir proche.

Le bras passé autour de sa taille se raidit.

— C'est mieux pour nous deux si ça n'arrive pas, Jessie. Je n'ai pas confiance en moi quand je suis avec toi. Tu me rends à moitié fou de désir. Je te ferais peur si, toutes mes inhibitions tombées, j'agissais comme me le dicte l'instinct.

Elle fronça les sourcils et souhaita au contraire qu'il renonce à ce self-control absolu.

— Je n'ai pas envie qu'on s'engueule, mais tu te montres bien trop protecteur. Rien de ce que tu m'as dit ne me fait flipper… à moins, bien sûr, que tu me caches quelque chose.

— Quand je jouis en toi, j'ai envie de hurler. C'était moins une, tout à l'heure.

— C'est… humain de vociférer quand on fait l'amour, tu sais, s'esclaffa-t-elle. Je fais beaucoup de bruit, rappelle-toi. Et j'aime beaucoup les sons que tu émets.

Jessie bascula sur le dos et plia les jambes au-dessus de celles de Justice. Elle lui caressa la joue puis entreprit de lui masser le cuir chevelu avec les ongles. Un doux ronronnement résonna dans la chambre.

— Oui, j'adore quand tu fais ça. C'est super excitant. On va se croiser de temps à autre, vu que je vis et travaille à Homeland, pas vrai ? Je te préviens, Justice, je n'ai pas l'intention de lâcher l'affaire. Ce serait différent si j'étais convaincue que je ne t'attire pas, que notre histoire ne mène à rien. Mais ça n'est pas le cas. C'est parce que tu tiens à moi que tu as la trouille, je me trompe ?

La grande carcasse se tendit ; le ronronnement se mua en grognement.

— Et voilà. J'en étais sûre.

— Jessie, haleta-t-il, je suis désolé, mais c'est notre dernière nuit ensemble. J'ai une longue liste de raisons dans la tête. En plus de celles que je t'ai données.

Elle se mordit la lèvre et soupira.

— Tu es tout chaviré mais tu vas changer d'avis, c'est couru. Quand ce sera le cas… tu sais où me trouver.

— C'est dangereux, d'être associée à moi. On n'a pas le droit.

Jessie remua les fesses contre ses cuisses et sentit sa queue réagir en durcissant. Elle sourit aux ténèbres. La bouche de l'Hybride disait une chose, mais leurs deux corps n'étaient pas de cet avis.

— D'accord, abdiqua-t-elle pour clore le débat.

Quel flippé de première ! Ce problème-là pouvait attendre ; pour l'heure, l'essentiel était de refaire l'amour. Au bout de quelques dizaines de parties de jambes en l'air, il cesserait peut-être sa litanie moi-grand-et-fort-Hybride-toi-petite-humaine-fragile. C'était si bien résumé qu'elle faillit éclater de rire.

— On parlera plus tard.

Elle plaqua son autre main sur le ventre de Justice et regretta qu'il ne soit pas sur le dos, ce qui lui aurait permis d'avoir accès à plus de surface corporelle. Elle lui effleura le nombril, glissa un peu plus bas et le griffa très légèrement. Il gronda.

Jessie se retourna et plaqua son dos et ses fesses contre le torse de Justice jusqu'à ce qu'il n'y ait plus le moindre espace entre eux. Elle adorait la chaleur qu'il dégageait. Jamais elle ne s'était sentie aussi bien dans les bras d'un homme.

Elle respira son odeur voluptueuse et prêta l'oreille à ses ronronnements. *Je tombe amoureuse*, s'avoua-t-elle. *Vite et fort.* Elle se revit lors de son baptême de saut en parachute. La peur au moment de se jeter dans le vide avait été saisissante… mais pas aussi impérieuse que l'envie de voler. Bras écartés, elle avait sauté tête la première sans hésitation. L'intimité avec Justice était une expérience plus fabuleuse encore, qu'elle souhaitait revivre aussi souvent que possible. Le risque d'avoir le cœur brisé existait, certes, mais c'était préférable à un parachute qui refuse de s'ouvrir – et beaucoup moins dangereux.

La pression du sexe long et dur contre ses cuisses la tira de sa rêverie. La décision s'imposait d'elle-même. Sa main glissa le long de la hanche de l'Hybride et se referma sur une fesse bien ferme. Il ronronna de plus belle puis poussa un grognement.

— Arrête ça, tu veux…

Elle se tortilla de façon suggestive et lui prit le poignet. Il n'opposa pas de résistance quand elle manœuvra la main du colosse jusqu'à un sein. Puis elle l'obligea à lui pincer le mamelon. Accentua la pression sur sa queue bien raide, pencha la tête de côté pour offrir son cou à la bouche de Justice et se passa la langue sur les lèvres. Les préliminaires étaient superflus : son corps était prêt, son sexe, secoué de spasmes à l'idée de l'accueillir. Le souvenir de cette langue faisant des merveilles sur son clitoris, puis de la façon dont il l'avait baisée, suffisait à la mettre en émoi.

— Prends-moi encore, murmura-t-elle. J'en ai besoin. Ne me refuse pas ça.

Il lui malaxa le sein sans, cette fois, avoir besoin d'incitation.

— Bon sang, Jessie…

Ses lèvres effleurèrent cette gorge offerte et ses hanches remuèrent contre les fesses de sa partenaire.

— Oui, gémit-elle.

— Tiens-toi tranquille. Faisons ça en douceur.

Jessie écarta les cuisses. « Faire ça en douceur » ? Pas question ! Il se montrait beaucoup trop hésitant. Elle comptait tout faire pour qu'il se lâche, que le vrai Justice entre en action. L'homme qui grognait, grondait, qui se fichait comme d'une guigne d'être bruyant pendant l'amour. Elle lui lâcha la main, glissa celle-ci entre ses cuisses et empoigna le membre rigide.

— Jessie, grogna-t-il.

— Baise-moi, mon grand. Vite et fort. S'il te plaît.

Elle se servit de sa jambe en appui sur la cuisse du colosse pour se déhancher et guida le gland qui vint frotter à l'orée du vagin, trouva l'angle idéal et poussa en arrière. La sensation d'écartèlement était divine.

Des crocs vinrent se planter sans crier gare au sommet de son épaule. Justice la mordait avec assez de force pour qu'elle sente l'afflux nerveux jusque dans son entrecuisse. L'épiderme était intact… mais la limite entre douleur et plaisir était atteinte. Jessie gémit plus fort ; les pointes acérées cessèrent aussitôt d'appuyer.

— Tiens-toi tranquille, gronda l'Hybride.

— Non.

Empoignant le bras qui lui maintenait la tête en place avec sa main libre, elle utilisa cette prise pour jouer des hanches avec la dernière énergie et le sentit aller et venir en elle. Puis elle accéléra la cadence et empoigna ses fesses pour les écarter afin qu'il la pénètre au plus profond.

— Oublie la douceur, haleta-t-elle. Vas-y à fond.

Justice poussa un cri effrayant, bestial à souhait, et ses crocs se refermèrent sur l'épaule de Jessie. La morsure n'était pas douloureuse ; elle ne faisait qu'accroître les sensations. Toute à son plaisir, elle sentit sa poigne de fer lui immobiliser les hanches. Elle craignit un instant qu'il ait fait ça pour calmer le jeu… et se félicita presque aussitôt qu'il n'en soit rien.

Justice la pénétra au plus profond en imprimant une cadence soutenue. Ses coups de boutoir étaient si violents que la tête de lit allait buter contre le mur. Jessie n'arrivait plus à penser. Le plaisir était trop intense, surtout avec cette épaule prise dans l'étau de ses crocs. Il ne ralentissait pas, n'arrêtait pas, elle sentit ses muscles se crisper, l'orgasme était déjà tout proche.

Justice la pilonnait, encore et encore. Vite, fort, à fond. Il changea très légèrement d'angle, toucha un point sensible qui lui fit voir trente-six chandelles... et parut s'en rendre compte. Son gland frottait inlassablement, moins enfoncé qu'auparavant, et la magie opéra. Jessie bascula la tête en arrière contre l'épaule du colosse et jouit violemment. Les lèvres entrouvertes, elle eut confusément conscience qu'elle avait dû crier.

Les crocs de l'Hybride cessèrent d'appuyer, ses mains se crispèrent sur sa taille, et il jouit à son tour. Le sperme chaud lui inonda la chatte. Elle sentit ses muscles vaginaux se contracter, les gouttes s'écouler jusqu'à l'assèchement total. Le rugissement qu'il poussa, à quelques centimètres de son oreille, assourdit la jeune femme.

Ils haletèrent, pantelants, il relâcha sa poigne de fer et entreprit de lui masser les hanches. Jessie avait envie d'en rire... mais ne trouva pas la force nécessaire. Le vrai Justice, sans fard, s'était enfin livré à elle ! Son acuité auditive risquait d'en pâtir définitivement, certes, mais ça en valait la peine. Elle afficha un sourire béat.

Le passage d'une langue chaude et mouillée sur son épaule lui fit rouvrir les yeux dans la chambre enténébrée. C'était trop chou. Après lui avoir frotté la hanche à l'endroit où il l'avait tenue un peu trop fermement, voilà qu'il lui léchait l'épaule là où ses crocs s'étaient plantés. C'était un peu bizarre mais pas désagréable. Elle s'y ferait.

— C'était le meilleur coup de toute ma vie, murmura-t-elle. J'aime bien que tu me lèches, mais si tu veux tout savoir, je peux te dire où ta langue fait vraiment merveille.

Il cessa son manège ; sa respiration était revenue à la normale.

— Je nettoyais ta plaie. Bon sang, Jessie, voilà précisément pourquoi il faut qu'on arrête de se voir. C'était génial, d'accord, mais je t'ai fait mal.

— Une plaie, quelle plaie ?

Elle eut beau se tordre le cou, elle ne vit rien.

— J'ai mordu dans ton épaule, avoua-t-il, penaud. Vraiment désolé. Tu as mal ?

— Pas du tout. Ça ne doit pas être méchant, ne t'en fais pas pour si peu.

Une morsure d'amour ? Elle y survivrait… et elle avait adoré.

— Ne pas m'en faire ? réagit-il, crispé. Je t'ai mordue, quand même ! Tu saignes…

Une sirène mugit quelque part ; Justice poussa un juron.

— Ce n'est rien, souffla-t-elle, un peu surprise d'apprendre qu'elle saignait alors qu'elle ne ressentait aucune gêne. Sûrement une alarme de bagnole.

— C'est autre chose.

Il retira sa queue encore raide et fit rouler Jessie sur le ventre si vite qu'elle hoqueta. Le matelas bougea : il se levait déjà.

— Ça vient du portail de sécurité. On nous a entendus.

Aveuglée par le brusque afflux de lumière lorsqu'il alluma la lampe de chevet, Jessie attendit que ses yeux s'accommodent. Elle devina plus qu'elle ne vit Justice qui enfilait son caleçon, se penchait puis se relevait, ses affaires pêle-mêle tenues à bout de bras. Il avait l'air furax.

— Fonce à la douche, sinon ils vont sentir mon odeur sur toi.

Jessie s'assit au bord du lit.

— Ça m'est égal, qu'ils s'en rendent compte.

— Pas à moi. Ne les laisse pas accéder à cette chambre quand ils frapperont à la porte : ici aussi, ils m'identifieraient à l'odeur. Dis-leur que tu prenais une douche et que tu n'as rien entendu. Allez, dépêche-toi. Tu as trois petites minutes avant qu'ils débarquent. Les agents ont un passe-partout ; ils viendront à toi si tu ne réponds pas.

Justice alla ouvrir la croisée. Jessie, médusée, le vit écarter la moustiquaire avec le coude puis franchir le rebord de la fenêtre. Le bras tendu vers l'intérieur, il referma derrière lui et remit la moustiquaire en place si violemment que tout l'ensemble vibra. Là-dessus, il se fondit dans les ténèbres sans un mot. La jeune femme reprit ses esprits.

— Fait chier, pesta Jessie, manquant de tomber du lit dans sa hâte de gagner la salle de bains.

Elle s'efforça de ne pas se sentir blessée. *Oh, et puis merde, ça fait mal, inutile de le nier.* Il était criant qu'il ne tenait pas à ce que quiconque apprenne qu'ils couchaient ensemble. Lui faisait-elle honte ? Jessie alluma la lumière, s'engouffra dans la cabine et ne songea même pas à régler la température du jet d'eau glacé qui lui tomba dessus.

— L'enfoiré, cracha-t-elle en vidant la moitié du gel douche avant de se frictionner avec énergie. Tous pareils ! J'y crois pas… quel salopard !

Elle s'arrêta dans son geste. Pourquoi diable faisait-elle ce qu'il avait demandé ? Justice aurait peut-être des ennuis si leurs ébats s'ébruitaient, mais pas elle. L'eau froide la fit frissonner. Elle maugréa de plus belle.

Une sensation de brûlure la fit grimacer. En tournant la tête, elle parvint à en découvrir l'origine : deux traces de morsure laissant couler deux filets de sang parallèles, aussitôt dilués dans l'eau courante. La trace de ses canines était bien visible ; la rangée de dents moins pointues avait quant à elle laissé une empreinte peu profonde. Jessie orienta son épaule afin de rincer le savon qui la picotait douloureusement sous le jet.

C'était peut-être pour cela qu'il ne tenait pas à ce que leur relation s'ébruite. Justice North, l'impressionnant porte-parole de l'OPH, perdant suffisamment les pédales pour planter ses crocs dans la chair d'une humaine… Les médias adoreraient, ils s'empresseraient de broder une histoire scabreuse, les répercussions seraient considérables.

— Et merde !

Elle coupa le jet, sortit de la cabine, empoigna un drap de bain et s'essuya en quatrième vitesse.

Un flacon d'eau de toilette encore dans son emballage, sur le plateau du lavabo, attira son attention. Elle ne s'en était jamais servie. C'était une trouvaille de dernière minute de son père, au moment où il s'apprêtait à régler les achats de fringues. Pas si débile que ça, comme emplette : les Hybrides détestaient les parfums artificiels, celui-ci masquerait à merveille l'odeur de Justice. Elle lâcha la serviette, déchira le carton d'emballage et se rua dans la chambre avec le vaporisateur.

Manquant de s'étouffer tandis qu'elle dispersait de grandes giclées d'eau de toilette florale à la ronde, elle ferma les yeux puis s'offrit à la fragrance en pénétrant le nuage de gouttelettes en suspension. Son pansement devait rester au sec et les Hybrides jouissaient d'un odorat de compétition. Ils risquaient de détecter quelque chose dans son ample chevelure… mais bon courage à eux, avec cette senteur de gardénias.

— Beurk ! Si ça ne suffit pas à masquer son odeur, rien ne le fera.

Elle balança le flacon sur le lit, enfila en toute hâte les habits qu'elle avait laissés épars un peu plus tôt et pensa à reprendre le vaporisateur alors que des coups sourds résonnaient à la porte.

Jessie vaporisa du parfum tout en trottinant vers l'entrée puis lança le flacon sur le canapé. Elle agita les bras pour répandre au maximum l'horrible senteur, lissa son petit haut afin de s'assurer que sa poitrine était couverte et ouvrit.

Deux agents hybrides, la mine sombre, se tenaient sur le perron. Jessie prit soin de garder ses distances. Les deux hommes, la main sur la crosse de leur arme, lui accordèrent un coup d'œil avant de scruter la pièce. L'un d'eux fit un pas en avant. La jeune femme écarta les bras, empoigna le chambranle et lui bloqua l'accès.

— Qu'est-ce qui se passe ? C'est quoi, ce boucan, une alarme de voiture ?

Celui qui avait voulu entrer dut reculer pour ne pas la percuter.

— C'est vous qui avez crié ?

— Non. J'étais sous la douche, c'est en coupant le jet que j'ai entendu la sirène. Si ce n'est pas une alarme de bagnole, c'est quoi, une alarme incendie ?

Les deux agents s'entre-regardèrent puis la dévisagèrent. Celui qui n'avait pas bougé prit une profonde inspiration et fit la grimace. Il se couvrit aussitôt le nez et recula d'un bon pas. Son collègue l'imita. Jessie, sans posséder leur flair, avait presque les larmes aux yeux tant l'odeur de gardénias était prégnante.

— Vous nous autorisez à fouiller la maison ?

— C'est inutile, il n'y a personne. Je vous répète que ce n'est pas moi qui ai crié. Tout va bien… à part cette sirène qui casse les oreilles. C'est peut-être le vent qui a déclenché une alarme de voiture, ça arrive.

Visiblement hésitants quant à la marche à suivre, les deux agents reculèrent. Ce qu'ils reniflaient devait y être pour quelque chose.

— Très bien. Contents de vous savoir en sécurité, mademoiselle. Refermez à clé. Si jamais vous voyez ou entendez un truc suspect, déclenchez l'alarme, indiqua l'un des Hybrides en désignant le boîtier mural.

— Bien reçu. Merci d'être passés !

Jessie referma la porte et actionna le verrou. Le front en appui contre le battant, elle ferma les yeux et laissa la tension retomber.

Puis elle inspira à fond, grimaça et se redressa. Les deux priorités : aérer un bon coup et reprendre une douche.

Justice faisait une énième longueur de piscine quand il entendit un couinement. Il cessa de nager, emplit ses poumons et se tourna d'un bloc vers les deux agents qui arrivaient par le jardin. Ils avaient dû l'entendre barboter et étaient passés par là au lieu d'entrer chez lui.

— Que se passe-t-il, les gars ? Qui a déclenché l'alarme ? Je l'ai entendue s'arrêter il y a une minute ou deux… Tout est en ordre ?

S'il lui en coûtait de mentir ainsi, c'était un mal nécessaire afin de couvrir Jessie. Le risque était quasi nul que ces deux-là bavardent à tout va, mais certains Hybrides s'étaient liés d'amitié avec des employés humains. La moindre indiscrétion pouvait tomber dans une oreille mal intentionnée. Pas question de tenter le diable.

— La sécurité est compromise ?

Un agent haussa les épaules.

— On a entendu un cri suivi d'un rugissement.

Justice avait eu le temps de préparer un baratin.

— C'est moi qui ai rugi. Mais pour ce qui est du cri, je n'ai rien entendu. (Il désigna la porte de derrière, près de laquelle ses vêtements gisaient en vrac.) Je sortais de chez moi histoire de piquer une tête après une dure journée quand mon orteil a buté sur une chaise. Ça m'a fait un mal de chien. J'ai rugi sous le coup de la colère, balancé mes fringues et plongé dans la piscine pour me calmer les nerfs.

L'autre agent se dandina, les sourcils froncés.

— Tu n'as pas entendu de cri ?

— Non. Ce que vous avez pris pour un cri, c'est peut-être le craquement de la chaise. Je l'ai fracassée contre le mur après m'être cogné dedans.

— Désolés de t'avoir dérangé, chef. On a bien cru que c'était l'humaine qui était attaquée.

— Jessie Dupree ? Comment va-t-elle ?

— Bien. On a commencé par passer chez elle, mais elle a refusé qu'on fouille sa maison.

— Elle sent, maugréa son collègue. Les fleurs fanées.

— C'est du parfum, gronda le premier. Tu devrais l'interdire à Homeland, Justice. J'ai encore le nez qui pique.

Justice se retint de sourire en découvrant que Jessie connaissait ce truc. À forte dose, le parfum irritait les voies respiratoires des Hybrides et parasitait leur odorat. Ayant travaillé dans l'équipe de Tim Oberto, elle avait dû apprendre tout un tas de choses sur les Hybrides auprès des membres du commando qui entretenaient des liens étroits avec la sécurité de l'OPH.

— Je lui ferai passer la consigne.

Les deux agents avaient l'air embarrassés.

— Le cri qu'on a entendu provient peut-être d'un film d'horreur que quelqu'un est en train de regarder. Les humaines hurlent tout le temps, dans ces films. Va falloir qu'on interroge tout le monde pour savoir si l'un des nôtres en matait un.

—Pas la peine de déranger tous les résidents. La seule femme qui vit seule ici, c'est Jessie Dupree, et tu viens de me dire qu'elle est OK.

—Tu t'es fait mal en cassant cette chaise, chef? Je peux faire venir un toubib…

Justice secoua la tête en nageant vers le bord du bassin.

—C'est bon. Ça m'a mis en pétard, c'est tout.

Les deux agents se regardèrent, penauds. Justice sortit de l'eau et se dirigea vers une serviette qui traînait sur une chaise longue depuis plusieurs jours. Il s'en ceignit, se tourna vers eux et arqua un sourcil.

—Qu'y a-t-il?

—Pourquoi installer l'humaine ici? C'est toi le chef, Justice, pas de souci, mais cette question nous turlupine.

—Cette enclave est la plus sûre de Homeland. Son père fait tout pour protéger nos intérêts et nos droits civiques. Je lui ai promis que sa fille ne risquait rien en venant vivre ici. En outre, dans le cadre de son précédent travail, Jessie Dupree n'a pas hésité à prendre des risques pour délivrer nos femelles emprisonnées. C'est une alliée fidèle.

—Compris, répondit l'un des agents. Merci d'avoir pris la peine de nous expliquer.

Justice attendit qu'ils soient partis pour s'ébrouer. Puis il jeta un coup d'œil derrière le muret de séparation: la lumière brillait encore dans la chambre de Jessie. Il brûlait d'envie de sauter par-dessus et d'aller toquer à la baie vitrée.

Le colosse se détourna, en proie à une intense frustration. Pour tout ce qui touchait à Jessie, céder à ses impulsions était exclu. Il avait perdu les pédales, fait couler son sang pendant l'amour et attiré l'attention sur leurs ébats en rugissant de plaisir. C'était très perturbant; jamais il n'avait agi ainsi avec une partenaire. Jessie éveillait une facette de sa personnalité qu'il n'avait pas le droit de révéler. Point à la ligne.

L'urgence commandait de retrouver son sang-froid, de garder ses distances et de réfléchir à la façon de gérer les émotions effrayantes que la jeune femme faisait naître en lui. Pour l'heure, une seule chose était certaine…

Jessie Dupree le rendait dingue.

Chapitre 11

— Brise ! s'exclama Jessie, radieuse. Toi ici, au dortoir des filles ? Je te croyais à la Réserve !

L'amazone de plus d'un mètre quatre-vingts sourit à son tour.

— Je suis arrivée ce matin tôt. Ellie, ma meilleure amie, avait une nouvelle à m'annoncer. Je compte passer un peu de temps à Homeland. C'est une humaine mariée à Rage, un Hybride.

— J'ai entendu parler d'eux… à la télé, quand ils se sont mariés. Une bonne nouvelle, j'espère ?

— Excellente. Désolée, mais je n'ai pas le droit d'en parler. Tout ce que je peux dire, c'est qu'ils ont trouvé ce qu'ils cherchaient.

— Ça a tout l'air d'une bonne nouvelle, en effet.

— Et toi, quel bon vent t'amène ? Tu es venue voir les rescapées ? Beaucoup sont à la Réserve et s'y plaisent beaucoup. Comme elles adorent les balades en forêt, il a été décidé qu'elles pouvaient rester là-bas.

— Je travaille à Homeland, en fait. C'est une longue histoire.

— Sans blague ? s'étonna Brise, les yeux écarquillés. Et tu y fais quoi ?

Jessie tourna la tête vers Beauté. Elle venait de passer toute la matinée, et une partie de l'après-midi, à l'aider à se sentir chez elle au dortoir. Son installation se passait bien pour l'essentiel.

Puce et Demi-portion ne quittaient pas Beauté d'une semelle, ce qui aidait beaucoup. Le seul hic était survenu quand l'Hybride Cadeau avait découvert l'existence d'Hybrides sensiblement plus grandes et bien bâties. D'abord effrayée, elle s'y était cependant vite habituée, et était d'ailleurs en pleine conversation avec plusieurs amazones.

— Celle-ci, c'est Beauté. On l'a récupérée il y a deux jours, dans une propriété située dans l'État de Washington. Tout ce que je sais de mon nouveau job, c'est qu'il consiste pour le moment à l'aider à prendre ses marques. Et ça se passe plutôt bien.

— J'aime bien son nom. Elle l'a bien choisi.

Brise, souriante, reporta son attention sur Jessie.

— C'est moi qui l'ai choisi, en fait. Je lui répète qu'elle est libre d'en changer, et j'espère qu'elle le fera. Ça fait bizarre de baptiser une adulte… (Elle haussa les épaules.) Il fallait que je lui en trouve un d'urgence, et c'est ce qui m'est venu à l'esprit.

— Dans l'urgence ? Pourquoi ça ?

Jessie serra les dents.

— Parce que les deux noms dont on l'avait affublée me mettaient en rage, voilà pourquoi. L'équipe a de la paperasse à remplir, quand elle délivre une Hybride, et je ne voulais surtout pas qu'ils lui restent. J'ai préféré faire disparaître ses anciens noms.

Les traits de Brise se durcirent.

— Comment ses bourreaux l'avaient appelée ?

— Tu tiens vraiment à le savoir ? dit Jessie, les yeux rivés sur l'immense Hybride.

— Oui.

Jessie soupira ; Brise avait le droit de savoir.

— Son propriétaire l'appelait Gadoue, et d'après ce que j'ai compris, on l'appelait Macaque quand elle était plus jeune. Elle ne se souvient de rien d'autre.

L'amazone gronda puis poussa une série de jurons à faire blêmir un vieux loup de mer. Jessie, qui partageait sa colère, hocha la tête. Les deux femmes s'entre-regardèrent jusqu'à ce que Brise ait retrouvé son calme.

— Merci, dit l'Hybride. C'est un chouette nom, que tu lui as trouvé. Il lui va comme un gant. Elle devrait le garder, à mon avis.

— Merci à toi. (Un sourire illumina les traits de Jessie.) Au fait, tu vas pouvoir retrouver le sommeil, maintenant que tu as quitté l'hôtel de la Réserve…

Brise éclata de rire.

— Tammy et Vaillant ont emménagé chez lui. Justice a décidé qu'ils avaient besoin d'intimité, à présent qu'ils sont mariés. Des gardes patrouillent aux abords pour aider Vaillant à veiller sur elle. C'est peut-être un truc entre humaine et Hybride ; toujours est-il qu'on n'a jamais entendu couple plus bruyant pendant l'acte sexuel.

Jessie eut toutes les peines du monde à cacher son hilarité : la nuit dernière, ses ébats avec Justice avaient déclenché le branle-bas de combat.

— Je peux te poser une question ?

— Bien sûr, dit Brise en obliquant vers la cuisine où elle piocha à boire dans le frigo avant d'inviter Jessie à s'asseoir. Vas-y, envoie ! J'adore cette expression.

Jessie obtempéra.

— Le couple mixte qui vient de se marier… c'est… c'est bien un lion ?

— Probablement. On en est réduits aux devinettes, toutes les archives ont été détruites, mais c'est ce que sa coloration et sa personnalité laissent à penser, pourquoi ?

— Eh bien, j'ai rencontré Justice North, et ses yeux sont les mêmes que ceux de Vaillant. C'est un Hybride de lion, lui aussi ?

Ce qui, bien sûr, expliquerait le rugissement post-coïtal…

— La couleur ne colle pas. J'étudie le monde animal pendant mon temps libre, histoire de taper plus juste quand j'essaie de deviner de quel ADN tel individu est issu. (Brise se rengorgea.) Dans son cas, je penche plutôt pour le léopard… celui que les humains appellent panthère noire.

Jessie, abasourdie, parvint cependant à garder la bouche close.

— Si c'est le cas… pourquoi il n'a pas les cheveux noirs ? Vaillant, lui, a une chevelure d'un blond-roux similaire à la crinière des lions. J'ai rencontré Flamme qui, lui, a les cheveux d'un roux plus clair et les mêmes yeux de chat. C'est étrange, non ?

Brise se mordit la lèvre supérieure.

— C'est un sujet que je ne peux pas aborder avec toi, Jessie. Désolée.

— Pourquoi ça ?

L'amazone hésita puis poussa un gros soupir.

— Tu es notre amie et tu as volé au secours de mes semblables ; je sais qu'on peut te faire confiance. Certains d'entre nous se teignent les cheveux. Je ne peux pas en dire davantage.

Justice se teint les cheveux ? Voilà qui expliquait pourquoi il n'était pas toujours le même en chair et en os, à la télévision ou en photo. Les nuances provenaient de coloris différents.

— Pour quelle raison fait-il… je veux dire, certains Hybrides font-ils ça ?

— Il arrive qu'ils aient besoin d'apparaître le plus humains possible, et leur coloration naturelle est un frein. Ne le répète à personne, surtout. J'aurais des ennuis.

— Je serai muette comme une carpe, tu as ma parole. Donc certains Hybrides sont… de faux blonds ?

— Tout juste. Si ça les rend plus humains et moins menaçants.

Ceux qui apparaissent en public. Qui ont affaire aux humains à tout bout de champ. Jessie tenta de s'imaginer Justice avec les cheveux noirs : c'était difficile, mais cela justifiait qu'il ait les cils sombres. Dans la même veine, ses yeux avaient parfois des reflets bleutés… et pourtant, vus de loin, ils apparaissaient très sombres, presque d'un noir de jais. *Avec les cheveux noirs, il aurait l'air…* L'image lui apparut subitement. *Effrayant. Flippant. Féroce.* Avec ses cheveux clairs, Justice était plus humain, plus rassurant. *Bien vu.*

Jessie avait couché avec un homme modifié par de l'ADN de panthère noire. D'où le ronronnement, les yeux de chat et le rugissement après l'amour. Il avait taillé la literie et le matelas en pièces avec ses ongles. *Avec ses griffes*, corrigea-t-elle. *Le léopard est un animal dangereux. Il a peut-être de bonnes raisons d'avoir peur de me faire mal.*

— À quoi tu penses ?

Jessie sortit de sa rêverie et sourit à Brise.

— À un mec.

Un large sourire s'épanouit sur le visage de l'immense Hybride.

— Crache le morceau, copine.

L'intéressée secoua la tête.

— Impossible.

— Ah. Si tu t'interroges à propos de nos mâles, c'est pour une bonne raison, non ? Flamme t'a parlé, à ce qu'il paraît. Lui aussi est félin. C'est à cause de lui, toutes ces questions concernant Vaillant ? Tu l'as même cité nommément. Je ne dirai rien à personne, c'est promis. Flamme est assez joli garçon, c'est vrai, et en plus, il a très bon caractère.

Flamme ? Soulagée par l'erreur d'aiguillage de Brise alors qu'elle n'avait que Justice à l'esprit, Jessie se contenta de sourire.

— Flamme t'apprécie, reprit l'amazone. J'ai cru comprendre que tu lui avais fait forte impression.

— Ah bon ? Il m'a proposé de me payer un verre et de me présenter à tout le monde, rien de plus.

— Tu devrais accepter.

— Il y a ce tout petit souci de Je-suis-humaine-et-lui-Hybride, quand même…

Brise se rembrunit.

— Ça te pose problème, l'idée de sortir avec un membre de mon peuple ?

— Ce n'est pas ça. (Jessie se mordit la lèvre et choisit ses mots avec soin.) J'ai parlé avec plusieurs mecs hybrides, mentit-elle en brodant un scénario susceptible de coller à son dilemme. Ils ont tous été catégoriques : pas question de coucher avec une humaine. Il a, pardon, ils ont tous insisté sur le fait qu'ils avaient trop peur de lui faire mal en perdant leur sang-froid.

— Ça tient debout, nos mâles sont très costauds… et ultra-dominants. Tu le sais, j'imagine ?

— Ce n'est pas propre aux Hybrides. On peut même dire que c'est livré avec la bite.

Le trait d'humour de Jessie ne fit pas rire l'amazone.

— Non, c'est différent. Vos mecs sont dirigistes parce que ça les arrange. Les nôtres dominent physiquement par… nécessité. Il y a un monde, entre les deux.

— Tu peux préciser ? Je suis curieuse…

— Quand deux Hybrides couchent ensemble, le mec prend la fille par-derrière. Et se sert de ses crocs pour immobiliser sa partenaire dès que celle-ci menace son contrôle total sur la situation. Le besoin de dominer pendant l'acte sexuel est surpuissant, chez eux. Comment t'expliquer : il y a une zone, de chaque côté… (Elle se palpa le sommet des épaules.) Quand un mec nous mord à cet endroit, c'est super agréable et ça ne fait pas mal. Ils ne mordent jamais jusqu'au sang. Cela étant, la partenaire a intérêt à éviter les mouvements brusques, ça pourrait vite devenir moche.

Jessie – qui arborait un pansement sous ses fringues – sentit son cœur sombrer.

— Moche comment ?

— Les crocs s'enfoncent assez pour faire couler le sang, ça laisse parfois des marques. C'est rare mais ça m'est déjà arrivé. Le mâle en question a tué un des techniciens qui venaient m'extraire de sa cellule après qu'on avait copulé. Ultra-possessif, il refusait de me laisser partir et de me partager. Il m'aimait et je crois que s'il m'a mordue, c'était pour prouver que je lui appartenais, voire pour me marquer, parce que je ne l'avais pas mis au défi pendant qu'on faisait l'amour. Il disait que ses entrailles lui criaient de me garder auprès de lui, bien que tous les mâles sachent qu'on tient à garder notre liberté. C'est pour ça qu'on évite de coucher trop souvent avec le même mec, depuis qu'on est ici. Pour leur rappeler qu'ils n'ont pas intérêt à vouloir nous enfermer ou se montrer trop possessifs. Avec une humaine, nos mâles peuvent se montrer dangereux.

— Pourquoi ça ?

— Quand un Hybride plante ses crocs, vous autres ignorez qu'il ne faut surtout pas bouger, et encore moins se débattre. Sous peine de le rendre fou. Un couple qui souhaite coucher ensemble s'assure toujours que c'est réciproque. Si un mec te prenait par-derrière et te mordait l'épaule sans crier gare, ça t'affolerait, non ? Tu te débattrais ? Nos hommes ont les canines effilées, ça pourrait te blesser, sans parler de leur poigne de fer quand ils nous maintiennent en place pour éviter le pire. Ils se montrent volontiers doux et coopératifs, mais si d'aventure la partenaire les met au défi, ils font tout pour montrer qu'ils sont les maîtres. C'est plus fort qu'eux. Leur identité profonde. Coucher à répétition avec l'un des nôtres, c'est courir le risque qu'il devienne possessif. Un mâle hybride ne laissera pas filer celle qu'il considère comme sienne. Il tuera quiconque essaie de la lui prendre. Ils sont tous prêts à tomber amoureux dès qu'une certaine intimité se crée, et dans ce cas-là, les humains courent de très gros risques.

— C'est un peu exagéré, non ? Il existe plusieurs couples mixtes…

— Tout juste, mais les mâles en question sont prêts à tuer quiconque touche leur partenaire. Tu as fait connaissance avec Tammy et Vaillant. Il n'aime pas qu'un autre la regarde. Elle s'est soumise à lui de son plein gré et sans réserve. Par amour. Vaillant taillera en pièces tous ceux qu'il considère comme une menace pour elle, Jessie. Nos hommes sont dangereux à ce point-là. Il a fallu qu'on envisage quoi faire, si d'aventure un Hybride s'imprégnait d'une humaine qui ne veut pas de lui. Il ne lui ferait pas de mal, mais il y a fort à parier qu'il se déchaîne sur tous les rivaux potentiels. Je comprends parfaitement que nos mâles redoutent de coucher avec une humaine : il y a de quoi flipper. Si tu décides de le faire avec Flamme, il faudra que je te briefe avant, pour que tu ne coures aucun risque.

Jessie n'était pas sûre d'avoir envie de connaître la réponse mais posa la question quand même.

— Me briefer à quel sujet ?

— Ne jamais demander à un Hybride de se soumettre. Dominant par nature, il se fâcherait et pourrait devenir dangereux. Ce serait vécu comme un défi, une façon de remettre en doute ses aptitudes. Nos mecs contrôlent toujours la situation au lit. Si Flamme t'agrippe avec ses crocs, laisse-toi faire. S'il fait ça, c'est qu'il a l'impression de perdre l'ascendant. Ne bouge surtout pas.

— Ils vivent mal de perdre l'ascendant ?

— Oh que oui ! (Brise toisa Jessie des pieds à la tête.) Il te briserait. Nos mâles sont très forts ; quant à notre version des préliminaires, elle consiste à chahuter violemment.

— OK, répondit Jessie, abasourdie.

— Ne jamais regarder un mâle en colère dans les yeux. Ça aussi, c'est une forme de défi. Baisse la tête et ne bouge plus tant qu'il n'est pas calmé. Et ne couche jamais avec un mâle surexcité : il risque de se montrer agressif tant qu'il n'a pas exactement ce qu'il veut. Et si Flamme déclare qu'il veut te mordre jusqu'au sang pendant l'acte, tu lui dis non. Accepter reviendrait à faire de toi sa chose. C'est à proscrire… sauf à souhaiter former un couple à vie.

— Je crois que j'ai pigé, merci. Mais oublie Flamme, d'accord ? Je n'ai pas du tout l'intention de coucher avec lui. C'était par pure curiosité.

— Entendu, répondit Brise, un large sourire aux lèvres.

L'amazone ne la croyait pas, mais Jessie se leva sans insister.

— La journée a été longue, je passe voir Beauté et je rentre. Merci de t'assurer qu'elle ne flippe pas trop de me voir partir. Heureuse de te savoir ici, en tout cas ! Et à très vite.

— Je m'occupe d'elle, rentre tout de suite te reposer. Tu repasses demain ?

— Oui.

Jessie quitta le dortoir, l'esprit occupé par ce qu'elle venait d'apprendre. D'après ce que Brise lui avait confié sur ce qu'il ne fallait surtout pas faire au lit avec un Hybride, elle avait déjà foiré dans les grandes largeurs. Demander à Justice de le chevaucher était revenu à le rabaisser. Il avait d'ailleurs failli mettre un terme abrupt à leurs ébats ! Mais alors que Brise venait d'affirmer qu'un Hybride ne permettrait jamais à une femme de le dominer, Justice, d'abord réticent, s'était finalement prêté au jeu. Qu'en déduire… sinon qu'à force de côtoyer des humains, il était peut-être moins à cheval sur certains principes ? De nombreux humains travaillaient à Homeland, sans parler des rapports que Justice entretenait avec les médias, son propre père et beaucoup d'autres gens ayant à cœur le bien-être des Hybrides.

Elle avait senti les crocs de Justice contre sa chair sans savoir ce que cela signifiait. En refusant de se tenir tranquille malgré ses injonctions, elle l'avait incité à jouer son rôle de mâle dominant. Provocante, résolue à se faire prendre comme ci et pas comme ça, elle avait écopé d'un nouvel avertissement – une morsure au sang. Justice North, former un couple indissoluble avec elle ? Ils en étaient loin ! Au contraire, il lui avait signifié clairement que c'était fini.

Rien d'étonnant à ce qu'il n'ait pas envie de me revoir. La mort dans l'âme, Jessie conduisit sa voiture de golf jusqu'à chez elle. Ce matin même, elle l'avait découverte garée devant sa maison, et nantie d'une carte où figurait l'itinéraire à suivre pour rallier le dortoir des filles. L'agent posté à l'entrée du quartier résidentiel avait confirmé à Jessie que le véhicule était à son usage exclusif. Elle était libre de circuler dans tout Homeland… mais n'avait nulle part où aller hormis chez elle.

Le factionnaire au poste de contrôle – différent de celui du matin – la laissa passer. Tout sourires, il ouvrit le portail. Jessie lui fit signe puis roula jusqu'à son allée, toujours accablée de s'être montrée si maladroite avec Justice. *Il faudrait songer à rédiger un manuel d'utilisation*, songea-t-elle amèrement. *Genre « La drague pour les nulles », avec les cinquante attitudes insultantes à proscrire quand on envisage de se taper un Hybride.*

Elle ouvrit sa porte et, en entrant, constata avec plaisir que le relent d'eau de toilette avait enfin disparu. Un coup d'œil à la plante en pot, tout de suite à gauche, la fit sourire. C'était là qu'elle avait dissimulé le flacon au cas où il lui aurait fallu s'en resservir pour masquer l'odeur de Justice. Sa belle humeur s'envola: les chances de le voir revenir étaient bien minces.

Une douche rapide, une tenue confortable et un besoin impérieux de s'occuper les mains à la cuisine l'aidèrent à ne plus penser à Justice. Préparer à manger la détendait, et comme elle était gourmande, c'était tout bénéfice. Seul hic: le rôti de bœuf qu'elle venait d'enfourner allait l'obliger à manger la même chose pendant toute une semaine. Elle se mordit la lèvre, les yeux rivés sur la rotation du tournebroche et l'écoulement du jus, et songea qu'elle pourrait confectionner des sandwichs pour les filles du dortoir.

La quantité de nourriture en réserve chez elle la laissait pantoise. Et que dire des portions! Si les Hybrides étaient de taille à engloutir un rôti de trois kilos en une seule fois, Jessie, elle, n'en était pas capable. Elle se détourna du four, décida de faire une lessive avant d'avoir épuisé son maigre stock de vêtements neufs et de prendre un bain. Cela l'aiderait à tuer le temps avant que le dîner soit prêt.

Le bain bouillonnant était divin; l'eau, à la température idéale. Elle évalua sa vie. C'était la cata côté sentiments mais le cadre, lui, était génial, et le travail très gratifiant. La sonnette retentit. Elle sursauta… puis sourit jusqu'aux oreilles. C'était sûrement Justice! Après s'être essuyée à la hâte, elle se rhabilla tout en réfléchissant à la façon de persuader cet entêté de baisser la garde et de revenir sitôt que la voie serait libre. Nouveau coup de sonnette. Elle se rua hors de la salle de bains.

— Une seconde, j'arrive!

Jessie, le cœur battant, déverrouilla et sourit, tout excitée à l'idée de le revoir. Deux grands Hybrides costauds en civil – jean et tee-shirt – se tenaient sur le seuil. À leur visage sévère, elle comprit au premier coup d'œil qu'ils n'étaient pas ravis d'être là.

Celui de droite prit la parole.

— Moi c'est Nuit. Vos affaires sont arrivées, on nous a chargés de vous les apporter. Ça vous va, si on décharge la Jeep tout de suite et si on porte les cartons à l'intérieur ? Pour info, sachez que vos possessions ont fait l'objet d'une inspection. Simple routine ; rien n'a été confisqué.

— Ah. Merci. D'accord, bien sûr, convint-elle. Laissez-moi le temps d'enfiler mes chaussures et je vous file un coup de main.

L'autre Hybride fronça les sourcils.

— Pas la peine. Vous êtes trop petite, ça ne ferait que nous ralentir. Asseyez-vous quelque part et restez tranquille, on ne vous fera aucun mal. (Il inspira à fond.) Moi c'est Sabre. Vous n'êtes pas en danger.

Sa tirade donna envie de rire à Jessie, comme si ces deux-là appréhendaient de la terrifier… mais leurs traits tendus l'obligèrent à masquer son hilarité. Elle baissa les yeux en voyant qu'ils avaient vraiment l'air à cran : l'idée était de les mettre à l'aise, et avec les Hybrides mâles, donner le change était la clé du succès.

— Entendu. J'attends à l'intérieur, et je n'oublie pas que je ne risque rien.

Là-dessus, elle retourna dans l'entrée.

— Parfait, grogna Nuit avant de tourner les talons et de regagner la Jeep garée plus bas, son collègue sur les talons.

Jessie s'autorisa à lever les yeux pour les voir décharger les premiers cartons à l'arrière du véhicule bien rempli et gloussa en sourdine. Ils étaient trop chou, à s'imaginer terrorisant une petite humaine au point de devoir lui répéter qu'ils n'étaient pas venus l'assassiner. Riant de plus belle, elle tourna la tête vers le salon et repéra un coin où entasser les cartons.

— Posez-les là-bas, dit-elle en désignant l'endroit propice tout en restant en retrait. Encore merci, et désolée qu'il y en ait autant. Je ne me rendais pas compte que j'avais accumulé un tel fatras.

Une idée lui vint en remarquant que l'un d'eux, les narines dilatées, s'était tourné vers la cuisine, puis que son collègue le faisait à son tour. Elle huma la bonne odeur de rôti, en déduisit qu'ils devaient être affamés et décida d'essayer de s'en faire des amis. C'était de toute façon préférable à se languir toute seule chez elle, à attendre vainement Justice et à ressasser leurs… « problèmes de couple ». Nuit et Sabre en avaient terminé ; ils arrivaient avec les deux derniers cartons.

— Merci mille fois. Dites, ça vous dirait de rester dîner ? J'ai de quoi nourrir tout un régiment, et c'est une coutume, chez les humains, de témoigner sa reconnaissance avec un repas.

Ils s'entre-regardèrent. Leur hésitation confinait au comique.

— J'ai fait cuire un rôti entier. Du bœuf architendre, saignant à l'intérieur. Peut-être pas autant que ce dont vous avez l'habitude, mais ça devrait aller. Quant à moi, ça me donnera l'occasion de faire votre connaissance. Je viens d'emménager à Homeland, je ne connais presque personne.

Sabre répondit au nom des deux.

— On accepte. C'est important, que vous vous sentiez bien accueillie, et que vous connaissiez du monde.

— Bien dit. (Elle sourit.) Si vous alliez vous installer dans le canapé ? Mettez-vous à l'aise, ôtez vos chaussures et allumez la télé si ça vous chante pendant que je m'occupe de la viande et des patates. J'en ai pour un petit quart d'heure.

Ils fermèrent la porte et obliquèrent vers le canapé. Jessie gagna la cuisine et retira le rôti avec quinze minutes d'avance. Bien cuit d'aspect, il devait être plus saignant que ce dont elle avait l'habitude, soit parfait pour ses invités.

Puis elle s'empressa de nettoyer trois grosses pommes de terre, de les piquer à la fourchette et de les cuire au micro-ondes. Elle prépara en outre quelques légumes, de la ciboulette pour les patates et dressa la table pour trois.

Quel bonheur de pouvoir discuter avec ces deux garçons ! Habituée aux échanges avec les Hybrides de sexe féminin, Jessie savait leurs homologues du sexe fort très différents. Dialoguer avec eux lui éviterait peut-être de commettre un impair la prochaine fois qu'elle verrait Justice – à condition, bien sûr, qu'ils acceptent de répondre à quelques questions.

— C'est prêt, annonça Jessie en arrivant dans le salon. Vous préférez manger à table ou qu'on pique-nique au salon sur la table basse ?

Les deux costauds se levèrent aussitôt et approchèrent à pas comptés, comme s'ils craignaient de la voir sursauter sous l'effet de la terreur. Sabre, d'évidence le plus bavard du tandem, lui répondit.

— C'est un honneur de partager votre table. Merci, mademoiselle Dupree.

— Je propose qu'on se tutoie et que vous m'appeliez Jessie. Tout l'honneur est pour moi de vous avoir comme invités.

Elle les conduisit à la cuisine, leur demanda ce qu'ils souhaitaient boire, prit le nécessaire au frigo et prit place en compagnie des deux garçons, un sourire aux lèvres.

— Servez-vous, les garçons. Inutile de faire des manières. Faites comme chez vous, d'accord ? Vous avez très faim, j'espère ! Avec tout ce qu'il y a, je me suis vue condamnée à faire des tonnes de sandwichs. Vous me sauveriez la vie en finissant tout.

Nuit se servit une tranche, l'épia comme s'il avait peur de mordre dedans… puis, s'étant décidé, n'en fit qu'une bouchée. Jessie guetta sa réaction. Il sourit tout en mastiquant, l'air étonné, et dévisagea la jeune femme jusqu'à ce qu'il ait dégluti.

— C'est délicieux ! Merci à toi, Jessie.

— Et comment, renchérit Sabre après y avoir goûté à son tour. Rudement bon. Je ne savais pas que ça pouvait avoir ce goût. Nous autres, on se contente de faire de larges tranches et de les griller. Tu nous fileras la recette ?

— Avec grand plaisir. C'est très facile, dit-elle en désignant le four. C'est cette machine qui fait tout le boulot. Il suffit d'assaisonner, d'enfourner et d'attendre que ce soit cuit. Un jeu d'enfant.

Ils mangèrent en silence, les garçons dévorant de grandes quantités de viande. Jessie fit taire son envie de les presser de questions. *Attends qu'ils aient le ventre plein*, se sermonna-t-elle. Nuit fut le premier repu. Il posa sa fourchette et l'observa. Elle soutint son regard.

— Tu n'as pas eu peur de nous inviter à dîner ? Deux grands costauds chez toi, que tu ne connais pas… On s'attendait à te trouver terrifiée.

Sabre se racla la gorge.

— On hésitait à te livrer tes cartons, de peur que tu te mettes à pleurer en nous voyant. (Il fit une grimace atroce et frissonna.) Je déteste voir quelqu'un chialer.

Jessie se retint d'éclater de rire, mais pas de sourire d'une oreille à l'autre.

— J'ai l'habitude d'être en compagnie de grands gaillards, on ne m'effraie pas comme ça ! L'un de vous sait en quoi consistait mon précédent boulot ?

Nuit et Sabre secouèrent la tête. Jessie leur parla de son ancien travail au sein de l'équipe spéciale, de ses ex-collègues, des Hybrides qu'ils avaient secourues. Les deux malabars l'écoutèrent avec intérêt. Elle conclut son récit par la blessure à la tête qui lui avait valu de venir vivre à Homeland.

— Il n'est pas question qu'on t'attaque ou qu'on t'oblige à coucher avec nous, tu le sais, j'espère ? lança Sabre, un accent de sincérité dans la voix. Un gars nous a dit qu'en nous voyant arriver, tu allais penser qu'on venait dans l'intention de te violer.

Nuit s'esclaffa.

— Il a dit aussi que tu allais hurler à nous casser les oreilles en ouvrant la porte.

— Et pleurer, renchérit Sabre, hilare. Perso, j'espérais te voir hurler au violeur plutôt que chialer comme une hystérique. Ça casse moins les oreilles.

Jessie rit à son tour.

— Dites à votre ami que je suis désolée de le décevoir, les gars.

— Sa plus grande déception, ce sera quand on lui racontera le dîner ! dit Nuit, un large sourire aux lèvres. C'était lui qui était censé venir, mais comme je lui devais une faveur, il m'a demandé de le remplacer.

L'hilarité de Sabre redoubla.

— Rapportons-lui un steak ! J'adorerais voir sa tronche, quand il goûtera à ce que tu nous as préparé.

Jessie se leva.

— Je prépare ça de suite. Il reste plusieurs tranches, prenez tout.

— Jessie, tu es une humaine super, déclara Nuit, radieux. Je suis bien content qu'on ne t'ait pas fait hurler ou pleurer.

— Et moi donc ! gloussa l'intéressée en glissant quelques tranches de rôti dans un sac à congélation avant de revenir à table.

Ils riaient encore quand un grondement féroce les fit tous sursauter. Jessie se tourna et n'en crut pas ses yeux : Justice se tenait là, dans le passage entre cuisine et salon. La rage couvait dans ses yeux mi-clos, ses mains formaient deux poings serrés, et le costume gris de bonne coupe n'atténuait en rien l'impression de contempler un fauve prêt à bondir.

Ce n'était pas elle qu'il regardait… mais ses deux invités. Un bruit de chaise renversée la fit se retourner. Nuit et Sabre, qui s'étaient levés en toute hâte, avaient la tête basse et les yeux rivés au sol. Ils s'éloignèrent de la table, blêmes.

Jessie fronça les sourcils, détailla Justice puis les deux déménageurs et tenta de comprendre. Justice était furieux, ses gars terrifiés par le spectacle qu'offrait leur chef… Quelle pouvait être l'origine de son coup de sang ?

— Bonsoir, monsieur North.

Elle jugeait préférable de ne pas l'appeler Justice, puisqu'il avait insisté pour que leur histoire reste secrète.

— Merci d'avoir fait livrer mes affaires. J'ignore ce qui vous met en rogne, nous étions en train de dîner. Vous avez faim, peut-être ? Joignez-vous à nous.

Le regard noir de Justice croisa celui de la jeune femme. Il grogna après elle et montra les crocs. Jessie, les bras croisés sur la poitrine, le regarda droit dans les yeux avec la ferme intention de lui demander ce qui clochait.

— Foutez le camp, gronda Justice. Tout de suite.

Les deux costauds rasèrent les murs pour vider les lieux en restant aussi loin que possible de leur chef. Remarquant qu'ils avaient oublié le sac de restes, elle s'en saisit et leur courut après. En prenant, elle aussi, soin de garder ses distances avec Justice.

— Un instant.

Ils étaient presque dehors quand elle les rattrapa.

— Tenez, c'est pour votre copain. Désolée pour ce qui se passe… même si je n'y comprends rien.

Nuit risqua un coup d'œil dans sa direction.

— Ne soutiens jamais le regard d'un Hybride quand il gronde. Ça veut dire qu'il est en rogne. (Il accepta le sac.) Merci encore, Jessie.

Un rugissement mauvais retentit derrière elle. Nuit tressaillit ; les deux Hybrides détalèrent. Jessie serra les dents et ferma la porte sans se presser. Elle entendit la Jeep s'éloigner puis respira à fond avant d'oser se retourner.

Justice était à trois enjambées avec, toujours, ce regard noir. Nouveau grognement. Une rage pure couvait dans ses yeux de chat. Les poings serrés, les lèvres retroussées sur des dents parfaitement alignées et quatre crocs pointus. Jessie soutint son regard, perdit patience et se félicita qu'il n'y ait plus de témoins.

— C'est quoi, ce délire ? hurla-t-elle. J'ai invité ces gars à dîner parce qu'ils s'étaient cassé le dos à coltiner mes affaires, en pensant que ce serait sympa de m'en faire des amis. Et toi, tu oses entrer chez moi et les terroriser ? Sans y être invité, en plus. Les sonnettes, c'est comme les chaussettes ? Tu es allergique ? Tu n'avais qu'à frapper, alors... Tu t'es cassé les poignets, c'est ça ?

Un nouveau grondement sourd monta de sa gorge. Il arracha sa cravate d'un geste rageur. Puis sa veste de costume, sans prendre la peine de la déboutonner. Les coutures cédèrent, les boutons tintèrent sur le carrelage. Jessie, qui ne ratait pas une miette du spectacle, passa de la colère à l'effarement.

— N'invite pas de mâle chez toi, grinça-t-il. En les voyant entrer sans jamais ressortir, je me suis imaginé le pire.

— Tu surveilles ma maison, en plus ?

Il balança ses souliers vernis. L'un d'eux heurta le canapé, l'autre décrivit une courbe avant de s'écraser contre le mur, près de la porte d'entrée. Sa respiration était heurtée, le type calme, posé, avait disparu corps et biens. Elle ne l'avait jamais vu dans cet état… et elle dut s'avouer qu'il était flippant. Autant jouer les bravaches, songea-t-elle ; ça lui avait toujours bien réussi.

— Je peux savoir pourquoi tu surveilles ma maison ? La nuit dernière, tu m'as dit que tu ne comptais pas revenir, tu l'as oublié ? Pas moi, figure-toi. Je me rappelle aussi t'avoir vu filer par la baie vitrée, comme un voleur, pour que personne ne sache que Justice venait de coucher avec une humaine. Tu n'es pas revenu après. Tu as peur de choper des puces en dormant dans mon lit, ou quoi ?

Justice plissa les paupières et gronda de plus belle.

— Cours, prévint-il d'une voix caverneuse. Éloigne-toi de moi.

— C'est chez moi, ici ! rétorqua-t-elle, outrée. C'est toi qui vas partir. Je n'ai pas l'intention de me cacher dans un fourré en attendant que ta crise soit passée.

Il s'élança. Jessie pressentit immédiatement le danger. Elle n'avait pas affaire à son ex-mari qui lui criait après quand il était en rogne, mais à Justice… ou plutôt à sa version sauvage. Vociférer n'allait pas suffire.

— Et merde…

Tendue à se rompre, elle se remémora les propos de Brise. Baissa la tête, ferma les yeux, ne bougea plus un muscle. Et commença à prier.

Il était déjà sur elle, le souffle court. Sentant son cœur battre à tout rompre, Jessie, ses belles certitudes envolées, se demanda s'il était capable de lui faire du mal. Les secondes s'égrenèrent. Une éternité passa. Justice respirait toujours aussi fort… mais plus lentement, désormais. Elle soupira intérieurement ; l'alerte était passée. Brise avait vu juste.

— Jessie ?

Si la voix de Justice avait encore quelque chose de bestial, elle était plus posée, sans rien de menaçant. Elle rouvrit les yeux et découvrit son torse massif, à moins de trente centimètres.

— Oui ? Je peux bouger sans risque, maintenant ?

— Bordel de merde, pesta-t-il en se détournant.

Jessie leva la tête : il lui tournait le dos. Que s'était-il passé au juste ? Pourquoi ce coup de sang ? Pas certaine d'avoir envie de le savoir, elle obliqua vers la cuisine afin de prendre un peu de champ, ce qui lui apparaissait comme une excellente idée.

Elle débarrassa la table et rinça ce qui devait l'être avant d'aller au lave-vaisselle. Rangea au frigo les maigres reliefs du dîner puis traîna les pieds, peu désireuse de regagner le salon. La porte d'entrée ne s'était pas ouverte : il était encore dans les parages immédiats.

— Jessie ?

Se retournant d'un bloc, elle vit Justice sur le seuil de la cuisine, redevenu lui-même… si l'on escomptait l'air débraillé et l'absence de chaussures.

— Il s'est passé quoi ?

— Je ne peux pas vivre sans toi. Voilà quoi. (Sa physionomie était indéchiffrable.) Je les ai vus entrer et, comme ils ne ressortaient pas, je me suis figuré l'un d'entre eux te touchant. Ça m'a rendu dingue. S'ils avaient posé ne serait-ce qu'un doigt sur toi, ils seraient morts.

Sa voix s'était brisée. Il s'éclaircit la gorge avant de reprendre.

— J'aurais tué deux des miens. Je suis calmé, à présent, mais il ne faut plus jamais que tu laisses un homme entrer chez toi. Ou que tu te retrouves seule avec un homme. Où que ce soit.

Jessie le dévisagea, sous le choc de ce qu'elle venait d'entendre. Il ne voulait plus d'elle… et aucun type n'avait le droit de l'approcher. *Le salopard.*

— Laisse-moi t'expliquer comment ça va se passer, Justice. Tu n'as pas à me dicter qui a le droit de venir chez moi. Je bosse pour l'OPH, OK, mais ma vie privée m'appartient. Tu as perdu le droit de me donner ton avis, dit-elle en insistant sur ce mot, sur ce que je fais ou ne fais pas à la minute où tu as décidé qu'on n'était plus ensemble. Tu ne veux plus de moi ? Très bien. Alors oublie tes salades, je passe du temps avec un autre homme si je veux et quand je veux.

Tout se passa si vite qu'elle n'eut pas le temps de se défendre. Justice fondit sur elle, Jessie vit le monde à l'envers et la stupeur l'empêcha de lutter quand elle comprit qu'il se précipitait vers sa chambre après l'avoir jetée sur son épaule. Il claqua violemment la porte derrière lui et la balança sur le dos au beau milieu du matelas, dans un mouvement si brusque qu'elle resta sonnée une poignée de secondes.

Justice la foudroya du regard.

— S'il te faut un homme, tu m'auras, moi, gronda-t-il.

Il déchira sa chemise de costume d'un mouvement rageur et, sitôt torse nu, fit subir le même sort au pantalon.

— Aucun autre homme ne te touchera.

Jessie, abasourdie, n'avait pas peur. Elle respirait fort, encore un peu en rogne, mais découvrit qu'elle était surtout étonnée. Le regard rivé sur Justice, elle le vit arracher son élastique à cheveux. Les mèches lui tombèrent en cascade sur les épaules. L'image qu'il présentait à cet instant, jamais elle ne pourrait l'oublier.

Il était torride, animal, féroce. Tous ses muscles saillaient sous l'afflux d'adrénaline. Son pantalon arraché prit la voie des airs… et Jessie eut un indice évident de ce qu'il ressentait. Il bandait sec. Fascinée par le spectacle de cette queue dressée, elle ne vit pas la main qui jaillit et se referma sur sa cheville. Le colosse la tira vers lui, l'obligea à glisser sur le couvre-lit. L'autre poing massif se crispa sur sa culotte. L'étoffe craqua. Céda. Il mit à profit les quelques secondes de stupeur de Jessie pour la lui arracher complètement.

L'instinct et des années d'entraînement prirent le dessus. Le pied libre de Jessie cueillit l'Hybride à l'estomac. L'impact suffit à desserrer la poigne de fer qui lui tenait l'autre cheville. Il recula en grognant de douleur. Jessie roula sur le flanc, retrouva ses appuis de l'autre côté du lit et le fusilla du regard.

— Je ne te laisserai pas me faire du mal, dit-elle, la voix mal assurée, les bras levés en posture défensive.

Il lui jeta un regard mauvais et se frotta l'estomac. Elle avait laissé une marque rouge.

— Je ne vais pas te faire de mal. Je vais te baiser. Tu voulais me voir tel que je suis, hein ?

Le menton dressé, il écarta les bras.

— Me voilà, bébé.

Chapitre 12

Misère… Enfin bon, c'est vrai, j'ai dit que je ne voulais pas qu'il se réfrène. Moi et ma grande bouche… Jessie cessa de gamberger, le détailla des pieds à la tête et haussa les sourcils.

— Bien envoyé. Me voilà dans l'ambiance, tout à coup. C'était de l'ironie, gros malin ! Laisse tomber, d'accord ? Pisse plutôt aux quatre coins du lit, histoire de marquer ton territoire…

Justice grondait toujours, mais Jessie n'avait plus peur. Le choc initial était passé ; elle était prête à assumer la suite. Il était jaloux – ce qui acheva d'irriter la jeune femme. Ce gros macho ne voulait pas d'elle, et en prime, il refusait qu'elle voie quelqu'un d'autre ?

— Si tu espères que je vais me laisser sauter dessus sans réagir, tu te goures. Tu m'as larguée. Commence par savoir ce que tu veux, grand chef, et reviens me voir une fois que tu seras au clair, pas avant.

Les bras toujours écartés, Justice fit le tour du lit, bien décidé à attraper la petite humaine et peu enclin à partir. Elle trouva refuge entre la tête de lit et la fenêtre. Il l'imaginait mal sauter à travers la vitre.

— Je sais très bien ce que je veux. Toi.

— Arrête.

Il obtempéra à contrecœur. Les yeux rivés sur elle, les narines frémissantes, il baissa les bras.

— Non. Viens à moi, Jessie.

Elle secoua la tête.

— Pas question, bébé, grinça-t-elle en usant du mot doux qu'il utilisait parfois. Tu es passé par la fenêtre, la nuit dernière, pour cacher le fait qu'on couche ensemble. Et pour couronner le tout, tu n'es pas revenu après. Je t'ai attendue une partie de la nuit. Tu me traites comme une merde et ça me rend dingue.

Il fronça les sourcils.

— C'était pour protéger tout le monde.

— Tu t'es comporté en salaud, tu aurais pu revenir dormir avec moi… et tu ne l'as pas fait. Personne n'en aurait rien su, c'est facile, non, de te glisser en douce ? J'ai menti pour toi. Masqué ton odeur. Les agents ne se sont doutés de rien.

— Tu tiens vraiment à ce qu'on règle nos comptes maintenant ?

L'Hybride eut un regard pour son sexe au garde-à-vous puis dévisagea Jessie. La frustration qu'il affichait faillit la faire éclater de rire. Elle le désirait, il était nu dans sa chambre, il serait toujours temps de parler après. L'engueulade, la peur et la colère avaient fait monter la pression. La situation était archi simple, en fait : ils avaient très envie l'un de l'autre. Il voulait d'elle à cet instant, ça… sautait aux yeux. Elle porta la main à son chemisier, le vit écarquiller les yeux quand elle commença à défaire les boutons et prit tout son temps. Après tout ce qu'il lui avait fait subir, il méritait bien d'en baver un peu.

Elle lui lança le chemisier qu'il attrapa au vol. Le soutif subit le même sort. L'Hybride respira à fond ce sous-vêtement jeté en offrande puis le laissa choir. Il mourait d'envie de se jeter sur elle, c'était flagrant, et luttait pour garder son self-control. Ils étaient sur la même longueur d'onde, à présent. Et Jessie souhaitait qu'il vienne à elle comme quand elle l'avait rembarré d'un coup de pied.

Les pouces passés dans l'élastique de sa culotte, elle se tourna légèrement sans perdre le colosse de vue puis acheva de se dévêtir en remuant les fesses. Il ne perdit pas une miette du spectacle. Un ronronnement lui échappa quand elle se pencha complètement pour s'extraire du triangle de dentelle. Puis, les mains agrippées au bord du matelas, elle l'épia par-dessus son épaule.

— Tu attends quoi pour me rejoindre, un carton d'invitation ? Grimpe sur le lit, on réglera nos problèmes après, c'est d'accord ?

Vif comme l'éclair, il contourna le lit et l'empoigna par les hanches. Prise de court, Jessie fut soulevée, retomba sur le dos, au beau milieu du lit, et rebondit sur le matelas. Deux mains puissantes lui écartaient déjà les cuisses puis levaient ses jambes afin d'exposer sa vulve au maximum. Elle baissa les yeux et vit que sa queue était à deux doigts de la pénétrer. Elle se crispa un peu, inquiète qu'il la baise d'entrée de jeu alors qu'elle avait soif de préliminaires.

— Tu m'as invité à dîner, gronda-t-il, mais c'est toi que j'ai envie de manger.

Elle comprit tout de suite en le voyant reculer et se pencher sur elle. Les longs cheveux du colosse s'étalèrent sur son ventre. Il déposa un baiser sur l'intérieur d'une cuisse, ajusta la position… et se jeta comme un affamé sur son clitoris. Jessie, cambrée à l'extrême, agrippa le dessus de lit en gémissant : sa bouche brûlante lui procurait un plaisir immense. La langue râpeuse allait et venait sur le petit bouton à un rythme effréné, la faisant rapidement grimper au septième ciel. Elle relâcha la literie et se pinça les tétons. La douleur ajouta encore à son extase, déjà accentuée par les vibrations qui émanaient de la gorge de Justice.

— J'adore quand tu fais ça, haleta-t-elle. J'y suis presque. Encore, encore, ne ralentis surtout pas.

Il vibra plus vite. Le son de gorge si sexy monta en volume. Jessie hurla, fauchée par un orgasme violent et expéditif. Sa ruade involontaire fut coupée net par la poigne de fer qui la maintenait collée au matelas ; il ôta sa bouche et cessa enfin de lui appuyer sur l'intérieur des cuisses. Jessie rouvrit les yeux : en le voyant remonter au-dessus d'elle, aucun doute n'était permis, il avait tout d'une panthère à l'affût. Sa grâce féline était indéniable. Leurs regards se trouvèrent, puis leurs bouches. Jessie en eut le souffle coupé.

Elle enroula ses jambes autour des reins de Justice tandis qu'il la pénétrait. Une seule poussée rapide suffit à lui dilater les parois vaginales. Son petit cri se perdit dans la bouche de Justice qui poussa un grognement animal et mit fin au baiser. Un mâle en rut de cent dix kilos était en train de la besogner vite et fort, sans retenue aucune. Toute au bonheur indicible d'être prise ainsi, elle jouit une seconde fois.

Justice se déhancha un peu, enfouit sa tête dans la literie et rugit de plaisir. Le sexe de Jessie se contracta sur son membre épais. Étouffé par l'édredon, le cri bestial ne lui meurtrit pas le tympan. En voulant s'accrocher à lui, elle prit conscience qu'elle avait déjà les bras lovés autour des épaules du colosse.

Elle laissa errer ses mains sur ce dos brûlant, ravie de le sentir peser sur elle et en elle. Justice resta la tête enfouie dans la literie, en appui sur les avant-bras de manière à ne pas écraser sa partenaire. Jessie l'inonda de petits bisous dans le cou.

— C'était génial.

Il leva la tête, croisa son regard et se renfrogna.

— Je n'y suis pas allé de main morte.

— Tu m'as entendue râler ? « Génial » est un compliment, gros benêt.

Souriant d'une oreille à l'autre, elle ajouta :

— Justice North, champion du monde des petits coups rapides.

Il se fendit d'un bruit de gorge qui, pour craquant qu'il soit, témoignait de sa contrariété. Son beau visage flotta à quelques centimètres de celui de Jessie. Basculant sur un coude, l'Hybride posa sa main libre sur la joue de l'humaine qu'il caressa avec le pouce.

— Désolé d'avoir pété les plombs et de m'être comporté…

— Comme un con ? Un trou du cul ? Un gros jaloux ? proposa-t-elle, ravie de le découvrir incapable de trouver ses mots.

Il fronça les sourcils au-dessus de ses yeux de chat.

— Comme un rustre. Et un jaloux, j'admets. Si jamais tu permets à un autre homme de te toucher, Jessie, je le tue. J'en fais de la charpie. Tu comprends ?

Elle cessa de sourire.

— Tu es sérieux, on dirait…

La colère brilla dans ses beaux yeux.

— Oui. Le simple fait d'y penser me rend fou. Fou à tuer. (Sa voix se fit plus grave.) L'idée qu'un type t'embrasse, pose la main sur toi, même…

— J'ai pigé le topo, intervint-elle avant qu'il passe en surchauffe. Sale quart d'heure, violence. Assez pour faire vomir son quatre-heures à un médecin légiste.

Elle posa les mains à plat sur son torse, lui caressa la poitrine.

— J'ai un deal à te proposer.

— Il n'y a rien de négociable.

— Arrête de répéter que c'est fini, qu'on ne va plus se revoir, et tu n'auras aucune raison d'être jaloux parce que je ne triche pas. (Elle soutint son regard.) J'ai un mec dans ma vie et dans mon lit. Pas besoin d'un autre. C'est toi que je veux.

Sa colère s'apaisa.

— Si seulement c'était si simple…

— Quand quelque chose vaut vraiment la peine, c'est toujours compliqué.

— Je me suis engagé auprès de mon peuple, et être avec toi ne ferait qu'ajouter à nos problèmes. (Il prit une profonde inspiration ; la rogne avait laissé la place à une tristesse palpable.) Cent raisons m'incitent à croire que c'est une très mauvaise idée d'être ici, et pourtant, j'y suis. Tu es ma seule faiblesse, Jessie. Je te veux. La logique ne suffit pas à m'éloigner de toi.

Jessie sentit son cœur fondre en l'entendant avouer cette « faiblesse ».

— Quels sont ces problèmes qui, selon toi, s'aggraveraient si on était ensemble ? Parle-moi, Justice.

— Sitôt notre relation rendue publique, les groupes qui nous haïssent vont monter au créneau. À leurs yeux, nous sommes des animaux, c'est mal de nous laisser vivre. J'entends d'ici vociférer les fanatiques religieux : « C'est immoral, une humaine forniquant avec un monstre ! » (Il esquissa un sourire.) Immoral, ça l'était peut-être, mais c'était surtout le pied total. Enfin bref, tu vois l'idée générale.

Elle s'esclaffa.

— Oui, je vois. Le bon côté des choses, c'est que la plupart des gens n'écoutent pas ce ramassis de débiles profonds.

— Ils sont à nos portes, profèrent des menaces de mort… et ça n'est pas le plus grave, rétorqua-t-il, redevenu sérieux. Ils vont te prendre pour cible. On l'a appris à nos dépens. Ils en ont après nous et après nos compagnes humaines. Tu ne pourrais plus quitter Homeland sans courir un grave danger.

—Je sais me défendre et il se trouve que je travaille et vis déjà ici. Cet aspect-là ne m'inquiète pas outre mesure.

Elle passa aux épaules qu'elle massa pour tenter d'évacuer la tension du colosse – et la sienne.

—J'ai horreur du shopping, ajouta-t-elle. Les centres commerciaux ne me manqueront pas et, tant qu'on a Internet, je peux acheter tout ce dont j'ai besoin. Point suivant ?

Il fit la sourde oreille et son attention se reporta sur ses cheveux, étalés sur le lit. Devinant qu'il esquivait un sujet, Jessie gesticula jusqu'à ce qu'il la regarde dans les yeux. Ce résultat obtenu, elle fronça les sourcils.

—Alors ? Parle-moi, bon sang. Tu peux te fier à moi. Crache le morceau.

—Ton père.

Les deux mots la firent frissonner.

—Ouais. Mon père. Tu as raison, ça peut poser problème.

—Il risque de ne plus soutenir notre cause, et c'est lui, le porte-parole de l'OPH à Washington. On compte beaucoup sur lui. Ça pourrait virer à l'orage, s'il découvrait pour nous deux. Devenir moche. Affreux. Et très mauvais pour mon peuple.

—Je ne m'inquiète pas pour ça, il le prendra bien, c'est sûr. Cela étant, c'est un personnage public, il tient à sa réputation, et sa carrière en pâtirait si on venait à apprendre que tu te tapes sa fille, c'est-à-dire moi. Certains pourraient même invoquer le conflit d'intérêts et exiger qu'il démissionne, tout bien considéré…

Elle se mordit la lèvre inférieure.

—Jamais il n'acceptera qu'on soit ensemble.

Elle se détendit.

—Tant que je suis heureuse, il sera ravi, tu peux me croire sur parole. C'est l'aspect professionnel qui m'inquiète. Représenter l'OPH est devenu son…

Elle s'arrêta juste avant d'utiliser le terme « dada » qui risquait d'être mal interprété par Justice, se racla la gorge et reprit.

— Sa passion.

Justice soupira.

— Exact. Le fait qu'on soit ensemble risque de causer des tas de problèmes à tout le monde, et…

— Et quoi ?

— Et on n'est même pas sûrs de savoir où ça nous mène.

— Pas faux, convint-elle à contrecœur. Je te connais à peine.

— C'est pour ça que j'ai essayé d'éviter de te voir, plaida-t-il. Il faudrait vraiment y songer, Jessie.

— J'ai envie d'être avec toi, et tu ressens la même chose. Je me trompe ?

— Non.

— D'accord, soupira-t-elle. Je ne vois que deux options raisonnables. Soit couper court, ce qu'aucun de nous ne souhaite, soit ne dire à personne qu'on se voit tant qu'on n'est pas certains de savoir où on en est.

Il l'observa avec attention.

— Tu ne te sentiras pas blessée, que notre relation reste un secret ? Je n'ai pas honte d'être avec toi. Tu m'en as accusé, mais c'est faux.

— C'est la meilleure chose à faire si on veut continuer à se voir, non ? Au vu des enjeux, tu seras d'accord avec moi qu'on n'a pas franchement le choix. La dernière chose que je veux, c'est causer des ennuis à papa ou mettre en ébullition les dingos qui campent aux portes de Homeland. Tes sentinelles en prennent déjà assez plein la figure. Ça me ferait mal d'aggraver leur sort.

Justice se renfrogna.

— J'ai horreur de mentir.

— Mentir par omission n'est pas vraiment mentir, rétorqua Jessie, souriante. Je l'ai toujours entendu dire à mon père… mais enfin, c'est un politicien. Imagine-toi parlant à un parterre de journalistes. Tu as appris à les gérer, non ? Tant qu'on n'a aucun secret l'un pour l'autre, tout ira bien. (Elle lui prit le visage entre les mains.) Qu'en penses-tu, mon grand fauve ? Prêt pour les rendez-vous discrets ? Sauf qu'il ne s'agira pas vraiment de rendez-vous publics, évidemment, gloussa-t-elle. De toute façon, les dîners au resto et les sorties au ciné, ce n'est pas mon truc. Je préfère les soirées tranquilles à la maison.

— Tu es parfaite.

— Si seulement c'était vrai ! C'est d'accord, tu restes dormir cette nuit ? On ne l'a toujours pas fait, et si j'en crois le proverbe, la troisième fois est toujours la bonne.

— Essaie seulement de me faire sortir de ton lit ! dit-il en accentuant la pression sur Jessie pour s'assurer qu'elle n'aille nulle part.

— Je suis trop crevée pour ça, et en plus, je ne vois pas pourquoi j'essaierais de te virer : tu es pile-poil où il faut. Je n'ai pas beaucoup dormi, la nuit dernière. Je sais qu'il est encore tôt, mais je n'en peux vraiment plus.

— Moi aussi, j'ai très peu dormi. J'avais énormément envie de revenir mais je craignais d'être mal reçu après m'être esquivé comme un voleur. Encore désolé d'avoir fui. Je n'ai pas voulu te faire de peine mais c'est compliqué, tu sais, il faut tout le temps que je pense à mon peuple et aux répercussions. Je me sens coupé en deux.

— Je te comprends plus que tu l'imagines. Papa souffrait chaque fois que mon frère ou moi faisions une bêtise. Nos conneries de mômes, il les a toutes payées cash, et toi, tu es la face publique de l'OPH aux yeux du monde. Vous avez beaucoup de choses en commun, lui et toi… enfin, rien de glauque du type je-couche-avec-un-mec-qui-me-fait-penser-à-mon-père, je te rassure.

Tout son grand corps remua au-dessus d'elle tant il riait, un large sourire aux lèvres.

— Je suis heureux avec toi, Jessie. Quel bonheur c'est, de t'avoir découverte ! Tu es un rayon de soleil dans la grisaille qu'était devenue ma vie.

— Et toi tu chamboules tout : ma vie et ma tête de lit.

Le rire lui allait bien, décréta-t-elle en détaillant son beau visage. Jessie était ravie qu'il ait cessé de prétendre qu'il n'y avait rien entre eux. Ses réticences à s'engager étaient légitimes : tous les problèmes qu'il avait mentionnés étaient bigrement réels, pour elle comme pour lui. Elle était vouée corps et âme à défendre et secourir les Hybrides. Pas à aggraver leur cas. Qu'à cela ne tienne, ils se verraient en catimini. C'était le meilleur moyen d'éviter les problèmes, à quoi bon remuer le couteau dans la plaie tant qu'ils n'étaient pas certains d'être faits l'un pour l'autre ?

— En tout cas, ce soir, on n'a déclenché aucune alarme.

Il se retira avec précaution puis roula sur le flanc, ouvrit les bras et l'invita sans mot dire à venir s'y blottir.

Jessie n'hésita pas une seconde… et se sentit tout de suite merveilleusement bien. Protégée. À sa place. Il y avait de quoi flipper, mais elle était trop claquée pour songer à l'éventualité d'une rupture qui la laisserait sur le carreau. Le jeu en valait la chandelle.

— Dors, Jessie, murmura Justice en l'embrassant sur le sommet du crâne. Je suis là et j'y reste.

— C'est chouette, avoua-t-elle. Tu devrais revenir tous les soirs.

Justice sentit son cœur se serrer en entendant Jessie l'inviter à partager sa couche tous les soirs. Il en rêvait.

C'était son plus cher désir. L'idée qu'elle puisse lui appartenir faisait naître des émotions inédites. Il ferma les yeux, respira son odeur et la serra contre lui.

Ce bonheur-là, c'est ce que doivent ressentir Rage, Slade et Vaillant. Il rouvrit les yeux et sentit son cœur s'accélérer. La perspective de garder Jessie auprès de lui, dans son lit mais pas seulement, loin de là, de s'engager à fond, ne lui faisait pas peur. Non, elle exerçait un attrait irrésistible – et tendait son sexe qui souhaitait la faire sienne, définitivement.

Holà, du calme, ordonna-t-il à ses hormones. La respiration de Jessie avait changé, elle dormait paisiblement dans ses bras, il n'était pas question de la réveiller pour lui refaire l'amour. Il se retint de pousser un juron. La façon dont il l'avait prise n'avait pas grand-chose à voir avec l'amour. Il s'était montré trop brusque, trop bestial, dans l'unique but de lui montrer qu'il était son homme. Le seul admis à venir dans son lit.

Il songea à la façon dont il avait débarqué chez elle et en eut honte. Il aurait tué Nuit, ou Sabre, s'il avait trouvé l'un d'eux tentant de coucher avec elle. La colère affleurait à la simple idée qu'un autre mâle puisse poser les mains sur sa Jessie. *« Ma » Jessie. Ben voyons. Voilà où j'en suis déjà rendu.* Il la serra tout contre lui en prenant soin de ne pas l'écraser. Elle était si menue par rapport à lui, si fragile, que son instinct protecteur repartit au quart de tour.

S'il lui en coûtait d'admettre qu'il aurait tué l'un des siens, Justice n'était pas homme à se voiler la face. Pour Jessie, il l'aurait fait sans hésiter. Et l'aurait regretté par la suite, certes, mais ça n'aurait pas effacé le sang d'Hybride sur ses mains. Comment des sentiments aussi forts pouvaient-ils naître en si peu de temps ?

Un léger bourdonnement attira son attention. Il déplaça Jessie tout doucement, de façon à ne pas la réveiller, et se dégagea. Il fallait qu'il décroche son téléphone, faute de quoi on s'inquiéterait, on passerait chez lui… et on découvrirait un lit vide. Agacé, il se leva, ramassa au passage son pantalon déchiré et sortit le portable d'une poche restée intacte.

— Justice, dit-il sans avoir regardé qui appelait.

— Désolé, mec. Tu étais en train de manger ? Sous la douche ? Cinq sonneries, ça ne te ressemble pas. Si tu étais à la salle de bains occupé à faire autre chose, je ne veux rien savoir, gloussa Tigre. Enfin bref, j'ai un truc qui ne peut pas attendre.

— J'ai bouffé avant de quitter le bureau. J'étais loin de mon téléphone, c'est tout. Quel est le problème ?

— Devine qui est à la porte et exige de te voir tout de suite ? Ta journaliste préférée. Il faut que je lui réponde.

— Non, grinça Justice, furieux. Je refuse de reparler à cette femme.

— C'est qu'elle insiste. Et menace de balancer dès demain matin aux infos qu'un Hybride a épousé une humaine à la Réserve.

Justice alla faire les cent pas au salon.

— On s'en fout. Tammy a prévenu tout son entourage, c'était couru que son mariage avec Vaillant allait fuiter. Ils ont déjà été photographiés ensemble au moment de son enlèvement, quand l'équipe l'a retrouvée et libérée. Je m'y attendais.

— Comme tu voudras. C'est toi, au fait, qui dis toujours qu'il vaut mieux être aimable avec ces fouille-merde sous peine de se les mettre à dos et de se faire hacher menu dans leurs torchons ?

— Je refuse que cette fille m'approche.

Tigre éclata de rire.

— Elle en a après ton corps de rêve, mec.

Justice gronda avant de répondre.

— Cette… intrigante me prend pour un débile incapable de voir qu'elle me drague dans l'unique but de me soutirer des secrets. Ce n'est pas un mec, qu'elle cherche, mais une série de scoops pour booster sa carrière.

— Elle est mignonne, cela étant, quoiqu'un peu bavarde.

— Je me suis juré de ne plus jamais lui accorder d'interview.

— J'aurais payé cher pour voir ta tronche quand elle a exhibé ses nichons, se gaussa Tigre. Et pour me rincer l'œil, aussi. Comment tu t'en es sorti, au fait ?

— En hurlant jusqu'à ce que mon assistante débarque et joue les chaperons. Va lui parler. Elle pourrait te montrer ses seins, à toi aussi, si elle t'estime assez idiot pour la croire sincèrement intéressée – et susceptible de tout déballer sur l'oreiller.

— Pas question, mec ! Les humaines, très peu pour moi. Je ne suis pas bête à ce point.

Justice ne trouva rien à répondre dans la mesure où Jessie dormait au bout du couloir et où leurs effluves mêlés, qu'il percevait nettement, lui donnaient la trique.

— Je m'occupe de la fouille-merde. Je vais lui dire que tu n'es pas là, que tu t'es rendu à la Réserve pour une réunion. À propos : Miles Eron m'a chargé de te rappeler que tu dois être à son bureau demain matin, à neuf heures précises.

— Génial, maugréa Justice, à deux doigts de grogner tant il en avait sa claque des réunions.

— Ces gars-là s'inquiètent de notre image publique, plaida Tigre. C'est même pour ça qu'on l'a engagé. (Il ménagea un silence.) Il va sûrement te demander de te teindre les cheveux. Ils commencent à foncer, et tu sais comment sont nos consultants en com.

— Une vraie torture, ce truc. Ça pue atrocement.

— C'est pour ça que je suis ravi de ne pas être dans tes pompes. Je gère Mlle Nibards-à-l'air et toi, tu retournes à tes petites affaires.

Justice hésita.

— Je peux te demander un service ?

— Ce que tu veux, mec.

— Je suis crevé, Tigre. J'aimerais dormir toute une nuit sans interruption. Tu peux t'occuper des affaires courantes, et faire en sorte qu'on ne me dérange pas ?

Son fidèle bras droit répondit sur un ton compatissant.

— Pas de souci. Tu l'as bien mérité, mec, ça et mille autres choses. Je prends en charge ce qui vient, dors sur tes deux oreilles. Ça promet d'être coton, la réunion de demain matin, on sait tous les deux que la fille sera sur place pour te teindre les cheveux. Je reste au bureau et j'intercepte tous les appels.

— Merci.

— Dors tranquille. J'ai la situation en main, j'appelle les gars pour leur dire de ne pas approcher de chez toi. Pas question qu'ils te réveillent en patrouillant d'un peu trop près.

— Pas besoin, je leur ai déjà demandé de garder leurs distances.

— Ils veillent à ce qu'il ne puisse rien t'arriver, tu sais. On a tous trop peur de te perdre. (Il éclata de rire.) Personne ne veut de ton job ! Tu nous es hyper précieux, aucun de nous n'arriverait à garder son calme quand les humains se mettent à dire ou faire n'importe quoi. C'est toi le plus tolérant et le mieux élevé de nous tous. Imagine la merde dans laquelle tu nous mettrais, en mourant : le chaos assuré, mec.

— Ce n'est pas exact, se défendit Justice en sentant ses épaules s'affaisser.

— Ça l'est, rétorqua Tigre le plus sérieusement du monde. Et c'est bien pourquoi je vais faire tout mon possible pour que tu dormes tranquille. Sans toi, on est foutus. Bonne nuit, mec, dit-il avant de raccrocher.

Justice rabattit le clapet de son portable, le serra dans son poing et faillit l'écraser. Son regard se porta vers le couloir, au bout duquel dormait Jessie. Il ne s'était jamais imaginé souhaitant autre chose, hormis s'occuper du bien-être de son peuple et de l'intégration des siens dans le vaste monde, hors des labos clandestins. Une rouquine à se damner avait changé la donne. Il la voulait, mais comment concilier les deux ?

L'Hybride abandonna son portable sur la desserte du couloir, ferma la porte de la chambre et jeta un coup d'œil à la pendule. Il était tôt pour se coucher, certes, mais il était claqué comme jamais, écrasé par les responsabilités et malade à l'idée qu'un jour prochain, il lui faille renoncer à Jessie pour le bien de son peuple.

Il grimpa sur le lit, s'imprégna de l'odeur de Jessie et la prit dans ses bras. Elle murmura son nom dans son sommeil et l'embrassa sur le torse en venant se blottir tout contre lui. Il resserra son étreinte.

Être dans la peau de Justice North n'était pas facile tous les jours, mais pour l'heure, il était le plus heureux des hommes. Il ferma les yeux, bien décidé à profiter de chaque seconde passée avec Jessie.

Chapitre 13

— Alors, quand est-ce qu'on dort dans ton lit ?

Jessie se retourna après avoir déposé la dernière assiette dans le lave-vaisselle. Justice était à table devant son ordinateur. Cela faisait quatre nuits qu'il dormait chez elle, mais chaque soir, il avait du boulot en retard à finir, et chaque matin, il partait avant son réveil et ne repassait pas de la journée. Elle appréciait déjà l'effort que faisait ce bourreau de travail de quitter le bureau assez tôt pour qu'ils puissent dîner ensemble : son père n'avait pas eu ce tact quand ils vivaient sous le même toit, et Justice faisait d'évidence tout son possible pour passer du temps avec elle.

— On ne peut pas, répondit-il sans lever les yeux de l'écran.

Elle fronça les sourcils.

— Je n'ai pas encore vu ta maison, et j'aimerais bien.

Il leva enfin la tête.

— Jessie, trop de gens passent me voir. Il y en a toujours un qui débarque pour une raison ou une autre, sans parler de l'Hybride préposé au ménage. Tu ne peux ni visiter ni y dormir.

— Pourquoi pas ?

— Parce que le premier Hybride entrant chez moi saurait à l'odeur que tu y serais passée. Quant au type qui fait le ménage, il n'aurait aucun mal à découvrir qu'on couche ensemble, ou se douterait qu'il y a quelque chose de louche si je me mettais brusquement à changer les draps moi-même. (Il se fendit d'un regard contrit puis se repencha sur son écran.) Personne, en revanche, n'a de raison de venir ici. C'est tranquille.

Elle le regarda utiliser le clavier jusqu'à ce que son téléphone sonne. Il s'en saisit sans un regard et décrocha. La conversation feutrée, à propos d'un dîner de gala et des mesures de sécurité afférentes, dura quelque dix minutes. Le téléphone sonna de nouveau peu de temps après : quelqu'un essayait d'obtenir un rendez-vous avec lui, d'après le peu qu'elle glana de l'échange.

Jessie quitta la cuisine avant qu'il ait raccroché et alla se vautrer dans le canapé. Elle s'efforça de ne pas s'apitoyer sur son sort. Justice était resté rivé à son téléphone et à l'ordinateur jusqu'à dix heures minimum chaque soir. Il se servait de la table du salon comme d'un bureau ; elle poussa un soupir quand ses souvenirs d'enfance refirent surface. Alors qu'elle s'était juré de ne jamais tomber amoureuse d'un type obsédé par son travail, comme son propre père l'était, Justice aurait fait passer n'importe quel autre bourreau de travail pour un dilettante. Quelle ironie… Elle détestait l'ironie.

Elle se fendit d'un sourire en coin. L'avantage, chez les bourreaux de travail avec petite amie, c'était qu'ils disposaient d'excuses en béton pour découcher. Justice ne pouvait pas se permettre que leur relation éclate au grand jour. Conséquence : elle ne pouvait pas voir sa maison, et encore moins dormir chez lui. C'était elle qui avait suggéré qu'ils se voient en catimini, certes, mais au quotidien, c'était une vie de merde.

Les choses vont s'améliorer, voulut-elle croire. *Il est habitué à vivre seul, peut-être qu'il essaie d'éponger une partie de son boulot pour pouvoir prendre une soirée complète… et puis merde, inutile de se mentir. Il ne changera pas. Si quelqu'un est bien placé pour le savoir, c'est moi.*

Elle se leva, s'étira et marcha jusqu'à la porte-fenêtre. Un léger vent soufflait ; elle entrouvrit et sortit prendre le frais à l'arrière de la maison. Son regard se porta sur la voûte étoilée, la lune était presque pleine, elle croisa les bras.

C'était compliqué, la vie de couple, et elle était tombée amoureuse d'un type qui croulait sous les responsabilités. Elle l'aimait en partie pour ça, au demeurant, pour son caractère de meneur d'hommes désintéressé. Attendre de lui qu'il change radicalement, c'était une impasse. Elle l'avait appris de son mariage avec Conner. Il avait épousé l'image, la fille de sénateur… mais la jeune femme de chair et d'os lui avait moins plu. Il l'avait tannée pour qu'elle colle davantage à la version papier glacé qu'elle avait fait mine d'être pour complaire à papa. Jusqu'à ce que leur mariage tombe à l'eau.

— Jessie ?

Elle se retourna. Justice sortait, les sourcils froncés. Il n'était ni au téléphone, ni devant son ordinateur. Elle sourit.

— Coucou, toi.

— Le dîner était parfait. J'ai adoré. Merci.

— Je m'en suis doutée en te voyant en engloutir deux assiettes.

— Désolé d'être au téléphone tout le temps, mais c'était un appel important. On essaie d'acquérir un terrain au Nouveau-Mexique. Ce n'est jamais simple, quand on achète. En plus de payer le prix demandé, il faut qu'on obtienne l'aval des autorités locales, non seulement au niveau du comté mais de l'État. C'est pour ça que, jusqu'ici, nos deux propriétés foncières sont en Californie. Certains États nous créent des problèmes.

— Ça m'a tout l'air d'une vraie galère…

— Tu n'as pas idée. Pourquoi tu es sortie, sinon ?

—J'avais chaud. Je songeais à prendre un bain.

Justice s'approcha, sourit et la prit par la main.

—Suis-moi, dit-il en se dirigeant vers le mur de séparation avec la maison voisine.

—Où est-ce qu'on va ?

Il ricana.

—À côté.

—Pour quelle raison ? demanda-t-elle en levant les yeux.

—Il y a une piscine, et tu as dit que tu avais chaud.

Jessie s'esclaffa.

—Euh… Justice ? Les voisins risquent de ne pas apprécier qu'on aille faire trempette chez eux…

Il se tourna vers elle et lui lâcha la main.

—Laisse-moi te soulever. Mets-toi à califourchon au sommet du mur. Je saute le premier et je t'aide à descendre, tu es prête ?

—C'est un coup à se faire choper, s'inquiéta Jessie.

—Tu es prête ?

Jessie sourit, ravie de le voir prêt à se lancer dans une aventure impromptue et risquée dans l'unique but de passer du temps avec elle. L'attrapant par la taille, il la hissa sans effort jusqu'au sommet du muret. Elle s'installa à califourchon et vit Justice ôter sa chemise après l'avoir déboutonnée. Cravate et veston étaient restés dans son salon avec ses chaussures, dont il se défaisait toujours sitôt arrivé chez elle. Le saut sans élan qu'il effectua pour franchir l'obstacle coupa le souffle de la jeune femme. Très impressionnée, elle lui sourit de plus belle quand il tendit les bras pour l'aider à descendre.

Il la saisit par les hanches, elle se pendit à son cou, puis il la souleva et la guida avec précaution le long de sa grande carcasse. Tout excitée par ce frottement, Jessie sentit sa libido repartir au quart de tour : l'immense Hybride n'était plus obnubilé par son boulot, rivé à son téléphone ou à son écran d'ordinateur. Aux petits soins avec elle, il n'avait d'évidence qu'une envie, faire en sorte de se retrouver nu avec elle dans la piscine d'une maison plongée dans le noir. Elle pria pour qu'il ait une idée derrière la tête.

— Allons-y, proposa-t-il en la posant à terre. Un bain frais nous fera le plus grand bien.

Tant pis pour le bain, songea-t-elle, très désireuse de l'embrasser là, tout de suite… et en même temps radieuse à la perspective de ce grand corps couvert d'une fine pellicule liquide. Le baiser pourrait attendre ce moment-là.

— Ne m'en veux pas si le proprio débarque et nous fait coffrer, railla-t-elle. Tu tentes le diable.

— Je suis Justice North, gloussa-t-il. Qui oserait m'arrêter ici, à Homeland ?

Elle leva les bras pour l'aider à ôter son petit haut puis, riant aux éclats, fit de son mieux pour qu'il la dévêtisse au plus vite. Pantalon et culotte enlevés, il la souleva dans ses bras. Jessie devina ce qu'il s'apprêtait à faire et se pinça le nez. Elle croisa son regard tandis qu'il s'arrêtait au bord du bassin.

Un hochement de tête plus tard, il plongea du côté où l'eau était la plus profonde. L'eau fraîche les engloutit. Il la lâcha afin qu'ils puissent regagner la surface. Riant toujours, elle rejeta ses longs cheveux en arrière ; la lune brillait assez pour qu'elle le distingue aisément. Elle nagea jusqu'à lui. Il l'enlaça et la conduisit vers la zone où il avait pied. Les mains sur les hanches de Jessie, Justice se tenait à trente centimètres d'elle.

— Te voilà rafraîchie, j'espère ?

— Que dalle. J'ai encore plus chaud que tout à l'heure.

— Plus chaud ?

Jessie lui attrapa la queue et la manipula jusqu'à ce qu'elle soit bien raide. L'Hybride ferma les yeux et se mit à ronronner très fort. L'autre bras passé autour de son cou, elle enroula les jambes autour de la taille du colosse sans cesser de le branler.

—C'est toi qui me donnes chaud, lui murmura-t-elle.

Justice braqua sur elle ses yeux somptueux.

—Très, très chaud, répondit-il.

Lui tenant toujours le membre, elle ajusta sa position en resserrant les jambes. L'Hybride rejeta la tête en arrière quand la jeune femme s'empala sur lui. Ronronnant doucement alors qu'elle le tenait fermement entre ses cuisses, il se sentit coulisser bien à fond.

—Je mouille rien qu'en te regardant, tu le sens?

—Oui.

Justice se mit à reculer tandis que Jessie, prenant appui sur ses épaules et ses hanches, allait et venait sans se presser le long de sa queue. Elle gémit, accéléra la cadence et s'interrogea: jouissait-il autant qu'elle de ce va-et-vient qui l'électrisait? Son sexe était dur et massif. Il grogna. L'empoigna subitement par la taille en lui écartant les jambes. Jessie protesta et rouvrit les yeux en le sentant se retirer.

—Qu'est-ce qui ne va pas?

Souriant en montrant les crocs, il posa les fesses sur une marche immergée de l'escalier, fit pivoter la jeune femme et l'attira tout contre lui. Désormais dos au colosse et en appui sur ses cuisses, Jessie sentit qu'il la lâchait… et gémit de plus belle quand il la pénétra. Justice écarta les genoux, l'obligeant à faire de même. Ses mains puissantes se refermèrent sur la face interne de ses cuisses, puis il donna un coup de reins. Jessie posa la tête sur son épaule.

—Oui!

L'Hybride glissa la main dans son entrecuisse et lui caressa le clitoris. Ses coups de boutoir s'accélérèrent en même temps que la pression sur le petit bouton; un cri monta dans la gorge de Jessie. Justice, qui vibrait toujours dans son dos, pencha la tête vers l'épaule de la jeune femme qui sentit son souffle chaud... puis ses crocs. La morsure la fit hurler de plaisir et de douleur mêlés. L'orgasme afflua. Le colosse cessa de la mordre, rejeta la tête en arrière et rugit en jouissant à son tour.

Il la serra très fort contre lui et lui caressa le cou du bout du nez. Elle sentit ses crocs lui effleurer la peau et sa langue râpeuse lui lécher l'épaule. Jessie sourit, heureuse qu'il la tienne ainsi, sans quoi elle aurait probablement fini au fond de l'eau tant son relâchement musculaire était total.

— Tu m'as encore fait saigner ? s'enquit-elle. Si c'est le cas, ça n'a aucune importance, je te rassure. C'était trop bon.

— Mes crocs n'ont pas pénétré, répondit-il à mi-voix. Mais la sécurité va revenir frapper à ta porte, c'est sûr.

Son sérieux retrouvé, il poursuivit :

— On a fait trop de bruit. Rentre chez toi avant qu'ils arrivent. Et laisse bien la porte-fenêtre entrebâillée, que je puisse...

Un craquement fit se raidir l'Hybride. Vif comme l'éclair, il entraîna Jessie vers le côté plus profond du bassin. La jeune femme, qui n'avait plus pied, se retrouva plaquée contre la paroi de la piscine, cachée à la vue par l'impressionnante carrure de Justice.

— Foutez le camp, gronda Justice.

— On a entendu du boucan, fit valoir un type à l'autre bout du terrain.

— Tirez-vous ! insista Justice, furieux.

— Mais... on t'a entendu crier, chef. Tout va bien ? Et on a aussi entendu un cri de femme...

— Je ne suis pas seul. Foutez le camp, j'ai dit, grinça Justice.

Le portail se referma avec bruit ; Justice étouffa un juron. Puis il s'enfonça dans l'eau, ce qui permit à Jessie, pendue à son cou, de respirer plus aisément. Elle s'inquiéta : il avait admis être avec une fille dans la piscine d'autrui et signifié aux agents de déguerpir.

— Dès demain, maugréa Justice, ces gars-là vont m'entendre leur expliquer la différence entre faire son boulot et jouer les casse-pieds. Plus question de voir un agent débarquer chaque fois que je rugis, merde.

Jessie hésita.

— Il m'a vue, tu crois ?

— Non. Par chance, nous étions sous le vent. Ces deux gars n'ont pas pu t'identifier, Jessie. Ils vont penser que j'ai fait entrer une Hybride par l'entrée de derrière pour éviter qu'elle soit vue. Je dispose d'un accès privé au quartier.

— Le bon côté des choses, c'est qu'ils ne nous ont pas arrêtés pour violation de domicile.

— C'est ma piscine, nous sommes chez moi, exposa-t-il, tout sourires. On ne risquait rien de ce côté-là.

Jessie, surprise, le dévisagea. Puis contempla l'immense demeure plongée dans l'obscurité. C'était la plus grande du quartier, et elle se sentit un peu cruche de ne pas avoir deviné à qui elle pouvait appartenir.

— Tu m'as installée... à côté de chez toi ?

— C'était le plus sûr pour assurer ta sécurité, plaida-t-il.

Elle étudia ses traits tandis qu'il la regardait par en dessous, un large sourire aux lèvres.

— J'espérais que tu voudrais de moi dans ton lit. C'est plus commode, admets-le, pour qu'on se retrouve sans que personne ne le sache. L'autre cottage voisin du tien est inoccupé, et c'est le seul qui jouxte le mien. Le plan d'ensemble a été conçu pour que ces deux maisons bénéficient d'un isolement maximum.

Jessie, souriante, se pendit au cou de l'Hybride.

— Pourquoi y a-t-il un cottage à côté du tien alors que tu as tenu à vivre à l'écart de tous les autres ?

Justice cessa de sourire.

— Décidé à prendre femme à terme, je savais qu'une Hybride n'accepterait jamais de vivre sous mon toit. Aussi ai-je fait construire un cottage mitoyen afin d'y loger ma future compagne. Les femmes ont besoin d'espace à elles, de liberté. J'espère qu'une telle proximité ne posera pas trop de problèmes, car c'est aussi une question de sécurité.

Cet aveu fit l'effet d'un coup de poignard à Jessie. Justice l'avait installée dans une maison… destinée à sa future femme. La raison pour laquelle cette dernière tiendrait à ne pas vivre sous le même toit était simple à comprendre : il envisageait de se mettre en couple avec une Hybride. La partie la plus douloureuse de cet aveu tenait aux mots employés. Il avait dit « J'espère », ce qui signifiait qu'il n'avait pas renoncé à ce projet. Jessie, elle, n'était… qu'un coup en passant.

Elle lui lâcha le cou.

— Je suis claquée, je rentre chez moi.

Prenant ses distances, elle nagea jusqu'à l'échelle la plus proche.

— Jessie ? Qu'y a-t-il ?

À part le fait que je suis amoureuse d'un salaud ? songea-t-elle sans l'énoncer à voix haute, de peur d'avouer à quel point ses mots l'avaient meurtrie.

— Jessie ? Il y a un problème ?

La mort dans l'âme, Jessie sortit de l'eau, saisie par la fraîcheur nocturne au sortir de ce bassin chauffé. Elle s'empressa d'aller récupérer ses fringues.

— Qu'y a-t-il ? s'inquiéta Justice en s'extrayant du bassin à la force des bras.

Elle observa le mur de séparation tout en enfilant à la hâte petit haut et pantalon, dans la poche duquel elle fourra sa culotte. Trop haut pour elle. Un coup d'œil alentour lui permit de repérer une chaise longue de jardin qu'elle entreprit aussitôt de déplacer. Parvenue à se hisser, la jeune femme sentit la douleur lui irradier dans les chevilles en retombant sur le gazon puis courut presque se réfugier chez elle.

Justice eut tôt fait de la rattraper en sautant par-dessus le mur.

— Jessie ? Réponds-moi, bon sang, qu'est-ce qui t'arrive ?

— À ton avis ? rétorqua-t-elle en lui jetant un regard noir par-dessus son épaule.

Elle entra par la baie vitrée restée ouverte et prit la direction de la salle à manger. Sans un regard pour l'immense Hybride nu qui dégoulinait sur la moquette, elle garda le cap sur son objectif. Rabattit l'écran de son ordinateur portable, se pencha pour soulever son attaché-case et l'ouvrit sur la table.

— Qu'est-ce que tu fais ? maugréa Justice, agacé et perplexe.

Jessie fit la sourde oreille, glissa le portable dans la mallette puis ramassa soigneusement les dossiers étalés sur la table. Elle termina le rangement par le téléphone de Justice et boucla l'attaché-case qu'elle prit par la poignée avant de se retourner, l'objet brandi, et de daigner enfin croiser le regard de Justice.

— Prends tes affaires et rentre chez toi.

— Jessie ?

Elle contempla son beau visage. Il n'avait pas la moindre idée de ce qui la motivait à le voir partir, c'était criant. Et c'était bien là le problème. Elle lui tendit son attaché-case avec insistance.

— Reprends ce truc avant que je le lâche.

— Qu'y a-t-il ? demanda Justice après avoir récupéré son bien par le dessous.

Jessie, au bord des larmes, lui jeta un regard noir. Elle se sentait meurtrie et, pire encore, très en colère d'avoir à s'expliquer, mais c'était hélas nécessaire tant il pataugeait.

La poignée de la mallette relâchée, elle plaqua les mains sur les hanches et prit son élan.

— C'est fini entre nous, Justice. Si tu n'as pas voulu que notre relation s'ébruite, c'est parce que tu sais depuis le début qu'elle est vouée à l'échec. Quand tu as dit que c'était pour nous protéger, j'ai cru que le secret ne durerait que le temps qu'on apprenne à mieux se connaître. Quelle naïve j'ai été, d'imaginer que tu envisageais notre avenir ! Tu m'as logée dans la baraque de ta future femme, et tu viens de m'expliquer sans détour qu'il s'agira forcément d'une Hybride. Alors tu sais quoi, Justice ? Va te faire foutre ! J'ai des sentiments, tu piges ? conclut-elle en hurlant.

Il plissa les paupières, l'air toujours aussi médusé.

— Inutile de me faire cette tête, gros malin, le problème ne vient pas de moi mais de toi. La petite-humaine-indigne-du-mâle-alpha en a sa claque. Marre de te voir dormir dans mon lit, coucher avec moi, bouffer ce que je te prépare à dîner tout en cachant à tous le fait qu'on est ensemble.

— On en a déjà parlé, tu sais très bien que c'est pour protéger…

— Conneries ! l'interrompit-elle. Oui, je comprends les raisons de cette clandestinité, mais je me disais qu'avec le temps, tu allais comprendre que c'était sérieux entre nous, que tu finirais par changer d'avis. Et ça ne risque pas d'arriver : tu me jetteras comme une merde le jour où tu décideras de te mettre en couple avec une Hybride. Tu accepterais, toi, de partager la vie de quelqu'un qui refuse de te voir en public ? J'ai mieux, attends : tu accepterais d'être avec une femme qui te déclare froidement qu'elle te virera le jour où se présente un candidat sérieux, qui refuse d'apparaître à ton bras parce qu'elle a honte de toi ? Eh bien pas moi, figure-toi. Sors d'ici et ne reviens plus.

Jessie tourna les talons et courut se réfugier à la cuisine.

— Jessie ! Attends… Je n'ai pas honte de toi.

— Ben voyons, aboya-t-elle après une nouvelle volte-face. C'est pour ça que je n'ai ni le droit de dormir dans ton lit, ni même de visiter ta maison. Quelqu'un risquerait de deviner que tu me baises. Tu l'as dit toi-même, non ?

— Pas aussi crûment, gronda-t-il. On était d'accord pour que cette relation reste secrète. Tu as dit…

— J'en ai rien à foutre, de ce que j'ai pu dire ! Ce que tu m'as caché, c'est ton intention de te débarrasser de moi après usage en faisant fi de ce qu'on peut ressentir l'un pour l'autre. Le voilà, le vrai souci : tu n'as pas envie qu'on découvre que le grand chef de l'OPH préfère se taper une humaine alors qu'il a juré qu'il se mettrait en couple avec une Hybride. (Elle le fusilla du regard.) Sors d'ici et ne reviens pas. J'en ai ma claque, Justice.

Il la suivit jusqu'à la salle de bains. Elle se retourna, vit qu'il était sur ses talons et voulut lui claquer la porte au nez. L'Hybride l'en empêcha en plaquant sa paume sur le battant et rouvrit en grand.

— Je n'ai pas honte de toi, Jessie. Le souci, c'est que je suis la vitrine de l'OPH. Quel message enverrais-je, en laissant fuiter le fait que j'ai jeté mon dévolu sur une humaine ? Si je cours le risque de te voir, c'est parce que tu es tout pour moi. Je n'avais jamais entendu parler de toi, quand j'ai fait dessiner cette maison. C'est injuste, de me reprocher ça. Je t'ai logée ici pour qu'on puisse se voir plus facilement.

— Et moi, je t'ai entendu dire « J'espère qu'une telle proximité ne posera pas trop de problèmes ». Pas « J'espérais », non, J'ESPÈRE ! Au présent. Pas au passé. Ça ne m'a pas échappé, figure-toi. Maintenant, tire-toi et va chercher l'Hybride de ton cœur. Que tu pourras présenter au monde entier. Allez, dégage.

Justice gronda.

— Bon sang, Jessie, tu passes à côté de l'essentiel. Je risque gros en étant ici.

— La belle affaire. Le risque est quasi nul, tu veux dire. C'est précisément pour ça que tu m'as installée dans la maison mitoyenne, non ? Il te suffit de sauter par-dessus le mur, comme tu l'as fait l'autre soir, quand tes gars sont venus frapper à ma porte. Car c'est ce que tu as fait, pas vrai ? Tu as fait le mur… et je parie que tu as ouvert ta porte quand ils sont passés chez toi. Je refuse de continuer ce petit jeu. Soit tu dis à tout le monde qu'on est ensemble, soit on en reste là. Prouve-moi que je suis autre chose qu'un passe-temps en attendant de prendre femme.

— Je ne peux pas rendre notre relation publique, Jessie. Même pas par amour pour toi.

Le regard noir, les traits tirés par la colère, il gronda doucement avant de poursuivre.

— J'ai tout un peuple sous ma responsabilité. Un peuple opprimé, dont je dois assurer l'avenir. Je me dois d'agir au mieux de leurs intérêts. Donner du grain à moudre aux fanatiques qui nous haïssent est une très mauvaise idée. Ces humains-là sont remontés à bloc chaque fois qu'ils découvrent que l'un des nôtres est en couple avec une humaine. Tu serais en danger. Tu ne pourrais plus quitter Homeland sans être insultée, voire tuée. Et puis il y a le problème de ton père.

— Dégage, j'ai dit.

Justice secoua la tête.

— On en reparlera. Tu finiras par entendre raison.

Jessie eut beau compter jusqu'à dix dans sa tête, sa colère ne passait pas.

— Il faut que je boive un truc fort.

— Parlons d'abord. Il faut qu'on crève cet abcès. Tu comptes énormément pour moi, Jessie.

— Assez pour faire savoir au monde qu'on est ensemble ? Assez pour prendre le risque de recevoir des mails de menace ?

— Tu comptes à ce point, oui, mais ce que tu me demandes est impossible. J'ai beaucoup réfléchi à la question. Il est exclu de rendre notre relation publique : cela te mettrait en danger et créerait de trop nombreux problèmes. Nous vivons heureux, non ? Personne n'a besoin de savoir que nous dormons ensemble. Je n'ai absolument pas l'intention de prendre une femme hybride, tu surinterprètes mes propos.

La douleur était vive dans le cœur de Jessie. Justice se refusait obstinément à officialiser leur vie de couple. Le fait qu'il ne soit pas à la veille de se caser avec une autre femme ne changeait rien à la dure réalité : ce n'était pas avec elle qu'il envisageait l'avenir à long terme.

— J'ai soif. Tu veux boire quelque chose ?

— Non, répondit-il, maussade.

— Je vais me prendre un soda.

Jessie contourna le colosse et, sitôt dans le couloir, s'élança vers le salon à toute allure. Justice poussa un juron sonore en comprenant qu'elle tentait de fuir. Elle était presque à la porte d'entrée quand il la rattrapa par le bras. Elle actionna l'alarme. Le dispositif s'alluma ; dehors, une sirène se mit à hurler. Elle croisa le regard interdit de Justice.

— Pourquoi tu as fait ça ?

La jeune femme, le menton dressé, rétorqua vertement :

— Tu ferais mieux de ramasser tes merdes et de filer, mon grand. Si tu ne pars pas, je les laisse entrer et ils te découvriront à poil. Ça t'en fera, des trucs à expliquer à tes bons petits soldats…

Il laissa échapper un grognement animal, lâcha le bras de Jessie puis récupéra attaché-case et veste de costume. Se rappelant qu'il avait aussi laissé traîner ses chaussures et sa cravate, il les piocha au passage avant de s'éclipser par la baie vitrée. La jeune femme partit vérifier que toutes les fenêtres étaient bien fermées. La sonnette retentit.

Jessie prit le vaporisateur dissimulé dans la plante en pot, près de la porte, et aspergea généreusement. À demi asphyxiée, elle balança le flacon hors de vue et ouvrit. Deux agents se tenaient sur le seuil, leur arme de service brandie. En les voyant souffler comme des phoques, Jessie comprit qu'ils avaient accouru ventre à terre.

— Mille excuses ! J'ai déclenché l'alarme par mégarde et j'ignore comment on la coupe.

L'un des vigiles fronça les sourcils, inhala… et sursauta, victime d'une quinte de toux.

— Comment ça s'est passé ? demanda-t-il en entrant afin d'appuyer sur le bouton.

La sirène cessa de hurler.

— Je suis sortie chercher quelque chose dans ma voiture de golf. En rentrant, j'ai confondu l'alarme et l'interrupteur. Vraiment désolée…

Jessie se sentit un peu coupable de se servir d'eux pour faire fuir Justice, mais si elle l'avait laissé faire, ce diable-là aurait peut-être réussi à la convaincre de passer l'éponge. Or elle estimait mériter mieux que le rôle ingrat qui était le sien : petite amie temporaire.

— Ça ne se reproduira pas, promis.

— Tout va bien, vous êtes sûre ?

— Oui. Encore navrée pour le dérangement.

Il hésita, les narines froncées.

— Vous devriez éviter d'utiliser autant de… C'est quoi au juste, cette odeur ?

— Des bougies parfumées, mentit-elle. Vous n'aimez pas ?

L'agent éternua et prit un peu de champ.

— Je crois bien qu'on est allergiques. Si vous tenez vraiment à chasser les mauvaises odeurs chez vous, essayez de trouver autre chose.

— Entendu. Merci beaucoup. Désolée d'avoir appuyé sur le mauvais bouton et de vous faire éternuer avec mes bougies.

Là-dessus, elle referma la porte et boucla à double tour.

Cinq minutes plus tard, entendant taper au carreau de la baie vitrée, elle pénétra dans le salon. Justice avait passé un jean et un débardeur. Debout dans le jardin, il désigna la serrure de la porte-fenêtre. Jessie secoua la tête puis éteignit les lumières du salon, peu désireuse de reprendre leur conversation. Elle retourna à sa chambre.

— Jessie ? (Il était déjà à sa fenêtre.) Laisse-moi entrer.

— Pars ou je rappelle la sécurité. Allez, tire-toi !

Elle tira les rideaux et éteignit.

L'Hybride grogna une fois, puis le silence se fit. Jessie resta longtemps aux aguets. Rassurée de constater qu'il se tenait tranquille, elle se mit au lit, sortit sa culotte de sa poche et la balança. Les larmes se mirent à lui inonder les joues. Elle était tombée amoureuse d'un type qui refusait de l'aimer en retour. Son boulot et son peuple passaient en premier… et ça n'était pas près de changer. Douloureux constat.

Justice frappa le mur et grogna. Ses jointures saignèrent en s'enfonçant dans l'épaisseur de plâtre. Jessie était meurtrie, elle refusait de lui parler et il n'avait personne d'autre sur qui rejeter la faute. Il s'était exprimé sans réfléchir, avait évoqué ses projets d'avant… puis n'avait pas su s'expliquer.

Son poing rétracté, il contempla le sang qui coulait et appuya sur les plaies avec l'autre main. La douleur cuisante que suscitaient ces écorchures, il l'accueillit avec une joie mauvaise. C'était mérité – et même peu cher payé. L'image rémanente de sa bien-aimée meurtrie lui brûlait la rétine. Le besoin de la retrouver, de la prendre dans ses bras, se muait en nécessité viscérale.

— Et merde, maugréa-t-il en s'adossant à la paroi défoncée de son bureau.

C'est aussi bien ainsi, plaida son alter ego cynique. L'autre facette de sa personnalité protesta bruyamment, tout son corps se tendit, l'envie de rugir s'empara de lui, il respira fort par le nez jusqu'à ce que la pulsion reflue. Jessie était têtue comme une mule. Elle refuserait de le voir tant qu'il n'aurait pas officialisé leur relation. Sa tirade véhémente n'avait pas manqué d'arguments recevables.

Justice lutta contre la tentation de ressortir en trombe, de sauter par-dessus le muret, de faire sauter le loquet de la baie vitrée et de fondre sur sa Jessie. Peut-être arriverait-il à ses fins sur le moment… mais elle lui en voudrait à mort le lendemain matin, c'était garanti sur facture. La décision de l'humaine était prise : plus question de se revoir en secret.

— Fait chier ! gronda-t-il avant de fermer les yeux, le crâne collé à la paroi.

Il désirait Jessie à en crever mais vivre en couple avec elle, c'était faire souffrir les siens. La faire souffrir. Voir à l'œuvre les groupes suprémacistes et les médias lui avait fait ouvrir les yeux : les répercussions seraient terribles. Les pisse-copie allaient s'en donner à cœur joie, le monde entier allait savoir que Justice North était avec une humaine – et ce serait l'enfer.

La photo de Jessie s'étalerait sur toutes les unes et sur tous les écrans. On irait fouiller dans son passé, toutes les bassesses seraient permises pour abreuver le public de détails sordides. Puis elle serait la cible de tous ceux qui jugeaient impardonnable, impie, qu'une humaine couche avec un Hybride. Les qualificatifs ignobles fleuriraient. Les plus barjos souhaiteraient sa mort. Jessie en viendrait à le haïr d'avoir fait de sa vie un champ de ruines.

Quant à son sénateur de père… il risquait de perdre son siège, ou pire encore, de le garder au prix d'un ralliement à la cause anti-OPH s'il prenait mal le fait que sa propre fille ait préféré un Hybride à un humain. C'en serait fini de leurs soutiens à Washington. L'argent en provenance des procès contre Mercile Industries arrivait au compte-gouttes ; il allait falloir des années pour que le mouvement soit autosuffisant d'un point de vue financier. Enfin, c'était grâce à certains contacts au gouvernement fédéral qu'une équipe humaine avait été mise en place pour libérer les Hybrides encore captifs en épluchant les flux entre la société et ses investisseurs.

Des Hybrides mourraient faute d'avoir été trouvés s'ils venaient à perdre l'unité spéciale à laquelle Jessie avait appartenu. Dans la même veine, les employés de Mercile qui avaient jusqu'ici échappé à l'arrestation n'iraient pas davantage sous les verrous. Le gâchis promettait d'être total, de nombreuses vies perdues… alors qu'il avait fait le serment de tout faire pour protéger son peuple. Aimer Jessie, c'était mettre tout ça en péril.

Ses genoux fléchirent, il se sentit glisser le long du mur jusqu'à se retrouver assis par terre. Justice avait cru que le pire était derrière lui après toutes ces années passées à survivre dans un labo clandestin. En ce temps-là, il n'espérait rien, vivait au jour le jour. Et voilà qu'un bonheur à portée de main se refusait à lui…

Le renoncement à ce bonheur-là lui laissait un goût de cendre dans la bouche. Garder Jessie ? Pas possible. Le prix à payer était trop élevé. Un prix qu'il ne serait pas le seul à payer, loin de là. Il était prêt à mourir pour elle, mais hélas, bien d'autres vies étaient dans la balance.

Son père pourrait accepter la situation, lui glissa une petite voix intérieure. *Ce ne serait pas si terrible. Tu pourrais l'avoir, elle, sans perdre l'équipe spéciale. Et Jessie, va savoir, pourrait n'avoir cure de ce qui se passe à l'extérieur si elle vit ici, à l'abri de la laideur du monde.* Il rouvrit les yeux et contempla la paroi opposée. Le risque existait. Un risque immense, qu'il ne se sentait pas le droit de prendre. Ni pour son peuple… ni, surtout, pour l'élue de son cœur.

La mort dans l'âme, Justice se résolut à ne pas tenter le diable. Mieux valait encore perdre Jessie que se faire haïr par elle le jour où tout ce à quoi elle tenait serait terni, avili, sali par les pires salauds du monde extérieur. Qu'elle souffre un peu, c'était préférable à la voir perdre tous ses repères. Un genou dressé, l'avant-bras en travers, il y laissa reposer son front. Puis refusa de laisser couler les larmes qui menaçaient.

Il avait trouvé l'amour… un amour impossible. Son seul recours : observer sa bien-aimée de loin. Maigre consolation.

Chapitre 14

Justice donna du poing contre son bureau et posa un regard noir sur le téléphone qu'il venait de raccrocher. Un nouveau culte distillait sa haine sur les ondes. Le propos, lui, n'était pas neuf : les Hybrides étaient des animaux, pas des gens, et l'OPH qualifiée de « zoo privé ». Il bouillait intérieurement.

Aucun Hybride n'avait demandé à avoir son ADN mélangé à celui d'un animal, ils n'avaient pas eu le choix. Leur seul crime était d'avoir survécu à des années de mauvais traitements infligés par des scientifiques, médecins et chercheurs qui s'étaient servis d'eux pour concevoir des molécules. Et comment les remerciait-on pour cette contribution forcée aux avancées médicales ? Par des flots de haine.

La porte s'ouvrit sur Tigre, qui passa la tête par l'entrebâillement.

— Je t'entends grogner depuis le bout du couloir, mec. (Il entra et referma derrière lui.) Tout roule ?

— Mauvaise journée, c'est tout.

— Pas ça qui manque, les journées de merde… Un truc particulier ?

— On vient de se faire un nouveau groupe d'ennemis.

— La routine, quoi.

Tigre prit un siège, croisa les bras et fronça les sourcils.

— Tu as une tête à faire peur. Mal dormi, la nuit dernière ? Dormi tout court ? (Il loucha sur la main de Justice.) Ce que tu as cogné a plus sale gueule que toi, j'espère.

Justice haussa les épaules.

— J'ai perdu mes nerfs.

— Ça ne te ressemble pas, mec. Fais une pause.

— J'en ai besoin, c'est sûr, mais quand ?

— Comment avance la construction de ta baraque, à la Réserve ? J'ai bien l'intention de venir poser une fesse dans cette véranda que j'ai vue sur les bleus d'architecte. Elle a l'air sympa, et la vue sur le lac va être un truc de dingue. On pourrait aller pêcher.

— Il reste trois semaines de travaux. Le simple fait d'y penser me flanque la migraine. Le chantier fait râler les résidents. Quant à Slade, il est à deux doigts de me flinguer sous prétexte que ça l'oblige à multiplier les contacts avec les humains.

Justice se leva et arracha l'élastique qui retenait sa queue-de-cheval. Après s'être ébouriffé, il se recala dans son fauteuil.

— Tout ça pour ne jamais avoir le temps d'en profiter, de cette baraque…

— On y travaille. Le conseil est prêt à assumer une partie de tes responsabilités. Et puis tu nous as, Slade, Rage et moi. Tous OK pour se plier en quatre.

— J'en suis conscient et ça me fait chaud au cœur.

— Qu'est-ce qui t'arrive, mec ? Tu terrorises tous ceux qui ont affaire à toi depuis ce matin. On a l'impression d'être face à un ours mal léché. Ça ne te ressemble pas.

— Prends ma place, gros malin. On verra si tu es aimable tous les jours.

Tigre cilla à plusieurs reprises. Il laissa le silence prendre une dimension gênante avant de répondre.

— Quel que soit le problème, il faut que tu trouves une solution. Ta mauvaise humeur n'échappe à personne. Tu nous en veux, ou quoi ? Sept de nos gars sont venus me poser la question depuis ce matin. C'est le stress qui te mine ?

Justice soupira.

— J'ai eu une mauvaise journée, je te dis. Ça arrive à tout le monde.

— À tout le monde sauf à toi. Tu es le type le plus zen que je connaisse, et tu gardes ton sens de l'humour quoi qu'il arrive. Ton côté ours, tu l'as toujours réservé à nos ennemis, chaque fois qu'ils oublient que s'ils nous cherchent, ils trouveront à qui parler. Tu veux te battre ?

— Hein ? éructa Justice, abasourdi.

Tigre mit les bras le long du corps, empoigna les accoudoirs du fauteuil et se pencha vers son chef.

— Te battre. Histoire de lâcher un peu de vapeur, quoi. Ça défoule et il y a un bail que tu ne l'as pas fait. (Il se leva.) Allons-y, mec.

Justice hésita.

— Allez, gronda Tigre. Tombe le masque et rappelle-toi qui tu es vraiment.

Le chef de l'OPH se leva lentement puis contourna son bureau. Tigre poussa la porte et gagna la réception. Justice, sur ses talons, regarda la standardiste.

— Je fais une pause.

Elle hocha la tête.

— Je note vos appels, dit-elle sans croiser son regard.

La malheureuse n'en menait pas large ; Justice s'en voulut de s'être montré si brusque envers elle toute la journée.

— Merci, c'est gentil, répondit-il, sincère.

— Allons-y.

Tigre ouvrit la porte du bâtiment principal de l'OPH ; ils sortirent côte à côte sous un soleil éclatant. Cuivre était assis au volant d'une Jeep garée juste devant. Justice s'étonna de le trouver là. L'intéressé, le visage fermé, se fendit d'un hochement de tête. Tigre fit signe à Justice de prendre place à l'avant, agrippa l'arceau de sécurité et s'installa d'un bond sur la banquette arrière. Le moteur ronfla sitôt les pieds de Justice à l'intérieur du véhicule.

Ils roulèrent jusqu'au PC sécurité et se rendirent à la salle qui leur servait à se maintenir en forme. Tigre embrassa l'espace du regard : plusieurs Hybrides étaient présents.

— Tout le monde dehors. Personne ne traîne près des portes. Cuivre et moi, on va montrer à Justice quelques nouvelles techniques, et si ça convient au grand chef, on vous les enseignera ensuite.

Après quelques coups d'œil interloqués, les huit costauds sortirent sans faire d'histoires. Tigre ferma à clé pendant que Cuivre allait faire de même avec l'autre porte. La grande salle, dépourvue de fenêtres, était meublée de tatamis et d'appareils de musculation alignés sur un côté. Justice se demanda ce qu'il faisait là.

Tigre se retourna, se pencha et ôta ses chaussures. Puis il leva la tête, se releva et se débarrassa de son arsenal. Du mouvement, à sa gauche, attira l'attention de Justice : Cuivre faisait de même.

— Un contre deux… il faut que je m'inquiète ? dit-il d'une voix où ne perçait nul trouble.

Cuivre sourit jusqu'aux oreilles.

— Tombe le costard, chef. Pas question qu'on te l'amoche. (Il l'examina des pieds à la tête.) Très chouette. On va éviter les coups au visage, faut que tu restes coquet pour les interviews.

— « Coquet » ? répéta Justice, le regard noir, en ôtant sa cravate.

Tigre gloussa.

— Oui, coquet, ça te va bien. Sans parler des cheveux. Nos femmes seraient rudement fières, d'avoir droit à une chouette couleur comme ça. Nickel, ta teinture.

Justice sentit la moutarde lui monter au nez.

— Tu sais à quel point je déteste cette odeur ?

Tigre alla se placer sur le plus grand tapis, se tourna vers Justice et ôta son tee-shirt, qu'il lança assez fort pour que le vêtement aille s'écraser en lisière de la zone d'entraînement.

— Nous en parle pas, mec. Tu fouettes plusieurs jours, chaque fois que tu te fais belle.

Cuivre, à son tour, se mit torse nu et rejoignit le ring.

— Un vrai dur, notre chef. Tu l'as vu, en couverture de ce magazine de fitness ? Impressionnant. (L'Hybride ricana.) Quoique… En costard, on s'en rend moins compte. Faut croire que le travail de bureau l'a ramolli.

Piqué au vif par ces railleries, Justice tomba la cravate, le veston et la chemise. Ses vêtements s'empilèrent jusqu'à ce qu'il se retrouve en caleçon.

— Je n'ai pas posé, pour cette couverture. Ils se sont servis d'une photo prise lors d'un événement caritatif. (Il fit un pas menaçant vers le duo.) Vous y tenez vraiment, les gars ? gronda-t-il en serrant les poings.

— Va donc suspendre ton costume aux haltères, là-bas. Sinon il va se froisser, ricana Cuivre. Ça passera à coup sûr en boucle aux infos du soir, si tu te pointes avec des fringues toutes chiffonnées. Un coup à nous faire passer pour des guignols.

Justice poussa un cri animal ; Tigre frappa le premier. Son coup porta à l'épaule de Justice qui riposta d'un coup de pied à la hanche, si violent que le chef de la sécurité se retrouva sur les fesses. Cuivre gronda, ramassé sur lui-même ; Justice lui sauta dessus. Le corps-à-corps qui suivit sonna le vrai départ du combat. Ils échangèrent quelques coups de coude et d'avant-bras, roulèrent sur eux-mêmes, puis Justice finit par envoyer bouler son adversaire. Cuivre n'avait pas fini de valdinguer que Tigre revenait à la charge. Justice esquiva, retrouva ses appuis et pivota juste à temps pour cueillir le nouveau venu.

Les trois colosses échangèrent coup pour coup en évitant les frappes au visage, mélangeant boxe pieds-poings et lutte au sol. Cuivre fut le premier à jeter l'éponge. Le cul par terre, hors d'haleine, il leva les bras pour signifier qu'il renonçait. Tigre feula et se lança sur Justice qui s'y attendait. Un pas de côté ; une esquive ; un bras tendu pour couper la trajectoire du costaud qui l'avait raté d'un cheveu. Tigre tomba sur le dos, grogna et leva les yeux vers son adversaire.

— J'abandonne, dit-il en levant les mains.

Debout et en sueur, Justice observa ses deux amis et prit conscience qu'il allait en avoir pour plusieurs jours à s'en remettre. La douleur était la bienvenue, il se sentait vivant, une partie de sa mauvaise humeur n'était déjà plus qu'un souvenir.

Tigre se tourna vers Cuivre.

— Tu vois pourquoi je t'ai demandé de venir, haleta-t-il. Il est beaucoup trop fort pour moi tout seul.

Cuivre grogna, se massa une épaule et hocha la tête.

— Il a peut-être l'air civilisé, mais comme combattant, merci bien !

Tigre croisa le regard de Justice.

— Alors chef, tu te sens mieux ?

— Et comment.

— Il va falloir qu'on remette ça tous les jours ?

— J'espère bien que non, maugréa Cuivre.

Tigre gloussa.

— Pareil pour moi. On oublie facilement qu'il y a un vrai dur, sous cette gueule d'ange.

Justice secoua la tête.

— Tu veux me remettre en rogne, ou quoi ?

— Non, mon pote. Je te taquine. Ça se fait, entre amis.

— J'ai plutôt l'impression qu'on s'est pris une tannée pour lui calmer les nerfs, moi, dit Cuivre en se relevant en deux temps. Ça aussi, ça se fait entre amis. (Il s'approcha de Justice et lui agrippa l'avant-bras.) Ne garde pas cette merde en toi, mec. On est là. Prêts à remettre ça tous les jours si tu as besoin de passer tes nerfs sur quelqu'un.

— Parle pour toi ! (Tigre roula sur le flanc, se releva à son tour et s'étira en grimaçant.) Je sais ce qu'il me faut : un bon bain chaud et une femme pour masser mes bleus.

Son sérieux retrouvé, il se tourna vers Justice.

— Je ne sais pas ce qui cloche, mec, mais soit tu en parles, soit tu t'en occupes. Tu n'es plus toi-même, en ce moment ; tu nous fais des cachotteries. On forme une grande famille, oui ou non ? Tu te sens prêt à parler de ce qui te tracasse ?

Justice resta la bouche close. Il n'était pas question d'aborder le cas Jessie.

— C'est bien ce que je craignais, soupira Tigre en soutenant son regard. On remet ça demain, si tu es encore d'humeur massacrante. Et après-demain. Aussi longtemps qu'il faudra. Rentre chez toi. Tu flanques la trouille à toute l'équipe.

— Merci, les gars, déclara Justice du fond du cœur. J'en avais besoin.

— Pas de souci, dit Cuivre. Prends la Jeep. Les clés sont là-bas, à côté de mes godasses.

Justice profita du vestiaire pour prendre une douche rapide, se rhabilla et salua ses amis en partant. Serrant ses clés, il décida de suivre le conseil de Tigre et de ne pas retourner au bureau. Le combat lui avait fait du bien, certes, mais la rage couvait toujours en lui. Amer et déçu, il écumait de colère d'avoir été mis dehors par Jessie… et surtout de l'avoir perdue.

Il prit la voie d'accès privée à sa maison afin de ne pas avoir affaire aux plantons qui n'allaient pas manquer de s'étonner de le voir rentrer à midi. Alors qu'il garait son véhicule d'emprunt, il tourna la tête, alerté par un bruit : Jessie faisait de même devant la maison voisine. Sans lui adresser un regard.

S'agaçant d'être ainsi ignoré, Justice hésita, regarda à la ronde : personne en vue. Jessie paressait vers sa porte d'entrée. L'Hybride s'élança sans un bruit et sans se faire repérer. Elle déverrouilla, ouvrit et entra. Puis se retourna… et écarquilla les yeux en le découvrant sur ses talons.

Il se glissa à l'intérieur avant qu'elle ait eu le temps de réagir, claqua la porte puis, peu désireux de voir accourir les gardes, s'interposa entre Jessie et l'alarme murale. Elle ne se débarrasserait pas de lui si facilement.

— Il faut qu'on parle.

La surprise laissa rapidement la place à la colère dans les yeux bleus de l'humaine. Heureux de ne pas l'avoir effrayée – ce n'était pas son intention –, Justice s'approcha. Trop près. Son odeur féminine le mettait à la torture. Il loucha sur ses lèvres entrouvertes. Sentant monter l'envie pressante de l'embrasser, il crispa les poings.

— Tu n'as pas une Hybride à séduire ? Faut-il, au contraire, que je fasse mes bagages pour que ta fiancée s'installe au plus vite ?

— Je ne cherche personne d'autre, s'irrita-t-il. C'est ce que j'essayais de te dire, l'autre soir.

— Que viens-tu faire, alors ? M'inviter en tête-à-tête dans un lieu public ?

Elle se payait encore sa tête.

— C'est exclu, tu le sais très bien. On a fait le tour de la question. Le risque est trop gros que…

— Que ta future fiancée hybride apprenne, pour nous deux ? Ça la foutrait mal, si elle apprenait que tu lui proposes la baraque où a vécu ta petite amie humaine ?

— Jessie, gronda-t-il. Arrête ça.

La jeune femme posa brusquement les mains à plat sur la poitrine du colosse et poussa.

— Va-t'en.

Il fit mieux que résister, l'envoya dos au mur et prit appui sur la paroi, de part et d'autre de Jessie, désormais coincée.

— Tu me manques. Je n'ai pas fermé l'œil de la nuit. On ne peut pas discuter calmement ?

— Non.

Elle se passa la langue sur les lèvres, l'hypnotisant aussi sec.

— Non, on ne peut pas.

Sentant monter la frustration, la rogne et la mélancolie, il passa à l'action. Baissa la tête et l'embrassa. Jessie hoqueta ; il en profita pour glisser sa langue, qui avait un goût de café sucré et de chocolat. Jessie se raidit, tenta vainement de s'arracher à cette bouche vorace : il lui tenait le visage à deux mains.

Elle serra le poing sur l'étoffe de sa chemise mais cessa de pousser. Il la sentit fondre et la passion balaya tout le reste. Jessie était là, toute chaude ; le sang afflua dans sa queue. Pressé de lui montrer à quel point elle comptait pour lui, il entreprit d'ôter son veston… qui n'y résista pas. Aucune importance.

Jessie l'aida à se dévêtir. Les boutons de sa chemise, arrachés un à un, tintèrent sur le carrelage de l'entrée : elle mettait toute son énergie à écarter les pans d'étoffe.

Gémissant sous les assauts de sa langue, elle l'embrassa avec fougue, caressa son torse de lutteur. Justice voulut lui empoigner les seins, tira sur ce maudit soutien-gorge qui l'empêchait de sentir le grain de sa peau et libéra les tétons. Lui pinça les mamelons entre le pouce et l'index. Elle gémit de plus belle.

Puis il se démena sur la fermeture de son jean, passa les pouces dans la ceinture et, d'un même geste, sous l'élastique de la culotte. Cessa d'embrasser Jessie pour tomber à genoux, fit courir ses lèvres sur l'épiderme électrisé et lui prit presque tout un sein dans la bouche. La jeune femme fourragea dans les cheveux mouillés du colosse et s'accrocha à lui tandis qu'il la dénudait d'un geste sec. Justice posa un genou sur le pantalon tirebouchonné pour aider Jessie à s'en extraire tout à fait.

La sentant tout excitée, il perdit la raison. L'Hybride la désirait très fort… et, à en juger par le parfum enivrant de ses sécrétions intimes, elle était partante. Plus question d'attendre. Il empoigna son pantalon de costume, arracha tout et libéra sa queue douloureuse. Cessant de lui suçoter le mamelon, il se leva en la saisissant par les hanches.

Consciente que cette folie devait cesser, Jessie ne se maîtrisait plus. Ses pieds quittèrent le sol. Collée entre le mur et l'immense carcasse, elle enroula ses jambes autour de la taille de Justice. Glissa le long de l'étoffe ; se contorsionna jusqu'à ce que les fringues de l'Hybride descendent un peu ; finit par faire adhérer ses cuisses aux hanches enfin dénudées.

Il ajusta sa position, son gland appuya sur la vulve et, sitôt le bon angle trouvé, il s'enfonça en elle d'une seule poussée fluide qui fit hurler Jessie, déjà au bord de l'orgasme. Excitée à mort, elle se demanda si elle n'avait pas définitivement perdu les pédales, mais la sensation était inouïe.

L'Hybride se rétracta presque entièrement et plaqua sa bouche contre celle de la jeune femme. Leurs deux langues se trouvèrent. Au prix d'un violent coup de reins, il fit entrer son sexe énorme jusqu'à la garde, les mains plaquées sur les fesses de Jessie pour que le contact soit le plus étroit possible. Elle poussa un cri de plaisir étouffé, inaudible, tandis qu'il l'écrasait littéralement contre le mur.

Le dos collé à la paroi fraîche et lisse, Jessie se sentit monter au septième ciel sous les coups de boutoir à cadence rapide. Le colosse passa un avant-bras sous ses fesses pour soulager sa partenaire tout en lui stimulant le clitoris avec le pouce de l'autre main... et la baisa de plus en plus fort.

Agrippée aux épaules massives, Jessie pencha la tête de côté et mordit l'Hybride dans le cou. Ils n'avaient pas pris le temps d'enlever le haut, mais leurs vêtements étaient suffisamment écartés pour que la poitrine de Jessie frotte contre la peau nue de Justice. Ses seins se soulevaient au rythme des ruades ; elle inhala son odeur de savon et de shampoing. Son bel étalon adopta l'angle précis qui permettait à sa queue de frotter là où c'était le plus jouissif. Sûr de son fait, il la pilonna sans relâche.

— Oui, haleta-t-elle. N'arrête surtout pas.

— Jamais, grogna-t-il.

Ses parois vaginales se contractèrent, tout son corps trembla, son ventre fut secoué de spasmes. Clouée au mur comme elle l'était, immobilisée, la jeune femme était condamnée à subir. Le pouce de l'Hybride lui caressait toujours le petit bouton, décuplant le plaisir ; elle hurla à pleins poumons, ravagée par l'orgasme.

— Jessie, gronda le colosse dans un dernier soubresaut.

Il éjacula son sperme chaud. Puis il pencha la tête, enfouit son visage dans l'épaule de la jeune femme et cria à son tour. Après deux ou trois va-et-vient plus lents, il mit un terme aux ébats. Les deux amants enlacés reprirent leur souffle.

Jessie prit peu à peu conscience de ce qui venait d'arriver : ils s'étaient envoyés en l'air comme jamais... alors qu'elle s'était juré de ne plus le revoir. La colère avait bon dos. Certes, elle avait joué son rôle en lui échauffant les sangs, mais pour l'essentiel, Jessie avait craqué par amour pour Justice North.

Il en avait après son cul... c'était d'ailleurs tout ce qui l'intéressait. Et comment lui résister ? Justice était torride, il embrassait comme un dieu, sa bouche méritait d'être estampillée « arme de dévastation massive ». Un seul baiser suffisait pour qu'une femme perde la raison et tombe la culotte.

Justice lui fit un bisou dans le cou. Son souffle chaud la chatouilla, puis il changea de nouveau de position et lui empoigna les deux fesses.

— Tiens-toi à moi. Je t'emmène au lit. On mangera plus tard ; j'ai encore envie de toi.

Le plus triste, dans cette affaire, était qu'elle en mourait d'envie, elle aussi. Passer des heures peau contre peau, dans les bras de Justice, était si tentant qu'il lui était pénible de résister. Mais Jessie ne se résignait pas à ce rôle d'intérimaire. Ni lui ni aucun autre homme ne se servirait d'elle à sa guise en attendant de se caser pour de bon.

— Pose-moi par terre.

— Tu es légère comme une plume.

Il s'écarta du mur. Jessie dut se pendre à son cou pour ne pas tomber à la renverse. Elle s'agita comme un beau diable, prit appui sur ses épaules pour se soulever, fit pression avec ses muscles vaginaux jusqu'à ce que sa queue, encore raide, soit éjectée. Dès qu'ils ne furent plus soudés l'un à l'autre, elle cessa de le serrer entre ses cuisses puis poussa avec les jambes.

Il trébucha, mais sans la lâcher. Gronda tandis qu'elle penchait la tête en arrière pour le regarder dans les yeux.

— Jessie ?

— Lâche-moi.

Justice afficha un désarroi profond – une émotion qu'elle connaissait bien. *À ton tour d'en baver*, songea-t-elle. Il consentit à la poser par terre, mais pas à la lâcher complètement.

— Qu'y a-t-il ?

Elle aurait pu en rire si ce n'était pas triste à en crever.

— Ce qui vient de se passer ne change rien. Appelons ça un coup d'adieu.

— Quoi ? glapit-il, médusé.

— Un coup d'adieu, répéta-t-elle en tentant de le repousser. Ce sont des choses qui arrivent. Ça gaze bien entre nous, c'est sûr, mais ça ne mène à rien. Tu as tes projets… et je n'en fais pas partie.

L'Hybride gronda aussitôt.

— N'importe quoi. Il n'est pas question qu'on se sépare. Allons nous coucher et discutons-en. (Il voulut l'attirer tout contre lui.) On est heureux, ensemble.

— J'ai l'air de nager dans le bonheur, là ? dit-elle en le regardant en face. J'en ai marre, d'être la fille avec laquelle tu passes tes nuits ! J'aimerais qu'on se voie en journée. Être présentée à tes amis, découvrir ton bureau. T'accompagner quand tu vas plusieurs jours à la Réserve, histoire qu'on ne soit pas séparés trop longtemps. Je veux tout, Justice. Tous les égards auxquels a droit une petite amie.

Nouveau son de gorge.

— C'est dangereux, Jessie. On en a déjà parlé.

— En effet. Ta décision est prise, et la mienne aussi. Tu appelles ça comment ?

— De l'aveuglement. Comment qualifier autrement ton refus d'envisager l'onde de choc que susciterait la nouvelle qu'on sort ensemble ?

Jessie aurait aimé pouvoir en rire, mais cette situation la blessait trop durement.

— Laisse-moi partir, Justice.

Quoique à contrecœur, l'Hybride consentit à la lâcher.

— Voilà. Je ne te tiens plus.

— Laisse-moi partir… pour de bon. Tu ne me veux aucun mal, pas vrai ? C'est une vraie obsession, chez toi. Eh bien, figure-toi que ça ne me convient pas, la vie qu'on mène. Que tu ne puisses pas ou ne veuilles pas m'accorder ce que je souhaite, au fond, c'est du pareil au même. J'en souffre. (Les larmes affluèrent.) Tu me fais mal.

Il secoua la tête.

— Non.

— Si.

Elle se couvrit la poitrine avec ce qui restait de son haut et regretta qu'il ne soit pas plus long, se sentant trop exposée, tant du point de vue physique qu'émotionnel.

— Laisse-moi, Justice, je t'en prie. Si tu tiens à moi, ramasse tes affaires, saute par-dessus le mur et disparais.

La jeune femme se détourna, incapable de supporter plus longtemps la peine qu'elle lui faisait, et marcha jusqu'à la baie vitrée qu'elle ouvrit en grand. Puis, toujours sans le regarder :

— Va-t'en, s'il te plaît. Il ne faut pas qu'on recommence. C'est trop douloureux.

— Je t'ai fait mal ? J'y suis allé trop fort ?

Sa voix, brisée, était au diapason de son visage ravagé.

— Jessie… regarde-moi.

Elle s'y refusa.

— Sors, Justice. Je t'en prie… sors.

— C'est au-dessus de mes forces, murmura-t-il. Je pense à toi tout le temps. Je…

Justice perdit le fil. Il agonisait de voir Jessie si désemparée : les épaules tombantes, elle serrait contre elle son vêtement déchiré comme quelqu'un venant d'encaisser une triste nouvelle. Pourquoi n'arrivait-il pas à trouver les mots justes pour lui faire comprendre à quel point il tenait à elle ? Lui qui avait l'art de rédiger des discours adressés à toute l'espèce humaine, il échouait à exprimer ses sentiments à la seule personne ayant conquis son cœur.

— Fous le camp, sanglota-t-elle. Ne m'oblige pas à hurler ou à récidiver avec cette foutue alarme. J'ai l'air d'une idiote quand ils arrivent et que je fais passer ça pour un geste accidentel. J'ai besoin de souffler. Si tu tiens à moi, prouve-le et va-t'en.

La mort dans l'âme, Justice collecta ses affaires en traînant les pieds puis s'arrêta à hauteur de la jeune femme.

— Jessie ? Parle-moi, je t'en supplie. Ne m'oblige pas à partir. Je veux rester auprès de toi.

La tentation était forte de la jeter en travers de son épaule et d'aller l'attacher au lit. Il pourrait ainsi lui faire comprendre à quel point ils appartenaient l'un à l'autre… mais la peine qu'il lut sur le visage de Jessie l'en dissuada. La voir ainsi lui déchirait le cœur.

— Jessie, je…

— Tout est fini.

— Je refuse d'entendre ça.

La colère couvait en lui ; non, tout n'était pas fini. Il ne l'acceptait pas.

Elle tourna les talons et se rua vers la porte d'entrée. Justice, pris de court, la vit pivoter sur elle-même, heurter le mur et placer la main au-dessus du bouton d'alarme. Elle croisa son regard, les larmes aux yeux.

— Tu tiens vraiment à ce que j'appuie sur ce truc ? Allez, pars.

— Ne fais pas ça.

Elle tapota le dispositif du bout de l'index.

— Ne compte pas sur moi pour vaporiser du parfum, cette fois. Ils sauront pour nous, si j'appuie là-dessus. Je ne déconne pas. (Le menton dressé, Jessie laissa la colère étinceler dans ses pupilles.) Et ne reviens plus tant que ce n'est pas pour m'inviter quelque part. En public. J'en ai assez dit. Tu as cinq secondes pour foutre le camp.

— Jessie, ne fais pas ça.

— Quatre.

— Merde, quoi, laisse-moi m'expliquer.

— Trois.

Le dos raidi, elle inspira à pleins poumons. Justice sentit la colère monter en lui.

— Si tu crois m'intimider…

— Deux. Je suis sérieuse, mon grand. À zéro, j'appuie sur ce truc et je laisse entrer tes gars. Tu n'auras plus le choix, après ça. Tout Homeland ne parlera plus que de nous, et ça fuitera certainement jusqu'aux médias. Tu connais leur goût pour les rumeurs graveleuses.

Ne pas obtempérer, c'était laisser Jessie se mettre en danger. Il grogna.

— Un.

Il fit volte-face, sortit en trombe et sauta par-dessus le mur. L'envie de rugir le tenaillait. De casser quelque chose. *Elle va se calmer, je vais lui manquer autant qu'elle me manque déjà. Il lui faut juste un peu de temps.* Ce raisonnement l'aida tandis qu'il rentrait chez lui par la porte de derrière et se laissait choir dans le premier siège venu. L'Hybride jeta ses fringues par terre puis ferma les yeux. La colère le disputait à la tristesse dans son cœur et dans ses pensées.

Chapitre 15

Deux semaines misérables s'étaient écoulées depuis qu'elle avait obligé Justice à partir. Qu'il la laissait en paix et s'arrangeait pour l'éviter complètement. Jessie s'obligea à reporter son attention sur Brise. L'édifice imposant se dressait derrière l'amazone ; l'excitation se lisait dans ses grands yeux.

— Nous y voilà ! Tu vas bien t'amuser, Jessie.

— C'est ici, votre fameux bistro ?

— Absolument. Bar et boîte à la fois. Les filles viennent s'y amuser entre amies, ou lever un mec quand elles sont d'humeur. Laisse-moi faire les présentations, tu vas lier connaissance avec plein de monde. On adore danser et on commence à se débrouiller. C'est Ellie qui nous a appris. Tu as grand besoin de passer un peu de temps ailleurs qu'au boulot et chez toi.

— J'aime beaucoup Ellie, confessa-t-elle.

Elle avait rencontré la responsable du dortoir des filles, et le courant était passé tout de suite. Ellie était la toute première humaine à avoir épousé un Hybride. Ne travaillant que quelques heures par jour au dortoir, elle le gérait cependant avec efficacité et sans heurt. Jessie, elle, y passait tout son temps quand elle ne rongeait pas son frein à la maison. Son poste à l'OPH consistait visiblement à traîner avec les pensionnaires et à s'en faire des amies.

— Moi aussi, je l'adore, avoua Brise.

— C'est une fille très sympa. J'espère qu'elle va guérir bientôt, cette histoire de grippe intestinale m'inquiète. Elle a encore vomi ce matin.

— Ellie est sous contrôle médical, tout va bien se passer. (Brise changea de sujet.) Tu comprends pourquoi c'est ma meilleure amie ?

— Et comment !

Une musique tonitruante émana du bâtiment bien avant que les deux filles en atteignent l'entrée. Ravie de lui faire découvrir le repaire nocturne des Hybrides, Brise ouvrit un battant et s'effaça pour laisser passer Jessie. Cette belle humeur amusa la jeune femme qui, sans rien en dire, s'imaginait découvrir un lieu ringard au possible, dans la mesure où les gens de l'OPH étaient néophytes en la matière. Elle se jura pourtant de tout faire pour s'éclater.

L'espace était vaste, dégagé et peu éclairé. Un bar courait le long du mur, près de l'entrée ; des tables avaient été disposées à proximité. Elle découvrit en outre des tables de billard et autres flippers. Tout au fond et légèrement en contrebas de la partie bar, un dancefloor très animé attira son attention.

Jessie, ébahie, vit qu'il y avait là plusieurs dizaines de pensionnaires du dortoir… et beaucoup plus de garçons. Les danseurs étaient plus de cent et n'avaient nullement l'air de débutants empruntés. Elle vit les corps évoluer avec une grâce hautement suggestive. C'était tout sauf ridicule. Les sourcils arqués, un grand sourire aux lèvres, Jessie sentit la porte se refermer derrière elle. Puis Brise la prit par la main et l'entraîna vers le bar.

— On adore danser, hurla l'Hybride pour se faire entendre. Buvons un truc.

Jessie, désireuse de planer un peu après une quinzaine morose, commanda un cocktail. Presque tous les fêtards s'en tenaient à un soda qu'ils buvaient à même la canette. Les filles s'installèrent au bar. Brise sirota sa boisson gazeuse en louchant sur la piste et en se dandinant sur son siège.

— Va danser, Brise. Tu en meurs d'envie.

— Si tu m'accompagnes, rétorqua l'amazone, tournée vers Jessie.

— Laisse-moi d'abord finir mon verre.

— OK, retrouve-moi quand tu veux. Nos hommes savent se tenir ; ils ne vont pas te sauter dessus. S'il y en a un que tu as envie de ramener à la maison, tu n'as qu'à le lui demander gentiment. Sur ce, je vais danser !

Brise se leva de son siège et courut presque jusqu'au dancefloor.

Jessie fut heureuse de ne pas avoir eu quoi que ce soit à recracher. « Ramener à la maison » ? « Demander gentiment » ? Merde alors ! Elle but une rasade en espérant que sa nouvelle amie ne s'attendait pas à la voir repartir avec un type pour un coup d'un soir. Jessie savait la pratique courante entre Hybrides pour en avoir discuté avec pas mal de pensionnaires, mais de là à ce que Brise l'imagine s'adonnant à ce passe-temps... Elle vida son verre en ruminant de sombres pensées.

La barmaid hybride répondait au nom de Christmas. D'un naturel jovial et souriant tout le temps, elle servit un autre verre à Jessie. L'intéressée haussa les épaules, but une gorgée et apprécia la façon dont le service fonctionnait. Aucun argent ne changeait de mains, les clients étaient resservis d'office, Christmas et ses collègues veillaient au grain.

Jessie se tourna vers la piste de danse et aperçut Brise, occupée à se trémousser avec un type de haute stature. Elle sourit aussitôt : le couple dansait peau contre peau et flirtait outrageusement. Il était facile d'imaginer ces deux-là faisant l'amour en voyant l'amazone tourner dans les bras de ce type immense, frotter son postérieur à l'entrejambe de son partenaire et se trémousser. Jessie but une autre lampée, prit conscience qu'elle allait probablement conduire au retour puisque Brise n'allait probablement pas rentrer chez elle et décida de s'arrêter au second verre. Pas question de rouler en état d'ivresse, fût-ce au volant d'une voiturette de golf.

Elle finit son cocktail et, quand Christmas croisa son regard, elle lui fit signe qu'elle n'en voulait pas d'autre. La barmaid acquiesça. Jessie se tourna de nouveau vers la piste. Brise et son partenaire en étaient au quatrième morceau enlevé. Le DJ enchaîna sur un slow.

La piste se vida. Les danseurs, assoiffés de s'être démenés, mirent cap sur le bar. Les rangs, en s'éclaircissant, permirent à Jessie de découvrir un autre couple. Son sourire envolé, elle sentit son cœur se serrer.

Justice dansait avec Kit, une Hybride avec laquelle elle discutait souvent au dortoir. Ses cheveux roux clair lui tombaient sur les épaules. Elle accusait un bon mètre quatre-vingts, avait de jolis yeux de chat, et l'ensemble qu'elle portait – minijupe en cuir noir et bustier – mettait en valeur son ventre plat. Jessie loucha sur ses jambes interminables et ses pieds chaussés de talons aiguille du plus bel effet. C'était grâce à cet artifice qu'elle paraissait presque aussi grande que le cavalier qui la serrait de près.

Justice était un danseur consommé. *Il est à moitié panthère*, se rappela Jessie. Un félin dont Justice, sexy en diable, possédait la grâce. Son débardeur mettait en valeur ses bras musculeux ; son jean délavé et moulant, un cul de rêve. Il avait les cheveux lâchés au lieu de la traditionnelle queue-de-cheval. Un dieu vivant.

Kit se retourna et se colla à lui – dos et fesses contre le torse puissant et les jambes de Justice. La tenant par les hanches, il ondula du bassin comme s'ils étaient en train de faire l'amour. Kit se déhancha pour lui sourire ; il fit de même. Ces deux-là formaient un couple parfait. Kit était féline comme lui. La partenaire idéale, en somme…

Jessie sentit son estomac se soulever en prenant conscience que c'était peut-être Kit qui allait emménager un jour à sa place. Refoulant ses larmes, elle refusa de pleurer à cause de ce salopard et serra les dents. L'image de Kit et Justice… copulant… se superposa au spectacle qu'ils offraient sur la piste de danse : leurs corps se mouvaient au rythme de la musique, ils se frôlaient, mieux, Justice avait les mains sur ses hanches. Il l'enlaça ; Kit éclata de rire. Puis elle se retourna, se pendit au cou du colosse et se frotta à lui. Leurs lèvres se touchaient presque.

Jessie se détourna, prit appui sur les barreaux de son tabouret et se hissa le plus haut possible. Ayant réussi à attirer l'attention de Christmas, elle articula « un autre, s'il te plaît ». La barmaid fit OK.

La jeune femme se rassit et tourna la tête, incapable de s'arracher au spectacle qui lui déchirait le cœur. Justice et Kit dansaient toujours peau contre peau. Sous les yeux de Jessie, la grande Hybride se cambra au maximum, le bas du corps toujours collé à Justice, qui profita de l'aubaine pour lui caresser le ventre. Jessie s'obligea à se détourner, c'était trop dur à supporter, au moment précis où Christmas lui servait son verre. Elle se fendit d'un sourire torve, attendit que la barmaid se soit éloignée et vida son cocktail à longs traits.

— Jessie ! s'exclama Flamme, tout sourires, qui venait d'arriver. Toi, ici ?

— Comme tu vois. Comment vas-tu ?

Elle le détailla, heureuse que sa grande carcasse lui bouche la vue sur la piste de danse. Il portait un débardeur, comme la plupart des mecs présents, et un pantalon noir. Ses cheveux étaient ramenés en queue-de-cheval.

— Super, merci. J'attends toujours ton coup de fil.

— Désolée de ne pas avoir appelé. Je découvre les lieux, c'est Brise qui m'a invitée.

— Comment ça se passe, côté boulot ? demanda-t-il en prenant place sur le tabouret voisin.

— Facile. Je passe mes journées à bavarder avec des filles pour les inciter à sortir de leur coquille. J'ai aussi donné quelques leçons de cuisine, et enseigné à se servir d'Internet. (Elle haussa les épaules.) Ça me plaît.

— Tu t'es fait des amis ?

— Quelques-uns.

C'était vrai : elle avait noué des liens avec de nombreuses femmes hybrides. Sans, hélas, avoir l'occasion de s'épancher sur ses problèmes, et surtout sur le problème central – un certain Justice North.

— Et la sécurité, ça roule ?

Il sourit jusqu'aux oreilles.

— On s'est mis à vanner les manifestants. Ils détestent ça ! Il y en a même qui sont partis pour de bon.

Passablement éméchée et ravie d'aborder un sujet qui lui évitait de regarder à la dérobée ce que Justice faisait à Kit, Jessie s'esclaffa.

— C'est génial !

— Danse avec moi, proposa-t-il, la main tendue. N'aie pas peur. Si tu ne sais pas, ça n'a aucune importance. La moitié d'entre nous sont des novices, mais ça n'empêche personne de s'amuser.

Jessie hésita. Coup d'œil inquiet à la piste : Justice avait disparu. Il avait dû partir avec Kit, comprit-elle en ne le voyant nulle part. S'il avait vidé les lieux, elle ne risquait pas de le croiser par mégarde. Pourquoi ne pas danser ?

Elle cesserait peut-être de s'interroger à propos de ce qu'il fabriquait avec cette grande et séduisante Hybride féline… Elle mit sa main dans l'immense battoir de Flamme. Sa peau était très chaude, ce qui lui rappela Justice. Jessie refusa d'aller sur ce terrain-là; c'était un coup à fondre en larmes.

Arrivée sur la piste de danse, Jessie se sentit minuscule au milieu de cette foule de géants des deux sexes. Flamme, souriant toujours, commença à danser – beaucoup mieux que ce qu'il avait sous-entendu. La jeune femme se laissa porter par la musique et lâcha prise. L'alcool aidant à se désinhiber, elle ne rejeta pas Flamme quand celui-ci vint se coller à elle.

Justice sortit des toilettes et prit la direction du bar où il était censé retrouver Kit. Elle lui avait commandé un jus de fruits et faisait signe à plusieurs personnes. Il sentit quelqu'un approcher dans son dos, se retourna et vit qu'il s'agissait de Brise.

— Salut, Justice. Comment ça va, ce soir ? Tu profites de ta soirée, pour une fois ?

Il sourit.

— Tout le monde devrait en faire autant une fois par semaine.

— Tu as des nouvelles de Tammy et Vaillant ?

— Tout roule de ce côté-là, Brise. Sois heureuse d'apprendre qu'ils ne perturbent plus le sommeil de quiconque.

Brise rit de bon cœur. Puis, regardant le dancefloor :

— C'est cool, elle s'amuse bien. Et elle se débrouille, en plus.

Justice but une gorgée du verre que venait de lui tendre Christmas.

— Qui ça ? Tu as invité une nouvelle ?

— En quelque sorte, s'amusa Brise. Une nouvelle, oui… mais pas Beauté. Jessie Dupree.

Justice faillit lâcher son verre. Se retournant sur son siège, il passa la piste au crible et n'eut aucune difficulté à repérer Jessie, qui dansait avec Flamme en lisière de la foule. Il resta rivé sur le duo. Les cheveux longs de Jessie venaient frotter contre un jean moulant qui mettait ses fesses en valeur. Son haut noir, tout aussi ajusté, autorisait une vue plongeante sur son décolleté laiteux.

Jessie dansait si bien qu'il sentit aussitôt la jalousie lui échauffer les sangs en voyant la petite humaine onduler des fesses et lever les bras au-dessus de la tête. Flamme lui prit la main, la fit tournoyer, puis sa cavalière se colla à lui, lui posa une main sur l'épaule… et Flamme eut le culot de la faire basculer en arrière. Le spectacle d'un autre que lui faisant se cabrer la femme qui était sienne, et pressé contre elle, arracha un grondement à Justice. Il se leva si brusquement que le tabouret tomba.

Brise et Kit se retournèrent vers lui. Brise fut la première à réagir.

— Il y a un problème ?

Justice la foudroya du regard.

— Tu as fait venir une humaine ?

L'amazone n'en revint pas.

— Mais… c'est Jessie, il n'y a aucun risque.

— Elle ne craint rien, confirma Kit. Tout le monde l'aime bien et nos mâles savent se tenir.

— Elle n'a rien à faire ici.

Se maîtrisant à grand-peine, il réussit à ne pas grogner après les deux femmes. Son regard noir se reposa sur Jessie juste au moment où celle-ci dévoilait plus de poitrine que ce qu'il jugeait convenable en public.

— Fais-la sortir immédiatement.

— Mais enfin, Justice, hoqueta Brise, je te jure qu'elle ne court aucun risque.

Il tourna la tête dans la direction de l'amazone et la fusilla du regard.

— Cette humaine a été placée sous notre protection. Tous les nôtres ne les aiment pas. Reconduis-la chez elle, à l'abri.

— Elle danse avec Flamme. Personne ne se risquera à l'approcher tant qu'ils sont ensemble. Au moindre souci, il saura la défendre. (Brise se mordit la lèvre.) Elle est en sécurité avec lui comme avec moi. Flamme ne laissera personne s'en prendre à Jessie ; il l'aime bien.

— Il « l'aime bien » ? ricana Kit. C'est rien de le dire ! Chaque fois que je croise Flamme, il me parle de Jessie. À tout bout de champ. Tu n'as pas à t'inquiéter, Justice : Flamme est tout disposé à veiller sur Jessie nuit et jour… et même à la réchauffer quand elle a froid, si tu vois ce que je veux dire. La seule personne qu'il autorisera Jessie à toucher ce soir, c'est lui-même.

Justice vit rouge et fonça vers la piste. Flamme n'enlaçait plus Jessie, mais ils dansaient toujours trop serrés à son goût. La façon dont elle se mouvait rappela à Justice leurs premiers ébats, quand elle l'avait chevauché et qu'il la pénétrait à fond.

Il atteignit le dancefloor alors que Jessie lui tournait le dos. Les bras tendus vers le ciel, les poignets joints, elle ondulait sur place. Justice fut hypnotisé par son cul rebondi et la désira si violemment que sa braguette menaça de céder. Le cœur battant, les tempes bourdonnantes, il sut à cet instant que si Flamme esquissait le geste de la toucher, il lui arracherait le bras.

Jessie s'amusait beaucoup. Flamme, excellent danseur, lui avait fait exécuter toutes les figures possibles. La jeune femme adorait le morceau en cours, l'un de ses préférés, et se trémoussait en rythme.

Une main puissante se referma sans crier gare sur ses poignets levés. Jessie hoqueta, prise au piège, incapable de se dégager. Elle tourna la tête. Stupeur : c'était Justice qui la tenait, et il avait l'air enragé.

Jessie n'en revint pas. Que faisait-il au bar ? Elle aurait juré qu'il était parti avec Kit… Il vint se placer devant elle sans la lâcher, l'air toujours aussi furax. La rage qui couvait lui faisait les yeux noirs, sans une once de bleu. Elle dessoula instantanément.

— Salut, Justice, beugla Flamme pour se faire entendre dans le brouhaha. Il y a un problème ?

L'intéressé cessa de dévisager Jessie et se tourna vers son cavalier. Les paupières réduites à deux fentes, les narines frémissantes, il laissa échapper un grognement animal. Flamme blêmit et recula. Justice l'ignora et reporta son attention sur Jessie.

— Rentre chez toi. C'est dangereux, ici, pour une humaine, cracha-t-il d'une voix rauque, bestiale.

Les dents serrées, Jessie sentit la colère enfler en elle. Justice était furieux de la voir danser avec un autre. Inutile d'être télépathe : tout, dans son comportement, trahissait le type jaloux à en crever. Quel fumier !

— N'importe quoi. Je m'éclate avec mes amis et je danse.

— Tu pars tout de suite, gronda Justice, les narines frémissantes.

Jessie le détesta à cet instant. Du fond du cœur. Ce sale hypocrite, qui venait de se frotter sous ses yeux contre une autre femme, avait le culot de lui ordonner de partir ?

— Désolée, monsieur North, répondit-elle avec aplomb. Vraiment navrée de ne pas vous avoir demandé la permission, mais vous dansiez avec Kit. Je n'ai pas osé aller vous interrompre, vous étiez très occupés à vous frotter l'un à l'autre.

Justice pâlit un peu; son regard s'adoucit. Profitant de ce qu'il la serrait moins pour se dégager, Jessie prit un peu de champ.

— On en discutera plus tard. Rentre chez toi.

— Il n'y a rien à discuter. Rien du tout. Je suis venue ici, j'ai tout vu et j'ai retenu la leçon. Je ne referai pas la même erreur, conclut-elle, les larmes aux yeux. Bonne fin de soirée avec Kit, monsieur North. Vous formez... un couple parfait.

Justice la regarda dans les yeux et fit un pas hésitant vers elle. Jessie cilla pour refouler ses larmes puis tourna les talons, à deux doigts de s'écrouler tant la tête lui tournait, mais trop fière pour craquer en public. Deux foulées plus loin, elle sentit une grande main chaude se poser sur son avant-bras. Elle leva les yeux vers Justice.

— Désolé pour ce soir, mais c'était nécessaire. Il faut parfois faire certaines choses au nom du bien commun.

Qu'est-ce qu'il me chante, là? Elle avait compris le mot « désolé », mais tout le reste était de l'hébreu.

— Je ne pige pas, désolée...

Il la dévisagea de longues secondes avant de la lâcher.

— On en reparlera demain.

Demain. Comptait-il découcher ou rentrer en galante compagnie? Dans un cas comme dans l'autre, évidemment, l'explication de texte ne pouvait pas avoir lieu ce soir. Jessie sentit son estomac se serrer. Kit et Brise approchaient; la première s'arrêta devant Justice et lui posa la main sur le bras.

— Justice, plaida-t-elle, Jessie s'amuse, c'est tout. Laisse-la tranquille et viens danser.

Brise parla à son tour.

— Si tu acceptes, je te jure de veiller sur elle avec Flamme.

Flamme prit la balle au bond.

—Au péril de ma vie, mec.

—Ramène-la chez elle illico, ordonna Justice à Brise.

Flamme tendit la main à Jessie.

—Je te reconduis.

Jessie vit les narines de Justice se remettre à frémir. Il la fusillait du regard, mais baissa les yeux quand Kit entreprit de lui masser le biceps et se laissa faire.

Quel salaud… Il a le droit de coucher avec Kit et moi, je ne peux même pas adresser la parole à un autre homme. Jessie, la mort dans l'âme, afficha un sourire forcé.

—Avec plaisir, Flamme. Merci à toi. (Elle lui prit la main et tourna le dos à Justice.) J'ai trop bu, il ne faut pas que je conduise.

—Jessie ? gronda Justice.

Elle le regarda par-dessus son épaule.

—Tu te rappelles ce que j'ai dit, à propos des mâles hybrides ? On en a parlé, souviens-toi. Mot pour mot. C'est important.

Jessie, bouche bée, lâcha la main de Flamme et se tourna lentement vers l'élu de son cœur. Elle se rappelait très bien qu'il avait juré de tuer celui qui oserait poser la main sur elle. Kit était appuyée à lui. Sa main courut le long du bras avant de venir lui caresser l'estomac, juste au-dessus de la ceinture. Un geste familier. Intime.

—Tout doux, Justice, ronronna Kit. Tu te fais du souci pour elle parce qu'elle est sous ta protection, mais Flamme ne va lui faire aucun mal.

—Brise, tu la raccompagnes. Flamme, tu restes ici.

L'ordre avait fusé sur un ton catégorique, presque menaçant. Jessie sentit la moutarde lui monter au nez. *L'enfoiré !*

—Je suis majeure et célibataire, monsieur North. Je n'ai d'ordre à recevoir de personne, surtout d'un presque inconnu. J'ai été mariée, autrefois, mais ce salaud-là ignorait tout de la loyauté. Il couchait à droite à gauche tout en exigeant que je reste bien sagement à la maison. Alors j'ai demandé le divorce, parce qu'on ne me la fait pas. Ni hier ni aujourd'hui. Quand un type me trompe, il n'a aucun droit de se mettre en colère si je vais voir ailleurs. Je rentre, à présent. Merci pour votre… (elle chercha le mot juste, consciente d'en avoir trop dit mais n'en ayant cure) sollicitude.

Puis, tournant les talons :

— Allons-y, Flamme. C'est très gentil à toi de me ramener, je vais te faire visiter chez moi.

Quelques pas plus tard, elle se rendit compte qu'elle perdait l'équilibre. Flamme l'empêcha *in extremis* de tomber et éclata de rire.

— Tu as trop bu, petite Jessie.

— Probable. J'ai vidé trois verres, ça fait beaucoup, je n'ai pas l'habitude.

— Ça remonte à quand, ta dernière cuite ?

— Oh, un an, à peu près. La première fois que…

Agrippée par la taille et soulevée, elle heurta un corps chaud et dur. Hébétée comme elle l'était, Jessie se contenta de hoqueter quand ses pieds retouchèrent le sol. Des bras puissants l'empêchaient de bouger. Un grondement lui tonna au creux de l'oreille, celle qui était la plus proche de la bouche de Justice. Flamme fit volte-face pour voir ce qui arrivait.

— Elle est soûle. Tu ne l'emmèneras nulle part. (Justice gronda de plus belle.) Va-t'en, Flamme. Elle est sous ma protection. Le sujet est clos. Son père serait furieux d'apprendre qu'un inconnu la touche alors que l'alcool lui brouille les idées.

Flamme recula, comme sonné, et prit la tangente sans un mot. Jessie ventilait à fond en s'efforçant de comprendre ce qui venait de se passer quand elle sentit le souffle chaud de Justice, penché pour lui murmurer à l'oreille :

— Je vais le tuer, Jessie. C'est ce que tu souhaites ? Me voir tailler Flamme en pièces ? Réfléchis avant de parler ou d'agir. Je ne couche pas avec Kit. Je te suis fidèle depuis qu'on est ensemble. Notre petit manège sur scène, c'est uniquement pour sauver les apparences et faire croire à mon peuple que tout va bien. (Il desserra son étreinte.) Rentre chez toi. Mon hélico décolle dans une heure, je dois être à la Réserve demain matin tôt pour une réunion. On reprendra cette conversation à mon retour, dans l'après-midi.

Son grand corps tout entier était secoué de tremblements.

— Félicite-toi que je doive partir, parce que là tout de suite, je ne suis pas à prendre avec des pincettes. Je suis dangereux, Jessie. Je serais capable de te montrer pourquoi tu n'accepteras jamais aucun autre homme.

Il la relâcha aussi vite qu'il l'avait saisie, recula et foudroya Brise du regard.

— Raccompagne-la et veille à ce qu'aucun mâle ne l'approche. Elle a bu, il faut la protéger. Renifle-la ; tu t'en rendras compte. S'il lui arrive quoi que ce soit, ton compte est bon.

Là-dessus, il quitta le bar à grandes enjambées.

— Justice ? Et merde ! maugréa Kit.

Elle se campa devant Jessie, les mains sur les hanches.

— Tu l'as mis en rogne alors qu'on s'amusait bien, grommela-t-elle. Je n'aime pas ton père, si c'est à cause de lui que Justice se fait un sang d'encre à ton propos.

Brise, un peu perdue, approcha à son tour.

— Allons-y, Jessie. (Elle renifla.) Combien de verres tu as bus ?

Exprime-toi, ordonna l'intéressée à son cortex ramolli.

— Euh… quelques-uns.

Elle ferma la bouche.

Brise la conduisit dehors, la fit monter dans la voiture de golf et prit le volant. Un silence gênant s'installa jusqu'à destination. Jessie se sentait meurtrie par le spectacle qu'avaient offert Justice et Kit, humiliée par la scène qu'il avait créée ensuite et très, très soûle. Quelle idée d'avoir commandé – et surtout bu – ce troisième cocktail !

— Laisse-moi t'aider à rentrer, dit l'amazone en la détaillant. Il est rare qu'on boive de l'alcool, nous autres. Le goût est bizarre et ça sent mauvais.

— Tu insinues gentiment que je pue, c'est ça ?

Brise s'esclaffa en l'aidant à se tenir debout. En appui incertain, Jessie se rappela pourquoi elle évitait généralement de boire : avec son poids plume, l'alcool lui faisait un effet bœuf. Elle parvint à marcher avec le secours de Brise.

— Petite comme tu es, tu ne devrais pas boire cette horreur, Jessie. À quoi ça rime ? Tu ne tiens plus debout et tes yeux ressemblent à des billes.

— Pas très sexy, hein ?

— Non.

Jessie éclata de rire. Les Hybrides étaient vraiment impayables, avec leur sincérité désarmante. Elle voulut ouvrir mais la serrure, retorse, esquivait sa clé. Brise grogna doucement, lui arracha le trousseau et déverrouilla. Puis elle mit la lumière.

— Laisse-moi te conduire au lit.

— Pas la peine. C'est pas la première fois que je me mets minable, tu sais.

— Te mettre minable ? Qu'est-ce que tu racontes ? Je ne t'ai pas vue te battre, au bar…

De nouveau hilare, Jessie leva la tête vers l'amazone.

— C'est une expression. Pas la première fois que je bois trop, si tu préfères. Merci de m'avoir reconduite. Ça ira.

— Tu en es sûre ?

— Certaine. Merci et bonne nuit.

Elle tourna les talons et se concentra sur le fait de mettre un pied devant l'autre. La porte claqua : son amie était partie. Le vague à l'âme afflua.

Justice et Kit allaient bien ensemble, et s'il était possible qu'ils n'aient pas couché ensemble dernièrement, la façon que la grande Hybride avait de le toucher ne laissait aucun doute : ils avaient été amants. Justice ne s'était certainement pas privé de flirter – avec Kit, voire avec d'autres – pendant que Jessie s'était morfondue à la maison. Cette idée la rendait dingue et, pire encore, la blessait. Avait-il dit la vérité… ou menti ? Le bougre était capable de se taper toutes les femmes de Homeland !

Les larmes aux yeux, Jessie regretta amèrement d'avoir tant bu : l'alcool la mettait à fleur de peau et l'empêchait de raisonner. Justice était un salaud… mais un salaud torride. Elle avait adoré se retrouver dans ses bras. Mieux encore, il la faisait jouir comme personne. Quant à s'avouer qu'elle était tombée désespérément amoureuse de lui… elle préféra en rire entre deux sanglots.

— Je choisis mal mes mecs, gémit-elle.

Le son de sa voix brisée, et l'écho de la douleur sous-jacente, mirent un terme abrupt à sa tentative de faire bonne figure. Les sanglots redoublèrent. Elle vacilla jusqu'au bord du lit, y grimpa et se recroquevilla en position fœtale.

Elle avait fondu pour un accro au travail, le chef de l'OPH, son grand patron. Une catastrophe annoncée dès l'instant où elle l'avait trouvé si sexy en débardeur. Sans parler du jean moulant. Quelle femme n'aurait pas flashé en découvrant Justice North ?

— Jessie ?

Une lumière vive se fit dans la chambre : Brise arrivait en trombe.

— Tu es tombée, tu t'es fait mal ?

Et merde ! Jessie se passa la main sur le visage, renifla et obligea son corps à réagir. Assise sur le matelas, elle choisit cependant de tourner le dos à l'amazone.

— Ça va, merci. Je chiale quand j'ai bu. C'est un truc d'humaine, mentit-elle. Je te croyais partie.

— Je suis au courant qu'il arrive qu'on soit malade et qu'on vomisse quand on a bu. Or je suis ton amie, et Justice m'a donné l'ordre de veiller sur toi.

Le simple fait d'entendre ce nom la fit sangloter de plus belle. Le visage entre les mains, elle se jura de ne plus jamais boire une goutte d'alcool et répondit comme elle put.

— Ce n'est rien. Rentre chez toi, Brise. Ça ira mieux demain matin.

— Qu'est-ce qui t'arrive, Jessie ? Toi qui es toujours si gaie, te voilà toute cramoisie, en larmes et triste…

Brise lui posa une main sur l'épaule et lui dégagea le visage en douceur afin de croiser son regard. Elle poussa un juron étouffé.

— Tu souffres, je le vois bien. Qui t'a fait du mal ?

— Rien. Personne.

— Tu mens, accusa l'amazone. Je t'ai vue baisser les yeux. Ne fais pas ça. On est amies, toi et moi, et je déteste qu'on me baratine. Tu dois tout me dire.

Jessie s'en voulut ; Brise était la franchise et la gentillesse incarnées. Elle lui avait dévoilé de nombreux secrets sur les Hybrides, lui faisait confiance et demandait que ce soit réciproque… mais ce secret-là était trop gros.

— J'aimerais bien, crois-moi, mais c'est impossible.

La colère apparut sur le visage de la grande Hybride.

— C'est Flamme, le coupable ? Il t'a touchée où il ne faut pas ? Il t'a fait du rentre-dedans, au bar ? Il va souffrir, ce…

— Non, intervint Jessie en secouant la tête. Flamme s'est conduit en vrai gentleman.

L'amazone, perplexe, la regarda par en dessous.

— Mais tu souffres, je le vois bien… Tu es malade ? Il te faut un docteur ?

— Tu n'as pas idée à quel point j'ai besoin de vider mon sac. Mais c'est impossible.

— Je comprends. C'est top secret. On connaît ça, nous aussi.

Jessie éclata en sanglots. « Top secret » décrivait parfaitement sa relation avec Justice : personne n'avait le droit de savoir. Brise lui chuchota des paroles apaisantes et l'enlaça. Lui donna de petites tapes amicales dans le dos. Jessie finit par cesser de pleurer.

— Désolée d'avoir craqué. Je ne devrais pas boire ; ça m'empêche de me contrôler.

— Ce n'est rien, Jessie. Ça arrive à tout le monde, de pleurer.

— Même à toi ? s'étonna Jessie en la dévisageant.

Brise eut un temps d'hésitation.

— Souvent, quand j'étais jeune, puis j'ai compris que les larmes n'apaisaient pas la douleur et ne changeaient rien au problème. Cela dit, tu as de la chance si ça te soulage un peu. Tu dois être crevée, après avoir tant pleuré. Dors. Je vais rester auprès de toi jusqu'à ce que tu sois endormie. Les petites que tu as aidé à délivrer adorent ça. Elles savent que ça signifie qu'on tient à elles. Et je tiens à toi, Jessie. Tu es mon amie.

— Merci. J'ai de la chance, de t'avoir comme amie. Et d'avoir pu me laisser aller dans tes bras. Ça m'a fait du bien de ne pas pleurer toute seule.

— Pas de problème… Essaie juste de me prévenir, la prochaine fois. Je passerai quelque chose de plus épais, tes larmes m'ont trempé l'épaule.

Jessie éclata de rire malgré son vague à l'âme.

— Vraiment désolée ! Tu seras prévenue tout de suite, c'est promis, si je sens que ça risque de recommencer.

— C'est cool, dit Brise en se fendant d'un clin d'œil.

Elle tira les couvertures ; Jessie s'installa. L'amazone disparut dans la salle de bains dont elle ressortit avec une brosse à cheveux et un mouchoir en papier qu'elle tendit à Jessie.

— Mouche-toi le nez.

— Bien, m'man.

Brise s'esclaffa et désigna la tignasse de sa protégée.

— Laisse-moi te brosser les cheveux. C'est agréable et ça va t'aider à t'endormir.

— C'est super gentil, merci.

Jessie se détendit. La grande Hybride lui lissa les mèches dans le dos, appliqua la brosse à la racine et entreprit de lui dénouer les cheveux. C'était très agréable. Ses muscles se délièrent, elle bâilla. Le mouvement cessa brusquement tandis que le matelas s'enfonçait ; Brise, qui s'était décalée, lui souleva la tignasse et gronda après lui avoir découvert une épaule.

— Qui t'a fait ça ?

Jessie, interdite, se tourna vers l'amazone et fronça les sourcils.

— Fait quoi ?

Brise la prit par l'épaule et dénuda celle-ci. Jessie baissa les yeux, vit les traces rouges aux endroits où Justice l'avait mordue jusqu'au sang et se sentit blêmir. La rougeur était promise à s'estomper… mais elle garderait probablement une légère marque à vie.

— Jessie ? Qui t'a fait ça ? C'est forcément l'un des nôtres. (Brise poussa un juron.) Pour qu'un mâle t'ait mordue ainsi, il y a deux options, pas trois : soit tu t'es débattue pendant qu'il te montait par-derrière pour t'empêcher de bouger, soit l'un des miens s'intéresse de trop près aux humaines. Parmi les femmes qui couchent avec les Hybrides, certaines supplient leur partenaire de les mordre. Elles s'imaginent que c'est très excitant… mais c'est strictement interdit.

— Laisse tomber, je t'en prie, murmura Jessie.

L'amazone lui lâcha l'épaule, se leva et la fusilla du regard.

— Tu as été montée par un Hybride. Soit contre ton gré, soit parce qu'il s'amuse à croquer les humaines. Ces plaies sont assez récentes. C'est ça qui te faisait pleurer ? Je veux son nom. Tout de suite.

— Brise, je t'en supplie. Il ne s'est rien passé de tel. Oublie cette histoire.

— J'appelle la sécurité. Tu n'as pas l'air de comprendre à quel point c'est grave. Que l'un de nos mâles viole les humaines ou les morde par jeu, il faut que ça s'arrête immédiatement.

La grande Hybride se dirigea vers la porte.

— Stop !

Brise se retourna. Jessie lui adressa un regard suppliant, paniquée à l'idée qu'elle donne l'alerte.

— Ça ne s'est pas passé comme ça…

L'amazone gronda.

— Comment, alors ? Dis-le ou j'appelle.

Justice allait être furieux. Si les agents de l'OPH s'en mêlaient, c'en était fini de leur secret. Jessie aurait souffert pour rien et il allait croire qu'elle avait parlé par esprit de vengeance. Elle n'était pas mesquine à ce point.

— Si je te dis la vérité, tu jures de ne rien répéter à personne ?

— Si l'un des nôtres s'en prend aux femmes, je refuse de me taire, rétorqua Brise, perplexe.

— Tu te trompes. Je n'ai pas été agressée et… (elle effleura les traces de morsure) et ce n'est pas non plus l'œuvre d'un type qui mord les humaines par jeu.

Brise se rassit sur le lit.

— Tu as ma parole. Je t'écoute.

Jessie se mordit la lèvre.

— Le jour du mariage entre Tammy et Vaillant, j'ai fait la connaissance d'un Hybride. Je venais d'être attaquée par l'un des mâles récemment libérés, et ce type m'a défendue. On a dîné ensemble, une chose en a entraîné une autre… C'était librement consenti.

— Son nom ?

— C'était consenti, répéta Jessie en priant pour ne pas avoir à répondre.

— Il t'a mordue ? s'étonna Brise, les sourcils froncés. Tu as changé d'avis pendant l'acte et il t'a contrainte à rester sous lui ? Une fois que c'est commencé, nos hommes ne contrôlent plus grand-chose. Je suis navrée, Jessie. Il t'a fait très mal ?

— Pas du tout.

— Tu l'as revu. Ici, à Homeland ? dit Brise, les yeux rivés sur l'épaule de Jessie. C'est à peine cicatrisé. Depuis combien de temps vis-tu ici, trois semaines ?

— Ça a eu lieu ici, oui.

— Comment s'est passée la morsure ?

— On faisait l'amour. (Court silence.) Il m'a prise entre ses crocs en me disant de me tenir tranquille. Il faut vraiment que je te raconte tout ça ?

— Oui, sauf si tu préfères tout raconter aux agents de l'OPH. Allez, accouche.

Jessie se sentit devenir écarlate.

— Il essayait d'être très doux, d'y aller lentement par peur de me faire mal, mais moi, j'avais envie qu'il y aille franco. Je lui ai… comment dire… forcé la main, et il m'a mordue. C'est aussi simple que ça. Je n'ai pas eu mal du tout, il était désolé, et il ne l'a pas fait avec l'intention de me blesser.

Les sourcils toujours froncés, Brise la dévisagea sans mot dire.

— Quoi encore ?

— Pourquoi pleurais-tu, tout à l'heure ? Il vit à la Réserve et a été contraint d'y retourner ? Certains de nos mâles qui résident là-bas étaient présents, il y a quelques semaines. Dis-moi qui c'est, que je le fasse revenir. Il doit drôlement te manquer, pour que tu pleures son absence…

— On ne se voit plus. J'ai rompu.

— Alors pourquoi diable pleures-tu ? Tu regrettes, tu veux qu'il te revienne ?

— Si seulement c'était aussi simple, se lamenta Jessie, de nouveau au bord des larmes. Tu promets de ne rien dire ? J'ai terriblement besoin de toi, Brise. D'avoir quelqu'un à qui parler. En qui j'ai confiance.

— Tu peux me faire confiance. Quel est ce secret qui te bouleverse ? Parle.

— J'ai dû rompre avec lui parce qu'il ne voulait pas que notre relation soit rendue publique, exposa la jeune femme, le visage strié de larmes. Il dormait dans mon lit nuit après nuit, mais le jour, si je l'avais croisé, il aurait sûrement tout fait pour m'ignorer. Je l'aime à en crever. Lui, de son côté, s'est mis dans la tête qu'il se marierait un jour avec une Hybride. C'est son grand projet… et je n'en fais pas partie.

Brise poussa un juron étouffé.

— C'est un imbécile. Tu es une fille formidable, Jessie. N'importe quel mec devrait être fier de t'avoir pour compagne. Combien de temps ça a duré, votre histoire ?

— On a dormi ensemble quatre nuits d'affilée, et ça serait probablement toujours le cas si je ne lui avais pas dit que j'en avais ma claque, de cette vie de secret. C'est invivable, Brise. Ça me fait trop mal de savoir qu'il ne me présentera jamais à personne.

— Quel idiot… Plusieurs de nos mâles vivent heureux avec une humaine. J'ai une idée. Je vais jouer à celle qui ne sait rien et l'obliger à passer du temps avec Ellie et Rage. Quand il verra à quel point ils vont bien ensemble, il saura que ça peut marcher, entre vous deux. Donne-moi son nom et j'en fais mon affaire, conclut l'amazone, radieuse. Tout va s'arranger.

— Il les connaît déjà.

Le sourire de Brise s'effaça.

— Quel est son problème, alors ? Ça saute aux yeux de tout le monde, qu'ils nagent dans le bonheur ! Il devrait profiter de la chance qui s'offre à lui.

Le cœur battant, Jessie hésita avant de tout balancer.

— Son problème, c'est qu'il est persuadé qu'en vivant avec moi, il trahirait ton peuple. Il s'inquiète aussi de la réaction des groupes suprémacistes, de celle de mon père qui risque de ne plus soutenir l'OPH à Washington… En bref, il redoute que ça vire au cauchemar total. Je crois enfin qu'il a peur de donner le mauvais exemple aux Hybrides s'il se met en couple avec une humaine au lieu d'une fille comme toi.

Brise fronça les sourcils de plus belle.

— Ça n'a pas de sens. Aucun des nôtres n'a autant de poids vis-à-vis de nous tous et de ton père…

— Si, murmura Jessie. Un seul.

L'amazone devint blanche comme un linge.

— Justice.

Jessie fondit en larmes. Brise poussa un nouveau juron.

Chapitre 16

Brise se mit à faire les cent pas tout en jetant de fréquents coups d'œil à Jessie et en serrant les poings.

— Tout s'éclaire, à présent. Justice est très malin. (Courte pause.) Je comprends tout. Il t'a logée dans cette maison pour t'avoir à portée de main. Tout Homeland se demandait pourquoi il avait installé une humaine ici. Les autres résident dans un quartier bien à eux, sauf Ellie qui vit chez Rage. On nous a dit que c'était parce que Justice, qui connaît bien ton père, souhaitait garantir ta sécurité. Cette partie du complexe est encore mieux gardée que le reste.

— Je sais.

— Il habite à côté et peut venir ici à l'insu de tout le monde.

— Je sais, acquiesça Jessie.

Brise resta bouche bée.

— Très malin, vraiment. Quant à ce soir… (L'amazone plaça une main devant sa bouche puis la laissa choir le long du corps.) Sa réaction n'avait rien à voir avec ta sécurité. C'était de la jalousie ! Il était furieux de te voir passer du bon temps avec Flamme.

— Ça aussi, je le sais.

La grande Hybride plissa les paupières.

— Il était vraiment très, très en colère, Jessie. Tu as mis Flamme en danger, en acceptant de danser avec lui. C'est pour ça que Justice lui a interdit de te raccompagner. Nos hommes sont hyper possessifs. Je t'avais prévenue.

— Justice sortait avec Kit. On n'est plus ensemble, ça fait deux semaines que j'ai cessé de le voir.

— Tu as vu sa rage ?

— Et toi, tu as vu ses mains sur le corps de Kit, la façon dont elle le caresse ?

— Pas faux, dit Brise en se rasseyant. Ma pauvre chérie…

— Tu ne le répéteras à personne, hein ? Je t'en conjure.

— Jamais je ne ferai quoi que ce soit qui puisse nuire à Justice. Sa logique est imparable. Tu n'as pas affaire à un idiot… mais à Justice North.

— Donc son nom le rend plus malin ? persifla Jessie.

Brise se fendit d'un sourire amusé.

— Non. Mais ça explique son refus de te revendiquer et sa volonté de vivre caché. Justice est notre porte-parole aux yeux du monde. Notre modèle. Il est très respecté pour tout ce qu'il fait.

Le sourire de Brise se figea ; ses yeux s'emplirent de tristesse.

— S'afficher avec une humaine pourrait lui nuire de bien des façons, Jessie.

— J'en suis consciente, dit l'intéressée en sentant ses épaules s'affaisser. J'ai pigé. Je me rappelle l'hystérie des médias, quand Ellie et Rage se sont mariés. Un vrai cirque. Les plateaux télévisés se faisaient l'écho des groupes qui vous haïssent, on en voyait à tout bout de champ radoter sur le caractère « contre nature » de leur union. Alors que Rage et Ellie étaient de parfaits inconnus. Justice, lui…

— … est Justice North. L'Hybride connu du monde entier.

Brise se pencha et posa une main réconfortante sur le genou de Jessie.

— Toute la planète en parlera, le jour où il se mettra en couple. Quelle que soit l'heureuse élue. Mais ce serait mieux accepté s'il s'agissait d'une femme de mon peuple. C'est ce que tout le monde attend.

— Je sais, dit Jessie, les larmes aux yeux. Rien de nouveau sous le soleil.

L'amazone hésita.

— Tu m'as révélé ton secret. Je peux te révéler l'un des nôtres ? Mais à la condition que tu jures de ne pas le répéter non plus, attention. C'est très sérieux. Tu souffres tellement, je me dois de t'avouer une autre raison pour laquelle Justice est enclin à te préférer une Hybride.

— Juré craché. De quoi s'agit-il ?

— Toi qui en sais beaucoup sur nous, sais-tu que nous ne pouvons pas avoir d'enfants ?

— Oui. Et ça m'est égal. J'étais prête à renoncer à la vie de famille pour lui.

— Jessie… Si Justice décide de te prendre pour femme, il pourrait arriver une chose susceptible de mettre au jour notre secret le plus explosif. Nous tenons par-dessus tout à éviter que certaines choses s'ébruitent. Justice est sous le feu des projecteurs ; en devenant sa femme, tu le serais aussi. Ce secret-là aurait tôt fait d'être éventé. Les autres couples mixtes peuvent aisément échapper à l'attention du public, personne ne s'en soucie. C'est un peu plus délicat dans le cas d'Ellie et de Rage, mais heureusement, l'attention a eu le temps de retomber depuis leur mariage. En outre, ils ne quittent jamais Homeland et n'entretiennent aucun rapport régulier avec les humains de l'extérieur.

— Je ne comprends pas… pourquoi ce besoin de cacher les couples mixtes ?

Brise regarda Jessie dans les yeux.

— Jure sur ta vie de ne jamais répéter ce qui va suivre. Ça mettrait de nombreuses existences en danger.

— Je le jure.

Brise remua sur le matelas.

— Tu te souviens de la fois où je suis rentrée parce qu'Ellie avait une nouvelle à m'annoncer ?

— Oui…

— Elle est enceinte.

— Comment c'est possible ?! glapit Jessie, médusée.

— En couchant avec Rage après avoir subi une opération pour déboucher ses trompes de Fallope. C'était ça qui l'empêchait de tomber enceinte, mais désormais, tout va bien de ce côté-là.

— Mais…

— Une humaine et un Hybride peuvent concevoir ensemble. Nous l'avons découvert par hasard quand un de nos mâles a mis enceinte une de vos femelles, et nous l'avons caché au monde entier. La mère, elle, a déjà accouché. Nos gènes mutés sont dominants, apparemment : le bébé est cent pour cent hybride. Nous pensons que tous les enfants à naître le seront aussi. Si ça venait à se savoir…

— Miséricorde, lâcha Jessie, secouée. Les fanatiques vont péter un câble. La seule chose qui les rassure, c'est la perspective que les Hybrides sont condamnés à disparaître. Ils en sont déjà à miser sur l'année où le dernier d'entre vous mourra de vieillesse, comme ces cinglés qui parient sur la mort des célébrités. Quelle bande de fumiers…

— Tu l'as dit. Si Justice se marie à une humaine et que celle-ci tombe enceinte, c'en est fini du secret. (Brise hésita avant de poursuivre.) Nos toubibs essaient de découvrir pourquoi nous n'arrivons pas à tomber enceintes… le problème vient des femmes, c'est évident, pas des hommes. L'appareil reproductif féminin est beaucoup plus complexe ; rien ne nous assure qu'ils trouveront un jour. Nous gardons espoir, cependant, car nous voulons toutes avoir des enfants. Justice aussi voudrait en avoir s'il te prenait pour femme.

Il serait libre de choisir, en tout cas. Si j'en étais capable, je sais que j'aurais beaucoup de mal à résister. Et ce serait impossible de te cacher, toi ou l'enfant : étant sa femme, ton absence serait aussitôt remarquée. Nous espérons qu'avec le temps, les groupes extrémistes finiront par se dissoudre d'eux-mêmes et que notre existence sera acceptée par tous, mais en l'état actuel des choses, le monde n'est pas prêt à apprendre l'existence de bébés hybrides. Nous vivons dans la terreur qu'ils deviennent des cibles et qu'il faille les protéger coûte que coûte. Ils sont notre avenir.

Jessie ferma les yeux tant la douleur était vive ; la position intenable lui apparaissait enfin en pleine lumière.

— Je comprends. Il n'a pas le droit de se mettre en couple avec moi.

— Le risque est trop énorme. Pour toi, pour Justice, pour ces bébés. Toute humaine susceptible de s'unir avec l'un des nôtres deviendrait synonyme de nouvel Hybride à naître. Nos ennemis sont prêts à tout pour empêcher ça.

— Bien sûr.

Jessie sentit son cœur se briser. Son faible espoir – voir Justice changer d'avis – venait de voler en éclats. Il n'était pas parano, au contraire : il avait plutôt sous-estimé le danger.

— C'est vraiment fini, entre lui et moi.

— Que dis-tu de venir vivre au dortoir, Jessie ? Être sa voisine de palier ne doit pas être une partie de plaisir…

— Je vais y réfléchir.

— Je n'ai jamais connu l'amour, mais tu dois vivre un vrai cauchemar.

Jessie s'esclaffa malgré elle.

— Oui, tu as trouvé le mot juste.

— Justice et Kit, ça n'est pas sérieux. Il lui arrive de danser avec l'une d'entre nous, voire de coucher avec si les deux sont intéressés. C'est toujours de loin en loin. Ça te console, j'espère ? S'il la monte cette nuit, ce sera uniquement sexuel. C'est toi qu'il a choisie pour voisine, c'est dans ton lit qu'il avait choisi de dormir. Il ne l'avait jamais demandé à personne. Je l'aurais su, crois-moi, et très franchement, beaucoup de filles auraient consenti à faire cette concession à leur liberté. Justice inspire un tel respect que n'importe laquelle d'entre nous se sentirait honorée de devenir intime avec lui. C'est toi qu'il aime. Sache-le.

Loin de se sentir réconfortée, Jessie avait mal à en crever.

— J'ai besoin d'un autre verre.

— Je vais te tenir compagnie. Je déteste l'alcool, mais comme ça, on souffrira ensemble.

— Tu es une vraie amie. Merci du fond du cœur.

— Je suis surtout désolée que tu aies craqué pour Justice. Flamme était partant et ta vie aurait été plus simple.

Justice faisait les cent pas dans le salon de sa maison, à la Réserve. Hanté par l'image de Jessie. Il avait toujours droit à la même suite, considérée comme son second chez lui, et son regard s'attardait sur le canapé où elle lui avait massé les épaules.

Elle lui manquait. La boule au ventre était là, en permanence, assortie d'un vague à l'âme incessant. Jessie Dupree avait bouleversé sa vie. Tenter de l'oublier était absurde. Il maugréa, se passa une main dans les cheveux et en voulut à la terre entière.

Attiré par l'écran d'ordinateur, il prit place au bord du canapé, près de l'endroit exact où il était assis quand Jessie avait posé les mains sur lui. Il serra les mâchoires. Les infos avaient diffusé un sujet où il était question d'un mariage entre une humaine et un Hybride. Les médias ignoraient qu'il s'agissait de Tammy et Vaillant, mais ça ne les empêchait pas de gloser.

Les signalements de menaces de mort par téléphone affluaient, quelques incidents avaient éclaté aux portes de Homeland et à celles de la Réserve, les anti-OPH étaient chauffés à blanc après l'annonce du mariage mixte. Le commando humain avait rendu son verdict : alerte rouge, assaut imminent.

Son portable sonna. Il décrocha illico.

— Justice à l'appareil.

— Désolé d'appeler si tard, soupira Cuivre. Je ne te réveille pas, j'espère ? On m'a dit que tu venais d'arriver, une histoire de réunion tôt le matin.

— Non, je ne dormais pas. Quel est le problème ?

Le silence gêné, à l'autre bout du fil, fit se raidir Justice. Ce devait être bien moche pour que Cuivre hésite à lui passer l'information à pareille heure de la nuit.

— Accouche. J'imagine le pire, là.

— Pas sûr, mec. Ta réunion est reportée. Les mecs que tu devais voir passeront à la Réserve. Miles Eron a appelé. Leurs locaux ont été cambriolés, les voleurs n'ont pas réussi à accéder aux fichiers informatiques… mais c'était clairement leur intention.

Sentant venir la migraine, Justice appuya la nuque contre le dossier du canapé et se massa la tempe.

— Qu'est-ce qui leur fait dire ça ? Il peut s'agir d'un bête cambriolage entre humains…

— Miles dit qu'il conserve toutes nos informations dans un coffre-fort que les voleurs n'ont pas réussi à forcer, mais qu'ils ont tagué les murs. Avec un message à notre intention.

— À savoir ?

— La haine habituelle avec, en plus, des menaces contre Miles et ses associés, accusés de collaborer avec nous. Les dégâts sont minimes mais il préfère que tu n'ailles pas sur place. Question de sécurité. C'est lui qui se déplace.

— Merde alors…

— Possible que ce soit un coup des extrémistes humains. Je miserais plutôt sur les fouille-merde qui cherchent à obtenir les noms de Tammy et Vaillant. Plusieurs de nos gars ont dit qu'ils avaient été approchés par des paparazzis qui leur ont proposé du fric contre un tuyau juteux sur le couple. Toute la journée, ça a duré. Des vautours pareils, je les sens capables de pénétrer par effraction chez Miles et de barbouiller un truc pour que ça ait l'air d'une action des suprémacistes. Miles est de mon avis ; les flics qui mènent l'enquête aussi. Les dégâts sont vraiment minimes et rien n'a été volé. Les voleurs s'en sont uniquement pris au coffre, ils savaient ce qu'ils faisaient.

— On avait bien besoin de ça.

— J'ai un autre truc.

— Génial. C'est quoi, l'autre souci ?

— Deux intrus à la Réserve. Chopés en haut du mur, juste avant qu'ils entrent. Le premier était muni d'un appareil photo, il est connu des services de police pour tirer le portrait des célébrités et revendre les clichés aux tabloïds. Le second, en revanche, était armé. Un énervé de la gâchette, il dit être venu pour tuer la femme qui s'est déshonorée en autorisant un prêtre à la marier devant Dieu. Les deux ont été confiés au shérif. L'un va en taule direct, l'autre à l'HP pour évaluation de sa santé mentale.

— C'est tout ?

— Oui.

Justice poussa un gros soupir en repensant à Jessie. Le type armé pourrait vouloir la tuer, elle, si jamais quelqu'un découvrait qu'ils couchaient ensemble. Le danger était trop important. Elle lui manquait cruellement, certes, mais au moins, elle ne risquait rien.

— Justice ?

— Je suis toujours là.

— Miles passe te voir à 9 heures. Désolé de t'avoir dérangé, mec.

— Pas de souci, c'est mon job.

— Bonne nuit. Tâche de dormir un peu.

— Toi aussi.

Justice raccrocha puis contempla l'endroit où Jessie s'était assise, sur le dossier du canapé. Il ferma les yeux et s'abandonna à la douleur. Sa grosse main se crispa sur le téléphone. L'envie d'appeler chez elle était si impérieuse qu'il faillit céder… mais cela ne ferait que rendre la situation plus compliquée encore. Il lui parlerait dès son retour à Homeland. Avant la soirée prévue au bar, conçue afin de resserrer les liens entre humains et Hybrides.

Il fallait prendre une décision : Jessie devait-elle continuer à habiter la maison voisine de la sienne ? C'était affreusement tentant de la savoir si près, mais à l'inverse, l'idée qu'elle s'éloigne lui était insupportable. La proximité l'aidait – un tant soit peu – à supporter le fait de ne pas pouvoir vivre ensemble.

Il se leva, éteignit tous les appareils et alla se coucher. Sans grand espoir de trouver le sommeil : il avait l'esprit trop accaparé dans des directions différentes, entre les problèmes de sécurité et ce besoin dévorant de dormir dans le même lit qu'une certaine rouquine aux cheveux longs.

Justice s'imagina ce qu'ils feraient ensemble si Jessie était avec lui. Il la caresserait, embrasserait chaque centimètre carré de son corps désirable. Sa queue se dressa à cette simple évocation. Il la sentait presque. Renifla la pièce, certain que l'odeur de sa Jessie était depuis longtemps dissipée. Pas la moindre trace, en effet. C'était dans sa tête.

Plusieurs mâles en couple avaient signalé ce besoin compulsif d'être proches de l'élue de leur cœur. Justice s'immobilisa sur le chemin de la salle de bains. *Arrête ça, triple idiot. Tu n'es pas imprégné ! N'y pense même pas ! C'est déjà assez dur comme ça, pas la peine de partir en vrille…*

Arrivé dans la salle de bains, il alluma et se pencha, fermement agrippé au lavabo. Il sonda ses propres yeux, si différents de ceux d'un humain, rappel constant de ce que l'existence lui avait offert des cartes difficiles.

Si n'importe quel autre Hybride avait émis l'idée de prendre une humaine pour femme, il aurait applaudi des deux mains. Il avait déjà affronté de grand cœur les maux de tête que de telles unions suscitaient. Habitué à faire face aux menaces, Justice North n'était pas homme à se laisser impressionner par l'ennemi. Quel qu'il soit.

Mais, bien sûr, ce n'avait jamais été sa femme qu'une telle situation avait mise en danger. Jessie aurait une cible dans le dos, il mettrait la pression à tout le monde… alors qu'il avait fait le serment de tout faire pour que les siens aient une vie plus facile. Les mains crispées par la colère, il entendit le lavabo craquer. Il jeta un coup d'œil aux dégâts plus tard, il grogna et lâcha prise.

Tout ce qu'il touchait se brisait dès qu'il était question de Jessie. Les mâchoires serrées, il sentit enfler en lui un grondement bestial.

— Elle n'est pas pour moi. Je refuse de mettre celle que j'aime en danger.

Trois bières plus tard, Jessie n'était plus pompette mais ivre morte. Brise en avait éclusé six à elle toute seule avant de faire un sort à la bouteille de vin dénichée au fond du frigo. Elle dévisagea l'humaine.

— J'ai réfléchi.

— Et moi, je ne tiens plus debout.

— Petite nature ! ricana Brise. Justice te mérite. Quant à toi, tu es merveilleuse et tu mérites un compagnon de tout premier ordre. Il devrait courir le risque et toi aussi. Le monde extérieur n'est peut-être pas si borné que ce que craint Justice. La plupart des gens ont bien accepté le mariage entre Ellie et Rage ; ça a chauffé au début, d'accord, mais quand les humains ont su que Rage avait failli mourir pour protéger Ellie, ils ont adoré. Un jour, qui sait, ils apprendront qu'on peut avoir des enfants et trouveront ça chouette. C'est vrai, quoi, qui peut haïr un mignon petit bébé ? Vous méritez de vivre ensemble et d'être heureux, Justice et toi.

— Ce n'est pas ce qu'il pense, et j'aime pas trop cette histoire où Rage a failli y passer. Je veux pas qu'on tire sur Justice.

— Nos hommes sont têtus. Inflexibles. Il leur arrive de refuser d'y voir clair. Il faut qu'on lui ouvre les yeux. Problèmes ou pas, Justice doit te prendre pour femme.

En découvrant Brise toute floue, Jessie eut la quasi-certitude que la grande Hybride fondait, pas que c'était elle qui voyait trouble.

— M'est avis que c'est mal embarqué. Il n'écoute rien.

— Il y a une grande fête demain soir, au bar où on était tout à l'heure. Je vais t'y faire inviter, Jessie. On va t'habiller comme une princesse. Justice ne pourra pas ne pas te voir.

Jessie éclata de rire, faillit tomber de sa chaise et se rattrapa au bord de la table de cuisine. Une main rata son but ; elle se cogna la cuisse.

— Jessie ? Regarde-moi.

La rouquine obtempéra.

— Laquelle ? Vous êtes deux.

Brise hoqueta de rire si fort que la table trembla. Jessie eut le mal de mer et grogna.

— T'inquiète. Je m'occupe de tout. On va faire prendre conscience à Justice que tu es la femme de sa vie. Comme ça, tu ne pleureras plus.

— Qu'est-ce que tu dis ?

Brise apparut songeuse.

— J'espère que tu n'es pas timide…

— Timide, moi ?

Jessie, victime d'un coup de mou, voulut changer de position… et s'effondra tête la première.

Brise, hilare, rattrapa l'humaine au vol.

— Petite nature, gloussa l'amazone en la jetant sur son épaule.

Elle la porta jusqu'à sa chambre et jeta le paquet sur le lit.

— Maintenant, voyons si tu as quelque chose de sexy.

L'air décidé, l'immense Hybride se dirigea vers la penderie.

Chapitre 17

— Ma pauvre tête, gémit Jessie.

L'éclat de rire de Brise accentua sa migraine. Elle avait pris deux aspirines et priait pour qu'elles fassent effet rapidement : un marteau-piqueur vrombissait dans son crâne.

— Tu ne devrais pas boire, gloussa l'amazone.

— Tu peux arrêter de rire ? Ça fait mal.

— Il a fallu que je te porte jusqu'au lit.

— J'ai tout oublié après la deuxième bière. J'en ai bu combien ?

— Beaucoup d'autres, mais j'ai bu trois fois plus. Sans m'écrouler. Quand j'ai voulu te faire boire du vin une fois les bières terminées, tu m'as dit que j'étais deux.

— Merci de m'avoir couchée.

— De rien. Je t'ai apporté quelque chose.

— Ah ouais ? Un *shot* de téquila, j'espère. Histoire de me remettre KO.

Brise sortit de la salle de bains où trempait Jessie et revint porteuse d'une housse à vêtements.

— Voilà une jupe, un bustier et tout ce qu'il faut pour aller avec. Ellie m'a aidée à te dégoter une jolie tenue. Vous faites la même taille, hormis tes seins qui sont plus gros. Ça devrait aller.

— Je ne porte jamais de robe, mais merci quand même. C'est moi qui ai déblatéré là-dessus la nuit dernière, ou quoi ?

— Tu vas la porter ce soir.

Jessie fronça les sourcils.

— Pourquoi ce soir ? Il y a un truc prévu ?

— Une fête à laquelle tu es conviée, tu ne te souviens pas ?

Jessie secoua la tête… et le regretta aussitôt. Tout mouvement brusque était à proscrire.

— Quelle fête ?

L'immense Hybride sourit d'une oreille à l'autre.

— Une fête qui promet. On en a parlé, tu te souviens ? (Nouvel éclat de rire.) Tu es mon invitée à une soirée organisée par l'OPH. D'autres humains seront présents. On va bien s'amuser.

— Je ne crois pas, Brise. Justice s'est montré catégorique, je suis interdite de festivités hybrides. Sans parler de ce mal de crâne horrible qui me donne envie de rester au lit toute une semaine.

— J'ai déjà tout organisé. Tu iras, que tu le veuilles ou non.

— Je t'ai dit que je ne portais pas de jupe, non ? Quand j'étais môme, mon sénateur de père m'a traînée à je ne sais combien d'événements caritatifs. Je ne peux plus voir une robe ou une jupe en peinture.

La douleur reflua, signe que les aspirines commençaient à faire effet. Jessie posa un regard inquiet sur Brise.

— Et puis quelqu'un va forcément prévenir Justice que je suis à cette fête. Je n'ai pas envie de m'engueuler avec lui. Il faut qu'on parle, lui et moi, mais si on pouvait éviter de hurler, ce serait l'idéal.

Brise posa une fesse à côté du lavabo.

— Tu iras à cette fête ce soir. En jupe et bustier. Maquillée comme le font les humaines. Je te promets qu'on va bien s'amuser. Tout est réglé ; je hurle à la mort si tu protestes. N'oublie pas que j'ai de l'ADN canin, et qu'en plus, je me suis entraînée à le faire. (Elle sourit, fière de son petit effet.) Si je m'y mets à fond, tu vas saigner des oreilles, alors tais-toi, petite nature. Je te lave les cheveux et ensuite, tu sors de ce bain avant que ta peau soit toute fripée. On n'a pas longtemps pour te préparer ; tu as dormi toute la journée.

— Quelle heure est-il ?

— Seize heures.

Jessie grogna.

— Pas possible… et mon boulot ?

— J'ai prévenu Ellie que tu ne travaillais pas aujourd'hui. Elle a fait du shopping sur Internet, chargé un humain d'aller chercher ce qu'elle avait trouvé et tout récupéré à l'entrée de Homeland. Tes affaires sont prêtes pour ce soir. Il a fallu que je repasse pour ta pointure et ta taille de soutien-gorge. Ne m'en veux pas d'avoir emprunté tes clés de maison. Je me suis donné beaucoup de peine, alors je t'en prie, Jessie, ne râle pas. Tu iras à cette fête même si je dois t'y porter. J'y suis arrivée hier soir, je suis prête à recommencer. Allez, tourne-toi, que je puisse te faire ton shampoing.

Deux heures plus tard, Jessie se sentait infiniment mieux. L'aspirine avait fait effet, le bain l'avait soulagée, le mal de tête n'était plus qu'un souvenir. Brise ne l'avait pas lâchée d'une semelle. Bonne pioche : sans cela, Jessie en aurait peut-être profité pour disparaître toute la soirée.

La jeune femme étudia son reflet en s'efforçant de cacher son désarroi car la grande Hybride, toute proche, piaffait de joie. Le bustier était trop moulant et beaucoup trop décolleté ; quant à la minijupe, elle laissait voir trop de jambes.

— C'est Ellie qui a choisi cette tenue ? demanda-t-elle en quêtant la confirmation de Brise.

— Je lui ai dit qu'il fallait que tu sois la plus jolie et sexy possible. Selon elle, cette tenue devrait attirer les regards de tous les hommes. Je suis de son avis, c'est parfait… mais j'aurais préféré que tu te fasses un chignon à la mode humaine. Beaucoup de femmes sont coiffées comme ça, lors des événements mondains qui passent à la télé. (Elle s'approcha.) Le maquillage cache les traces de crocs laissées par Justice ; tu n'es pas obligée de tout laisser retomber sur tes épaules.

— Je préfère les laisser libres. Ils sont si longs que si je les porte au sommet du crâne plus d'une heure ou deux, je suis bonne pour le mal de tête.

— Tu es superbe, déclara Brise, un large sourire aux lèvres. Je ne vais pas être la seule à le penser.

Certains risquent même de me prendre pour une pute… Elle se retint de le dire à haute voix, peu désireuse d'avoir à expliquer le concept à Brise ou de heurter ses sentiments. Cette fête paraissait très importante pour son amie la géante : raison suffisante pour que Jessie la boucle.

— On ne va pas danser, j'espère, déplora Jessie en louchant sur son décolleté. À part pour un slow, et encore, je suis bonne pour écoper d'un attentat à la pudeur. Mes seins vont déborder si jamais je respire trop fort. Je crois que j'ai un autre soutien-gorge qui n'est pas un push-up.

— Ne change rien à la tenue qu'Ellie a choisie pour toi. Elle sait ce qu'elle fait et elle n'a pas ménagé sa peine. Il est prévu qu'on danse, mais personne ne t'y oblige. Tu as un corps de rêve, Jessie, et ce bustier te va à ravir. Tu n'as pas nos muscles et tu es pâle comme tout, certes, mais pourquoi vouloir te cacher ? Rappelle-toi le dicton : « Il faut faire avec ce qu'on a. » Tu es gâtée par la nature, profites-en !

Jessie regarda Brise par en dessous ; son instinct lui criait qu'il y avait anguille sous roche.

— Qu'est-ce que tu mijotes, au juste ? Je te trouve rudement contente de toi, et tes yeux pétillent…

— Rien du tout, répondit l'amazone en détournant les yeux et en pianotant dans le vide.

— Justice sera présent ? (C'était le pire scénario possible.) Son assistante m'a dit qu'il était à la Réserve quand elle m'a appelée pour annuler notre entrevue. Il a prétexté une réunion auprès de sa secrétaire, j'imagine, sans préciser que c'était pour m'engueuler à propos d'hier soir.

— Un problème à régler l'a retenu à la Réserve, dit l'Hybride en soutenant son regard. Ce serait intéressant, si Justice était là ce soir. Tous les mâles présents vont avoir envie de te monter.

— Une répétition de ce qui s'est passé hier soir ? soupira Jessie. Très peu pour moi. Ça m'a foutu la honte, d'être traitée comme une gamine de cinq ans qu'on envoie au lit. La scène affreuse qu'il m'a faite sur le dancefloor, quand il m'a interdit de repartir avec Flamme…

L'éclat malicieux pétilla de plus belle dans les yeux noirs de Brise.

— Ça ne se reproduira pas ce soir. Justice ne sera pas là pour hurler si des types dansent avec toi avec des idées derrière la tête.

— Brise ! Tu as dit à Ellie de me trouver ces fringues ridicules dans le seul but que je rende Justice jaloux en allumant des mecs, pas vrai ? Il va péter les plombs en l'apprenant…

L'amazone, souriant de plus belle, refusa de croiser le regard de Jessie.

— Brise !

— Ce sera bien fait pour lui. Il t'a fait pleurer. Tu vas le mettre en rogne et il ne pourra rien y faire ce soir. Le conseil et tout notre peuple seront à la fête, sauf ceux qui assurent la sécurité de Homeland ; Justice n'a aucun motif valable à opposer à ta présence. Profites-en pour remettre les pendules à l'heure, Jessie. Que ça lui plaise ou non, il devra garder son calme s'il apprend que tu étais présente. Libre à toi de danser et de flirter ! Justice souffrira en se demandant si l'un de tes cavaliers t'a tapé dans l'œil. Il saura ce que ça fait, quand il apprendra à quel point les autres mâles te trouvent séduisante. Songe à ce que tu as ressenti en le voyant danser avec Kit ! Je parie qu'à compter de ce soir, il ne sortira plus jamais avec une autre femme. C'est en soi une raison suffisante pour ne pas hésiter, Jessie.

— Je ne veux pas le bouleverser, soupira Jessie.

— Nos hommes ne sont jamais bouleversés. Ils se mettent en colère, hurlent et s'en remettent rapidement. La meilleure façon de prendre sa revanche sur un Hybride, c'est de le mettre en rogne en profitant du moment où il ne peut rien faire. C'est comme ça qu'ils retiennent la leçon.

— Ne rien faire ce soir, tu veux dire. Mais demain ? Sa secrétaire a dit qu'il revenait dans la matinée.

— Cette nuit, tu dors dans le bâtiment des filles. Je ne suis pas idiote. J'y ai pensé, figure-toi. On organise une soirée pyjama à la bibliothèque du dortoir ; tu es invitée. Ça doit durer plusieurs jours. Tes affaires de nuit sont déjà dans ton sac. À ton retour, il aura eu le temps de se calmer et de retenir la leçon.

— Tu es sûre de ton coup ? demanda Jessie en se mordant la lèvre inférieure.

C'était tentant. Justice allait péter les plombs quand il apprendrait par téléphone qu'elle avait désobéi et prenait part à la fête. Il ne l'avait pas volé.

Brise sourit.

— Ne t'en fais pas pour Justice. D'une manière ou d'une autre, je te promets qu'il sera calmé quand vous vous retrouverez en tête-à-tête. La colère de nos mâles ne dure jamais. Allons-y, je n'ai pas envie d'être en retard. (Elle la tira par l'avant-bras.) C'est moi qui conduis.

Brise se gara dans la rue du bar. Jessie descendit de la voiture de golf et retrouva l'amazone sur le trottoir.

— La fête a lieu au bar ?

— C'est ici qu'ont lieu toutes nos assemblées.

— Qu'est-ce qu'on fête ? J'ai oublié de demander…

— C'est juste un truc qu'on organise de temps en temps. Histoire de se retrouver tous ensemble, Hybrides et humains. L'idée vient d'Ellie, afin de combler le fossé entre nos deux peuples, et ça marche plutôt bien. On l'a fait deux fois, l'année passée. C'est sympa, et aussi populaire chez les humains qui travaillent à Homeland que chez les gens de mon peuple. (Elle hésita.) Ça m'étonne que tu n'y aies jamais assisté : tu travaillais avec le commando humain, et ils sont invités.

— Mon boss d'alors ne m'a jamais mise au courant. Tim avait tendance à me dorloter.

— Ça veut dire quoi, « dorloter » ?

— Qu'il me traitait comme si j'étais sa fille. Il a sûrement « oublié » de m'inviter en redoutant que je me fasse draguer.

— Ah, d'accord. Ça se tient. (L'entrée était proche ; Brise força l'allure.) Dépêche-toi. Certains Hybrides viennent de la Réserve exprès, tu sais. Il manque un bâtiment assez grand pour faire pareil, là-bas. Et avec les dortoirs, on a la place pour les loger dans de bonnes conditions. Certains restent plusieurs jours. Les rescapés du Colorado seront là, eux aussi. On a tenu à ce qu'ils profitent au maximum de leur liberté toute neuve.

Cette dernière nouvelle inquiéta Jessie car c'étaient deux Hybrides du Colorado qui l'avaient agressée, mais elle tenta de se rassurer. D'autres invités humains étaient prévus et tout devait avoir été pensé pour assurer le bon déroulement de la soirée. Brise lui fit signe d'entrer.

La musique était forte et l'éclairage donnait à plein au niveau de la piste de danse. Une foule nombreuse était déjà présente : les femmes vêtues de jolies robes, les hommes en costume ou en chemise et pantalon.

— Les membres du conseil sont là, eux aussi. Je te les présenterai tout à l'heure. Ils sont sympas, hurla presque l'amazone pour se faire entendre.

Jessie n'avait jamais rencontré les quatre mâles du conseil, un par laboratoire clandestin, chargés de représenter les Hybrides qui y avaient été détenus. La découverte récente d'un nouveau labo, au Colorado, allait certainement se solder par l'arrivée d'un cinquième membre – si ce n'était déjà fait.

Brise la prit par la main.

— Viens danser !

Jessie vit Trey, son ancien chef de groupe, assis au bar avec plusieurs autres membres de l'équipe.

— Un instant, j'ai des amis là-bas. Tu veux que je te présente à mes anciens collègues ?

— Pas tout de suite, dit Brise en la tirant de nouveau. Viens danser. On ira les saluer tout à l'heure, quand on aura soif. On pourra s'asseoir et discuter.

Tout juste remise d'une gueule de bois carabinée, Jessie se jura de ne pas boire une goutte d'alcool. L'équipe serait là pendant des heures, la soirée commençait à peine… et toute résistance était inutile ; Brise l'entraîna vers la piste en se frayant un chemin dans la foule compacte.

Jessie était plus petite que la moyenne des danseurs, mais elle vit qu'elle n'était pas la seule. Puce et Beauté se trémoussaient ensemble. Plus précisément, Beauté souriait sans bouger en regardant la foule de danseurs tandis que Puce lui sautillait autour. Jessie rit, heureuse de constater que sa protégée n'avait pas peur au milieu de tous ces géants.

Jessie capta deux ou trois choses relatives aux Hybrides tandis qu'elle évoluait au milieu d'un groupe. Ils dansaient ensemble mais pas en couple ; plutôt en bande. Elle se détendit et se laissa porter par le rythme. Brise la rejoignit.

— Enseigne-moi un truc sexy.

— Comme quoi ? demanda Jessie, coupée dans son élan.

— Le mouvement que tu faisais l'autre soir, en dansant avec Flamme. Celui-ci, précisa-t-elle en se déhanchant, les bras levés au-dessus de la tête.

Jessie lui montra comment faire. Elle tournoya sur elle-même en remuant les fesses, conformément à ce qu'elle avait appris lors d'un cours de danse du ventre, quelques années plus tôt. Brise fit de même, bientôt imitée par plusieurs danseuses alentour. La jeune femme fut ravie de leur transmettre quelque chose. Brise approcha.

— À mon tour, dit l'amazone avant de lui montrer plusieurs mouvements.

Jessie s'amusait comme une folle. Elle passait d'un cavalier à l'autre, comme tout le monde, au fil des morceaux. Alors qu'une chanson démarrait, un homme l'enlaça par-derrière. Jessie tourna le dos à l'Hybride qui venait de danser avec elle et se laissa entraîner par le suivant, ravie de ne pas être à la maison en train de se morfondre à propos de Justice. S'éclater lui apparut comme le moyen le plus sûr de faire le deuil de l'homme de sa vie.

Justice n'était pas d'humeur à assister à la fête, mais sa présence était requise. Il avait décliné l'offre de Kit, qui s'était proposée d'être sa cavalière. Elle avait fait allusion à l'idée de devenir sa femme la veille au soir, lors du dîner. Et déclaré sans ambages qu'ils devraient *a minima* coucher ensemble… ce qui avait fait regretter à Justice de s'être laissé inviter. S'il l'avait fait, c'était dans un double objectif : avoir quelqu'un à qui parler pour cesser, ne serait-ce que le temps d'un dîner, de penser à Jessie ; et rassurer tous ceux qui s'inquiétaient pour lui en ayant l'air épanoui. Trois fois hélas, au lieu de se comporter en amie, Kit avait tout fait pour le séduire.

Il reporta son attention sur les quatre membres du conseil attablés. Leur requête était simple : plus de responsabilités. Justice, ravi à l'idée de déléguer, était déjà convenu de discuter des modalités de cette passation de pouvoir dès le lendemain matin. C'était gagnant-gagnant. Moins d'heures de travail pour lui, plus d'investissement dans le bien-être de leur peuple pour eux.

Ses pensées dérivèrent de nouveau vers Jessie. Il avait à peine fermé l'œil, la nuit précédente, ne dormant que par à-coups… pour rêver qu'il la montait. Seul au réveil avec une trique monumentale, il avait pris une douche rapide et s'était rendu au bureau pour s'engueuler avec Miles.

Ce bon Miles avait fait venir la fille qui lui teignait les cheveux et cette assistante pénible, Tonya, qui le draguait sans relâche. Une humaine rentre-dedans animée par une idée fixe : faire venir un Hybride dans son lit. Chaque fois qu'il avait affaire à elle, Justice se sentait dans la peau d'une proie. Il plaignait l'imbécile qui tomberait dans ses filets. Tonya avait mauvais fond, un regard froid et des gestes calculés. Comme si toute sa vie n'était qu'une partie de chasse.

— D'où sort cet air irrité ?

Cette voix caverneuse était celle de Blasé. Justice leva la tête et plongea son regard dans les yeux d'un vert éclatant du conseiller.

— Tu as vu mes cheveux ?

— Ils sont plus clairs. Ce châtain n'est pas ta couleur naturelle, déclara un autre, hilare, en portant la main à ses mèches noires. Cette teinte-là t'irait bien mieux.

— Arrête de le charrier, plaida un troisième conseiller, Cèdre, sur un ton faussement apaisant. Il fait beaucoup pour notre cause, et je parie que les saletés qu'ils utilisent pour lui teindre les cheveux le dérangent encore plus que nous. Ça pue déjà assez à distance.

L'arrivée d'un nouveau venu coupa court aux vannes. Justice savait qu'ils faisaient ça pour lui changer les idées, mais de là à ce qu'ils y parviennent… Tim Oberto sourit et s'arrêta à leur table.

— Merci pour les invitations, Justice. (Il regarda tour à tour les conseillers puis reparla au chef de l'OPH.) Je n'ai toujours pas de nom, pour le remplaçant. On a quelques pistes à explorer, mais j'aimerais avoir un Hybride dans l'équipe avant qu'on doive se lancer dans une opération de sauvetage.

Brute se pencha sur la table.

— Un remplaçant ?

— Désolé, Tim.

Justice l'était vraiment d'avoir zappé cette question en suspens. Il expliqua au conseil.

— Tim souhaite qu'un de nos gars intègre l'équipe pour opérer le premier contact avec les femelles Cadeaux que son commando délivre. (Il croisa le regard de l'humain.) Je passe les dossiers en revue demain sans faute. Je finirai bien par trouver un Hybride qui a le contact facile avec vous autres et qui est volontaire pour vivre à l'extérieur. Les dispositions ont été prises pour sa future sécurité, j'imagine ?

— Oui.

— Je fais mon choix et l'heureux élu vous contacte d'ici à demain soir.

— Nickel. (Tim adressa un regard aux conseillers.) Bonsoir messieurs, dit-il avant de s'éclipser.

Brute gloussa.

— Ce gars-là nous connaît mal. Le seul qui mérite qu'on prenne des gants avec lui, à cette table, c'est l'ami Justice.

Les pensées de l'intéressé étaient de nouveau tournées vers Jessie. Après la fête, il avait l'intention de faire le mur, de persuader la jeune femme de le laisser entrer chez elle et de jouer cartes sur table. Il n'était pas question qu'elle couche avec un autre : il tuerait quiconque toucherait à sa Jessie. Justice avait un plan. Ils allaient se promettre de ne plus sortir accompagnés. Ainsi, il n'aurait pas à commettre un meurtre, et plus jamais il ne la verrait souffrir comme cela avait été le cas lorsqu'elle avait découvert qu'il dansait avec Kit.

— À propos de ne pas prendre de gants, ricana Blasé, j'adoooore les humaines. Elles me donnent la trique. Je ne sais pas si c'est parce qu'elles sont si différentes de nos femmes… ou si différentes de nous.

— À qui le dis-tu ! renchérit Cèdre, hilare. Je bande rien qu'à reluquer l'humaine avec laquelle j'ai dansé avant de venir à cette table. Le contact de ses petites mimines m'a fait un effet bœuf ; j'en redemande, les amis. Elle a la peau laiteuse, c'est dingue ! Et les humaines ont beau avoir une drôle de tronche, celle-ci est mignonne comme tout.

— Je la vois, dit Bestial en hochant la tête. Je la foutrais bien à poil, histoire de m'assurer qu'elle a la peau laiteuse partout. (Il grogna.) C'est qui ? demanda-t-il à Justice. La petite humaine, là-bas ? Donne-moi son nom. Comme ça, je pourrai tenter ma chance avec un petit avantage. Je me vois déjà avec ses cuisses posées sur mes épaules.

Au milieu d'un éclat de rire général, Justice, goguenard, secoua la tête à l'adresse de Bestial.

— Il doit s'agir d'Ellie. Elle a pu venir ce soir parce que sa grossesse n'est pas encore flagrante. Tu ferais bien d'arrêter de la reluquer : c'est la femme de Rage, ce sont tes cuisses qui vont se retrouver sur tes épaules, et ensuite, il te renverra à la Réserve dans un sac poubelle. La seule autre humaine présente est une jeune toubib qu'on vient de recruter. Mignonne et célibataire, certes, mais trop timide pour toi.

Bestial la désigna du doigt.

— Comment elle s'appelle ? Ma braguette va finir par lâcher, si elle continue à rouler du cul comme elle le fait.

Justice, hilare, se tourna dans la direction indiquée. Il avait rencontré la nouvelle, le docteur Allison Baker, la semaine passée. Une petite poupée toute timide à la voix douce. Qu'une brute épaisse comme Bestial essaie de la séduire était une perspective amusante… mais la pauvresse risquait de démissionner avant d'avoir compris qu'elle ne courait aucun danger réel.

De petit gabarit, l'humaine était facile à repérer. Justice eut le choc de sa vie quand il vit qui donnait la trique à Bestial. Elle portait un ensemble noir qui rehaussait cette crinière de feu qui lui tombait jusqu'aux fesses. Sa peau laiteuse rayonnait au milieu des Hybrides au teint mat. C'était Jessie. Sa Jessie. Bestial fantasmait sur son cul. Pris d'une rage subite, il en eut le souffle coupé.

Elle dansait entre deux mâles hybrides, trop près d'elle pour ne pas s'y frotter. Il la vit à cet instant plaquer les mains sur le torse de celui qui était devant elle. Justice emplit ses poumons comme un rescapé à deux doigts de se noyer. Presque aveuglé par un voile rouge, il restait sans bouger. Tétanisé. Des humains étaient présents dans l'assistance : l'équipe spéciale au grand complet, plusieurs employés de Homeland et le personnel médical, dont Allison Baker.

Il contraignit son corps à se détendre. Tout son self-control ne fut pas de trop pour se maîtriser. Il se raisonna : danser n'était pas coucher. Elle s'amusait. De là à ce qu'elle reparte au bras d'un rival, il y avait un gouffre. La priorité consistait à trouver le moyen de la faire rentrer chez elle sans faire d'esclandre. Justice chercha Brise du regard. Il suffisait de lui toucher un mot en tête-à-tête, de prétexter que Jessie était en danger et d'exiger que Brise la raccompagne.

— Tu vois ce que je veux dire ? gloussa Cèdre. J'ai dansé avec elle. Ses mains sont minuscules, délicates, j'adorerais qu'elle me caresse avec. Les humaines ont la peau douce. Pas calleuses comme les nôtres. Ça doit être le pied total, de se faire branler par des mains douces comme ça.

— J'aime bien sa façon de bouger, abonda Bestial en grondant derechef. Imagine un peu, monter ce joli petit lot...

Justice n'avait pas besoin d'imaginer. Il savait comment c'était de posséder Jessie. Pris d'un nouvel accès de rage, il darda un regard noir sur les quatre membres du conseil. Ils l'ignorèrent : les yeux rivés sur Jessie, ils lui firent penser à quatre fauves prêts à fondre sur un lapin. Il serra les mâchoires.

— Oubliez, elle n'est pas libre, parvint-il à articuler.

Bestial le dévisagea.

— Elle est avec l'un des nôtres ?

Justice ne dit rien, trop occupé à se dominer.

Bestial haussa les épaules et reporta son attention sur Jessie.

— Je m'en vais lui apprendre que son petit ami humain ne vaut pas tripette. Quel crétin, de laisser sa femme sortir sans lui ! Si elle était mienne, c'est dans mes bras qu'elle danserait, à l'abri des autres mâles. Son débile d'humain est infoutu de la garder, ça saute aux yeux.

Cèdre s'esclaffa.

— Et si elle est mariée ?

— Le divorce existe, chez eux. Les humains sont trop faibles pour garder une femme. (Il pointa Jessie du doigt.) Celle-là, je ne vais pas la lâcher.

— Tu envisages de t'imprégner ? lança Cèdre en contemplant Jessie. Ouais, t'as bon goût. Si je devais me mettre avec une humaine, ce serait celle-là. Je me vois bien, passant le reste de ma vie à la monter.

Blasé ajouta à voix basse :

— Imagine-la avec un enfant dans le ventre. Cette fois ça y est, je bande aussi.

Brute, pour ne pas être en reste, grommela :

— Quel pied ce serait de posséder une femme si totalement. J'adorerais goûter à son lait maternel. Merci de l'avoir repérée, Bestial. Je vais aller voir si elle en pince pour les félins, conclut-il en se levant.

Justice sentit sa rage monter d'un cran.

— Elle travaille et vit ici. Reste assis.

— Tant mieux, répondit Brute, tout sourires. Comme ça, quand elle sera à moi, elle n'aura pas à déménager loin. Je la prends et je la garde.

— Tu ne la connais même pas. C'est une pénible, si ça se trouve, plaida Justice qui sentait ses nerfs lâcher.

— Pas grave. Regarde-la, insista Brute en croisant le regard de Justice. Elle sera à moi avant la fin de la soirée. (Il montra les crocs.) Je vais l'emmener chez moi, la monter, la baiser jusqu'à ce qu'elle crie mon nom et ça durera jusqu'à ce qu'elle enfle.

Justice gronda sans retenue et se leva lentement. Les yeux plissés, tous les muscles tendus à se rompre. Brute souriait toujours, apparemment inconscient du danger, tandis que les trois autres conseillers s'écartaient de la table.

— Un problème, Justice ? s'étonna Brute, un sourcil arqué. T'as l'air tendu…

— N'approche pas d'elle, glapit Justice.

Brute pencha la tête de côté, goguenard.

— Pour quelle raison ?

— Elle travaille ici.

Brute haussa les épaules.

— Elle n'est pas avec un Hybride. Bonne à cueillir, donc. Je n'ai pas l'intention de badiner avec elle, tu sais. Tu connais son père, je crois ?

— Oui. Et j'ai juré de la protéger.

— T'inquiète, quand elle sera à moi, elle sera protégée. Je compte l'imprégner et y planter ma petite graine. Elle fera une excellente mère.

Justice rugit à pleine gorge et renversa la table qui le séparait de Brute. Les gens alentour réagirent, les conversations cessèrent, le vide se fit autour des deux adversaires. Justice crispa les poings, se mit à haleter et montra les crocs au conseiller qui en avait après sa femme. Brute, prudemment, recula d'un pas.

— Brute, glissa Cèdre, inquiet, tu es allé trop loin.

L'intéressé épia Justice, fit un pas de plus en arrière puis contempla la table renversée.

— Peut-être pas ce soir, alors.

La tête basse, les yeux rivés au sol, il continua à reculer puis fit volte-face et se fondit dans la foule.

Justice étudia son peuple tout en luttant contre une envie pressante d'aller corriger Brute. Les prétentions qu'il avait faites concernant Jessie étaient un motif suffisant pour lui rabattre le caquet à coups de poing. Les Hybrides alentour le dévisageaient sans mot dire, l'air inquiets, et évitaient de croiser son regard. Tous avaient pu constater qu'il avait failli en découdre avec un conseiller. Personne n'approcha, sa colère était toujours palpable, même les autres membres du conseil gardaient leurs distances.

Il jeta un coup d'œil à la piste de danse. Jessie et les autres n'avaient rien vu de l'esclandre, la musique avait couvert les éclats de voix. Sa rage augmenta en la voyant se frotter à un autre homme. Il réprima à grand-peine un nouveau rugissement, respira fort et fit son possible pour calmer la bête qui était en lui. C'était ça ou un carnage annoncé. Il se savait très dangereux dans pareille situation. Pas seulement pour Jessie, mais aussi pour tout son peuple.

Le travail respiratoire l'aida à se calmer. Ses poings se desserrèrent, il cessa de montrer les crocs. Il fallait que Jessie s'en aille, qu'elle arrête de se frotter à d'autres mâles, faute de quoi il allait créer une scène pire que celle qui venait de se produire.

Ce sera un miracle si j'arrive à la faire partir avant que le sang coule. Cette perspective contribua à l'apaiser.

Chapitre 18

Jessie se retourna quand une main puissante l'enserra par la taille. Le gars était un brin trop agressif mais elle avait confiance, personne ne lui ferait de mal. Elle leva les yeux… et en eut le souffle coupé. Justice la foudroyait du regard. Il assistait donc à la fête et n'était pas content du tout de la voir, si l'on se fiait à la rage qui couvait dans ses pupilles de chat. Elle baissa les yeux : il lui enserrait la taille à deux mains, désormais. Elle vit qu'il portait un costume bleu marine, une cravate noire en soie. Très civilisé, en somme – si l'on faisait abstraction de sa tête d'enragé.

— Rentre chez toi tout de suite.

Jessie prit soin de le dévisager et mesura à quel point il avait l'air en pétard. *Il est livide.* Ses narines palpitaient, il grondait doucement et l'étreignait d'une poigne de fer. Elle se déhancha, observa la foule par-dessus son épaule et repéra Brise qui, d'évidence, n'était pas étonnée. La lumière se fit : sa « bonne copine » était derrière ces retrouvailles.

— Rentre chez toi, grinça Justice, le timbre rauque.

Brise cessa de danser, secoua la tête et leva le poing. Puis elle étudia le dancefloor et lui fit un clin d'œil. L'amazone sourit, semblant vouloir signifier à Jessie qu'elle ne risquait rien.

— Jessie, tu m'entends ? Regarde-moi.

La rouquine obtempéra et fronça les sourcils. Jamais il n'oserait lui faire une scène comme celle de la veille.

D'autres humains étaient présents, si elle lui tenait tête, il n'y pourrait pas grand-chose. Il était furieux de l'avoir vue danser, désapprouvait sa tenue et souhaiter la voir partir.

— Pas question. Je m'amuse bien, je ne partirai pas. Les humains sont les bienvenus à cette fête et j'y ai été invitée.

Il plissa les paupières ; elle sentit ses grandes mains se crisper.

— Dernier avertissement. Rentre.

Jessie s'énerva.

— Écoute-moi bien, mon grand. Si tu veux danser avec moi, c'est avec plaisir. Sinon tu me lâches et tu me laisses m'amuser. Je ne fais rien de mal. Je suis venue avec Brise et je repartirai avec elle.

Puis, à voix basse :

— Épargne-moi ton numéro de macho, d'accord ? Je ne laisse pas mes cavaliers me tripoter comme j'ai vu Kit le faire avec toi. Et aucun n'a frotté son entrejambe contre mes fesses.

Justice ôta ses mains comme s'il s'était brûlé, recula et écarquilla les yeux, abasourdi par Jessie qui, non contente de refuser d'obtempérer, lui faisait la leçon sur ce qui s'était passé la veille. Jessie tourna les talons et se dirigea vers Brise. Elle n'était pas surprise du tout qu'il ait refusé de danser avec elle : pas en public, les gens le verraient l'enlacer, il n'agissait pas ainsi. Pas avec une humaine, en tout cas. Si Kit était présente, elle pourrait toujours venir se frotter à lui.

Arrivée devant Brise, elle fronça les sourcils et lui décocha un regard noir. L'amazone commença par sourire puis regarda derrière Jessie. Devenue blême, elle bouscula un autre danseur dans sa hâte de prendre le large.

Qu'est-ce qui lui prend ? Jessie se retourna… et buta dans un torse massif vêtu d'un costume coûteux. Elle vit deux poings crispés tendus vers le sol, leva la tête et remarqua que Justice était au bord de la rupture. La rage couvait dans ses yeux de chat, il lui montrait les crocs.

— Je t'ai dit de rentrer.

— Défends-toi, lança Brise, juste assez fort pour être entendue malgré la musique. Et toi, Justice, ne la brusque pas.

C'est ça, me défendre. Il me fait chier, oui, et c'est peut-être mon boss, mais je ne suis pas en service. Elle bomba le torse et soutint son regard de braise.

— Merci de vous inquiéter pour moi, mais je n'ai rien à craindre et je passe du bon temps avec mes amis. Avec votre emploi du temps surchargé, vous avez sûrement mieux à faire que me harceler, non ? C'est une piste de danse, ici. Soit vous dansez, soit vous fichez le camp. Comme il n'est pas question de vous exhiber avec moi, bonne nuit à vous, monsieur North.

— Jessie, gronda-t-il. Sors d'ici.

Elle crut voir qu'on s'agitait alentour. Coup d'œil à droite et pincement au cœur immédiat : non seulement la foule s'était écartée et avait cessé de danser, mais tout le monde les dévisageait. Même constat à gauche, en direction du bar.

Jessie leva les yeux vers Justice, le détesta un peu et comprit qu'il n'arrêterait pas tant qu'elle ne serait pas partie. Ce qui promettait d'être aussi mortifiant que la veille, voire davantage. Elle sentit la moutarde lui monter au nez. Les yeux clos, elle prit de profondes inspirations et voulut compter jusqu'à dix. Un. Deux. Trois. Quatre. Cin…

— Jessie ? Rentre chez toi immédiatement. Et ne remets plus jamais les pieds dans ce bar.

La coupe était pleine. Jessie rouvrit les yeux et renonça à garder son calme.

— Je travaille pour vous, certes, mais pas ce soir. Le grand Justice North fait peur à tout le monde, mais vous savez quoi ? Vous n'êtes pas mon chef spirituel. Si c'est comme ça que je suis traitée chaque fois que je sors, vous avez ma démission. Vous êtes satisfait ? Je rentre faire mes bagages. J'en ai ma claque de cette merde, monsieur North. J'aurai quitté Homeland dans une heure. Vous n'aurez plus à me surveiller.

Jessie tourna les talons et fila vers la sortie à grandes enjambées. Les Hybrides s'écartaient sur son passage, ils lui donnaient l'impression qu'elle était une pestiférée et qu'ils préféraient lui ménager trois bons mètres d'espace. Sa rage était telle qu'elle en avait les larmes aux yeux ; elle les ravala. Sa fierté lui interdisait de montrer à Justice à quel point il lui faisait du mal.

Quel salopard ! Je viens de quitter mon job alors que j'adorais travailler avec les filles et vivre dans cette baraque. Adios, les merveilleux bains bouillonnants… Bah, qu'importe. Je trouverai un autre boulot et Justice peut aller se faire foutre. Il…

— Jessie ! rugit Justice.

Elle se figea, choquée de l'entendre crier si fort, et se retourna. C'en était fini, de se retenir. Très en colère, elle en avait soupé des sautes d'humeur de Môsieur North. À quoi bon aimer un salaud pareil ? Pas question de se laisser marcher sur les pieds, serait-ce par lui.

— Quoi encore ?

Il l'avait suivie et n'était qu'à un mètre d'elle, le regard noir, oublieux de la foule. Jessie aurait aimé faire abstraction des quelque deux cents Hybrides et vingt ou trente humains qui assistaient à leur querelle. La musique cessa ; un silence religieux se fit. *Et merde.*

— Approche.

— Pardon ? répliqua-t-elle, les yeux ronds.

— Approche, répéta-t-il en désignant le plancher devant lui.

Va te faire foutre. Elle fit volte-face et repartit vers la porte. S'il voulait hurler, qu'il le fasse dehors, sans auditoire. C'était peut-être un truc d'Hybride, la fessée en public sous le coup de la colère ? Quoi qu'il en soit, il répugnait à Jessie de monter sur l'échafaud.

Voyant quelqu'un se mettre en travers de son chemin, Jessie grimaça. C'était Tim Oberto, furax : il allait certainement lui passer un savon pour avoir osé tenir tête à l'intouchable chef de l'OPH. Il bouchait la porte. Pas question d'y couper.

Trey rejoignit l'ancien boss de Jessie, lui étreignit l'avant-bras et lui glissa quelque chose au creux de l'oreille. L'équipe entière fit mouvement vers les deux hommes, l'air tendue, aux aguets. Les gars redoutaient que ça dégénère et souhaitaient vider les lieux. C'était la procédure à suivre en pareille situation.

Jessie eut envie de hurler. *Comment une soirée peut-elle merder aussi fort et aussi vite ?* Brise allait entendre parler du pays. L'amazone avait cru bien faire… avec, pour résultat, une tonne d'ennuis sur le dos de Jessie. Son père aurait vent de l'affaire et lui ferait la leçon sur le mode « Pourquoi tu n'es pas sortie dès qu'il te l'a demandé ? ». Jessie aurait le choix entre subir en silence… ou tout avouer à son père. Mauvaise pioche, il serait certainement furieux d'apprendre qu'elle avait couché avec Justice. À ses yeux, elle était encore une petite fille, pas une femme avec une libido.

— Reviens ici ! tonna Justice.

Jessie sentit son cœur battre la chamade et ne sut quel parti prendre. Toute la salle avait dû l'entendre. *Toute la salle ? Tout Homeland, plutôt…* Elle n'en revenait pas qu'il se livre ainsi en spectacle. Son peuple allait jaser pendant des semaines. Des mois, peut-être. Jessie se retourna prudemment. Justice n'avait pas bougé d'un pouce, il désignait toujours le sol à ses pieds.

La jeune femme prit une profonde inspiration, serra les dents et mit un pied devant l'autre. Justice cessa de désigner le sol et se détendit. Elle s'arrêta à moins d'un mètre de lui et leva la tête pour contempler ses yeux exotiques.

— Qu'y a-t-il ? Tu fais une scène. Tu m'as demandé de partir, c'est ce que je faisais.

Elle s'était exprimée à voix basse en priant pour que personne d'autre n'entende.

— Tu n'obéis jamais, reprit-il d'une voix puissante qui porta dans toute la salle.

Jessie, un peu calmée, se souvint qu'il valait mieux éviter de croiser son regard et reporta son attention sur la cravate noire du colosse. Ne pas le défier, surtout : s'il était douteux que la situation puisse empirer, il n'était pas question de mettre cette théorie à l'épreuve. Elle poursuivit, toujours à voix basse :

— Je suis en train de le faire, pourtant. Je pars. Faire mes valises. Tout le monde nous regarde. Si seulement le sol pouvait s'ouvrir sous mes pieds… C'est la dernière fois que tu m'humilies.

Jessie se retourna, fit trois pas – et Justice l'empoigna. Il l'obligea à une énième volte-face et l'enlaça. Elle hoqueta en sentant qu'il la soulevait et la pressait contre lui. La tête rejetée en arrière, les yeux exorbités, elle le dévisagea. Justice se servit de ses deux mains pour écraser Jessie contre sa grande carcasse, puis sa main gauche remonta jusqu'à la base du cou. Il lui tira doucement sur les cheveux jusqu'à ce qu'elle soit cambrée au maximum.

— Qu'est-ce que tu fais ? haleta-t-elle. Tu as perdu la tête ?

Justice se pencha sur elle et la regarda dans les yeux. Sa colère s'était envolée.

— C'est toi que j'ai bien failli perdre. Je fais ce que j'aurais dû faire depuis le début.

Jessie posa les mains à plat sur son torse puissant et appuya en vain : il la tenait toujours par la taille.

— Qu'est-ce que tu racontes ?

La voix de l'Hybride n'était plus qu'un murmure caverneux.

— Je te revendique publiquement, Jessie. Je fais savoir au monde que tu es à moi.

Jessie fut heureuse d'être tenue : ses genoux ne l'auraient pas portée. Fermement enlacée par le colosse aux bras puissants, elle se sentit défaillir, son cerveau butait sur ce qu'il venait de dire.

— Mais…, bredouilla-t-elle.

— J'ai cru te perdre.

Le timbre rauque et le débit haché, il poursuivit plus fort :

— Je refuse de te laisser sortir de ma vie. Tu es à moi, Jessie. Tu m'appartiens.

Justice se passa la langue sur les lèvres et loucha sur la bouche de Jessie qui comprit qu'il s'apprêtait à l'embrasser. Elle le vit baisser la tête, incapable de la moindre réaction, trop abasourdie pour faire autre chose que voir sa bouche approcher.

Leurs lèvres se frôlèrent. Jessie se crispa et ferma les yeux. L'Hybride introduisit sa langue et gronda. Jessie sentit sa température grimper en flèche. Elle fondit dans ses bras, empoigna le revers de son costume et froissa l'étoffe coûteuse pour s'accrocher à quelque chose. Cela faisait des semaines qu'il ne l'avait plus touchée. Tout son être se souvint ; plus rien n'exista hormis Justice.

Prise de frénésie, elle répondit à son baiser et poussa un gémissement étouffé. Justice lui lâcha les cheveux et lui prit la nuque dans le creux de la main. Jessie oublia la foule qui n'avait d'yeux que pour ce couple enlacé. Oublia sa colère. Ils étaient là, ensemble, ne faisant qu'un, et il ne voulait pas qu'elle parte. Elle décrispa les poings et se pendit à son cou. Ses pieds quittèrent le sol : Justice la faisait glisser plus haut.

Quand il mit un terme à leur baiser, Jessie, sonnée, hors d'haleine et très excitée, se plongea dans ses yeux de chat… et se rappela où ils étaient. Le feu aux joues, elle n'osa s'arracher à la contemplation de ses pupilles verticales. Elle ne se sentait pas prête à affronter les réactions de la foule. La seule chose qui comptait était là, devant elle, et la tenait fermement.

Justice se détourna, modifia ses appuis et fit basculer Jessie qui se retrouva au creux de ses bras massifs. Toujours pendue à son cou, elle prit conscience qu'il avait tenu sa jupe afin que sa culotte échappe à la vue de tous. Elle risqua un coup d'œil alentour. Humains comme Hybrides étaient tous frappés de stupeur.

— Voici Jessie.

Justice ménagea une pause le temps d'embrasser l'assistance du regard.

— C'est une humaine. Je suis conscient que cela va poser problème à certains. J'en suis navré, mais je ne renoncerai pas à elle quelles que soient vos réactions. Jessie est ma future femme.

De nouveau, Jessie fut heureuse d'être tenue. Toujours pendue au cou de Justice, elle chercha son ancien patron du regard : Tim, bouche bée, était rouge pivoine. L'incrédulité se lisait dans ses yeux. Elle se détourna aussitôt. Trey, qui tenait toujours son supérieur et aîné par le bras, tira fort pour l'inciter à libérer la sortie. Son ex-chef de groupe sourit en croisant le regard de Jessie. Il attira Tim vers le bar et fit signe au commando de suivre le mouvement.

— Je sais qu'il va y avoir des problèmes avec certains humains du fait de ma position.

Justice ménagea un nouveau silence ; Jessie le regarda dans les yeux ; il se détourna.

— Si c'est ce que vous jugez opportun, je suis tout disposé à me retirer. Réfléchissez-y et dites-moi demain ce que vous avez décidé. Pour l'heure, j'emmène ma future femme à la maison, nous avons des noces à organiser. Bonne soirée à tous.

Là-dessus, il obliqua vers la sortie.

— Justice ?

Le chef de l'OPH s'immobilisa, se raidit et opéra une volte-face au ralenti vers le mâle à la voix caverneuse qui l'avait hélé. Jessie scruta l'assistance. Un type immense sortit de la foule : large d'épaules, biceps proéminents. Ses yeux de chat se posèrent sur Justice. Il leva une main pour chasser une mèche de cheveux noirs. Justice poussa un grondement sourd chargé de menace. Aucun doute, il était prêt à se battre.

— Si tu es volontaire, le job est à toi, Brute. Je ne me battrai pas pour ne pas mettre ma femme en danger.

— Ta compagne est la bienvenue, annonça Brute à voix haute. Et comme tu es irremplaçable, ne t'attends pas à ce qu'on t'appelle demain pour demander ta démission. L'humaine fait partie de la famille, désormais. (Ses yeux de chat se fixèrent sur Jessie.) Je n'ai pas envie de me battre avec lui, mais je l'envie un peu, j'avoue. Prends bien soin de lui, compagne de Justice.

La jeune femme était trop abasourdie pour lui répondre. Pas Justice.

— Merci.

Le conseiller baissa la tête et contempla le sol. Justice se remit en branle vers la sortie. Un agent s'empressa d'aller lui ouvrir et, tout sourires, permit au chef spirituel de l'OPH de déboucher à l'air libre avec Jessie dans les bras.

— Je n'en reviens pas de ce que tu viens de faire, murmura-t-elle.

Justice lui sourit.

— Moi non plus, mais je suis heureux d'en avoir eu le courage. Je t'emmène chez toi faire tes bagages. Tu emménages chez moi ce soir même, et tu n'en bougeras plus jamais. (Il cessa de marcher et la regarda dans les yeux.) Nous allons nous marier. C'est non négociable.

— Tu aurais pu me demander ma main, répliqua-t-elle, aux anges.

Il pencha la tête de côté.

— C'est vrai, j'aurais pu.

Dans un grand éclat de rire, il porta Jessie jusqu'à sa Jeep et la déposa sur le siège passager.

Jessie entendit la musique reprendre à l'intérieur tandis que l'homme de sa vie s'installait au volant d'un bond. Il arracha sa cravate et l'agita sous le nez de la jeune femme.

— Avant de répondre, permets-moi de mettre deux ou trois choses au point. Tu n'as pas le droit de dire non. Si tu réponds à côté, j'utiliserai ceci pour t'attacher au lit jusqu'à ce que tu changes d'avis. (Il gloussa.) Veux-tu m'épouser ?

Elle sourit.

— Je ne sais pas…

Son attention se fixa quelques instants sur la cravate, puis elle se replongea dans ses yeux de chat.

— Je suis tentée de dire non pour que tu me ligotes. L'idée m'amuse et m'excite.

— Jessie, ronronna-t-il.

— Oui.

— « Oui je t'écoute » ou « Oui marions-nous » ?

Elle se mordit la lèvre et lui fit les yeux doux.

— Je réfléchis encore à ce que tu vas me faire quand je serai nue et écartelée sur ton lit. Accorde-moi une minute.

Il laissa tomber la cravate sur ses genoux et démarra la Jeep.

— On réglera ça à la maison.

Jessie s'esclaffa.

— Donc si j'ai bien compris, le fait d'être ta femme ne signifie pas que je garde ma maison ? Tu l'as pourtant fait construire pour ta future épouse, quelle qu'elle soit. Elle est à moi, de ce fait.

Il secoua la tête.

— Je l'avais fait construire pour une Hybride. Soit tu vis avec moi et dors dans mon lit tous les soirs, soit ta maison part en fumée.

— Ce serait dommage, elle est superbe !

Justice tourna la tête vers elle et afficha un sourire carnassier.

— Tu détesterais ça, de la voir brûler. Souviens-t'en le jour où tu songes à aller y dormir.

— Je suis d'accord pour t'épouser.

— Je ne m'inquiétais pas trop. Mais j'étais sérieux, quand j'ai parlé de t'attacher jusqu'à ce que tu changes d'avis. Rappelle-toi : c'était non négociable.

Brise approcha de la table à pas comptés, avisa les quatre mâles qui y étaient assis et joignit les mains dans le dos. Elle attendit d'avoir toute leur attention avant de parler.

— Merci, dit-elle du fond du cœur.

— Tu as dit qu'il tenait à elle, grommela Brute. Pas qu'il faisait une fixette au point de devenir féroce. Il a failli m'arracher la tête, quand j'ai parlé de la faire mienne.

Cèdre éclata de rire.

— Il n'aurait peut-être pas renversé la table et songé à t'arracher la tête si tu t'étais contenté de la revendiquer. Brise avait suggéré de le rendre jaloux pour le pousser à admettre ses sentiments envers la petite humaine, et toi, tu le provoques dans les grandes largeurs !

Bestial sourit jusqu'aux oreilles.

— J'ai bien aimé quand tu as parlé de l'emmener chez toi, de la monter et de la baiser jusqu'à ce qu'elle hurle. Ça m'a fait marrer. Justice… beaucoup moins.

— Pour sûr, gloussa Blasé. Et n'oublions pas la tirade qui a achevé de lui faire péter les plombs. C'était comment, déjà, Brute ? Planter ta petite graine ? Joliment tourné !

Brise posa la main sur l'épaule massive de Brute.

— Tu lui as sorti tout ça ?

Il sirota son jus de fruits avant de répondre.

— J'ai bien cru me faire arracher la tête. En tant que conseiller, il est de mon devoir de répondre aux sollicitations. Mais à l'avenir, ce serait cool de me prévenir que je risque d'y passer : je verrai le coup arriver, au moins. Je m'attendais à le mettre en rogne, pas à ce qu'il soit à deux doigts de m'écharper. La prochaine fois que tu as besoin d'un service, je préférerais être l'Hybride qui ment au téléphone en se faisant passer pour l'assistant de Justice.

Brise s'approcha de lui.

— Tu es un vrai héros. Ça te dit d'aller danser ? Tu m'as l'air tendu, je sais comment te soulager.

Brute écarquilla les yeux et sourit.

— Avec plaisir.

L'amazone leva la main et lui caressa le cou.

— Allons-y, alors.

Brute se leva et fit un clin d'œil aux trois autres conseillers.

— Ça paie, de risquer sa peau. Arrêtez de me charrier : vous restez le cul sur vos chaises et moi, je vais danser avec une jolie fille.

— On a participé, nous aussi ! plaida Bestial, hilare. Tu as des copines prêtes à danser avec nous ?

Brise agita l'index dans leur direction.

— C'est fête, ce soir. Tout le monde a envie de s'amuser.

Cèdre se leva à son tour.

— Un bienfait est toujours récompensé.

Blasé finit son verre et l'imita.

— J'adore ces soirées.

— Moi aussi, gronda Bestial. Passons quelques heures à nous éclater avec nos femelles.

Chapitre 19

Jessie finissait de boucler son sac de sport quand Justice le lui prit des mains avant qu'elle l'ait soulevé du lit. Elle sourit, amusée qu'il l'ait vraiment conduite chez elle pour qu'elle fasse ses valises illico. Après l'avoir aidée à tout récupérer dans la salle de bains, il avait déjà porté l'essentiel de ses affaires dans la maison voisine.

— J'aurais pu faire ça demain pendant que tu es au travail…

— Je préfère qu'on règle ça ce soir. (Il lui caressa la joue du bout des doigts.) Il ne faut plus que tu aies la moindre raison de revenir ici. C'est chez moi que tu vas vivre, désormais.

Ces mots tendres ravirent Jessie. Il était très impliqué dans leur relation, ce n'était plus un secret pour personne, et il n'hésitait pas une seule seconde à rendre leur union permanente.

— Et tous les cartons, dans le salon ? On les déménage aussi ?

— Non. Je ferai passer quelqu'un dans la matinée.

Jessie jeta un coup d'œil à la ronde pour s'assurer qu'elle n'oubliait rien.

— Fini. Il n'y a plus rien à emballer.

— Allons-y, dit Justice en lui lâchant la main pour prendre une autre valise. Après toi, femme.

Jessie gravit les marches qui menaient au seuil de la maison de Justice, un peu nerveuse puisqu'elle n'y était jamais entrée. Elle pria pour aimer celle-ci autant qu'elle avait adoré celle d'à côté. Et tendit la main pour ouvrir la porte.

— Une seconde.

Elle se retourna, croisa les bras et arqua un sourcil en le voyant poser les valises.

— Qu'y a-t-il ? C'est en bordel, chez toi ?

Il gloussa.

— Reste ici. Défense de regarder à l'intérieur.

Il ouvrit en grand, récupéra les bagages et disparut dans son antre. Jessie n'y voyait goutte : il n'avait pas allumé. Elle l'entendit aller de pièce en pièce, sans avoir la moindre idée de ce qu'il maquillait. Avec sa chance, elle était tombée sur un type archi bordélique… mais beau comme un dieu, on ne pouvait pas tout avoir. Il avait parlé d'un homme de ménage, non ? C'était toujours ça, elle n'aurait pas à courir derrière lui pour tout ramasser.

Il ressurgit des ténèbres. Jessie, prise de court, le vit se pencher… et se sentit basculer sur son épaule. Le colosse se releva sans effort et alluma le plafonnier. Il lui caressa les fesses tout en entrant, referma la porte d'un coup de pied et se mit à rire.

— Mets le verrou, veux-tu ?

Jessie dut rabattre les mèches qui l'aveuglaient pour y voir clair, actionna le verrou qu'elle découvrit sous son nez et se tordit le cou pour découvrir un salon étonnamment bien tenu.

— Pose-moi par terre.

— Pas question. Je ne suis pas complètement nul, question coutumes humaines. J'ai potassé. Suffisamment pour savoir qu'il faut porter la mariée la première fois qu'elle franchit le seuil de sa nouvelle maison. Nous sommes déjà mariés, en ce qui me concerne ; le mariage civil n'est qu'une formalité destinée à dire au monde que tu es mienne, Jessie.

Je te porte jusqu'au lit. C'est le moins que je puisse faire pour me plier aux traditions de ton peuple.

C'était si mignon que Jessie n'eut pas le cœur de lui préciser qu'en général, le type ne portait pas sa femme comme un sac à patates, en travers de l'épaule et la tête en bas. Elle gloussa à son tour, laissa retomber ses cheveux et empoigna ce cul musclé tandis qu'il s'engageait dans le couloir. Fascinée par son postérieur champion du monde, elle se rendit à peine compte qu'ils étaient déjà dans sa chambre jusqu'à ce qu'il allume la lumière.

Il l'aida à s'asseoir au bord du lit et s'agenouilla devant elle, radieux.

—Sois la bienvenue chez toi. Déshabille-toi, maintenant. Tu m'as tellement manqué que si on ne fait pas l'amour tout de suite, je vais péter un plomb. (Il se leva, ôta ses chaussures et sa veste de costume.) Allez, vite, gronda-t-il doucement.

Jessie le regarda se dévêtir à la hâte en dévorant des yeux ce corps d'athlète qui s'offrait progressivement à elle. Il leva la tête après avoir ôté son pantalon, plissa les yeux et fronça les sourcils.

—Allez, Jessie, à poil. Je suis sérieux. Ça fait deux semaines et je n'ai pas envie de tout t'arracher. Il est très chouette, cet ensemble.

Jessie se défit de ses chaussures, passa les bras dans le dos, fit jouer la fermeture Éclair du bustier et dégrafa son soutien-gorge. Elle fit glisser le tout le long de son corps en se levant, minijupe comprise. Justice ronronna en la voyant enlever sa culotte. Elle recula quand il fit un pas vers elle.

—Attends.

L'Hybride se figea.

—Qu'y a-t-il ?

—Il faut qu'on parle.

—Pas besoin.

— Si, justement.

Il grogna.

— À quel sujet ?

— Tu as couché avec Kit ?

— Non, répondit-il, les sourcils froncés.

Les yeux plissés, Jessie guetta un signe de mensonge.

— Vrai de vrai ?

— Je ne désire qu'une seule femme : toi. Les autres ne m'intéressent pas.

Elle hocha la tête, convaincue.

— Cette histoire d'imprégnation… ça veut dire que tu ne me tromperas jamais ?

Il sourit.

— C'est l'idée, oui. Tu me suffis et je te suffis. On s'engage à être fidèle l'un à l'autre.

— À vie ?

— À vie.

— OK, ça me va.

— On a fini de discuter, là ?

Elle eut un regard pour le matelas et sourit.

— Plus qu'un ou deux petits détails à régler.

Les mains se Justice se crispèrent, tout son corps se tendit et son sexe en érection tressaillit, semblant faire de l'œil à Jessie.

— Mais encore ?

— Je peux récupérer le poste dont je viens de démissionner ? J'aime beaucoup travailler avec les pensionnaires du dortoir.

— Tu ne l'as pas perdu. Je n'ai pas accepté ta démission.

— Parfait, dit Jessie, souriante.

— On a fini ?

— Encore un truc.

— Quoi ? demanda-t-il en s'approchant, tel un fauve prêt à bondir.

Jessie prit sa lèvre inférieure dans sa bouche.
— Toi.
— Quoi, moi ? demanda-t-il, l'air surpris.
— Je te veux sur le lit… avec moi au-dessus.
Il plissa les yeux ; elle retint son souffle. Après un moment à se dévisager, Justice fit un pas en arrière.
— Tu veux ta revanche pour ce soir et hier soir. Je dois me soumettre pour apaiser ta fierté blessée.
— Pas du tout. J'ai juste envie d'être au-dessus. Ça t'a plu, l'autre fois, et à moi aussi.
— Tu tiens tant que ça à avoir le dessus pendant l'amour ?
— J'aime cette position, c'est tout. Ça n'a rien à voir avec la domination, je te jure.
L'air méfiant, il grimpa sur le lit et se coucha sur le dos.
— C'est bien parce que c'est toi, et si jamais tu t'en vantes… (il la dévora des yeux) il faudra que je te châtie publiquement, en bien pire qu'au bar.
— Comment ça ? rétorqua Jessie, appuyée contre le matelas. Et pourquoi ces lits sont-ils si hauts ? J'ai besoin d'un tabouret, pour y grimper…
Justice, hilare, lui tendit la main et la hissa sans difficulté.
— Parce qu'on est grands, nous autres. Je t'aiderai à te coucher. C'est pour sortir du lit, que tu vas avoir le plus de problèmes. Tu vas y rester, et je devrai te monter devant mon peuple pour leur montrer qui commande.
Jessie rit de sa blague… mais pas lui. Il arqua un sourcil et la regarda sans mot dire. Elle cessa de s'esclaffer, choquée de constater qu'il était sérieux.
— Pour de vrai ? Mais c'est… Je te préviens, si tu essaies de me baiser en public, je suis capable de te tirer dessus. Tu ferais vraiment ça ? Devant tout le monde ? C'est pas mon truc du tout, l'exhibitionnisme…
Il éclata de rire.

— Mais non, t'inquiète ! J'étais curieux de ta réaction.

Jessie se détendit.

— Et qu'est-ce que tu me ferais pour de vrai, si je disais à quelqu'un que tu me laisses faire ça ? dit-elle en se positionnant à califourchon au-dessus de ses cuisses.

Elle plongea la tête et lui lécha le ventre, tout près du nombril.

— Je te punirais, grogna-t-il.

Jessie remonta un peu et engloba un téton qu'elle titilla à petits coups de dents. Elle insista jusqu'à ce qu'il ronronne doucement. Et sentit sa queue réagir entre leurs deux estomacs. Elle relâcha le premier mamelon, lui couvrit le torse de petits bisous et entreprit d'agacer l'autre téton.

— Et comment me punirais-tu, mon grand ?

Il l'empoigna par les hanches.

— En te torturant, Jessie. Tu aimes quand ça va vite, hein ? Je t'immobiliserais et j'irais si lentement que tu me supplierais de te baiser plus fort, comme tu aimes. Je refuserais. Et je ferais durer jusqu'à ce que tu n'en puisses plus.

La jeune femme sentit son corps réagir à cette promesse érotique. Elle remonta le bassin, cessa de jouer avec ses tétons et se redressa. Ses doigts s'enroulèrent autour de la queue de Justice ; elle le caressa de la base à la pointe ; frotta son pouce contre le gland. Les premières gouttes de liquide séminal l'aidèrent à tracer des cercles au bout du gland.

— Tu vois, mon grand, tu n'es pas le seul à manier la torture.

— Jessie, ronronna-t-il. Ça fait deux semaines. J'ai envie que ça te plaise, mais si tu continues comme ça, je ne garantis rien.

La jeune femme vint frotter son sexe contre la queue dressée. Déjà prête à l'accueillir, elle gémit quand l'engin lui excita le petit bouton. Leurs ébats lui avaient manqué, à elle aussi, c'était si bon ! Elle s'empala sur lui. Justice rejeta la tête en arrière et lui lâcha les hanches pour s'en prendre à la literie.

— Gaffe à tes ongles, haleta-t-elle. C'est si bon de t'avoir en moi. Tâche quand même de ne pas saccager le lit : je compte y dormir tout à l'heure.

— Le lit, je le nique, gronda Justice.

— Nique-moi plutôt, geignit Jessie.

Elle baissa la tête et se plongea dans son regard fiévreux.

Puis, n'en pouvant déjà plus, elle ferma les yeux, se cambra et s'empala sur lui plus complètement, toute au bonheur de sentir s'étirer ses parois vaginales. La sensation de plénitude, quand Justice était en elle, dépassait tout le reste. Elle poussa jusqu'à la garde, jusqu'à ce que leur fusion soit totale. Imprima un mouvement de va-et-vient, lentement d'abord, le temps de s'adapter, mais ce fut vite intolérable. L'envie de jouir fut telle qu'elle accéléra la cadence.

Les bruits de gorge de Justice – ronronnements, grognements – la mettaient en transe. L'Hybride passa une main sous la cuisse de Jessie et vint lui stimuler le clitoris. Son mouvement circulaire s'exerçait avec juste ce qu'il fallait de pression pour la contraindre à se contracter autour du membre énorme. Jessie gémit de plus belle et le chevaucha à une cadence effrénée.

Justice les fit basculer subitement. Jessie, d'abord surprise, geignit quand il se mit à la besogner vite et fort. Piégée sous son immense carcasse, elle comprit qu'il avait repris l'ascendant. Féroce et terriblement mâle, il grogna, sourit à s'en découvrir les crocs et resserra les bras pour l'enfermer au plus près.

— À moi.

Le colosse la pénétra sans retenue aucune. Jessie replia les jambes autour de ses fesses et se pendit à son cou. Leurs deux corps ondulaient dans un même mouvement, les coups de boutoir du colosse faisaient voir des étincelles à Jessie. Il s'enfonça au maximum et, au prix d'un léger ajustement de position, toucha le point sensible qui la faisait hurler.

Le plaisir déferla alors que Justice s'activait toujours plus vite. Elle cria son nom en jouissant. L'Hybride se cambra et rugit à pleine gorge. Ils tressaillirent, unis l'un à l'autre. Jessie sentit le plaisir refluer dans son corps apaisé. L'immense carcasse de Justice la surplombait.

— Toi et moi, c'est pour la vie, lui murmura l'Hybride au creux de l'oreille avant de l'embrasser dans le cou.

— Alléluia, répondit-elle.

Justice gloussa.

— J'ai un secret à te confier, dit-il en levant la tête afin de la regarder dans les yeux.

— Ah bon ?

— Nous avons découvert qu'il est possible, pour un Hybride, de féconder une humaine. Le premier bébé issu d'un couple mixte est en pleine santé. Il est né voici quelques semaines. (Il lui prit le visage à deux mains.) C'est un Hybride. Il a nos traits faciaux et ressemble à son père. Je veux un enfant de toi. Tu me promets d'y réfléchir ?

Pour Jessie, ce fut un choc. Pas le prétendu secret en lui-même : son amie Brise l'avait mise au courant. Non, c'était le fait que Justice veuille un enfant. Il était passé en une soirée de l'opposition farouche à leur liaison à la perspective de fonder une famille. Quelle douche écossaise !

Justice les fit tous deux basculer sur le flanc, ménagea un peu d'espace entre eux et posa les mains à plat sur son ventre.

— Je veux le voir s'arrondir. Un enfant ensemble, ce serait un lien supplémentaire. (Il la regarda dans les yeux.) Tout ce qui est susceptible de nous unir, je le veux. Tu me rends heureux, dit-il en souriant. Grâce à toi, je me sens entier.

Jessie en eut les larmes aux yeux.

— Tu sais parler aux femmes, toi.

— Qu'est-ce que ça veut dire ? rétorqua-t-il, l'air renfrogné.

Elle éclata de rire et essuya ses larmes.

— Que j'adore l'idée d'avoir un enfant de toi, mais que j'aimerais attendre un an minimum. Histoire qu'on passe du temps ensemble, rien que tous les deux, et aussi que tu apprennes à moins travailler. L'éducation du ou des enfants, je veux qu'on la fasse à deux. Pas question de l'assumer seule pendant que tu t'épuises au boulot.

— Je suis à toi. Nous allons tout faire ensemble.

— Ouvre les yeux, mon grand, tu es accro au boulot. (Elle se passa la langue sur les lèvres.) Mon père l'est aussi. Il était aux abonnés absents, quand j'étais môme. Ma plus grande peur a toujours été d'épouser quelqu'un comme lui. Cocasse, non ? Tu le ferais passer pour un fainéant tellement tu consacres d'heures à ta mission. En tant qu'adulte, je comprends très bien pourquoi tu travailles si dur, mais les enfants, eux, ne saisissent pas ces choses-là. Tout ce qu'ils voient, c'est qu'ils comptent moins que le bureau aux yeux de leur papa. Je me fais bien comprendre ? Avant qu'on soit parents, tu dois apprendre à lâcher prise.

— Je suis sur le point de déléguer pas mal de responsabilités au conseil ; ça va beaucoup alléger ma charge de travail. D'accord pour attendre un an, tu verras que nous passerons plein de temps ensemble. Et aussi pour lâcher prise. Je compte sur toi pour m'apprendre à le faire. Jusqu'ici, je n'avais pas de vie propre, j'étais l'image de mon peuple. C'est du passé, Jessie. Je les aime, mais tu es ma priorité numéro un. (Il plissa les yeux.) On est ensemble. Tu passes avant tout. Je vais me mettre en retrait dès demain matin pour te le prouver. Je t'aime. Rien d'autre n'importe vraiment.

Elle sut qu'il était sincère et sentit son amour pour lui se renforcer.

— Je ne te demande pas de démissionner ; seulement de faire moins d'heures. Ce que tu fais est important. Il ne faut pas que tu changes qui tu es. C'est toi, l'homme de ma vie. Je souhaite juste qu'on passe plus de temps ensemble. Te délester sur le conseil m'apparaît comme la solution idéale.

Il sourit.

— Entendu. Et moi, j'aimerais qu'on ait plusieurs enfants. Te mettre enceinte à répétition. C'est très possible, tu sais.

— On en reparlera après le premier.

— Au moins deux ? relança-t-il, plein d'espoir.

— Je t'aime de tout mon cœur et tu me rends heureuse, dit-elle, un grand sourire aux lèvres. Bien sûr, il t'arrive de me foutre en rogne, mais l'amour est toujours resté plus fort que l'envie de te tuer. Tu donnes un sens à ma vie.

— J'ai une autre nouvelle, et j'ai cru comprendre qu'elle était bien reçue. Selon toi, quel est le pire aspect de la grossesse ?

— Devenir énorme.

Il éclata de rire.

— Le deuxième pire aspect ?

— La nausée du matin.

— Et le fait que ça dure neuf mois, ce n'est rien ?

— Si, bien sûr. Ça paraît interminable… mais c'est le prix à payer.

Vif comme l'éclair, Justice roula sur lui-même et cloua Jessie sur le matelas.

— C'est un bébé hybride que tu vas porter. Le premier est arrivé à terme au bout de vingt semaines. Les scientifiques qui nous ont conçus ont fait en sorte qu'on cicatrise plus vite. Il semble que cela accélère aussi le développement de l'embryon : le deuxième enfant à naître connaît, lui aussi, une croissance rapide. Vingt semaines, c'est visiblement la durée normale de la grossesse. (Justice chercha à croiser son regard.) Qu'en dis-tu ? Toujours partante ?

Jessie n'en revint pas. *Cinq mois seulement ?* L'Hybride roula sur le flanc et se rassit.

— Je suis conscient que ça fait beaucoup à encaisser d'un coup… Tu as peur, c'est ça ?

La jeune femme, à son tour, roula sur le flanc et posa la tête sur son bras replié.

— Non. C'est juste que… c'est énorme, comme nouvelle.

— Tu es… refroidie ?

— Jamais de la vie. Il me tarde de porter notre enfant, au contraire, et c'est plutôt génial, comme nouvelle. C'est dingue ! On pourrait presque en avoir deux dans le temps imparti pour en fabriquer un !

Il parut soulagé.

— Tu es d'accord pour en avoir deux, si je comprends bien. Formidable.

Jessie s'approcha et lui caressa la cuisse.

— Tu as d'autres surprises en réserve ?

— Les docteurs ont aidé la femme de Rage, Ellie, à tomber enceinte. Elle souffrait d'un problème de trompes bouchées mais c'est réglé, maintenant, ils vont avoir un bébé. Ils déménageront à la Réserve par précaution dès que ça commencera à se voir. On ne peut pas se permettre de le dévoiler à ton peuple ; on craint que le monde ne soit pas prêt à apprendre que nous pouvons avoir des enfants, ça risque de tourner au vinaigre si certains découvrent l'existence de nouveau-nés hybrides. Quoi qu'il en soit, notre enfant ne sera pas seul.

Jessie hocha la tête.

— Il va falloir ouvrir une école avant qu'ils soient en âge d'y aller. Pas question de les envoyer à l'école publique en dehors du complexe, c'est trop risqué.

Justice posa sa main sur celle de Jessie.

— J'ai de la chance d'avoir une femme si intelligente. Il te vient d'autres idées ?

— Il va falloir qu'on s'entraîne sérieusement, pour que je tombe enceinte... Il y a du boulot.

L'Hybride la dévora du regard en grognant. L'instant suivant, Jessie se retrouva à quatre pattes sur le lit et Justice la pénétra doucement mais bien à fond, ce qui la fit rapidement gémir. Il continua à la pilonner au ralenti jusqu'à ce qu'elle soit au bord de l'orgasme. Et là, il s'arrêta. Elle tourna la tête.

— Continue.

— Ça ne va pas ? Je m'y prends mal ?

Il relança la machine à un rythme effréné, se pencha sur sa partenaire qu'il mordit à l'épaule tout en commençant à lui masser le clitoris d'une main.

Jessie jouit en hurlant ; Justice rugit à son tour. Ils s'effondrèrent, toujours soudés l'un à l'autre, et la jeune femme éclata de rire dès qu'elle eut repris son souffle. L'incompréhension avait parfois du bon, songea-t-elle. Il avait pris sa plaisanterie pour une récrimination. Justice lui mordilla l'épaule ; le plaisir la fit sursauter. Ses crocs venaient de lui envoyer une décharge électrique jusque dans son petit bouton, rappelant à Jessie son état de surexcitation.

Il cessa de la mordre.

— Comment c'était, alors ?

Elle se déhancha pour se plonger dans ses yeux de chat.

— C'était de l'humour humain, mon grand. Désolée. J'adore quand tu me fais l'amour. Tu as tout bon, vraiment. C'est juste une expression pour insinuer qu'on devrait baiser plus souvent. « S'entraîner pour que je tombe enceinte. » Tu saisis ?

— Je vois, gloussa-t-il.

— T'inquiète, je vais le répéter souvent. Et toi, tâche d'oublier ce que ça signifie vraiment, d'accord ? Ça m'a plu, tu n'as pas idée !

— Tu veux qu'on le fasse plus souvent, c'est ça ?

— Tout le temps.

Il afficha son sourire carnassier.

— On a été conçus pour l'endurance et la force. Que sais-tu d'autre sur nous ?

— Que tu es beau comme un dieu, que tu es mieux foutu que tous les hommes que j'ai vus de ma vie, et que je bave rien qu'en te regardant te désaper. Ça te va ?

Il l'embrassa.

— Il y a autre chose.

— Quoi donc ?

— La vitesse de récupération. Tu veux qu'on remette ça ? dit-il en bougeant lentement en elle. Tu ne t'es jamais demandé pourquoi je me retire toujours, après l'amour ? C'est parce que je ne débande jamais, quand je suis en toi. Je peux rester tendu pendant des heures.

Jessie geignit.

— Cette fois, gronda-t-il, on y va lentement.

Elle secoua la tête.

— C'est une vraie torture.

Justice la maintint en place et continua à la besogner. Sa main libre lui effleura le ventre, puis la poitrine, et joua avec ses tétons.

— Tu vas adorer. Je vais continuer à bouger en toi lentement et en rythme, tout en te caressant partout. C'est mon petit talent caché.

— Tu vas me tuer…

— Mais non. Simplement te donner ce dont tu as envie.

— Plus vite.

— Sois patiente.

Cessant de jouer avec ses mamelons, il fit courir sa main sur la ligne ombilicale et se servit de ses jambes pour écarter les cuisses de Jessie. Puis il lui stimula le clitoris.

— Lentement et en rythme, Jessie.

Jessie faillit jouir tant la sensation était divine sur l'épicentre de ses terminaisons nerveuses. Il allait et venait en elle sans se presser, prenant le temps de jouer avec ses sens.

— Tu m'aimes vraiment, Jessie ?

— Oui !

Cessant d'appuyer en rythme sur le petit bouton, il le lui pinça entre le pouce et l'index, tira doucement dessus puis le massa. Se déhancha un peu afin de la pénétrer plus profondément. En un instant, la jeune femme cria son nom. Justice rejeta la tête en arrière, rugit comme le fauve qu'il était et lâcha son sperme chaud à longs traits.

Il fallut plusieurs minutes à Jessie pour rouvrir les yeux, tourner la tête et sourire à son bel étalon.

— Lentement, c'est bien aussi, en fin de compte.

— « Bien » sans plus ? répéta-t-il, un large sourire aux lèvres, les sourcils arqués.

— C'était génial.

L'Hybride se retira avec précaution et fit basculer leurs deux corps jusqu'à ce qu'ils se retrouvent en cuillère.

— Je ne veux pas que tu aies mal. On remettra ça plus tard, quand tu auras pris un peu de repos.

— Je t'aime.

Justice l'embrassa au creux de l'épaule.

— Moi aussi, je t'aime. Dors. Je veux rester collé à toi toute la nuit.

En tendant le bras, le colosse réussit à éteindre la lampe de chevet.

Jessie, recroquevillée contre lui, ferma les yeux. Elle allait épouser Justice, il avait dit qu'elle était sa femme. Étendue dans ses bras, dans son lit à lui, elle sut qu'elle avait trouvé sa vraie place.

Justice entendit Jessie respirer plus lentement et sut qu'elle était endormie. Il se colla à elle au plus près, replia les jambes pour que la fusion soit totale et respira à fond sa délicieuse odeur de femme. Elle était à lui pour de bon. Il n'était plus seul au monde. Jessie était l'autre moitié de son être, une moitié plus douce qu'il n'aurait jamais connue sans elle… mais aussi son principal point faible.

Il sonda ses sentiments, inquiet à l'idée de découvrir qu'il s'en voulait d'avoir créé un défaut dans son armure autrefois impénétrable – et ne ressentit qu'une paix indicible. Le lendemain matin promettait d'être l'enfer, il allait payer cash le fait d'avoir revendiqué publiquement une humaine, mais rien de tout cela n'importait. Jessie valait la peine de défier la planète entière.

Son sénateur de père allait accuser le coup, peut-être même cesserait-il de soutenir l'OPH. La belle affaire ! Justice se faisait fort de trouver d'autres soutiens. L'essentiel était d'assurer la sécurité de Jessie. Il la protégerait à tout prix, et si le danger se faisait trop pressant, il lui restait la possibilité de démissionner. Ils iraient vivre à la Réserve, en zone interdite, près de chez Vaillant et Tammy. Les travaux de sa maison près du lac avançaient bien, Justice l'avait jusqu'ici considérée comme un point de chute quand la pression était trop forte, mais pourquoi pas aller y vivre à temps complet ? Il aurait son armée d'Hybrides à demi sauvages pour tenir à distance ceux qui voulaient s'en prendre à sa femme.

Il s'imagina renonçant au costume et vivant en pagne, comme certains mâles l'avaient déjà fait, et sourit. Convaincre Jessie de vivre à demi nue était dans ses cordes. Ils joueraient à longueur de journée, toute son énergie serait consacrée à l'amour qu'il lui vouait. Non, décidément, l'avenir n'apparaissait plus si sombre.

Il se détendit, ferma les yeux et serra sa bien-aimée dans ses bras. D'une manière ou d'une autre, tout allait s'arranger. L'échec était exclu. Il avait Jessie. Le reste suivrait.

Chapitre 20

Réveillé par un bruit ténu et inhabituel, Justice ouvrit les yeux. Jessie était toujours blottie contre lui. À sa respiration lente et régulière, il sut qu'elle dormait. Ce qui l'avait alerté n'avait pas suffi à la déranger. Il tendit l'oreille, tous les sens aux aguets : un véhicule approchait.

Coup d'œil à la pendulette. C'était le creux de la nuit, quelque temps avant l'aube. Personne n'était censé circuler près de chez lui à pareille heure. Les patrouilles restaient à bonne distance, conformément aux instructions qu'il avait données après avoir été importuné chaque fois qu'il rugissait. L'Hybride lâcha sa compagne avec précaution et quitta le lit sans la réveiller.

Il s'empressa de quitter la chambre, trottina dans le couloir et déboucha dans le salon. Les lumières y étant toujours allumées depuis leur arrivée, il fila se réfugier dans son bureau enténébré et écarta le store juste ce qu'il fallait pour risquer un œil au-dehors. Un SUV était en train de se ranger en contrebas, après la maison de Tigre, sur l'aire de stationnement réservée à l'ancien bungalow de Jessie. Le conducteur coupa les gaz.

Le cœur de Justice bondit dans sa poitrine. Quelque chose clochait : le véhicule avait roulé tous phares éteints avant de se garer, et aucune veilleuse ne s'alluma quand s'ouvrirent les quatre portières. Toute la flotte de l'OPH était en parfait état de marche – éclairage de l'habitacle compris.

On avait donc pris soin de le couper. Cinq silhouettes émergèrent et laissèrent les portières ouvertes. Une seule raison à cela : éviter de faire du bruit.

Les yeux plissés, Justice examina les cinq intrus. Tous étaient vêtus de noir de la tête aux pieds. Même les visages étaient soit masqués, soit maquillés. Le groupe se dirigea vers la maison voisine, celle qu'occupait Jessie jusqu'à ce soir. Il les épia assez longtemps pour remarquer leur façon de se mouvoir et de communiquer par signes. Il était question de se séparer pour encercler quelque chose… ou quelqu'un.

Justice quitta le bureau en trombe et gagna une chambre inoccupée d'où il jouissait d'un meilleur angle de vue. Il vit une silhouette noire bondir au-dessus du portail et se diriger vers l'arrière du cottage voisin. Plus l'ombre d'un doute : la cible du commando était Jessie.

Une rage froide s'éveilla jusque dans ses moindres fibres musculaires. Il lâcha le rideau, recula et décrocha le téléphone de la table de nuit. Puis il composa le numéro de chez Tigre en réfléchissant à toute vitesse. Patienta jusqu'au déclenchement du répondeur. Raccrocha ; composa cette fois le numéro de portable de son adjoint. Trois sonneries plus tard :

— Il est quatre heures et demie du mat, gronda Tigre, le souffle court. T'as intérêt à ce que ce soit foutrement important, mec.

— Cinq des nôtres encerclent le cottage de Jessie. Ils sont arrivés en douce et vêtus de noir, ce qui signifie qu'ils comptent attaquer. Prends des types de confiance avec toi et rejoignez-moi chez moi. Au trot. Visiblement, certains n'ont pas apprécié mes goûts en matière de femme.

— Bordel de merde, cracha Tigre. Je ne suis pas chez moi mais au bâtiment des filles. Je chope les gars sûrs qui y pieutent et j'arrive. Ne tente rien avant, surtout. Ils sont trop nombreux.

Justice raccrocha et composa le numéro de la guérite, à l'entrée du quartier fermé. Six sonneries sans réponse plus tard, il serra les dents. Soit le type de garde était dans le coup, soit les cinq intrus lui avaient réglé son compte. Aucun renfort immédiat à espérer. Justice courut jusqu'à sa chambre.

Il fondit littéralement sur Jessie. Une main sur sa bouche, l'autre agrippée à sa hanche, il la fit glisser jusqu'au bord du lit puis la souleva. Jessie hoqueta dans sa paume. Il se pencha pour lui murmurer à l'oreille avant qu'elle ait le temps de se débattre :

— Cinq Hybrides sont chez toi. Habille-toi sans faire de bruit et reste à mes côtés. J'y vois assez dans le noir pour te guider.

La jeune femme hocha la tête. Il la lâcha en douceur, s'assura que ses pieds touchaient bien le sol puis l'empoigna par le bras. Le placard était tout près. Il l'ouvrit et la poussa à l'intérieur. Sitôt la porte refermée, il alluma dedans, ce qui les aveugla tous les deux.

Les beaux yeux bleus de Jessie étaient rivés sur lui. Justice fut fier de voir à quel point sa compagne gardait son sang-froid, sans perdre une seconde à poser des questions inutiles. Il trouva un tee-shirt qu'il lui tendit, puis deux caleçons dans un tiroir. Il en enfila un à côté d'elle malgré l'exiguïté du réduit.

— Cinq, tu as dit ? murmura-t-elle en roulant l'élastique du caleçon trop grand pour elle.

— Oui. Des Hybrides mâles, à ce que j'ai vu.

— Quel merdier !

C'était bien résumé. Justice laissa sa colère affluer : le sang ne manquerait pas de couler si ces cinq-là, quand ils auraient compris que Jessie n'était pas chez elle, osaient venir chez lui. Il les tuerait sans hésiter. Ou mourrait en protégeant sa bien-aimée.

Fuir avec elle ? Trop risqué si d'autres, à pied et à l'affût, leur tombaient dessus par mégarde. À l'intérieur, en terrain connu, il pourrait tenir jusqu'à l'arrivée des renforts menés par Tigre. Restait le plus choquant… le fait que ce soient des Hybrides qui en aient après Jessie. Choquant, abominable et totalement inimaginable.

Jessie fit de son mieux pour cacher sa trouille tout en enfilant le tee-shirt fourni par Justice. Qu'importe qu'il soit à l'envers ou retourné. Encore mal réveillée, elle peinait à digérer les informations. Seule certitude : ils étaient dans une merde noire. Des Hybrides. Ça craignait à mort. C'était elle qu'ils venaient chercher.

Elle vit Justice de dos, au fond du placard, empoigner puis soulever la barre où étaient suspendus ses costumes. Il lâcha le tout, les fringues tombèrent en tas informe et il fit pression sur la paroi, près du sommet, en quête de quelque chose. Un « clic » retentit. La paroi s'ouvrit sur un compartiment secret.

Se rendant compte qu'elle était bouche bée, elle pinça les lèvres sans dire un mot sur les deux pistolets qui trônaient contre le mur du double fond ou la pleine besace de chargeurs. Jessie observa son homme en silence qui, après s'être retourné, lui présenta un gilet pare-balles.

— Enfile ça.

— Non, toi.

L'Hybride plissa les paupières.

— Fais-le. Pas le temps d'argumenter, Jessie. Je guéris et je bouge plus vite que toi. Entre Hybrides, on se bat à mains nues. Mais tu es humaine. Je ne sais pas s'ils se montreront aussi respectueux. S'ils ont des flingues, ils risquent de te tirer dessus. Enfile ce gilet.

À son air buté, Jessie comprit qu'elle perdrait son temps à le contredire. Elle enfila donc le lourd gilet deux fois trop grand pour elle et s'efforça d'ajuster les attaches. Justice lui tendit ensuite les deux pistolets. Elle loucha sur l'impressionnante cache d'armes.

— Cool. J'en déduis que tu prends le fusil à pompe ?

Il secoua la tête.

— Les armes sont interdites entre nous, Jessie. On se bat à mains nues. Toi, en revanche, tu n'es pas une Hybride. Tu n'as aucune chance contre un mâle et je refuse de te perdre. Sers-toi de ces armes si nécessaire.

— Tu penses qu'ils vont venir ?

— Ne te trouvant pas à côté, ils vont se douter que tu es ici. Je les imagine prêts à tout pour avoir pris autant de risques. De ce fait, ils vont sûrement rappliquer.

— Et merde…

Après s'être assurée que la sécurité des deux pistolets était enclenchée, Jessie éjecta les magasins et en vérifia l'approvisionnement.

— Désolée. Tout ça, c'est ma faute.

Justice, vif comme l'éclair, lui attrapa le menton, l'obligea à croiser son regard et grogna doucement pour signifier son désaccord.

— Absolument pas. Nos compagnes sont précieuses, à protéger coûte que coûte et considérées comme des Hybrides de plein droit. Ces mâles sont des traîtres. (Il la lâcha.) Va t'installer dans la baignoire de la salle de bains. La pièce n'a que deux accès. Tire à vue. Si l'un d'eux dépasse ma position, c'est que je suis mort.

Jessie resta bouche bée.

— Ils n'oseront pas ! Tu es leur chef…

Pour toute réponse, il glissa quatre chargeurs dans le gilet pare-balles.

— Ils veulent me virer, j'imagine. Vas-y.

Le regard adouci, il ajouta :

— Tigre et plusieurs autres sont en route. Aie confiance en lui. Il te conduira en lieu sûr… et chez ton père, s'il m'arrive quelque chose.

— Tu m'as donné les deux flingues. (Elle lui en tendit un, crosse la première.) Prends-le.

— Les Hybrides ne se tirent pas dessus entre eux. C'est toi qui en as besoin. Ne cherche pas à te défendre au corps-à-corps : tire la première.

Jessie affronta les yeux sombres de Justice.

— Pas question de me terrer dans une baignoire pendant que tu te bats à un contre cinq. Je sais me servir de ces trucs. Je reste avec toi. Avec ces flingues, on a une chance.

Il l'embrassa sur la bouche.

— Je t'aime.

Son sourire se figea ; il plissa les yeux.

— On n'a pas le temps, Jessie.

Une alarme se déchaîna. Justice poussa un juron.

— Ils sont entrés. Va à la salle de bains. Si je ne sais pas où tu es, je ne vais pas pouvoir me concentrer. Fais-le ou c'est ma mort assurée… et la tienne.

Il éteignit, la saisit par le bras et ouvrit la porte du cagibi. Entraînée par le colosse, Jessie se retrouva dans la chambre qu'il scruta rapidement avant de la laisser en plan.

L'enfoiré. Il s'apprêtait à affronter seul cinq Hybrides parce qu'elle n'avait pas de couilles… ou, peut-être, parce qu'elle était humaine. Jamais il n'aurait ordonné à une Hybride baraquée de se réfugier dans la baignoire. Une fille comme Brise – ou Kit – savait se battre ; il l'aurait gardée avec lui pour augmenter ses chances.

Jessie résista à l'envie de le suivre. Cela le perturberait tant il était convaincu qu'elle avait besoin de sa protection. Elle pria pour que les autres affreux rechignent à attaquer Justice North. Tous les Hybrides lui vouaient un culte. Après les nombreux sacrifices qu'il avait consentis, il était impensable que l'un d'eux lui veuille du mal.

Elle y voyait à peine dans l'obscurité. Après s'être rendue à tâtons dans la salle de bains attenante, elle discerna le seul endroit propice à se défendre : l'angle le plus éloigné de la fenêtre et de la porte ouverte sur la chambre à coucher.

La vaste baignoire était du même modèle que celle de son ancienne résidence. Le bunker idéal. Elle s'y glissa et s'accroupit de manière à présenter la plus petite cible possible. Sitôt les chargeurs déplacés afin qu'ils cessent de lui meurtrir les seins, elle empoigna fermement ses deux pistolets. Et scruta tour à tour la fenêtre et la porte.

La première était assez grande pour qu'un adulte s'y faufile, et la porte ouverte lui permettrait d'entendre ce qui se passait ailleurs dans la maison. L'alarme, qui hurlait toujours, lui tapait sur les nerfs. Moins tonitruante que si elle s'était trouvée près de l'entrée principale mais bruyante quand même. Elle regretta amèrement de ne pas être en liaison radio avec Justice. Et ajouta un tel dispositif à la liste des améliorations à prévoir.

La sirène se tut. Un silence de crypte régna sur la vaste demeure. Était-ce bon signe ? Les intrus avaient-ils fui en prenant conscience que la sécurité allait rappliquer ? Les factionnaires, qui se déplaçaient chaque fois que Justice rugissait, ne manqueraient pas de venir à la rescousse…

Les secondes s'égrenaient. Jessie crut devenir folle à force de ne rien savoir. Elle se mordit la lèvre, se releva et alla au bord de la baignoire-bunker. Désireuse de jeter un œil à l'extérieur, elle se dirigea à pas comptés vers la fenêtre. Un flingue calé entre les reins, elle tendit l'oreille et, s'étant assurée qu'il n'y avait aucun mouvement côté porte, déverrouilla la fenêtre qu'elle fit coulisser sans bruit. L'air frais lui fit du bien. Elle dégaina son second pistolet, rassurée par le poids des deux armes.

Personne dans l'arrière-cour ni près de la piscine, d'où montait un éclairage diffus. Elle recula. Se tourna vers la porte : rien de ce côté-là non plus. Un bruit étouffé lui fit faire volte-face vers la fenêtre ouverte, juste à temps pour apercevoir une silhouette massive qui filait vers elle depuis le fond du jardin.

Vigile ou ennemi ? Prise de peur, elle s'éloigna de la fenêtre et retourna s'accroupir dans la baignoire. Les flingues braqués vers le jardin, elle retint son souffle, le cœur battant à tout rompre.

Une ombre se dessina dans un coin de la fenêtre. L'inconnu renifla bruyamment puis gronda. Un grognement rageur : l'intrus n'était pas ravi par l'odeur qu'il venait de humer. Un Hybride était tout à fait capable de la repérer à l'odorat. Les index crispés sur les gâchettes, elle resta à l'affût du moindre mouvement.

Justice perçut un bruissement sur le carrelage : l'ennemi était au bout du couloir menant aux chambres. C'était le crissement d'une semelle qui l'avait trahi, ce genre de désagrément était à craindre quand on portait des chaussures neuves. Un détail révélateur, ce gars-là était mal entraîné. Aucun de ses gars n'aurait commis cette erreur de débutant. Ils étaient trop affûtés pour faire un raffut pareil.

Se serait-il trompé en les cataloguant comme des Hybrides ? Mais non, aucun humain ne se mouvait comme ce dont il avait été témoin dehors. Ils possédaient une grâce et une fluidité animale, les humains étaient plus raides, leurs pas plus lourds. C'était à n'y rien comprendre, tous les mâles de Homeland étaient surentraînés mais pas ces cinq-là… Il prit appui contre la paroi de la chambre, près de la porte. Pas question de s'éloigner de Jessie. Depuis cette position, il contrôlait à la fois les fenêtres de la chambre et l'accès depuis le couloir. Coup d'œil à la porte de la salle de bains : rien à craindre de ce côté-là pour l'instant.

Un autre bruit. Une fenêtre coulissait. Il grinça des dents en prenant conscience que c'était probablement celle de la salle de bains où Jessie était réfugiée, mais aucun coup de feu ne retentit. Jessie aurait tiré si un intrus avait tenté d'entrer par là. Il avait dû se méprendre sur l'origine du son.

Nouveau frottement, bois contre plâtre cette fois. L'intrus du couloir approchait. Une desserte était située à deux mètres cinquante de la chambre, l'ennemi avait dû buter dedans, nouvelle preuve de son manque d'entraînement. Justice enragea en reniflant l'odeur distinctive d'un Hybride. Des mâles de son peuple venaient s'en prendre à sa compagne. Ces cinq-là étaient déterminés à la tuer. Ils devaient pourtant se douter qu'il mourrait pour la protéger.

Outre la sueur, Justice perçut un relent de graisse et de métal. Il sortit les griffes : ce salopard portait un flingue ou un couteau qu'il comptait utiliser pour tuer Jessie. Il bondit de sa cachette, poussa un rugissement bestial et empoigna le mâle, qu'il souleva avant de le projeter contre le mur. Le plâtre céda sous la puissance du choc, l'adversaire grogna sous l'effet de la surprise et de la douleur. Le duel était lancé.

Justice reçut un coup de poing à la mâchoire qui le fit vaciller et lui fit perdre l'équilibre. L'intrus se ramassa sur lui-même et bondit ; leurs deux torses se heurtèrent. Justice eut recours à ses crocs. L'autre essayait de lui écraser la cage thoracique.

Le mâle mordu hurla. Justice laissa sa fureur œuvrer, des os craquèrent, l'ennemi était déjà mort quand ils s'écrasèrent au sol. Justice repoussa le cadavre et recracha le sang de son adversaire. Il se raidit : ça remuait à l'autre extrémité du couloir. Il poussa un nouveau rugissement et fondit sur l'ombre qui reculait.

Jessie entendit Justice rugir, un choc sourd, un grognement. Puis le fracas caractéristique d'un corps-à-corps, auquel la jeune femme voulut répondre en se ruant à la rescousse. Elle n'en fit rien : la forme sombre était toujours à la fenêtre. L'intrus attendait le moment propice pour attaquer. Elle resta braquée sur lui. Elle sut que Justice vivait toujours quand il rugit de plus belle. Le combat paraissait terminé ; elle pria pour qu'il en soit sorti vainqueur.

Du mouvement à la fenêtre. Une main agrippa l'encadrement, une silhouette massive occulta le jardin en un clin d'œil. Accroupi sur l'appui de fenêtre, le type renifla… et sa tête se tourna vers Jessie. L'ombre menaçante n'avait rien d'humain ou d'Hybride, c'était juste un bestiau immense et effrayant. Jessie tira à deux reprises avec chaque flingue. La chose, criblée de balles, tomba à la renverse.

Elle resta aux aguets, au cas où l'intrus se relèverait. Rien. Les secondes s'égrenèrent ; le bruit d'un autre combat lui parvint aux oreilles. L'angoisse la prit en entendant du mobilier se briser près de l'entrée, des grognements bestiaux, des coups de poing. Elle se leva. Sortit de la baignoire et risqua le tout pour le tout en se ruant à la fenêtre.

Un coup d'œil lui apprit que le mâle qu'elle avait touché ne bougeait plus. Elle referma la fenêtre, verrouilla avec le pouce et se précipita dans la chambre. Si un autre intrus passait par la salle de bains, elle entendrait le verre se briser. L'urgence commandait de retrouver Justice et de l'aider à combattre, elle en oublia sa peur et poussa l'audace jusqu'à allumer les lumières, plus inquiète à l'idée de ne rien voir que de se faire repérer.

Un bris de verre retentit dans le couloir. Elle fila dans cette direction, ne s'arrêtant que le temps d'actionner un nouvel interrupteur. Le spectacle qu'elle découvrit la remplit d'effroi : un grand Hybride gisait sur le dos, son battle-dress en lambeaux, la cage thoracique déchiquetée. Elle réprima son envie de vomir et détailla la scène de crime. Du sang partout, sur les murs, au sol. L'homme à terre était tout de noir vêtu, son visage était grimé, ses cheveux cachés sous une casquette noire.

Ce n'était pas Justice. Elle avança. Dut enjamber le cadavre et posa son pied nu dans un liquide visqueux et tiède : du sang. Peu importait. Le combat faisait toujours rage à proximité. Ses pistolets brandis, Jessie se tint prête à tirer et finit par déboucher sur le vaste espace non éclairé du salon.

Elle fit la lumière avec le coude et découvrit avec stupeur le triste état de la pièce. Canapé renversé ; table basse en miettes ; étagère chavirée, amas de livres à quelques enjambées de sa position. Mais ce qui la frappa le plus, bien sûr, c'était le duel qui se déroulait au centre du salon dévasté.

Justice, en caleçon, avait du sang sur la peau et grognait après son vis-à-vis vêtu de noir. L'air enragé, il n'accorda pas un regard à Jessie tandis qu'il tournait autour de son adversaire. La jeune femme loucha sur l'énorme coquard qui lui déformait une joue et les griffures profondes qui lui striaient le dos et les bras.

Son adversaire saignait abondamment du visage : nez cassé, lèvre fendue, pommette ouverte. Sa tenue intégrale dissimulait probablement d'autres blessures. Elle vit cependant qu'il devait saigner d'un bras et que le battle-dress était déchiré au niveau du flanc.

— Recule, Jessie, aboya Justice. J'ai entendu des coups de feu. Tu es touchée ?

Jessie perçut du mouvement du coin de l'œil et tourna la tête. Un autre Hybride débouchait à vive allure de la cuisine. Sans réfléchir, elle vit seulement qu'il était en noir et grimé comme le cadavre du couloir. Elle visa. Il avait beau être plus vif qu'un humain, elle fit mouche. Il poussa un hurlement perçant, s'effondra sur ce qui était hier encore une table basse et ne bougea plus.

— Je n'ai rien. Je te couvre, mon grand. Tu veux que je flingue l'autre salaud, là ?

La voix de Jessie tremblait. Pas ses mains.

— Reste en dehors de ça. Il en reste deux.

— Non, plus qu'un hormis ton vis-à-vis. J'ai descendu celui qui essayait d'entrer par la salle de bains. C'était ça, les coups de feu. Je vise juste.

Justice gronda. Il était furieux. Jessie réglerait ça plus tard. Elle cala le flingue en main gauche entre ses cuisses, prit appui contre le mur et éjecta le magasin de l'autre pistolet. Puis piocha un chargeur plein sous son gilet, l'engagea et récupéra la première arme.

— Tu fais combattre ton humaine à ta place ? cracha l'homme en noir. Tu n'es pas digne d'être notre chef.

— Qui es-tu ? gronda Justice. Je ne te connais pas, et tu oses venir t'en prendre à ma compagne ?

L'homme-panthère, tendu comme un arc, poussa un rugissement et bondit sur son ennemi. L'impulsion initiale suffit à lui faire fendre les airs. Il en fallait, de la force dans les jambes, pour accomplir un exploit pareil. Jessie, abasourdie, ne put qu'admirer la beauté du geste. Il plana sur plus d'un mètre cinquante avant de heurter l'autre Hybride de plein fouet.

Ils roulèrent au sol en grognant. Se battirent comme deux bêtes fauves, à coups de griffes et de crocs. Justice se servait aussi de ses jambes. Il en enroula une autour de la cuisse de l'ennemi et poussa de toutes ses forces. L'autre, cloué au sol, hurla de douleur : sa jambe était pliée dans un angle bizarre.

Au terme d'un nouveau roulé-boulé, Justice se retrouva dessous mais repoussa si fort son adversaire que celui-ci finit collé au mur. L'homme en noir s'enfonça dans la paroi. Justice se recroquevilla et se jeta sur l'intrus qui tentait de s'arracher à la plaque de plâtre.

Ils passèrent au travers. Jessie, éberluée, contempla le trou béant. Elle rechignait à quitter le lieu sûr que constituait le salon, mais Justice n'était plus en vue. Une porte ouvrait sur la pièce voisine qu'elle ne connaissait pas. La maison de Justice n'était pas bâtie selon le même plan. Elle franchit le seuil en courant.

C'était un bureau presque aussi spacieux que le salon. Justice et l'autre Hybride se tournaient autour, chacun à l'affût d'une ouverture. Jessie se mit dos au mur juste après être entrée. Il lui fallait se prémunir d'une attaque à revers, mais les deux adversaires l'empêchaient d'aller plus loin. En outre, une immense baie vitrée ne laissait voir que la nuit noire. Quelqu'un pouvait s'approcher à son insu ; autant garder ses distances.

— Jamais on ne se laissera guider par un amoureux des humains, aboya l'homme en noir. Tu nous fais honte !

Justice grogna.

— Tu sors du labo numéro 5, c'est ça ? Pauvre imbécile… Dire qu'on s'échine depuis notre libération pour délivrer des types comme toi ! Et tu nous trahis à cause de ta haine envers les humains ? Tu n'as pas entendu ce que j'ai dit, l'autre jour ? Ni compris tout ce qu'on a entrepris ? Homeland, c'est notre havre de paix.

Le labo numéro 5? Jessie n'en crut pas ses oreilles. C'était celui du Colorado, qu'elle avait contribué à libérer! Elle dévisagea l'Hybride qui tournait toujours autour de Justice et sut qu'il avait vu juste: l'intrus était un ancien captif du Colorado.

—Je suis le meilleur et je vais gagner, gronda le renégat. C'est moi qui guiderai notre peuple quand ton cadavre aura refroidi, et je commencerai par briser la nuque de ton humaine. Ça montrera aux nôtres comment s'y prendre, avec ces démons. Qu'ils meurent tous après ce qu'ils nous ont fait subir!

Justice rugit et passa à l'attaque. Sans se rendre compte que son vis-à-vis empoignait quelque chose, dans son dos. Jessie, elle, le vit faire. Alors que Justice fondait sur lui, une lame de couteau étincela. Elle voulut crier. Trop tard. Jessie hurla en voyant l'intrus repousser le corps flasque de Justice. L'amour de sa vie s'effondra sur le dos, grogna, agrippé à une plaie béante.

—Hé! beugla Jessie, en proie à une rage aveugle.

L'Hybride en noir fit volte-face et gronda.

—Prends ça, tête de nœud.

Elle lui tira dans la tête puis vida son chargeur sur le cadavre.

Jessie éjecta le magasin vide et se rua sur Justice. L'homme de sa vie avait beau se tenir la hanche, du sang lui inondait le caleçon. Le regard rivé à elle, il était l'image même de l'incrédulité.

—Il s'est servi d'un couteau…

Jessie se tourna en tous sens, redoutant l'attaque du cinquième renégat. Justice saignait abondamment; ses larmes affluèrent. Elle écarta la main de Justice. Son caleçon était déchiré. La jeune femme s'agenouilla, posa les pistolets sur ses cuisses et écarta l'étoffe: en découvrant la vilaine plaie, près de l'os iliaque, elle poussa un cri angoissé. C'était vraiment moche.

Un grand fracas de bois brisé retentit dans le salon. Quelqu'un venait de défoncer la porte. Elle prit la main de Justice et la posa sur la plaie.

— Fais pression et ne bouge surtout pas. Je t'aime.

Elle empoigna le pistolet vide et passa la main sous le gilet. Étalant au passage le sang de Justice sur le gilet, son tee-shirt et ses seins. Elle introduisit un chargeur plein tout en se relevant, serra les poings sur ses deux armes et se positionna au-dessus de Justice, les jambes écartées.

Question placement tactique, c'était nul. Il y avait des issues tous azimuts : l'immense baie vitrée et l'accès au salon. Aucun couvert. Justice était trop lourd et trop blessé pour être déplacé. Le cinquième renégat allait frapper. Il ne restait plus qu'à prier pour qu'il surgisse du salon, c'était de là qu'était venu le vacarme.

Elle épiait en tous sens, les yeux écarquillés. *Qu'il bouge une oreille et je le truffe de plomb.* Pas question de laisser le cinquième salopard achever Justice.

— Jessie, sors d'ici et réfugie-toi en lieu sûr.

— Tais-toi. Je reste.

— Jessie, je t'en supplie. (Il lui frôla la cheville.) Sauve ta peau. La mienne est foutue.

La jeune femme baissa les yeux vers son compagnon. Sa peau, d'ordinaire mate, était livide. Le tapis sous sa hanche était gorgé de sang. Il lui sourit.

— Tu es si belle, quand tu es au-dessus de moi…

Il ferma les yeux, son sourire s'évanouit. Sa tête s'affaissa.

— JUSTICE ! hurla-t-elle, ivre de douleur.

Sa poitrine se soulevait, signe qu'il vivait encore… mais pas pour longtemps. Jessie savait qu'il fallait faire pression sur la plaie. Comment s'y prendre sans lâcher ses flingues, seul gage de leur survie ? Aussi recourut-elle à son pied nu, en appuyant assez fort mais pas trop, de façon à endiguer l'hémorragie sans aggraver son état.

— Justice ! vociféra une voix masculine depuis le salon.

Jessie décela du mouvement dans l'embrasure et braqua l'un de ses pistolets. Un visage familier apparut sans crier gare ; elle se retint *in extremis* de tirer. C'était Tigre, qui la dévisagea tandis que d'autres Hybrides affluaient dans le bureau. Elle en dénombra neuf. Les renforts étaient là.

— Il a pris un coup de couteau, dit-elle, la voix brisée. Quatre salauds sont morts, il en manque un. Appelle une ambulance.

Tigre, abasourdi, contempla Justice qui gisait aux pieds de la jeune femme. La baie vitrée explosa sur sa droite. Jessie réagit aussitôt. Une forme immense, le visage peint en noir, fondait sur le couple. D'instinct, la petite rouquine pressa les queues de détente. Un corps lourd s'abattit sur elle. Jessie tomba à la renverse, loin de Justice.

Jessie grimaça, gisant sous un cadavre de cent vingt kilos bien pesés. Le souffle coupé. Il s'écoula un temps infini qui, en réalité, ne dura qu'une poignée de secondes. L'Hybride abattu soulevé, elle put de nouveau respirer et croisa le regard de Tigre qui lui tendit la main.

— Les secours sont ici et ils vont tout faire pour sauver Justice, promit-il. Laisse-moi t'aider à te relever.

Chapitre 21

— Justice est tiré d'affaire, déclara le docteur Treadmont, un sourire rassurant aux lèvres. Il sort d'opération, nous l'avons placé sous sédatifs afin d'accélérer la cicatrisation.

Jessie ferma les yeux et refoula des larmes de soulagement.

— Merci.

Elle rouvrit les yeux et lança au médecin un regard éperdu de reconnaissance.

— Merci mille fois.

Tigre se racla la gorge pour attirer son attention. Il faisait partie des quelque cinquante Hybrides qui s'entassaient à la réception de l'infirmerie. Certains étaient assis sur une chaise, d'autres sur le long guichet près de l'entrée, d'autres enfin à même le sol. Jessie, elle, avait pris ses quartiers sur un bureau qu'elle avait tiré en travers du couloir menant à l'aile où Justice venait d'être opéré.

— On peut t'emmener prendre une douche et te changer, maintenant ? dit Tigre en s'approchant avec précaution.

Jessie baissa les yeux et remarqua qu'elle portait toujours le gilet pare-balles et le tee-shirt maculés. Elle secoua la tête.

Tigre fronça considérablement les sourcils. L'inquiétude se lisait sur ses traits de félin.

— Tu sais bien que Justice voudrait qu'on s'occupe de toi, pendant qu'il en est incapable. Tu es sous le choc et couverte de sang. Laisse-nous prendre soin de toi, Jessie.

— Je refuse de l'abandonner.

Treadmont soupira.

— Vous pouvez prendre une douche ici, dans une des chambres. Quelqu'un va aller vous chercher des habits propres.

Brise, debout près du guichet, intervint.

— J'envoie l'une des nôtres le faire, proposa-t-elle en croisant le regard de Jessie. Justice veut te voir propre, à son réveil. (Elle sourit pour faire passer ce qui suivit.) Tu fais peur, là.

Jessie haussa les épaules.

— Sûrement, mais je ne quitte pas Justice.

Tigre se mordit la lèvre.

— Je peux avoir tes flingues ?

— Non, rétorqua Jessie, les mains crispées sur les crosses.

— Les seuls Hybrides admis à l'infirmerie sont ceux qui viennent du même labo que lui ou ceux à qui il fait entièrement confiance, Jessie. Il ne risque rien. Personne ne va lui faire de mal. Il n'y a aucun des rescapés du labo numéro 5.

— J'ai confiance en toi parce que tu es l'adjoint de Justice. Et en Brise parce qu'elle est mon amie. (Jessie regarda à la ronde, croisa des regards inquiets.) Pour les autres…

À Tigre :

— Pas question de le laisser tant qu'il est dans les vapes.

— OK, Jessie, concéda Tigre avant de reculer.

Brise approcha à son tour mais resta à trois mètres.

— J'ai un truc à te proposer, Jessie. Tigre et moi, on prend ta place et on ne laisse entrer personne hormis le docteur et Paul, l'infirmier. Personne d'autre ne l'approche, promis. Comme ça, tu peux prendre une douche et me laisser tes flingues, d'accord ? Tu es choquée. Justice ne craint rien, désormais. Mais on ne bouge pas de là tant que tu n'es pas revenue.

Jessie ravala ses larmes.

— Si j'ai autorisé tous ces gens à être ici, c'est parce que vous m'avez assuré qu'ils ne lui feraient jamais de mal, et qu'ils avaient le droit de venir parce qu'ils l'aiment, eux aussi. Tu es prête à tirer sur le premier qui tente de franchir cette porte ?

De longues secondes passèrent. Brise paraissait sonnée.

— Je m'en doutais. Je reste. Et je descends le premier qui se montre dangereux.

Tigre revint tout près.

— Je suis prêt à tuer pour le protéger, Jessie. Justice est mon ami. Et comme un frère pour moi.

Jessie hésita, mais Justice lui avait dit de faire confiance à Tigre. Elle glissa prudemment de son piédestal et prit appui sur des jambes tremblantes.

— D'accord.

Il tendit la main. Il réclamait les armes, c'était criant.

— Tu jures ?

— Tu as ma parole, Jessie. Personne ne passe. Brise et moi, on veille sur lui, et je tire sur tous ceux qui se présentent sauf le toubib et l'infirmier.

Jessie posa un pistolet dans la main tendue.

— Ne bouge pas en mon absence.

— L'autre, Jessie.

Elle secoua la tête.

— Je le garde.

Demi-portion se leva et fit lentement le tour du guichet.

— Jessie ? Tu veux que je t'aide ? Je sais où se trouve la chambre avec douche la plus proche de celle de Justice. Je t'y emmène pendant que Puce court te chercher des habits au dortoir. Ça te va ?

Jessie se laissa conduire par la petite Hybride dans une chambre inoccupée de l'autre aile. La pièce comprenait un lit d'hôpital et une cabine de douche dans un coin. Demi-portion la suivit et referma derrière elle.

Jessie posa l'arme sur le lavabo, défit le gilet et récupéra l'ultime chargeur qu'elle plaça à côté du pistolet. Des mains agiles l'aidèrent à se déshabiller, puis son amie actionna le jet dont elle régla la température. *Justice va s'en sortir. Je suis victime de choc post-traumatique aigu, je n'ai qu'une envie, me rouler en boule et pleurer.* L'épuisement s'abattit sur elle. Puis vint le remords. *Rien ne serait arrivé si je ne l'avais pas poussé à se déclarer publiquement. C'est ma faute, je n'ai pas su me contenter de l'instant présent, quand il passait ses nuits chez moi.*

— Jessie ? Ta douche est prête. Je t'attends devant. (La petite Hybride lui frotta l'avant-bras.) Tu as l'air toute triste, mais ne t'en fais pas, tout va s'arranger. Justice est robuste. Il survivra.

Elle s'ébroua pour chasser ses pensées et dévisagea son amie.

— Ne touche pas au pistolet. J'ai l'intention de le garder et j'ai peur qu'en pensant me rendre un service, tu fasses feu par accident en voulant m'en débarrasser.

Demi-portion contempla le lavabo puis Jessie.

— Jamais de la vie. Ces trucs-là me font trop peur.

Jessie la crut et se glissa sous le jet. La tête penchée, elle vit l'eau virer au rouge à mesure que se diluait le sang dont elle était couverte. Elle avait tué des Hybrides. C'était leur sang qui disparaissait ainsi. En même temps que son bonheur futur. Il avait suffi d'une nuit pour que tout son monde s'écroule.

— Jessie ? Ça va ? Je ne te vois rien faire…

La jeune femme leva la tête et accepta le gant de toilette que la petite Hybride lui tendait. Elle utilisa beaucoup de savon pour se récurer, se lava les cheveux puis autorisa Demi-portion à lui frictionner le dos.

— Je n'aime pas ce qui vient de se passer, murmura la petite Hybride, mais je suis contente d'être ici pour pouvoir t'aider. Tu as pris soin de moi, quand j'ai été libérée. Tout va bien se passer, Jessie. C'étaient tes propres paroles et je les ai crues. Tu avais raison. Aujourd'hui, c'est ton tour d'écouter et de me croire. Tout va bien se passer.

Jessie ne partageait pas ce bel optimisme. Justice l'avait revendiquée… et des gens de son peuple avaient tenté de le tuer. Elle l'avait cru parano à l'extrême. Funeste erreur : il sortait à peine du bloc opératoire. Justice avait été à deux doigts de mourir, et la seule façon de couper court à cette folie, c'était qu'il la quitte. Son cœur se brisa.

Elle était en train de se sécher quand on frappa doucement à la porte. Puce ouvrit et passa la tête, entra à pas de loup et referma derrière elle. Elle observa Jessie et lui tendit une pile de vêtements. Puis se tourna vers Demi-portion.

— Vu ses gros seins, je me suis dit que nos affaires à nous n'iraient pas, et je sais que les humaines aiment porter un soutien-gorge. On n'en a pas, malheureusement. J'ai emprunté un tee-shirt propre à un mâle qui en avait un dans sa Jeep. Ça devrait empêcher sa poitrine de trop balloter. Le pantalon, lui, devrait aller. Comment ça se passe ?

Demi-portion hésita.

— Bien. Elle ne parle pas beaucoup.

Puce adressa un pâle sourire à Jessie.

— Tout le monde parle de ce que tu as fait. Tu as sauvé la vie de Justice. Les gens te jugent très courageuse et te voient comme une Hybride prototype – c'est un compliment. J'ai entendu des mâles affirmer que tu protégeais Justice avec deux armes que tu as braquées sur eux quand ils sont arrivés, et aussi que tu avais abattu quatre sales types à toi toute seule. Personne ne les pleure. C'est ça qui t'inquiète ? On ne t'en veut pas, tu sais. Tous te sont reconnaissants.

— Mais j'ai tué quatre Hybrides ! Comment les autres peuvent-ils m'en savoir gré ?

— C'était mal de leur part, de s'en prendre à toi et à Justice. Ils n'étaient pas bien dans leur tête, et quand on s'attaque à ceux de son peuple, on ne mérite pas de vivre. C'est un danger pour tout le monde. Nous sommes heureux qu'ils ne vous aient pas tués, toi et Justice.

Jessie ressentit le besoin de s'asseoir bien qu'elle n'ait qu'un drap de bain sur elle. Elle s'effondra sur le siège des toilettes.

— Il doit forcément y avoir des mécontents. D'autres Hybrides, furieux, vont s'en prendre à Justice par ma faute. (Un flot de larmes lui inonda les joues.) Il m'avait prévenue qu'il ne fallait pas que notre relation s'ébruite, que c'était trop risqué. Jamais je n'aurais cru que des gens de son peuple lui voudraient du mal. J'ai déclenché une guerre civile.

Puce n'en menait pas large.

— Tiens, tes affaires, dit-elle avant de repartir.

— Dépêchons-nous de t'habiller, pressa Demi-portion. Allez, Jessie, lève-toi. Tout va bien se passer. Tu as envie de retourner t'asseoir auprès de lui, non ?

Jessie enfila le pantalon de jogging et le tee-shirt XXL qui lui descendait jusqu'à mi-cuisses. Elle n'avait ni culotte ni soutien-gorge, mais s'en fichait éperdument. Son reflet lui fit peur : plus pâle encore qu'à l'ordinaire, elle avait les yeux d'un bleu trop soutenu et des cernes rouges à force d'avoir pleuré. Elle empoigna le pistolet d'un geste machinal puis baissa les yeux sur cet engin de mort.

— Je suis prête.

— Tu n'as pas besoin du pistolet, Jessie.

— Je le garde, dit-elle en empoignant le chargeur de rechange. Ça n'est pas fini.

— D'accord, garde-le, si ça te rassure.

Elles regagnèrent le salon d'accueil. Jessie chercha Tigre du regard : l'Hybride était en train de se lever afin qu'elle puisse reprendre sa faction.

— Jessie ? Je peux avoir le deuxième flingue ?

Elle secoua la tête.

— Pas tant qu'il n'est pas en mesure de se défendre lui-même.

— Ça risque de prendre plusieurs jours, plaida-t-il. On lui a fait prendre des trucs pour accélérer la guérison, mais quand même. La blessure était sérieuse.

— Dans ce cas-là, tu auras le flingue dans quelques jours.

Il soupira.

— Il faut que tu dormes. Crevée comme tu l'es, tu risques de te blesser ou de blesser quelqu'un par mégarde.

Jessie soutint son regard.

— Prépare-toi à la guerre civile, Tigre.

Il fronça les sourcils.

— C'est une chose qui se répète souvent. Tu veux savoir le pire, à propos de l'histoire ? Elle n'arrête pas de bégayer. Je garde ce flingue et je ne quitte Justice que pour me rendre à la salle de bains. Je compte sur toi pour prendre le relais.

— Je sais ce que c'est qu'une guerre civile, mais ça n'arrivera pas chez les Hybrides. Les cinq qui vous ont attaqués venaient à peine de goûter à la liberté ; ils n'ont pas pigé comment fonctionne le monde extérieur. L'incident est clos.

— Et les autres rescapés du même labo ? Ils peuvent tout à fait présenter un danger pour Justice. Tu n'as pas été confronté au personnel de Mercile qui les a rendus si vindicatifs envers tout ce qui n'est pas Hybride, et tu n'as pas la moindre idée de ce qu'ils ont enduré. Leur libération ne date pas assez pour qu'ils aient appris que tous les humains ne sont pas comme ceux qu'ils ont côtoyés. Je suis une ennemie à leurs yeux, ils ont accusé Justice de les avoir trahis parce qu'il m'avait prise pour femme.

Jessie se raidit en voyant s'ouvrir les portes de l'infirmerie. Ellie et son mari, Rage, entrèrent et vinrent à sa rencontre.

— Stop, leur ordonna Tigre. Elle a juré de descendre tous ceux qui s'approchent à moins de trois mètres de la porte de Justice.

À Jessie :

— Ils peuvent entrer ? Ellie est humaine, et Rage est l'un des meilleurs amis de Justice.

Ellie blêmit.

— Jessie ? Tout va bien. On vient seulement d'apprendre. On avait coupé le téléphone hier soir, et on a dormi jusqu'à tard.

— Je te fais confiance. (Elle dévisagea Rage.) Pareil pour toi, puisque tu es avec elle.

Ellie écarquilla les yeux en découvrant l'arme que tenait Jessie. Elle se mordit la lèvre inférieure et approcha à pas comptés.

— Tu tiens le coup ?

Jessie secoua la tête. Ellie leva la main et brandit un *mug* de voyage.

— C'est du café. Si tu en buvais un peu ? Tu as rudement l'air d'en avoir besoin.

Jessie l'accepta après une courte hésitation.

— Merci. Je suis assoiffée.

— Elle a refusé tout ce qu'on lui proposait, à boire ou à manger, exposa Tigre à voix basse. De peur qu'on y ait fourré un somnifère.

Ellie lui passa le *mug*.

— Jamais de la vie, enfin. Tigre et les autres sont dans ton camp, comme nous tous. Ce qui est arrivé à Justice est épouvantable. C'est un coup monté par une poignée de cinglés qui n'ont rien compris au film. Tu sais ce que c'est ; de mauvais éléments, il y en a dans tous les groupes.

— Merci, répéta Jessie en sirotant son café. Je sais tout ça, mais je refuse de courir le moindre risque. Toute cette histoire est ma faute ; pas question de me tromper une deuxième fois. Justice ne voulait pas que notre histoire s'ébruite, et moi, je me suis dit qu'il en faisait trop. (Les larmes menacèrent de revenir.) Il avait raison…

— Non, rétorqua Ellie en secouant la tête. Vous vous aimez, tous les deux, et tout le monde, à Homeland, se fiche que je sois une humaine pur jus. Personne ne me fait la gueule, Jessie. Tous m'ont accueillie à bras ouverts. Cette sale affaire est due à quelques mauvaises graines. Je suis prête à tuer et à mourir, pour protéger Rage. De ce fait, je comprends que tu aies peur et que tu veuilles rester armée. (Elle loucha sur le pistolet.) Tu peux le tenir baissé, pendant qu'on parle ? Le poser à côté de toi ? Ces engins me terrifient…

Jessie plaça le flingue sur le bureau, à côté de sa cuisse.

— Désolée.

— Pas de souci. Tu as faim ? Je peux aller à la maison te préparer un petit déjeuner. Avec une autre tasse de café.

Jessie but ce qui restait du noir breuvage et lui rendit le *mug*.

— Des trucs simples suffiront, tu sais. Pas la peine de…

La jeune femme vit apparaître des points blancs devant ses yeux. Elle déglutit ; ses lèvres s'engourdissaient, sa langue pesait des tonnes. Elle voulut se tâter la bouche, mais ses mains refusèrent de bouger. Il était déjà trop tard quand elle décoda les symptômes dont elle était victime. Les yeux écarquillés, elle dévisagea Ellie.

— Tu m'as… droguée…

Ellie recula.

— Vraiment désolée, mais tu es sous le choc et tu n'écoutes personne. Vous ne craignez rien, toi et Justice. Il faut…

Tigre rattrapa Jessie alors qu'elle s'écroulait. Il récupéra le pistolet qu'il tendit à Rage, prit la jeune femme dans ses bras, s'assit sur le bureau et la tint contre lui.

— Un grand merci à toi, Ellie. C'était beaucoup te demander, je sais, mais j'ai pensé qu'en tant qu'humaine en couple avec un Hybride, tu étais la plus à même de la comprendre… et, de ce fait, la plus susceptible de lui faire accepter à boire ou à manger.

— Je ne suis pas fière de ce stratagème, ronchonna Ellie. Elle a vraiment abattu quatre renégats ?

— Tigre hocha la tête.

— Le fumier qui était à leur tête s'est servi d'un couteau contre Justice. En arrivant, j'ai découvert Jessie les jambes écartées au-dessus de lui, un flingue dans chaque main, prête à tout pour le défendre. Elle a failli nous tirer dessus. Le cinquième salopard a choisi ce moment pour tenter le tout pour le tout en se jetant sur eux à travers la baie vitrée. Plus vive que nous tous, elle lui a logé cinq pruneaux avant d'être écrasée sous son cadavre. Il n'a rien vu venir.

— Jessie a peur d'avoir déclenché une guerre civile, intervint Demi-portion.

Ellie fit volte-face.

— Elle a dit ça ?

Puce se mordit la lèvre.

— Qu'est-ce que c'est, une guerre civile ?

— Un malheur qui n'arrivera pas entre nous, gronda Rage. C'est quand plusieurs factions d'une même communauté se retournent les unes contre les autres et se battent jusqu'à la mort. La plupart du temps pour qu'une moitié domine l'autre.

— Aucun risque chez nous, convint Brise. On a déjà assez d'ennemis extérieurs à combattre.

Des rires fusèrent dans la salle. Tigre, lui, ne riait pas.

— Tous ceux du labo numéro 5 sont sous bonne garde, que ce soit ici ou à la Réserve, maugréa-t-il. Jessie n'a pas confiance en eux… et je suis d'accord avec elle. On ignore ce qu'ils ont pu subir, au Colorado. Certains pourraient tenter quelque chose.

— Tu comptes la poser où ? demanda Ellie en désignant Jessie, toujours dans les bras de Tigre.

— Dans la chambre de Justice dès que le toubib aura donné son feu vert. C'est ce qu'il voudrait. Autant les garder côte à côte.

— Il va falloir qu'on interroge tous les nouveaux un par un, déclara Rage, mal à l'aise. Il m'en coûte de le dire, mais s'ils refusent de s'intégrer, ça paraît compliqué de les laisser dans la nature.

— Rage ! s'emporta Ellie. Tu sous-entends… de les éliminer ?

— Je parle juste de ne pas les laisser sans surveillance. Quitte à devoir enfermer les plus dangereux le temps qu'ils s'assagissent.

— Ce sera à Justice de trancher. Pour l'heure, dit Tigre en baissant les yeux sur Jessie endormie, on se contente de les garder à l'isolement. J'ai des gars qui s'occupent de les cuisiner pour voir ce que chacun a dans la tête. Mon souci principal, c'est Jessie. Si elle ne se reprend pas, elle risque d'abattre tous ceux qui flairent Justice d'un peu trop près… (Une idée le fit sourire.) En même temps, si elle flingue les journalistes, ça nous fera des vacances !

Rage s'esclaffa.

— T'emballe pas. Je suis de ton avis, ça serait super, mais Justice nous en voudrait si sa femme finissait au violoncelle.

— On dit « au violon », pas « au violoncelle », corrigea Ellie. Certes, ce serait moche qu'elle aille en prison, mais en tant que compagne de Justice, Jessie est une Hybride. Les lois humaines ne la concernent plus. (Elle pointa un doigt accusateur sur Tigre.) Efface-moi ce sourire, toi. Je connais ta haine des gratte-papier, mais tu n'en feras rien. Quelqu'un a appelé son père, sinon ? Il pourrait nous aider à faire comprendre à Jessie que la situation n'est pas si catastrophique…

— Pas question, répondit Tigre. Si ce qui vient de se passer s'ébruite, on est très, très mal. On est en pleine campagne « Les Hybrides sont des gens bien »… et boum, cinq des nôtres sont des assassins. Ce serait terrible.

— Un vrai cauchemar, convint Rage. On ne peut pas appeler son père.

La porte de la chambre de Justice s'ouvrit ; Paul, l'infirmier, apparut.

— Il va bien !

Il vit Jessie dans les bras de Tigre.

— Oh, désolé, murmura-t-il. Je ne m'étais pas rendu compte qu'elle dormait. Justice est rétabli, il devrait bientôt se réveiller.

Tigre se leva.

— Formidable ! Je vais de ce pas la coucher à côté de lui.

Paul secoua la tête.

— Désolé, c'est impossible.

Tigre arqua un sourcil.

— Comment ça, impossible ? Tu comptes m'empêcher de passer, peut-être ?

Là-dessus, il dépassa l'infirmier et s'en alla déposer Jessie à côté de Justice avec mille précautions. Le couple dormait. Il les observa en sentant la fureur couver. Son meilleur ami et la compagne de celui-ci avaient été à deux doigts de se faire assassiner. Il se focalisa sur Jessie et sentit sa colère refluer. La petite humaine était une coriace, et elle aimait Justice. Son meilleur ami avait fait le bon choix. Il les laissa tranquilles, sortit de la chambre et retourna faire le planton.

Chapitre 22

Justice ouvrit les yeux et prit conscience de trois choses à la fois. Jessie dormait à côté de lui, il avait mal et Tigre, assis non loin de là avec le visage fermé, l'observait en silence. Il avait donc survécu puisqu'il se trouvait à l'infirmerie.

— Comment je vais et as-tu arrêté le cinquième intrus ?

— Jessie l'a abattu. Il a fallu t'opérer, mais tu seras sur pied d'ici quelques jours. J'ai dit au docteur Treadmont de te mettre sous calmants pour accélérer ta guérison ; c'est pour ça que tu dois être sur les nerfs. Contrôle-toi, mec.

Justice tourna la tête vers Jessie. Elle dormait en chien de fusil, face à lui, la tête posée sur son bras. L'absence de marque sur ses traits délicats le rassura : elle était indemne. Quel soulagement ! Il reporta son attention sur Tigre.

— Quand s'est-elle endormie ?

— C'est compliqué.

Il hésita à poursuivre.

— Te fâche pas, mec, mais il a fallu la droguer. On n'a pas eu le choix.

— Pourquoi ? (Justice grogna en sourdine.) Elle était blessée, elle aussi ? Il fallait qu'elle dorme pour guérir ?

— Oh, elle n'avait rien… sauf que tu lui avais confié deux flingues chargés et qu'elle a menacé d'abattre le premier Hybride qui s'approchait à moins de trois mètres de ta porte. À part Brise et moi. Elle ne plaisantait pas. Elle a dit qu'elle me faisait confiance parce que tu m'accordais la tienne, et à Brise parce que c'est son amie.

— Elle ne savait plus à qui se fier après l'attaque des cinq nouveaux. (Il sourit.) Jessie n'a rien voulu entendre. Je lui avais donné l'ordre de rester dans la salle de bains… et elle m'a sauvé la vie. C'est une vraie guerrière, Tigre. Si tu avais vu ça !

— J'ai vu. Quand on est arrivés, elle était au-dessus de toi, un pistolet dans chaque main. J'ai eu de la chance de m'en tirer, parce qu'elle me visait. Le cinquième intrus était à l'affût derrière la baie vitrée. En nous voyant débouler, il a dû comprendre que c'était le moment ou jamais pour vous tuer et a défoncé la vitre. Cinq fois, elle a fait mouche. Il est mort avant de toucher le sol. Jessie a réagi plus vite que moi, tu te rends compte ? Il a fallu qu'on la drogue, Justice. Elle était sous le choc. Elle a même dit à Demi-portion et à Puce qu'elle était à l'origine d'une guerre civile, qu'on allait s'entretuer. Du coup, elle était prête à tuer le premier qui t'approchait. Une vraie furie.

Justice sourit jusqu'aux oreilles et serra Jessie tout contre lui.

— La compagne idéale, quoi.

Tigre éclata de rire.

— Je le pense aussi, mec. Rappelle-moi de ne jamais te mettre en rogne : c'est un coup à ce qu'elle me crève les yeux.

— Je me charge de tout lui expliquer dès son réveil. (Justice ménagea un silence.) Il faut qu'on cuisine les nouveaux pour s'assurer qu'aucun d'eux ne va s'en prendre à Jessie ou à moi. Une fois suffit.

— J'y ai pensé et j'ai donné l'ordre que tous les Hybrides du Colorado, mâles et femelles, soient mis à l'isolement et interrogés. Nos agents mènent l'enquête. (Il ménagea un silence à son tour.) Il faudra qu'on s'occupe de ceux qui haïssent assez les humains pour s'attaquer aux leurs. On ne peut pas courir le moindre risque avec ce type de sujet instable.

—Je sais bien, soupira Justice. Tu t'étais douté qu'on en viendrait un jour à de telles extrémités ?

—Jamais. Il faut le faire, pourtant.

—Eh oui.

—Les membres du conseil sont dans la salle d'attente. Ils sont venus te demander l'autorisation de prendre le relais pendant ta guérison. Et m'ont aussi chargé de te dire que s'il te faut un peu de temps… (il loucha vers Jessie) pour calmer ta compagne, tu peux prendre autant de semaines de congé que nécessaire.

Tigre sourit d'une oreille à l'autre avant de conclure.

—Enfin, de la part de tout le monde : empêche-la d'accéder à ton arsenal.

—Il n'y aura plus aucun problème dès qu'elle aura compris que l'incident est clos.

Justice éclata de rire, le regretta aussitôt et grimaça de douleur.

—Je crois que je dormirai mieux en sachant que Jessie a une arme à portée de main. Comme garde du corps, je ne peux pas rêver mieux… mais si je la mets en colère, j'ai intérêt à tout mettre sous clé.

Tigre rit de bon cœur.

—J'explique à tous que c'est pour ça que tu ne lui confisques pas ses armes ? Ils sont capables de le prendre au pied de la lettre.

—N'en fais rien, s'esclaffa Justice. Dis-leur simplement que je vais y réfléchir.

Sa belle humeur s'évanouit. Il regarda Jessie, puis Tigre.

—Qu'est-ce qu'elle a dit à mon propos ?

— Rien de spécial ; elle était morte d'inquiétude, et elle a pleuré toutes les larmes de son corps quand elle a cru que tu allais y passer.

— Elle n'a pas parlé du premier renégat que j'ai taillé en pièces, dans le couloir ? Ça l'a horrifiée, rendue malade ? Je m'en veux, qu'elle ait vu cet aspect de ma personne…

— Elle n'en a pas dit un mot. J'ai vu le corps. Jessie a marché dans son sang, elle a dû se douter que c'était ton œuvre. C'était flagrant. Tu ne lui as pas expliqué qu'on proscrit les armes pour se battre entre nous ? Qu'il est presque certain que ça se finit dans le sang quand l'un des nôtres protège sa compagne ?

— Je ne suis pas entré dans les détails.

— Tu crains qu'elle ne soit plus capable de te regarder sans y penser ? Te bile pas, mec, je suis sûr qu'elle t'aime encore.

— J'ai peur qu'elle me craigne, désormais.

— Tu es son mec, Justice. Son compagnon. Tu as détruit ton lit, à la Réserve, à cause d'une femme. C'était elle, j'imagine ? Je me rappelle qu'elle était là-bas, ce soir-là, mais qu'elle a dû partir précipitamment à cause de son boulot. C'est moi qui ai donné le feu vert pour que leur hélico passe la chercher pendant ta conférence de presse. J'aurais dû faire le lien… mais j'étais convaincu que c'était une des nôtres qui t'avait mis en rogne.

— J'aurais dû te mettre dans la confidence, mais tu sais comment tu réagis dès qu'il est question de rapports entre l'un des nôtres et une humaine. Je n'ai pas voulu t'inquiéter. Jessie est tout pour moi, depuis notre premier baiser ; je n'arrive pas à me la sortir de la tête.

— Si jamais ce que tu as fait la tracasse, elle s'en remettra, ne t'en fais pas pour ça. Elle te connaît, mec. Assez pour t'avoir accepté dans son lit. C'est la preuve qu'elle sait que jamais, au grand jamais, tu ne lui feras de mal. Elle a tué pour te protéger puis s'est installée à ta porte de chambre, allant jusqu'à pointer ses deux flingues sur les membres du conseil. (Tigre s'esclaffa.) Par nécessité, selon elle.

— Elle n'a quand même pas fait ça, grogna Justice.

— Oh que si. Ça a eu l'air de les amuser, mais ils n'ont pas osé approcher. Sauf Brute, évidemment ; tu le connais, il aime provoquer.

— Ça a donné quoi ?

— Elle a braqué une arme sur son entrejambe et lui a conseillé de reculer, sauf s'il avait envie d'être castré. Il n'a pas insisté.

— J'aurais voulu voir ça, gloussa Justice.

Tigre sourit d'une oreille à l'autre.

— J'y étais, mec, et ça n'a pas fini de me faire marrer. À propos de Brute : le conseil s'est souvenu que tu n'avais désigné personne pour remplacer Jessie au sein du commando et que tu étais censé voir Tim Oberto ce matin. Brute l'a vu et s'est porté volontaire. Il est parti il y a une demi-heure.

Justice se raidit.

— Brute, dans l'équipe spéciale ?

Le sourire de Tigre réapparut.

— Ils sont gâtés, hein ?

— Tu n'aurais pas dû le laisser partir.

— C'est toi qui dis ça, ricana bruyamment Tigre, alors que tu étais partant pour que le conseil prenne un maximum de responsabilités à sa charge ?

Justice, plus détendu, s'autorisa un sourire.

— Quel dommage de ne pas le voir interagir avec les gars du commando… Ça promet d'être affreux. J'aurais choisi Brute en dernier ressort. Je pensais plutôt à Flamme, c'est lui qui adore passer du temps avec les humains.

— Bien d'accord avec toi, gloussa Tigre. Mais c'est Brute qui s'y colle. Pauvre Tim !

Jessie s'éveilla brusquement. Justice s'empressa d'oublier Tigre et la regarda. En la voyant ouvrir les yeux, il sourit et lui prit le visage à deux mains.

— Salut, toi.

Jessie commença par sourire en retour… puis les souvenirs affluèrent et l'inquiétude revint. Elle voulut se redresser ; Justice l'en empêcha.

— Tout est fini. Il n'y a plus rien à craindre. Calme-toi, mon amour.

La jeune femme scruta ses alentours immédiats et découvrit Tigre… qu'elle fusilla aussitôt du regard.

— Tu m'as fait prendre un calmant par l'entremise d'Ellie.

— En effet. Comme tu n'écoutais personne, je me suis dit que tu écouterais peut-être Justice.

Là-dessus, il se leva et les laissa seuls.

Jessie ne décolérait pas.

— Il m'a droguée !

Justice sourit.

— Probablement par peur de se faire descendre par ma compagne. Je suis fier de toi, mais… (son sourire disparut) mais je vais te punir pour ta désobéissance. Tu étais censée rester dans la salle de bains.

— Je t'ai sauvé la mise !

— Je sais. Un grand merci. Mais comme il faut quand même te punir, j'ai trouvé le meilleur moyen de te faire retenir la leçon.

— Tu plaisantes ? s'exclama-t-elle, indignée. Je te sauve la vie, et toi, tu parles de me punir ? Parce que je suis humaine, il aurait fallu que je reste couchée dans la baignoire ? Tu n'aurais jamais demandé ça à une Hybride. Je…

Justice l'embrassa. Jessie gémit, heureuse de sentir la chaleur de ses lèvres et de le trouver ragaillardi. Elle plaqua les mains sur son torse d'athlète pour s'assurer que son cœur battait puissamment. L'Hybride se redressa et la regarda dans les yeux.

— Vas-tu au moins écouter à quoi je songe, comme punition, avant de te mettre à hurler ?

— D'accord. Dis-moi ce que tu as en tête. Je te dirai si c'est OK ou non.

Un grondement sourd monta de sa gorge tandis qu'il plissait les yeux.

— Je t'envoie à la Réserve. Pour que tu apprennes à m'écouter, j'ai décidé que le meilleur moyen, c'était de t'y faire passer deux bonnes semaines.

— Quoi ? glapit-elle, abasourdie et blessée. Tu veux m'exiler là-bas ? Mais…

— Je n'ai pas fini. (Il sourit.) Je compte t'y donner toute une série d'instructions que tu auras intérêt à suivre à la lettre. Te dévêtir complètement et venir au lit avec moi, par exemple, poursuivit-il en l'attirant tout contre lui. Qu'en dis-tu ? Ça te paraît approprié ?

Elle sourit.

— C'est vrai que je me suis très, très mal conduite.

Les lèvres de l'Hybride effleurèrent celles de Jessie.

— Il faut que tu apprennes à obéir. On s'y met tout de suite ?

Elle loucha sur le pansement qu'il arborait à la hanche.

— Tu es blessé…

— Je suis en vie, tu es dans mes bras et je te désire.

Jessie afficha un large sourire.

— Trop d'agitation, ça pourrait être mauvais pour toi, mon grand. Tu sais ce que ça signifie ?

Il arqua un sourcil.

— Que c'est à moi de jouer, dit-elle en le repoussant sur le dos. Reste allongé et laisse-moi m'occuper de tout.

L'Hybride gronda mais resta sur le dos. Jessie se mit à quatre pattes et se pencha sur lui. Elle commença par lui léchouiller un téton qu'elle prit ensuite tout entier dans sa bouche. Justice s'agrippa à ses longs cheveux puis poussa un ronronnement. Elle joua avec son mamelon jusqu'à ce que la pression sur ses cheveux soit trop forte, éclata de rire et cessa de l'exciter.

— Lentement et en rythme, tu te souviens ?

— Ils m'ont administré des trucs pour m'aider à guérir, dit l'Hybride entre ses dents serrées. Je manque de patience, là. Je me sens très animal.

— Qu'est-ce que ça veut dire ?

Justice plissa les yeux ; ses narines palpitaient.

— Que je suis en rut et hyper agressif, alors évite de m'exciter trop longtemps. Plus tu insistes, plus j'ai du mal à me contrôler. Je ne veux pas te faire de mal… mais si tu continues, je ne vais pas résister au besoin d'être en toi.

Jessie descendit du lit, jeta un coup d'œil à la porte et ôta son pantalon de jogging. Puis elle posa les yeux sur le drap qui recouvrait le « patient ».

— Ce n'est plus un lit, c'est un chapiteau !

Justice gloussa et souleva le drap.

— Tu montes me rejoindre ?

La jeune femme observa sa hanche. À condition de faire très attention, il était possible de le chevaucher sans effleurer la plaie.

— Je n'ai pas envie de monter mais de te monter.

Elle agrippa le drap et glissa la jambe au-dessus de lui en prenant garde de ne pas le heurter. Sitôt à califourchon au-dessus du bel étalon, elle passa la main entre ses cuisses, empoigna son sexe dur et chaud et le caressa vigoureusement. Il ronronna et ferma les yeux.

Jessie guida lentement la queue de Justice jusqu'à l'orée de sa chatte et poussa tout doucement. Les mains de l'Hybride se plaquèrent brusquement sur ses hanches ; il rouvrit les paupières et la regarda dans les yeux. Puis il voulut bouger mais elle l'en dissuada.

— Tiens-toi tranquille, ordonna-t-elle à voix basse. Pense à ta cicatrice.

Il grogna et la serra plus fort. L'impatience et la hargne dont il faisait preuve excitaient beaucoup Jessie : il n'avait pas exagéré. Elle descendit, le laissant s'enfoncer en elle. Il gronda.

— Vite et fort, Jessie.

Elle hésita.

— Ne bouge pas. On va y aller tout doux.

— Tu vas me tuer…

— Mais non. Je tiens juste à vérifier si le vitrage résiste à tes rugissements. C'est ta plaie qui risque de te tuer si tu ne te tiens pas très tranquille. On ne devrait même pas le faire, mais j'en ai autant envie que toi.

— D'accord.

Sur ces entrefaites, la porte de la chambre s'ouvrit à la volée. Justice se redressa et enlaça Jessie, hébétée, de façon à la couvrir un peu.

Tigre entra, referma derrière lui et fit aussitôt demi-tour.

— Désolé !

— Fous le camp, gronda Justice.

Jessie prit conscience avec effroi que Tigre venait de les apercevoir alors qu'elle le chevauchait. Elle aurait volontiers quitté cette position embarrassante, mais l'Hybride la tenait si fort qu'elle était contrainte de rester empalée.

— Vraiment désolé, répéta Tigre en progressant vers l'angle de la pièce, une main levée.

Jessie, bouche bée, découvrit la caméra en même temps qu'il l'arrachait. Le visage enfoui dans l'épaule de Justice, la jeune femme se remémora celle qui filmait tout dans la chambre de Beauté. Conséquence directe : celui ou ceux qui surveillaient Justice avaient tout vu… et tout entendu.

— Désolé. Personne d'autre n'entre et je, euh, je file brûler l'enregistrement.

Justice rit si fort que Jessie eut l'impression de faire du rodéo. Elle le foudroya du regard.

— Qu'y a-t-il de si drôle ? Tu savais que cette caméra était là ?

Il retrouva son sérieux.

— Je n'y ai pas pensé une seconde. Ces caméras ont été posées pour s'assurer qu'il n'arrive rien aux Hybrides Cadeaux. Qui, à part toi, oserait m'agresser sexuellement ? (Il s'allongea de nouveau.) C'est toujours avec grand plaisir, ajouta-t-il en lui caressant la hanche.

— Qui surveille ? Il a parlé d'enregistrement, non ? C'est archivé quelque part ?

— Tout le personnel du PC sécurité, répondit Justice en se passant la langue sur les lèvres. Quoi qu'il en soit… j'ai une bonne nouvelle et une mauvaise.

— Mais encore ? demanda-t-elle, les sourcils froncés.

— La mauvaise, c'est que tous les mâles savent désormais que Justice North se laisse dominer au lit par sa femme. La bonne, c'est que ma menace de te monter en public n'a plus de raison d'être, puisque tout Homeland va rapidement être au courant.

Le voyant sourire d'une oreille à l'autre, Jessie lutta contre une envie pressante d'éclater de rire.

— Je crois que je vais aller me cacher…

Justice donna un coup de reins.

— Tu restes où tu es et moi aussi.

Il ronronna. Jessie gémit au deuxième coup de boutoir et se mit à jouer des hanches. Sa gêne envolée, elle fit l'amour à l'homme de sa vie.

Chapitre 23

Jessie dévisageait son sénateur de père qui, de son côté, la contemplait sans mot dire. Ses yeux bleus restaient indéchiffrables. Le tête-à-tête se déroulait dans le bureau de Justice, à qui la jeune femme avait demandé de sortir pour que père et fille puissent se parler en privé.

— En résumé, conclut-elle, je l'aime et il m'aime en retour. On va s'efforcer de garder la chose secrète jusqu'à notre retour de la Réserve. Justice prend quelques semaines de congé pour qu'on puisse passer du temps ensemble.

Jessie eut beau épier les traits paternels, elle n'y décela pas la moindre émotion. Jacob Hills était depuis longtemps passé maître dans l'art de ne rien dévoiler de ce qui lui passait par la tête ; dans sa partie, c'était un atout indéniable.

— Dis quelque chose…

— Tu es sûre de toi ?

Elle fit grise mine.

— Si je t'ai dit de venir, c'est pour te demander de me conduire à l'autel. Justice et moi, on se marie, papa. Je l'aime ; il est tout pour moi. Je n'ai jamais été plus sûre de moi de toute mon existence. Si tu as une objection, fais-la maintenant, parce que la cérémonie a lieu dans dix minutes. Justice s'est montré formel : il tient à ce qu'on se marie avant la lune de miel. (Elle sourit.) Je m'en moque pas mal, personnellement, partager sa vie me suffit, mais il tient à faire les choses dans les règles.

Le sénateur Hills afficha un grand sourire ; ses traits s'adoucirent.

— Très heureux de l'entendre. Ce sera un honneur pour moi de l'avoir pour gendre et de te conduire à l'autel, ma chérie.

Jessie lui sauta dans les bras. Ils s'étreignirent. Le père y mit plus de vigueur que la fille.

— Laisse… moi… respirer, haleta-t-elle.

Il la relâcha en gloussant.

— Désolé. Où est Justice ?

— Il tenait à te l'annoncer lui-même, il a fallu que je le menace de lui acheter des chaussettes.

Son père éclata de rire.

— C'est efficace, contre lui ?

Jessie rit à son tour.

— Il déteste ça et n'en possède pas une paire.

— Permets-moi d'aller lui serrer la main et lui souhaiter la bienvenue dans la famille. Dix minutes, hein ? soupira-t-il en consultant sa montre. Tu aurais pu me mettre sur la voie, quand même… Je serais venu mieux habillé. (Il la détailla.) Un jean, Jess ? Tu comptes réellement te marier en jean ?

— Justice m'aime. Il m'a suffi de le lui demander gentiment.

— Et lui ? demanda Jacob, hilare. Tu l'as convaincu de tomber le costume-cravate, il se marie en jean, lui aussi ?

Jessie lui prit la main.

— Allons-y, papa. Il flippe à l'idée que tu essaies de me dissuader de l'épouser. Et que ça marche. J'ai eu beau lui dire que ça ne risquait pas d'arriver, Justice a encore besoin d'apprendre à quel point je suis tenace.

Justice, tendu comme un arc, faisait les cent pas dans le hall. Un clin d'œil de Jessie suffit à le dérider. Il sortit les mains des poches avant de son jean. La jeune femme détailla sa tenue : jean et débardeur noir, celle dans laquelle elle avait fait sa connaissance. Il était si sexy là-dedans, avec ses cheveux longs relâchés, qu'elle s'en lécha les babines, à deux doigts de baver.

Les deux hommes échangèrent une solide poignée de main. Le sénateur posa une main sur l'épaule de lutteur du chef de l'OPH.

— Bienvenue dans la famille, Justice. On se tutoie, désormais, d'accord ? Mais laisse-moi te prévenir : tu ne vas pas passer que des heures tranquilles, avec celle-ci.

— J'espère bien ! gloussa Justice. Et je m'en réjouis par avance.

Jessie s'esclaffa en remarquant la lueur égrillarde dans le regard de son futur époux : ses pensées du moment étaient situées sous la ceinture. Ils échangèrent un coup d'œil complice. L'Hybride se pencha, prit Jessie dans ses bras et l'attira tout contre lui.

Tigre apparut au détour du couloir, vit le trio… et laissa échapper un soupir sonore.

— Tout se passe bien ?

Le père de Jessie rit de bon cœur.

— Je suis heureux de voir ma fille épouser Justice. C'était douteux, visiblement ?

— On va dire ça ! répondit Tigre en hochant la tête. Le pasteur est là. Tout le monde est paré ?

Jessie tourna la tête et dévisagea Justice.

— Plus que jamais.

— Moi aussi, renchérit l'Hybride en l'étreignant avant de la relâcher à contrecœur.

À son futur beau-père :

— Nous avons prévu de passer deux semaines à la Réserve pour notre lune de miel, et ensuite, d'organiser une cérémonie publique. Ce qui promet d'être un chaos total côté répercussions, nous en avons conscience. C'est ce qui nous a décidés à nous marier dès aujourd'hui, en petit comité. Puis à prendre le large quelque temps. Avant d'avoir à affronter la réaction du monde extérieur.

— Compte sur moi, fils. Je serai le premier à annoncer au monde combien je suis heureux de cette union, et comment je n'aurais pas pu rêver meilleur parti pour ma fille unique.

Justice, très ému, dut se racler la gorge.

— Merci, Jacob. C'est un honneur immense que vous… que tu me fais. Je suis prêt à tout pour protéger Jessie. Grâce à elle, ma vie a un sens. Son bonheur passera toujours avant le mien.

— Je le sais. (Le sénateur s'empressa de ciller.) Bigre, c'est qu'il m'arracherait une larme, celui-là ! s'esclaffa-t-il. Allons vite vous marier, que vous puissiez partir en lune de miel.

Ils sortirent tous du bâtiment. Jessie vit son père un peu déboussolé à la vue du nombre de voitures de golf qui attendaient devant les portes. Il posa sur elle un regard médusé.

— La cérémonie se déroule en plein air ?

— Il n'y a qu'un seul lieu de fête à Homeland : le bar. Tu y as déjà été ?

— Non…

Elle sourit.

— Il est prévu qu'on danse, tu vas adorer.

Le visage du sénateur s'éclaira.

— Formidable ! J'ai pris des cours de valse en vue du bal auquel je suis convié à la Maison-Blanche, le mois prochain.

Tout le monde éclata de rire – hormis Jacob.

— Qu'ai-je dit de si drôle ?

— Là où on t'emmène, papa, on s'amuse pour de vrai. Sans parler politique. Enlève donc ta cravate.

— On va passer un bon moment, assura Justice au sénateur en embrassant la main de Jessie. La petite fête qu'on a organisée devrait plaire à tous.

Son futur beau-père regarda Justice dans les yeux.

— Je suis sérieux quand j'affirme que je suis heureux de t'avoir pour gendre, Justice. Quoi qu'il arrive, pars en lune de miel sans téléphone ni ordi portable. (Il rit.) Ta seule mission consiste à t'assurer qu'il n'arrive rien de fâcheux à ma Jessie chérie.

— J'ai la ferme intention de passer tout mon temps à apprendre à la connaître à fond, rétorqua l'Hybride, radieux. Faire son bonheur est ma seule priorité. J'ai prévu de freiner pas mal, question charge de travail, afin qu'on passe le plus de temps possible ensemble.

— Quant à moi, renchérit Jessie, tout aussi radieuse, je me fais fort de lui apprendre à se détendre et à s'amuser.

En croisant le regard de Justice, Jessie sut qu'il avait à l'esprit le premier soir, quand elle lui avait massé le dos et les épaules. Il ronronna doucement.

— C'est toi qui as fait ça ? s'étonna Jacob, les yeux ronds.

Jessie éclata de rire.

— Non, c'est moi, mentit-elle. Je le fais parfois. Par jeu.

Puis, l'air innocent :

— Franchement, tu es tombé dans le panneau ? Mon futur époux est un grand fauve, enfin, pas un chaton !

Son père rit et se dirigea vers le véhicule au volant duquel Tigre s'était installé.

— Merci Jessie, glissa Justice tout bas.

Elle lui adressa un clin d'œil.

— À charge de revanche, dit-elle en louchant sur son entrejambe avant de recroiser son regard. N'oubliez pas que je veille sur tes arrières… et sur le reste.

Achevé d'imprimer en octobre 2018
Par CPI France
N° d'impression : 3030996
Dépôt légal : novembre 2018
Imprimé en France
81122965-1